Caminos para liberar al sol

I. El cominzo del fin

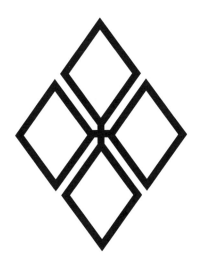

Sarah Boos

Dedico este libro a cuatro personas, tres de ellas, vivieron las más increíbles historias que me han podido contar: mi padre, mi abuelo Gangán, y mi tía Betty.

La cuarta, fue la primera en leer esta historia, mi amiga Andreita.

CONTENIDO

En un antiguo y lejano mundo había un continente donde la paz y la armonía reinaban, un lugar muy especial en donde las lágrimas de los infantes se convertían en estrellas que acompañaban a la luna a iluminar los senderos y donde las seis naciones que lo habitaban convivían a favor de la justicia y la paz.

De estas naciones, Valguard era la más poderosa, una nación próspera apodada "El Paraíso" por los enanos.

Sin embargo, una noche, todo cambió. La luna se tornó roja y las estrellas dejaron de brillar; las hadas desaparecieron, el viento se volvió violento y de los árboles más frondosos brotaron hojas negras. Una profunda oscuridad invadió la gran nación; el sol no volvió a iluminar sus prados, el día se convirtió en tinieblas y las noches se tornaron más tenebrosas.

¿Habrá algún rayo de luz que les regrese la esperanza?

PRÓLOGO
AQUEL QUE ALCANZÓ LA GRANDEZA

Valguard, 15 años antes.

Aún se escuchaban los sonidos de la sangrienta batalla que acababa de finalizar. En medio del caos, los asustados habitantes vieron como los soldados que intentaron protegerlos sucumbían, uno por uno, ante el enemigo que proclamaba la victoria, obligándolos a arrodillarse y asesinándolos si no obedecían de inmediato.

No era la primera vez que los valguardianos presenciaban un ataque como aquel, por lo que, a pesar de las amenazas, mantuvieron la pequeña esperanza de que, en cualquier momento, serían salvados como en ocasiones anteriores. Mientras tanto, en las paredes del castillo de Valguard, todavía resonaba la agonía de las personas que perecían con el pasar de los minutos. El ejército valguardiano que luchaba contra el enemigo estaba al tanto de las bajas importantes que habían tenido durante aquel brutal ataque, sin embargo, insistían en seguir luchando hasta vencer: por nada del mundo debían perder.

—¡Alto! —ordenó la voz uno de los más allegados al responsable de aquel ataque, cuyos ojos eran de color verde refulgieron ante el candor de la batalla. Poco a poco su orden fue acatada por sus vasallos y sus contrincantes, pues no era común que se detuviera una batalla de esa manera, lo que hacía patente que algo había ocurrido—. El rey Henry Cromwell ha muerto a manos del señor Holger, ¡Valguard es nuestra! —anunció, provocando que los soldados del bando enemigo gritaran con júbilo mientras que los valguardianos se miraron unos a otros, aterrados y confundidos.

¿Cómo era posible que su rey estuviera muerto? Debía haber un error; no obstante, la incertidumbre se terminó cuando vieron aparecer por las escaleras la figura de un hombre al que conocían bastante bien.

El traidor descendía con la cabeza en alto y el pecho inflado de orgullo y satisfacción entre los vestigios del caos que había ocasionado.

—Arrodíllense ante su nuevo rey —exigió el hombre de ojos verdes y, al ver que los sometidos no acataron su orden, sus soldados los obligaron a hincarse.

—¡Holger Dankworth, eres un maldito usurpador! —gritó uno de ellos sin inmutarse, siendo degollado al instante.

Holger, sin embargo, hizo caso omiso. Continuó su camino con parsimonia por el suelo repleto de cadáveres, heridos, sangre y armas rotas que lo conducía hacia la sala del trono, siendo observado por la mirada desesperanzada de los valientes hombres que intentaron defender su reino, una vez más, sin poder lograrlo.

En la mente de aquellos hombres no cabía la idea de que el rey Henry Cromwell hubiera muerto, era inconcebible pensar que Valguard cayera en manos de un hombre malvado como Holger Dankworth.

Durante su caminata, aquel hombre triunfador no evitó recordar todo lo que tuvo que pasar para lograr tal hazaña. Derrocar al rey de la nación más poderosa del Pequeño Continente no fue para nada una tarea fácil. Necesitó aliados que concordaran con sus objetivos e, incluso, contó con el apoyo de una nación del continente: Casgrad, gobernada por un temido brujo oscuro llamado Ottar Danus. Aún así, a pesar del poder que le dio este aliado, Holger no logró su cometido al instante.

El primer ataque que realizó contra la nación que lo vio nacer fue un fracaso total en el que terminó siendo encarcelado. Tiempo después, Casgrad comandó un segundo ataque que terminó con su rescate y con la muerte de muchas personas, incluída la de la reina de Valguard, una satisfacción que no se esperaban y facilitaba sus planes; pero Holger no vislumbraría la luz de la victoria hasta el tercer ataque, planificado cuidadosamente por los hermanos Danus de Casgrad, que no querían perderse la oportunidad de controlar Valguard a través de aquel hombre.

Finalmente, en este tercer ataque, Holger vio cumplido su sueño.

El nuevo rey de Valguard se detuvo frente al trono. Había creído que alcanzar la victoria era algo imposible de lograr para un hombre como él, pero, ahora, el trono era suyo. Subió los peldaños y se sentó con sobriedad, tocando suavemente el apoyabrazos de oro, saboreando así su victoria y el poder que había obtenido.

—Estamos a sus órdenes, Su Majestad —dijo uno de sus súbditos haciendo una larga reverencia seguido de los demás.

El rey Holger alzó su vehemente mirada hacia sus allegados y sonrió con regodeo, haciéndoles saber que daba inicio una nueva era en aquel país que, con el pasar de los días, fue engullido por una oscuridad y un desconsuelo que acabó con toda su esperanza y esplendor.

1.

QUINCE AÑOS DE OSCURIDAD

Valguard, 15 años después.

—¡Corre más rápido, Elly! ¡Eres muy lenta! —se quejó Jensen mientras se adentraban en lo más profundo del bosque valguardiano para ir de caza. Habían instalado diferentes tipos de trampas a lo largo del territorio y solo les quedaba esperar que algún animal cayera en ellas.

—¡No me grites! —Con su mano derecha, la niña tomó un mechón de su cabello rulado y negro para retirarlo de sus ojos y ver hacia dónde se dirigía.

—Silencio —susurró el chico, apremiante, mientras Elly y Killian se escondían tras unos árboles de gran tamaño—, ya casi la atrapo.

Una pequeña ardilla, la cual tenía rato siguiendo una bellota sin enterarse que era una trampa, se acercó a ella para terminar siendo atrapada.

—La llamaremos Dora —sonrió Elly mientras Killian ayudaba a su hermano mayor a desenredar a la ardilla de la trampa.

—Qué nombre tan tonto —se burló este, ganando una mirada fulminante de parte de su hermana.

El viento comenzó a soplar con más fuerza, aunque por suerte había poca neblina, lo que no opacaba su visión. El cielo ya había comenzado a tornarse gris, oscureciendo más el claro del bosque en donde los árboles silbaban en su movimiento. En el pasado, aquel lugar había estado lleno de las voces de los enanos que saboreaban el néctar de las flores nocturnas junto con los cascabeles de las hadas que brillaban anunciando una nueva estación, pero ahora solo se escuchaba el susurro de las copas de los árboles al mecerse con el viento.

—Hay que darnos prisa antes de que comience a llover —anunció Jensen observando las nubes que se acumulaban.

Los tres hermanos se abrieron camino de regreso a casa por el extenso Bosque de Valguard hasta llegar a los árboles de la entrada para luego adentrarse en la ciudad, hacia la Plaza Central donde se encontraba la enorme fuente hecha de piedra con la estatua del rey Elman, el primer rey de Valguard, encargado de conquistar aquellas tierras, con la espada en alto en la mano derecha y el escudo en la izquierda. Los hermanos pasaron corriendo a su lado para escapar de la lluvia, llegando a la primera hilera de casas hechas de madera con techos de paja, en donde entraron en la última de ellas del lado izquierda. Ahí, su madre los esperaba en la puerta.

—¿Dónde estaban? —preguntó Elsie con el entrecejo fruncido. Compartía con sus hijos los cabellos negros, rizados y enmarañados como la melena de un león, además de la expresión de dulzura cuando no estaba enojada—. No me digan que han ido al bosque otra vez.

Los niños no articularon ni una sola palabra, sabían, por su tono, que estaba preocupada y enojada, así que se quedaron bien quietos observándola mientras ella los fulminaba con la mirada.

—Les hice una pregunta, ¿acaso escaparon al bosque, de nuevo?

Los tres negaron con la cabeza al mismo tiempo, sin retirar la vista de su madre que estaba a punto de botar humo por las orejas, hasta que la ardilla, que Jensen sujetaba con ambas manos detrás de su espalda, logró zafarse de él mordiéndole los dedos.

Apenas pudo contener el gemido de dolor y, sin más remedio, dejó libre al animal que cayó firme en la mesa de madera y se apresuró a abrirse paso a la ventana trasera de la casa. Los chicos se miraron unos a otros con la esperanza de que a alguno se le ocurriera una buena excusa.

—¡¿Cuántas veces tengo que decirles que no vayan al bosque?! —explotó Elsie, acercándose a sus hijos para jalarles las orejas—. ¡No es un lugar seguro!

Lo peor no era el jalón, aunque los tres terminaron por sobarse la oreja; sino ver a su madre retirándose de prisa las lágrimas.

—Madre, ¿por qué lloras? —Elly se acercó a ella, ganándose una mirada cargada de cariño antes que Elsie extendiera sus brazos para rodear a sus tres hijos.

—Las cosas han cambiado mucho estos últimos años —explicó la mujer con una voz temblorosa—, Valguard ya no es seguro, ni para ustedes ni para nadie.

—¿Por qué, madre? —preguntó Elly, sin entender, pues su madre no solía abarcar el tema con ellos.

—Porque la maldad se ha adueñado de nuestra tierra, querida; hombres con ansias de poder la destruyeron para apoderarse de ella. Tu padre luchó contra ellos, dio su vida por ustedes, por su nación —respondió Elsie sin evitar nuevas lágrimas..

—¡No te preocupes, madre! Las brujas dicen que pronto Valguard saldrá de todo esto. —Elly le tomó la mano con una sonrisa.

—Tan sólo cuentan historias, Elly, no son reales —aclaró Killian sentándose en la mesa con una manzana en la mano.

—También ven el futuro —objetó la niña.

—¡No es cierto! —la reprendió Killian.

—¡Sí lo es!

—¡La magia no existe! ¡No existen personas que puedan ver el futuro!

Los cuatro quedaron en silencio, al menos hasta que Elly comenzó a llorar, haciendo que Jensen le pusiera una mano en el hombro para calmarla.

—Hijos... las cosas ocurren por alguna razón, aunque nosotros no las entendamos, pero hemos de tener la esperanza de que algún día saldremos de esta oscuridad.

—Espero que tengas razón, madre —suspiró Jensen.

La familia Lethwood residía en Valguard desde hacía muchos años atrás. Uno de sus ancestros más importantes fue uno de los barones encargados de liderar las batallas de la Guerra de Independencia del Pequeño Continente, la cual comenzó por Valguard, hogar del rey Elman, quién llevó la batuta del liderazgo y liberó las cinco naciones restantes: Equalia al suroeste, Bojawd al sureste y Agosland al sur, junto a Estromas y Casgrad.

Vivían en Arzangord, donde residían la mayoría de los habitantes; una ciudad que se expandía hasta las montañas y donde vivían los menos privilegiados que trabajaban el campo. Del otro lado, al norte, en la colina más alta, se encontraba el majestuoso castillo de Valguard.

El matrimonio de Elsie con el barón Edgar Lethwood tuvo tres hijos: Jensen, de trece años de edad, Killian de doce y Elly de ocho. Edgar había muerto en la guerra de rebelión del pueblo contra su rey, Holger Dankworth. En aquel frío abril, los habitantes de Valguard habían salido de sus casas para llenar las calles y luchar contra más de la mitad del ejército de soldados que eran manipulados por el rey. Millones de personas se habían reunido en las diferentes regiones de la nación: Arzangord, Tashgard, Mylandor y otras ciudades más pequeñas para dirigirse hacia el castillo; allí, fueron esperados por los caballeros negros, conocidos de esta forma por el color de su armadura y por los rumores que señalaban eran manipulados por la magia oscura de los brujos de Casgrad, todos fieles a las órdenes del rey.

Pero la población no estaba sola, habían contado con el apoyo de los soldados que aún seguían siendo fieles al pueblo valguardiano, desatando así una guerra que cobró la vida de muchos civiles, incluídos niños y ancianos. Edgar Lethwood fue uno de ellos, asesinado mientras intentaba proteger a un compañero de batalla, Reagan Hobson.

La pena y el dolor invadieron la vida de los valguardianos después de perder la batalla por su libertad, sumergiéndose más en aquel abismo. Se había perdido toda esperanza, fuerza, fe e ilusión; mientras que el Rey Holger logró quedarse con su trono cobrando más auge en sus filas de caballeros, todo gracias al magnífico apoyo del Rey Ottar Danus, monarca de Casgrad.

—¡Miren! —exclamó Elly desde la ventana al ver personas concentradas afuera, corriendo y gritando.

—Quédense adentro, niños —indicó su madre abriendo la puerta para asomarse y ver lo que sucedía.

Fuera había un caos. Algunas personas corrían al interior de sus hogares, mientras que otros recogían las pertenencias de sus negocios. ¿Serían caballeros negros? ¿ladrones? A veces, estos llegaban a atacar a la población, aunque Elsie no pudo divisar a ninguno.

—¡Cuidado! —exclamó una señora de avanzada edad señalando hacia arriba. Elsie alzó su cabeza al cielo gris al que ya no le quedaban muchas gotas de lluvia.

—Por los Dioses... —susurró mientras se llevaba la mano a la boca. Por el cielo valguardiano surcaban las arswyd, aves gigantes de alrededor de cuatro metros, veloces y con el pico parecido al de los cuervos, ojos rojo sangre y plumas negras tan espesas como un manto de terciopelo.

¿Qué hacen aquí?, ¿qué vienen a hacernos?, se preguntaba la gente cuando aparecieron unos hombres cabalgando. Llevaban vestiduras marrones, mal hechas y deshilachadas; todos ellos eran altos y morenos. El que lideraba al grupo era más delgado que el resto, tanto, que se le notaban las clavículas exhibidas por una débil capa de piel. Llevaba en su espalda una especie de maleta cuadrada hecha de madera.

—Madre, ¿quiénes son? —preguntó Elly desde la puerta entreabierta.

—Son brujos provenientes de Casgrad —respondió un hombre que se encontraba cerca de ellos—, son enviados por el rey Ottar Danus.

—¿Y a qué vienen?

—Seguramente a visitar al rey.

—Vienen a imponerle la vida eterna —bromeó un muchacho alto, delgado, rapado y de aspecto enfermo de nombre Fenris Ball, acompañado de sus dos amigos matones: los gemelos Viggio

y Gerd, dos chicos robustos e intimidantes que, por suerte, no eran lo suficientemente listos.

—Ese sujeto no está enfermo —añadió una mujer, la cual también se había quedado cerca de ellos..

—Nadie lo sabe con seguridad —le aclaró Elsie.

—No está enfermo, Elsie —insistió la señora, severa—, nos han mentido de nuevo.

—¿Entonces por qué ha estado ausente tanto tiempo? —preguntó el primer hombre.

—Ha estado de fiesta, quizás —volvió a bromear Fenris, provocando la risa de Viggio y Gerd.

—¿Entonces a qué vienen estos brujos? —preguntó otro vecino que estaba escuchando su conversación.

—Concuerdo con lo que dice el muchacho, vienen a imponerle la vida eterna. Este sujeto hará todo para quedarse con el poder —apuntó la señora—. Estamos perdidos.

Pronto inició una discusión entre los habitantes de toda Valguard, provocando que comenzaran a rondar toda clase de rumores desde la ciudad hasta las colinas más altas y el resto del reino. Nadie sabía nada acerca del rey Holger, ni de su paradero ni de la misteriosa visita de los brujos. El rumor más resaltante entre los valguardianos era la salud del monarca, el cual llevaba más de un mes sin aparecer.

El silencio que reinaba en las escaleras de mármol solo era interrumpido por el sonido de los pasos. El grupo conformado por los cinco hombres flacos se dirigió hacia la sala del trono, donde se encontraron frente a la puerta de entrada, una enorme pieza de madera labrada donde se podía observar a relieve el paisaje de Valguard, con las cerraduras bañadas en oro como un recordatorio de la grandeza de la nación.

El castillo era un lugar fascinante y, cuando el guardia les dio la entrada a la estancia, descubrieron un lugar extenso, con ventanales tan amplios como los altos techos de los cuales colgaban lámparas de hierro forjado que iluminaban con velas. Se trataba de una estancia lujosa con pinturas de los espléndidos paisajes de Valguard colgando de sus paredes, además de retratos de cuerpo completo de los antiguos monarcas como el rey Turlock Cromwell I, conocido como "el cascarrabias" y por tener el reinado más largo de la familia Cromwell; a su lado estaba el retrato su hijo, el rey Henry Cromwell I, que antes de convertirse en rey fue conocido como "el príncipe rebelde" y, un poco más lejos del retrato de Turlock, la reina Amelia Amery, apodada como "el ángel en la tierra" debido a su prominente belleza, engalanaba las paredes a pesar de que las historias decían que había tenido un carácter bastante frío.

En el fondo del lugar se encontraba el trono del monarca; una silla de oro bruñido cuyo relieve contaba con figuras ornamentadas que la decoraban en su totalidad y que acababa en la cabecera donde se podía ver un fénix con las alas abiertas, una decoración que se podía apreciar en su acolchado color vinotinto.

En aquel majestuoso asiento se encontraba un hombre de baja estatura y un poco obeso que se levantó apoyando sus manos en los brazos del trono, observando a los invitados con detenimiento.

Demacrado, con ojeras y párpados hinchados, puso su cabeza en alto dejando ver una verruga prominente en su frente.

—Bienvenidos, mis apreciados casgranos; es un placer tenerlos de vuelta —proclamó alzando su voz grave y desagradable mientras extendía los brazos y forzaba una sonrisa que apenas su rostro le permitía.

—Agradecemos la invitación, rey Holger —contestó Lesmes, líder de los brujos, haciendo una reverencia que provocó que su larga cabellera negra, que le llegaba hasta la cintura, le tapara el rostro.

—Díganme, ¿han traído la solución a mis males? —preguntó el Rey.

—¿Cómo íbamos nosotros a defraudarlo, Su Majestad? —contestó el brujo mientras bajaba la maleta de madera de su espalda, sacando de ella una botella de vidrio que contenía un líquido morado que parecía resplandecer ante la luz de las velas—.

Aquí está, Su Majestad. —Estiró la mano mientras se arrodillaba a los pies del monarca para entregarle la botella.

—¿Es esta la pócima de la que el rey Ottar Danus me habló?

—Así es, Su Majestad; la pócima de la renovación.

El Rey extendió su mano derecha para tomar la botella y, con cuidado, la examinó dándole vueltas al frasco entre sus dedos; retiró la tapa de corcho y la olió, percibiendo un horrible hedor como el del azufre. Sin dudarlo, bebió el contenido y cerró los ojos.

El efecto fue inmediato. Podía sentir cómo su organismo se renovaba a una velocidad sorprendente, como si algo en aquella pócima limpiara su sangre y sus venas. El corazón empezó a latirle con rapidez, sus pupilas se dilataron y fue consciente de todo su alrededor de una forma que nunca había experimentado, como si sus sentidos se agudizaran. Sentía como su espíritu cobraba vida nuevamente.

La experiencia duró poco, y de inmediato soltó una carcajada, echando la cabeza hacia atrás mientras aplastaba la botella en su mano derecha, dejando que los fragmentos de vidrio cayeran al suelo.

—Me siento... —paladeó un momento sus palabras, haciendo una pausa— vivo. —Su voz grave resonó por todo el lugar, y los pocos caballeros que se encontraban en el salón aplaudieron, manteniendo el rostro serio.

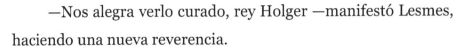

—Nos alegra verlo curado, rey Holger —manifestó Lesmes, haciendo una nueva reverencia.

—¡Rápido! ¡Iré a informar al reino! —exclamó el Rey ignorando al brujo, antes de dirigirse a la entrada del salón acompañado de sus soldados.

El sonido de la trompeta, proveniente del castillo, anunció la llegada del rey. La tarde había transcurrido con normalidad entre los ciudadanos, quienes se encargaban de sus tareas diarias. Las mujeres cuidaban a sus hijos, cocinaban y vendían comida, confeccionaban prendas o comerciaban en los mercados; mientras que los hombres se dedicaban a sus labores como carpinteros, cerrajeros o maestros. Los niños ya habían regresado de la escuela, una casita ubicada en la Plaza Central en donde eran vigilados por un caballero negro para evitar los comentarios de los profesores en contra del Rey.

La vida en Valguard se había tornado complicada; había al menos quince homicidios por día y cada día se sumaba más violencia, incluso odio y resentimiento entre los mismos valguardianos. La paz que habían conocido cada vez estaba más lejana.

Con el sonido de las trompetas, las personas ubicadas en las colinas, que se dedicaban al pastoreo y la cosecha, también comenzaron a bajar a la plaza para escuchar el discurso del monarca. Un murmullo se elevó entre todos los presentes, extrañados por el suceso.

—¿Es curioso, no? El Rey apareciendo después de la visita de los brujos —alguien comentó mientras se concentraban a la espera del Rey, quien se dirigía al lugar en una carroza de madera tallada jalada por cuatro caballos negros. Detrás de él, un grupo de caballeros negros le hacía guardia.

—¡Nuestro rey, Holger Darnkworth, ha vuelto!— exclamaba la gente de las colinas.

En la fuente de piedra, la carroza se detuvo, dando paso a un hombre alto, rechoncho, de cara alargada, ojos pequeños y bigote, el cual se bajó torpemente de la carroza. Algunos jóvenes se rieron de él, pero no le importó, ya estaba acostumbrado a ese tipo de burlas. Luego de él bajó otro hombre, no tan alto y tan rechoncho, con calvicie incipiente y ojos verdes que taladraron a los presentes. Se trataba de Olav Maher y Gottmort Hardash, fieles servidores del Rey, quien tras ellos hizo su entrada triunfal, sonriendo con energía mientras alzaba sus brazos al pueblo y recibía el aplauso de algunas personas.

—¡Mis queridos valguardianos! —exclamó ante la sorpresa de varios de los presentes—, ¡he venido a darles una grata noticia! ¡Estoy curado! —La declaración fue acompañada de aplausos y murmullos—. Sé que muchos de ustedes se han estado preguntando sobre mi larga ausencia, pero ya no hay que temer. Aunque he estado un poco delicado de salud, he logrado sobreponerme. ¡Estoy de vuelta!

—¡Su Majestad! —Un joven de tez morena y cabello negro azabache desordenado se hizo paso entre la multitud, interrumpiendo el festejo.

Detrás de él iba una mujer rubia cuyo cabello le cubría la espalda y un enano tembloroso con las manos muy juntas sobre su vientre.

—Louis Laughton, qué gusto verte —escupió el Rey con desagrado escudriñando al muchacho.

—Tenga cuidado, señor —susurró el enano a Louis, dándole un tirón en el pantalón.

—Tranquilo, Mylo —lo apaciguó el moreno antes de regresar al Rey. —Es una gracia que Su Majestad esté de regreso —agregó con una sonrisa ladeada.

—Gracias —respondió el Rey, seco.

—Con todo respeto, Su Majestad, pero ¿no debería informarle a la gente cuál fue la enfermedad que lo mantuvo tanto tiempo ausente?

—¡Tonterías! ¡No voy a preocupar más a mis súbditos! —exclamó el Rey de forma grave.

—Es necesario, rey Holger. El reino necesita saber —insistió Louis con los ojos marrones resplandeciendo. Conocía lo suficientemente bien al monarca para saber que estaba ocultando algo.

—No te metas en mis asuntos, Laughton.

—El Rey hablará de su estado de salud siempre y cuando le parezca necesario; en este caso, no lo es, ya que no padeció ninguna enfermedad grave —agregó Gottmort con indiferencia.

—¿Innecesario? —Louis enarcó la ceja izquierda—. No lo creo, después de todo, ¿cómo creerles después de tantas mentiras?

—Baja la voz, Laughton —reclamó el Rey.

—¡La gente tiene derecho a saber! —exclamó otra voz entre la multitud.

—¡Vaya sorpresa! ¡Pero si es Mary! —exclamó Holger haciendo una mueca al ver a la mujer—. Al parecer algunos no comprenden quién es el que comanda aquí y pretenden imponerme reglas. Déjenme decirles que he informado lo que he considerado necesario informar: yo soy quien pone y quita las reglas. En cuanto a ustedes dos, no se preocupen por su Rey, porque ha regresado y seguirá gobernando Valguard como siempre lo ha hecho; les pido, mis amigos, que no hagan mucho alboroto. —Y con una sonrisa se dio la vuelta para regresar a la carroza seguido de Gottmort y Olav.

Louis intentó avanzar hacia él, pero fue detenido por la rubia: su esposa, Lynn.

—No es necesario, cariño — indicó con una voz dulce.

El Rey no esperó más confrontaciones y, una vez en su carroza, esta retomó el camino de retorno al castillo mientras las personas lo observaban confundido. En ese instante, luces de color verde, naranja y morado aparecieron entre la multitud hasta llegar a la fuente. Tres mujeres, cada una con una vestimenta que correspondía a las luces, comenzaron a caminar entre los presentes.

—¡El Rey ha regresado! —exclamó la mujer de verde.

—Más viejo y amargado —siguió la de vestimenta naranja.

—Enojado y angustiado —concluyó la de traje morado.

Se trataba de Meredith, Leena y Alana, las únicas brujas que quedaban en Valguard. De inmediato, los niños corrieron, alegres, hacia ellas. Luego de que su raza se viera mermada a causa de una guerra que hubo hace muchos años, habían logrado encontrar paz y armonía en la zona, en donde convivían con los valguardianos que, aunque a veces recelosos, valoraban su alegría.

—Madre, ¿podemos ir? —preguntó una pequeña de ojos grandes y cabello oscuro a Lynn. A su lado, Brendan, su hermano menor, esperaba la respuesta afirmativa de su madre.

—¿Qué les dije de salir sin permiso? —advirtió Louis a sus hijos.

—Que no salgamos sin un adulto responsable —respondieron ambos hermanos al unísono.

—Exacto.

—¿No podemos ir? —insistió Maudie.

—No se alejen de nosotros —terminó aceptando Lynn—. Y dale la mano a tu hermano.

Maudie sonrió, tomó la mano de Brendan y juntos corrieron a donde estaban las brujas realizando hechizos para los niños, apareciendo luces o elevando a algunos que reían a carcajadas y movían los brazos como si pudieran volar.

—¡Maudie! ¡Brendan! —saludó Alana acercando su cara juguetona de pestañas alargadas y párpados pintados de un morado brillante. Ella era la menor de las tres hermanas brujas—. ¿Quieren algu...?

—¡Valguard, traemos noticias! —interrumpió Meredith, la mayor de ellas, dirigiéndose a la población. Era la más alta de las tres, su mirada estaba enmarcada por unas cejas pobladas bien arregladas y, al igual que su hermana menor, tenía los ojos pintados pero de un verde esmeralda.

—¿Nuevas visiones? —preguntó Mylo, atemorizado—. ¿Qué ocurre?

Meredith tomó un poco de agua de la fuente con sus manos y la transformó en una burbuja que comenzó a moldear entre sus manos hasta que esta comenzó a proyectar diversas imágenes.

—Se acercan días difíciles para nuestra nación —empezó la bruja—. Más sangre será derramada, más vidas serán cobradas. —Era claro que sus palabras no eran recibidas con entusiasmo; y las personas comenzaron a ponerse nerviosas mientras ella avanzaba entre ellos—. Sin embargo, también vendrán cosas buenas. —Por un momento guardó silencio, mirando a todos los presentes con solemnidad—. El héroe de Valguard pronto estará entre nosotros.

Sus palabras causaron sorpresa y sobresaltos. ¿Acaso algo así era posible?

—¿Cómo podemos creerles si llevan diciendo lo mismo desde hace días y nada ocurre? —cuestionó uno de los habitantes.

Las brujas compartieron miradas entre ellas y sonrieron; luego, Leena, la segunda bruja, imitó a su hermana, se acercó a la fuente e hizo aparecer otra burbuja entre sus manos cuyas uñas largas brillaban de un tono naranja que combinaba con su vestido, al igual que las puntas de su cabello corto hasta los hombros.

—Hace muchísimos años, el reconocido brujo Malachi Krishmann reveló una profecía: *"La alegría será radiante un día de verano, pues un nuevo amanecer nacerá; sin embargo, la Oscuridad hará de las suyas. Sus intentos serán fallidos, pero la traición y la sangre le otorgarán la victoria"*.

»Años después nació el primogénito del rey Henry y su esposa, la reina Margery, en aquel verano de julio. Lo llamaron como su padre, pues se convertiría en el decimocuarto rey de Valguard. Una inmensa alegría invadió las calles de nuestra nación, tal y como se describe en la profecía de Krishmann.

Alana, quien en ese momento ya tenía una esfera de agua en sus manos, dio un paso al frente.

—*"Cuando la tierra devastada clame por libertad, el hombre elegido, reconocido por los elfos, entregará tan ansiado deseo a su reino después de emprender un largo camino en busca del poder para derrotar a su adversario".*

»Fue otro brujo, Rowen, el que le reveló ambas profecías al Rey después del nacimiento del príncipe. Le advirtió que estas se referían a Valguard y a su hijo, y que este debía abandonar el país para que la segunda profecía se cumpliera. Al Rey le costó comprender esto, al principio no creyó, pero fue cuestión de tiempo para que ocurriera el primer ataque de Holger Dankwoth. Después de aquello, el Rey tuvo que tomar una decisión junto a su esposa, que se encontraba preocupada por la seguridad de su pequeño. Por amor a su hijo y a su nación, mandaron al pequeño Henry a tierras lejanas de Valguard.

—Sin embargo —añadió Meredith—, los rumores concernientes al príncipe heredero eran muy confusos, pues nadie supo nada de él después del primer ataque; se decía que había sido secuestrado, mientras que otros lo daban por muerto después de que Holger Dankworth tomó el poder.

—¡Y lo está! —gritó alguien entre la multitud, dirigiéndose hacia donde se encontraban las brujas.

Viejo, de gran y gorda nariz y con ropas que le colgaban por los hombros debido a su tamaño inadecuado, Éamon Gordon —que prefería que lo llamaran por su apellido—, se abrió paso entre la multitud.

—Ay, señor Gordon, no arruine la historia —se quejó Alana chasqueando la lengua.

—No lo hago, ya que el daño fue hecho hace años atrás —objetó el enano de mala gana.

—¿Cómo estás tan seguro? —Esta vez fue Jensen quien intervino.

—¡Porque soy el enano más viejo de Valguard! Y el único sobreviviente de los enanos en aquella batalla.

—No es cierto, todos se fueron durante los ataques —corrigió Mylo saliendo de su escondite detrás de Louis.

—¡Murieron! ¡Todos murieron! —gritó Gordon, molesto.

—Lo siento, señor Gordon, pero yo creo que todas las criaturas, incluyendo las mágicas, escaparon porque no pueden vivir en un ambiente tan oscuro y hostil como en el que vivimos hoy.
—Normalmente, nadie hacía frente al enano por su mal carácter, pero Mylo había tomado valor.

—¡Bah! No seas tonto. Ya no existen esas criaturas.

—¿Y qué hay de Mylo y usted? —preguntó Elly—, ¿de las brujas?

—No, mi querida, yo no soy un ser mágico, soy un simple enano, nada más; y esas brujas son unas estafadoras, como todos los brujos. Gracias a los dioses están casi extintos.

—¡Basta ya! —Louis cortó la discusión—, no hace falta descalificar a nadie, todos aquí queremos lo mismo y con esta discusión no se logrará. No estoy seguro si existen criaturas mágicas, tampoco si alguien vendrá a ayudarnos, pero sí estoy seguro de que saldremos adelante.

Tras sus palabras, la multitud comenzó a aplaudir. Louis Laughton era una de las primeras personas a las que el Rey detestaba debido al poder de su apellido, pues los Laughton era una de las familias más poderosas de Valguard; además, los valguardianos lo veían como su líder, algo que no podía decirse del mismo Rey.

—Aquí no hay salida —insistió el Gordon a regañadientes—, se los dice el enano que luchó en los tres ataques. Estos tipos son sumamente fuertes; acabarán contigo, Louis, acabarán contigo. Recuerda que te tienen en la mira. —El enano conocía a Louis desde niño y le tenía mucho aprecio a pesar de no demostrarlo muy a menudo.

—Lo sé —respondió Louis, serio—, pero eso no me impedirá seguir luchando como hasta ahora.

Mientras la multitud seguía discutiendo, una joven salió de su escondite ubicado en el tejado de una pequeña casa en ruinas, dirigiéndose a toda velocidad hacia una vereda que daba a un camino de rocas, un kilómetro más adelante.

No miró atrás, tampoco se entretuvo, y cuando llegó al camino, siguió las rocas que la llevarían a su destino. Conforme avanzaba la cantidad de pequeñas casas iba disminuyendo, todas se veían deshabitadas y cayéndose a pedazos; su juvenil mente no era capaz de recordar la belleza que tuvo aquel camino que recorría y que alguna vez estuvo adornado de las más hermosas flores de todos los colores, pues, en su lugar, lo único que quedaba era tierra muerta y restos de animales y personas.

La joven siguió avanzando por el camino de adoquines desgastados hasta llegar a una desembocadura que daba al sendero donde se encontraba el Cementerio del Este, al cual entró empujando unas rejas de hierro oxidado para luego entrar al recinto, decorado con lápidas y flores marchitadas sobre el césped opaco. Mientras caminaba, iba recogiendo algunas de las flores que aún mostraban un poco de vida. Estuvo así un par de metros hasta llegar a unas lápidas; se detuvo y colocó las flores a modo de ofrenda.

—Ustedes sí fueron verdaderos héroes —murmuró antes de quedarse en silencio y, luego de un par de minutos, alzó su mirada al horizonte. Ahí, a unos tres metros de distancia, hecho en mármol blanco, se encontraba un pequeño mausoleo al cual se acercó.

Las letras doradas junto con el escudo de Valguard, si bien, ya gastados, seguían siendo visibles:

Henry & Margery Cromwell
Aquí yacen los restos de nuestro decimotercer Rey y su Reina.
Una hermosa vida acabada por una traición al reino que jamás debe ser olvidada; el recuerdo de una gran familia, rota por la ambición de poder.

Descansen en paz.

—¿Dónde están cuando los necesitamos?

Un frío viento sopló en dirección al norte y la joven alzó su mirada para observar el amplio prado, localizando una silueta que se escondía entre los árboles del bosque, a algunos metros. Forzó la vista para poder ver mejor. Parecía que se trataba de un hombre con capa que se movía con el viento.

Segura que se trataba de algún viajero, la joven lo ignoró, se levantó y regresó por el camino por donde vino.

2.

LA BRÚJULA DE NORTHEM

En casa de los Laughton, Maudie y Brendan se preparaban para ir a dormir mientras su madre terminaba de limpiar lo que quedaba de la cena.

—¡Padre! ¡Madre! —exclamó la niña desde el piso de arriba—, ¡es momento de contar historias!

—¡No! ¡A dormir! —ordenó Louis; dejó sobre la mesa de madera el mapa que se encontraba revisando y subió a darles las buenas noches a sus hijos.

—¿Dónde está madre? —preguntó su hija una vez Louis cruzó la puerta de la habitación. Los niños se hallaban en sus camas, soñolientos pero deseosos de escuchar anécdotas—. Es mejor cuando ambos nos cuentan las historias.

—Vendrá enseguida, cariño —dijo Louis arropando a Brendan con la manta.

—Padre... —bostezó la niña.

—¿Sí?

—¿Tú conociste al héroe del que hablaron las brujas?

Louis, sentado en la orilla de la cama de su hija, mantuvo el silencio mientras la observaba.

—¿Qué te hace pensar eso? —cuestionó luego de un momento. Un nudo se había formado en su estómago.

—Hemos escuchado la leyenda del príncipe Henry muchas

veces, y madre nos dijo que todo ocurrió cuando tú y ella eran niños...

Louis sonrió. En la cama de al lado, Brendan levantó la cabeza de su almohada.

—Es solo una leyenda —puntualizó.

—Pero ¿es cierta?

—Hija, no puedo decirte con exactitud; se cuentan tantas leyendas e historias por ahí, sabes que no siempre son ciertas.

—Así es —confirmó la niña alzando ambas cejas—, no todas son ciertas..., pero esta sí puede serlo.

—Eres muy observadora —halagó a su hija, cuyos ojos lagrimeaban después de un profundo bostezo.

—Por favor, padre —insistió, sin darse por vencida.

Brendan se salió de su cama y brincó a la de su hermana, acostándose a su lado.

—Todo ocurrió muy rápido —cedió Laughton a la insistencia de los pequeños—: el ataque, los gritos de dolor de las personas mezclados con los sonidos de las espadas... Al día siguiente quise ver que había sido del príncipe Henry, pero mis padres me dijeron que no sabían nada sobre lo sucedido.

Hacía años que no había pronunciado su nombre; el tiempo no había logrado enterrar del todo los recuerdos, junto con el dolor que significaban.

—¿Lo conociste? —saltó Maudie—, ¿al Rey, al príncipe Henry, a la Reina?

Louis sonrió de forma tenue, con un dejo de tristeza matizado por el tiempo.

—El Rey era mi padrino y Henry mi mejor amigo —dijo, para gran asombro de sus hijos—. Prefería que sus amigos más cercanos lo llamaran por su nombre y no por el título de Príncipe, al igual que el rey Henry prefería que mi padre lo llamara por su nombre y no por el título de Rey o Su Majestad. Era un gesto de suma humildad, algo que no se le atribuye a muchos gobernantes de este continente y el otro.

Lynn, quien estaba asomada por el marco de la puerta, se mantuvo en silencio para dejar que su marido contara aquella historia.

—¿Y cómo era él? —preguntó Maudie con un dejo de emoción en su suave voz.

—Fue hace mucho tiempo, hija.

Podía recordarse jugando en las calles de Valguard haciendo travesuras con un niño cuyo rostro no podía recordar, pero ahora aquello era tan lejano que parecía haber transcurrido en otra historia, a otra persona, en otro tiempo.

—¡Pero quiero saber!

Louis resopló ante la insistencia de su hija.

—Fuimos grandes amigos, Henry y yo; solíamos entrenar juntos todos los días, nos acompañábamos; sus problemas se convirtieron en los míos y los míos en los de él. Nos cuidábamos como hermanos y, de cierto modo, eso éramos..., hermanos.

Magnus Laughton, su padre, era quién solía entrenarlo esperando a que se convirtiera en el mejor caballero que Valguard jamás hubiese visto. Su intención era que se quedara con un lugar importante en la Corte; sin embargo, esa era una meta lejana, dado que su hijo no se comparaba nada en sus expectativas. Enclenque, inseguro, tímido e introvertido, resultaba ser una decepción; todo lo contrario a como solían ser casi todos los Laughton: caballeros con gran vigor y una gran fama.

Para Louis, aquellos entrenamientos eran más una pesadilla que un largo camino por recorrer. Su padre gritaba todo el tiempo y él se sentía en un laberinto oscuro sin fin..., hasta que conoció a Henry, con el que forjó una gran amistad y dejó a un lado aquella capa de timidez e inseguridades.

—¿De verdad, papá? ¿Jugaban juntos? —preguntó Maudie emocionada.

—¡Así es! Y en ocasiones nos metimos en algún problema. De hecho, una vez estuvimos escuchando a escondidas una reunión muy importante de los barones con el Rey... no nos ahorcaron por tratarse de nosotros —rio, a pesar de que los recuerdos eran buenos, la nostalgia empezó a lastimarlo un poco—. También intentábamos cazar alguna sirena en el lago.

—¿Y cómo eran los entrenamientos?

Antes de contestar, Louis hizo una mueca de vergüenza.

—Bueno... él era más ágil que yo, pero sin dudas me ayudó a mejorar.

Desde el rellano de la puerta, Lynn sonreía escuchando la narración y limpiándose las lágrimas que, inevitablemente, acudían a ella junto con los recuerdos.

—¿Qué le pasó al príncipe? —preguntó Brendan.

—Él sólo... —Louis suspiró antes de apretar los dientes—; después del primer ataque todo fue demasiado confuso. El Rey no quiso revelar ninguna información de lo sucedido, ni siquiera sobre su hijo, a quien nadie volvió a ver ni se supo nada más.

—Se fue... o se lo llevaron —observó Maudie, bajando la vista hacia sus manos sobre las sábanas.

Y ahí venía la razón por la cual Louis evitaba contar y recordar ese pasado. Aquel niño desapareció como lo hacen las huellas en la arena.

—Tal vez sea así..., ya saben que se dicen muchas cosas. Nadie sabe la verdad al respecto.

—Y si se fue, ¿crees que vuelva como dice en la profecía?

—Ahora sí, a dormir, pequeños —cortó Louis al tiempo que Lynn entraba en la habitación para darle las buenas noches a los niños, quienes, sin más remedio, se metieron bajo las sábanas.

Una vez fuera, con las luces de las velas apagadas, Lynn tomó a su marido del brazo.

—¿Aún crees que está muerto?

—Ha pasado mucho tiempo —murmuró Louis—, si estuviera vivo, ya habría regresado, ¿no crees?

La rubia tomó la mano de Louis con fuerza.

—Yo creía lo mismo que tú... hasta este día, cuando escuché esas profecías.

No habían hablado del tema en años, desde que eran niños, pero ahora que había escuchado la historia de Louis a sus hijos, el grifo de los recuerdos estaba abierto.

Louis desvió la vista y Lynn lo tomó de la barbilla para girar su rostro y mirarlo a los ojos.

—Te conozco demasiado bien para creer que has perdido las esperanzas. Sabemos muy bien que la primera profecía se cumplió, y así lo hará la segunda.

—No podemos confiarnos de las palabras de un brujo. —Hablar de Henry le causaba una sensación de regodeo y dolor; comenzando porque, gracias a su amistad, logró dejar atrás la actitud tímida y desconfiada que alguna vez tuvo; una amistad que terminó cuando menos se lo esperaba, dejando en él un gran vacío que el tiempo no había logrado llenar, ni siquiera con el inicio de su propia familia, su esposa, sus hijos—. Así como muchas se han cumplido, otras tampoco lo han hecho.

Los cálidos rayos del sol se asomaban por la ventana cuando despertó. Se quedó ahí, mirando el techo mientras escuchaba los ruidos de la planta baja mientras recordaba las veces que su padre regresaba a casa en la mañana después de haber acompañado al rey Henry a sus cacerías o viajes por Valguard. El día anterior, mientras visitaba su tumba, había encontrado el monumento de los reyes. El pensamiento no la había abandonado ni siquiera durante el sueño.

—¡Mariam! ¡Mariam! —la llamó una voz en el piso inferior.

Se restregó los ojos y, con pereza, se levantó de la cama; levantó los brazos por encima de su cabeza, se estiró y, una vez más despierta, bajó las escaleras de madera de la pequeña casa.

—Buenos días —saludó soñolienta a espaldas de su hermana, la cual terminó dando un salto.

—¡Qué susto me has dado! —El gesto de su hermana mayor era una expresión de enfado—. ¿A dónde te metiste anoche?

—Fui al cementerio.

—Te he dicho que no vayas sola. —Con un gesto rápido, Erin se giró hacia Mariam. La larga cabellera castaña la golpeó en la cara.

—No te preocupes por mí, Erin, sé cómo defenderme.

Erin soltó el aire por la nariz, pero al instante, sus facciones regresaron a su gesto de siempre.

—¿A dónde vas con esa canasta llena de comida? —preguntó Mariam mirando la canasta que estaba en la puerta.

—Son para Meggy. No es comida, son plantas medicinales.

Erin y Mariam eran muy parecidas, tanto en la tonalidad blanca de la piel, los ojos redondos de color miel, la nariz puntiaguda y el cabello color castaño; aunque Erin lo llevaba largo hasta la cintura y Mariam corto, hasta el lóbulo de la oreja; sin embargo, esta similitud física contrastaba con las diferencias de carácter que definía la personalidad de cada una. Por un lado, Erin tenía un gran sentido del humor el cual podía hacer reír hasta la persona más amargada del mundo; poseía conocimientos en plantas medicinales y del cuidado de enfermos y heridos, todo aprendido de Margaret Edevane —mejor conocida como Meggy—, una sanadora que cuidó de las hermanas cuando su padre, Reagan Hobson, falleció. En cuanto a Mariam, ella era orgullosa y rebelde, prefería participar en peleas con espadas o algo que tuviese que ver con aventura y peligro, tal como solía hacerlo cuando su padre aún vivía.

—¿Me acompañarás?

—Iré por ahí, pero... espérame —Mariam subió a su habitación, se cambió de ropa y tomó su espada.

Cinco minutos después, ya estaba de nuevo en la planta baja.

—¿Por qué te llevarás eso? —preguntó Erin arqueando una ceja.

—Quizás vaya a entrenar un rato —contestó Mariam—, o tal vez me encuentre con Aland y el grupo de la Resistencia.

Erin puso los ojos en blanco.

—Solo no se metan en problemas. Sabes que los soldados negros últimamente están más agresivos que nunca.

—Estaré con Aland y los demás; además, ya que el rey Holgy ha aparecido de nuevo, no habrá más soldados merodeando por las calles.

Erin se acercó a su hermana arqueando las cejas.

—Siempre están vigilando —aseveró.

—No te preocupes, si se me acerca uno, lo cortaré en pedazos.

—Y se los llevarás a Holgy —bromeó Erin—. Eres tan cabeza dura.

—Me conoces muy bien, hermana. —Mariam sonrió pícaramente y abrió la puerta de la casa.

Habían aprendido a cuidarse entre sí desde pequeñas. Erin, siendo la mayor, había tomado las riendas, pues aunque contaban con la ayuda de Meggy, Mariam nunca era muy fácil de manejar. La situación actual de Valguard con respecto a los maleantes y el salvajismo de los soldados negros que arremetían contra los jóvenes cuando se daba algún tipo de manifestación en contra del Rey, hacían que a Erin se le pusieran los pelos de punta de solo pensar que a su única hermana podría ocurrirle algo terrible.

—¡Ten cuidado cuando vayas por ahí! —gritó a su hermana cuando ya se separaban entre la gente que iba y venía, pero Mariam no le hizo caso y siguió su rumbo a donde el viento la llevara.

La rutina de trabajo en Valguard daba inicio; los leñadores empujaban sus carretillas para llevarlas a las colinas. Mariam se encaminó por las calles en busca de algo interesante. El panorama parecía tranquilo, con las personas yendo de allá para acá; sin embargo, unos soldados negros se hallaban en ciertos puntos, vigilando. Parecía que no ocurriría nada inusual, pero tratándose de una nación con muchos problemas, cualquier cosa, en cualquier momento, podía ocurrir.

Mariam se dirigió al centro de la ciudad en donde, tal vez, encontraría a Aland y compañía. No avanzó mucho cuando observó a una pareja de ancianos siendo atacada por ladrones que querían arrebatarles unos trozos de pan que llevaban en una cesta. Mariam miró a su alrededor y se dio cuenta de que la gente seguía en sus quehaceres sin darle importancia a lo que estaba pasando, incluso los soldados negros, quienes parecían estar ausentes ante el delito que se estaba cometiendo frente a sus propias narices. Sin pensarlo dos veces se dirigió hacia la pareja de ancianos, pero cuando llegó, los ladrones ya se habían ido..

—Gracias a los dioses estamos bien —dijo el hombre a su esposa que comenzaba a llorar, tomándola de la mano para retirarse con ella.

—Vaya situación —musitó Mariam.

No sabía si había una forma de arreglar todo ese desastre por el que Valguard pasaba; cosas como aquella eran normales de ver, aunque eso no eliminaba la frustración. Decidida a calmarse, volvió a caminar dirigiéndose al centro, en donde paseó por cada puesto de venta sin encontrar nada que le llamase la atención hasta que llegó a uno donde se hallaba una señora de unos ochenta años, encorvada y sentada en una silla de madera. Frente a ella se hallaba una mesa con su mercancía que Mariam se acercó a observar. La mayoría eran cacharros de viaje de al menos veinte años de antigüedad como mapas, zapatos, abrigos, bolsas; ninguno lucía interesante..., excepto una brújula en la esquina de la mesa, hecha de un material desconocido. El vidrio de la parte delantera era de un dorado desgastado debido a los años y no poseía cordón alguno.

—¿De dónde sacó esta brújula, señora? —preguntó con interés señalando el aparato.

La anciana se acercó para poder apreciar el artículo.

—Fue encontrada muy lejos de aquí, pero no funciona. ¿Piensas llevártela? —Sus ojos viscos observaban a Mariam, quien notó que la brújula no tenía marcado ningún punto cardinal, lo que llamó su atención. Era bien sabido que todas las brújulas de los caballeros llevaban el escudo de Valguard en el vidrio de la cara delantera, pero esa no poseía marca alguna.

Intrigada, tomó la brújula para observarla mejor. Era pesada y muy muy vieja; el eje rotatorio consistía en una aguja gruesa que se hallaba estática, sin indicar al norte, sur, este u oeste. Era extraño, ya que las agujas de estos artefactos se movían con el leve movimiento de la mano, pero esa no se movía ni siquiera un poco.

—¿Dónde fue encontrada?

La anciana estuvo a punto de contestar, pero fue interrumpida por un chico de mediana estatura y cuerpo atlético que saludó con ánimo a Mariam y le dio un beso en la mejilla a la anciana.

—¿Qué intentas vender, abuela? —preguntó el moreno de

nombre Hakon Piersse con una sonrisa debajo de su abundante barba. Se conocían debido a que él era hijo de otro soldado del rey Henry, fallecido en la batalla contra Holger. Mariam también sabía que su madre había muerto al dar a luz.

La anciana señaló la brújula que Mariam tenía aún en sus manos.

—¿Me permites? —Extendió su mano para tomar la brújula, la cual alzó para examinarla. Poco a poco, su sonrisa se desvaneció.

—¿La brújula de Northem?

—¿Así se llama?

—¿No has escuchado su historia?

—Pues no.

—Bueno… —comenzó Hakon y su sonrisa regresó a su rostro—, la leyenda cuenta que, durante la guerra de independencia, el barón Keenan Northem viajó lejos. No se sabe exactamente a dónde iba, pero jamás llegó a su destino.

—¿Qué le ocurrió?

—Fue asesinado en el Bosque Zola, entre sus pertenencias encontraron la brújula. La trataron de utilizar, pero no les funcionó…, o ese fue el testimonio del último soldado que la tuvo en su posesión antes de extraviarla. La leyenda se originó en Indarlor, una nación del Gran Continente. A la brújula se le puso el nombre del barón.

—¿Y cómo es que llegó hasta aquí la brújula? —preguntó Mariam, incrédula.

—Antes del tercer ataque de Holger unos caballeros negros capturaron al brujo Rowen y lo mataron sin hacerle ninguna pregunta, tomaron todas sus posesiones y se las repartieron entre sí. Uno de ellos, que aún no estaba poseído por la magia oscura, pero obedecía debido a que su familia estaba amenazada de muerte, vio como uno de los soldados negros lanzaba la brújula al lago; la recogió y la trajo consigo hasta Valguard. Mi abuelo lo conocía y el soldado se la entregó antes de que lo volvieran... tú sabes... uno de ellos; incluso trató de buscar más información con respecto a este objeto, quiso saber cómo rayos fue a parar a manos de Rowen, pero lo único que descubrió fue su leyenda. Ha estado en nuestro hogar desde entonces. ¿Sabes que es lo más interesante de esta brújula?

—No.

—Se dice que fue diseñada por los elfos para guiar a su portador a un lugar específico y solo funciona cuando empiezas a acercarte a él, es decir, no te guiará hacia otro lugar, eso es lo que dice la leyenda.

Mariam volvió a mirar el aparato.

—¿Cómo puedo creerte?

Hakon comenzó a reír.

—La leyenda de la brújula se originó en el Gran Continente y no fue después de la guerra que hizo eco aquí. Puedes preguntarle a otra persona si quieres, seguro la conocen. Recuerdo muy bien a mi abuelo Garren llegar a casa después de hacer sus descubrimientos exclamando que tenía en su colección un objeto mágico jamás visto por el hombre. Intentó hacer funcionar la brújula, pero no hubo manera.

Mariam atisbó a la señora, quien asentía con la cabeza.

—Me la llevo —anunció.

—¿De verdad? —Hakon se sorprendió.

—Sí, ¿cuánto por ella?

—Diez valgians —respondió la anciana mientras revisaba la lista de precios.

—¿No es un poco barata? —se extrañó Mariam al fijarse que todos los demás artículos sobrepasaban los veinte.

—Es un objeto que no muchos aprecian, pues no sirve. Lleva tiempo aquí y nadie ha querido llevársela —expuso Hakon.

Mariam sacó de su bolsillo las cinco monedas que hacían los diez valgians y las entregó a la anciana en las manos. Acto seguido, su nieto guardó la brújula en un bolso de cuero dónde pertenecía y se lo entregó a Mariam. La muchacha dio las gracias con una sonrisa y se fue a continuar su camino.

No tenía razones para haber adquirido tal objeto, pero le pareció exótico e interesante, un poco "mágico". Para muchas personas, o en su gran mayoría, esa última opción la consideraban como algo tonto o inexistente, pero para Mariam todo lo que tuviese que ver con algo fuera de lo común le beneficiaba para escapar de la triste realidad en la que vivía. Siendo una muchacha de quince años se sentía un poco sola al no encajar bien con el resto de los jóvenes de su edad; muchos la llamaban fenómeno o chiflada, pero a ella no le importaban tales palabras. Le gustaba refugiarse en su pequeño mundo, sin importarle lo demás.

Cuando seguía su camino, un numeroso grupo de personas comenzaban a reunirse en la Plaza Central, en su mayoría jóvenes de la Resistencia, quienes solían hacer manifestaciones casi a diario en contra del Rey. Los consignas y los aplausos se elevaron por los aires: «Queremos libertad, muerte a la opresión».

No tardaron mucho en aparecer los caballeros negros, quienes rodearon a la multitud de izquierda a derecha, adelante y atrás. Los jóvenes se limitaban a dar un paso atrás, alzando sus mentones con valentía mientras observaban de hito en hito a los hombres de armadura negra. Hubo silencio. Mariam se encontraba a cuatro metros del lugar junto a los vecinos que observaban perplejos. No había palabras, ni el más mínimo susurro, hasta que uno de los jóvenes decidió romper aquel silencio dando un paso hacia delante para acercarse al caballero que se encontraba más cerca de él. Ambos quedaron observándose por unos instantes.

—No intenten detenernos —dijo el joven con una voz fría a pesar de que la pena se lo comía por dentro, pues conocía al hombre que tenía en frente; no obstante, el caballero no le respondió, solo le devolvía la mirada con aquellos ojos totalmente negros que parecían perlas negras, vacías de vida—. No queremos seguir siendo presas de las injusticias del rey Holger.

El joven comenzó a cantar la consigna y los demás le siguieron con más fuerza, pero los caballeros no tardaron en reaccionar, tomándolo por la fuerza para luego atarle las manos a una cadena de hierro.

—¡Aland! —gritó Mariam al reconocerlo, corriendo hacia él hasta que fue detenida por uno de los vecinos—. ¡Suéltame! —reclamó golpeando al hombre, pero este no cedió.

Aland fue forzado a subir en un caballo mientras sus compañeros intentaban frustrar el arresto, pero sus intentos fueron en vano ya que también estaban siendo reprimidos por el resto de los caballeros negros, los cuales repartían latigazos a diestra y siniestra; mientras que los pocos que lograban escapar agarraron rocas de construcciones cercanas y se las lanzaron con fuerza. La Plaza Central se convirtió en un campo de batalla y la gente de los alrededores tuvo que esconderse en sus hogares, abandonando sus quehaceres para huir del lugar.

Una hora después, el tenso ambiente se calmó y la gente salió a prestar apoyo a los que se encontraban heridos.

—¡Camina! —exclamó el caballero empujando al joven para que avanzara más deprisa.

Se dirigían a la sala del trono donde se encontraba el rey

Holger con sus brazos descansando en los brazos del hermoso trono de oro mientras observaba la escena con expresión seria. Al llegar frente a él, los caballeros que lo sostenían lo quisieron obligar a ponerse de rodillas, pero al negarse a hacerlo recibió un puñetazo en el estómago. No pudo sostenerse más, cayó al suelo preso de furia. El Rey abandonó la comodidad de su trono para acercarse a él y obligarlo a alzar su cabeza, levantando su mentón con la mano derecha. Los mechones de su cabellera rubia apenas dejaron ver sus ojos marrones.

—¿Con que tú eres el rebelde que ha causado revueltas? —preguntó el Rey.

—¡Usted es el que ha hecho las revueltas, imbécil! —exclamó el muchacho, recibiendo un nuevo golpe de parte de uno de los caballeros.

—Estos jóvenes de hoy no muestran respeto alguno —observó Holger con sorna—. Dime, ¿cuál es tu nombre?

Aland no contestó. Su mirada se paseó por la estancia; el rey Holger nunca estaba solo, acostumbraba a estar acompañado de sus fieles vasallos y por uno o dos brujos de Casgrad que le resguardaban las espaldas. Uno de ellos observaba detenidamente al caballero que lo sostenía; sus labios se movían ligeramente, como si estuviera murmurando unas palabras.

El caballero lo tomó del cabello, levantando de nuevo su rostro hacia el monarca.

—Te he formulado una pregunta —insistió el Rey.

—Así es como mantienes a los caballeros fieles a ti —musitó entre dientes—, gracias a la magia de los brujos oscuros; sin ellos no eres nada, ¿verdad, Holger?

El Rey ignoró sus palabras y miró al caballero negro que se encontraba al lado izquierdo del chico, que dio un latigazo a la espalda del joven. Muy a su pesar, no pudo evitar el gemido de dolor. A este golpe siguió otro.

—Aland…, soy Aland Callen —soltó entre sollozos.

—Bueno, joven Callen, en Valguard le ponemos disciplina a los rebeldes revoltosos como tú. —Y con una sola mirada, indicó al caballero que volviera a latiguearlo, provocando que Aland derramara una lágrima, no de dolor, sino de ira.

—¡Al calabozo! —exclamó el Rey, y los caballeros levantaron a Aland para arrastrarlo por el suelo hacia las mazmorras del castillo, donde muchos prisioneros, encarcelados por crímenes no cometidos, nunca volvían a ver la luz del día.

3.

ANTES DEL TORNEO

Un pequeño grupo de personas seguía en el lugar ayudando a los que habían sido heridos durante la revuelta cuando Louis llegó junto a Mylo a inspeccionar el lugar de los hechos. Cerca de ellos se encontraba la madre de Aland Callen, arrodillada en el suelo y sin dejar de llorar con las manos en el rostro. Louis se acercó a ella y colocó una mano en la espalda, logrando que esta se secara las lágrimas con la ropa que llevaba puesta y lo mirara, lo que le provocó un sobresalto al reconocerlo.

El moreno le dedicó una sonrisa, ella se la devolvió.

—Señora Callen —dijo Louis al fin—, siento mucho lo que ha ocurrido.

—Es un chico inocente; solo estaba con los demás y se lo han llevado. —La mujer volvió a estallar en sollozos—. Por favor, señor Laughton, debe ayudarnos.

—No permitiré que Holger haga de las suyas —le aseguró, y dicho esto se levantó y prosiguió junto a Mylo su camino hacia el castillo.

—Aland es sólo un muchacho —se lamentaba Mylo mientras cruzaban la calle que los llevaba hacia la fortaleza—. Es el tercer prisionero en lo que va del mes.

Louis siguió con la mirada fija en el castillo mientras aceleraba el paso, y Mylo tuvo que correr hasta él para alcanzarlo.

Después de subir la colina, llegaron a la enorme puerta custodiada por dos caballeros negros, a excepción de que sus ojos eran como los de cualquier ser humano, lo que hizo deducir a Louis que se trataban de dos soldados casgranos que servían tanto al rey de Casgrad como a Holger.

Mylo tragó saliva y dio un paso atrás; Louis, sin embargo, avanzó decidido hacia ellos.

—Vengo a ver al Rey —anunció.

—¿Lo está esperando? —preguntó el hombre de la derecha, sin mirarlo.

—No lo dudo... —contestó Louis con talante serio. El guardia le dirigió la mirada y lo observó con detenimiento.

—Louis Laughton —dijo sin ninguna expresión en el rostro antes de empujar las enormes puertas del castillo. Louis y Mylo entraron y la puerta se cerró tras ellos. Cruzaron el enorme vestíbulo iluminado por los pocos rayos del sol hasta llegar al largo pasillo que conducía a la sala del trono.

—Sí señor, sí señor —susurraba una voz masculina con tono temeroso, pero Louis y Mylo siguieron caminando hasta encontrarse con Olav y Gottmort, quienes observaron a los visitantes en un silencio que se prolongó con tensión entre ellos.

Al final, fue Gottmort quien volvió a dirigir la mirada a Olav, bufó de frustración y salió del lugar a paso agigantado dejando a los tres solos.

—Buen día, Olav —saludó Louis. El hombre del bigote movió

la cabeza rápidamente de arriba abajo para saludarlo antes de marcharse.

Louis, sin querer esperar a que uno de los guardias que se encontraba cerca le abriera la puerta de la sala, decidió abrirla por sí mismo. Era pesada y el chirrido que esta emitió no terminó hasta que pudo abrirla por completo.

—¡Qué sorpresa! —exclamó el rey Holger una vez que vio a Louis entrar—, no esperaba tu agradable visita —agregó con una sonrisa sardónica.

—Holger —respondió Louis, tajante.

—¿A qué has venido? —preguntó el Rey.

—Usted lo sabe muy bien.

—¿Te refieres al chico Callen? —Louis asintió respuesta—. Ya me lo imaginaba. Ese muchacho causó revuelo en mi reino, como ya debes saber, por eso lo he encarcelado.

—¡Exijo su liberación! —exclamó Louis—, ¡no ha cometido delito alguno!

Holger Dankworth soltó una carcajada.

—Me temo que no puedo hacer tal cosa, Louis, eso sería dañar la paz del pueblo. —El Rey hizo una pausa en la que pareció ahogarse un poco—. Los revoltosos y vándalos deben estar dónde pertenecen, tras las rejas, ¿no te parece?

—No sé de cuál paz me estás hablando, Holger —escupió Louis—, pero ese muchacho es inocente.

—Louis... abre los ojos. A los rebeldes debemos castigarlos como se debe.

—¡Ese chico no debe estar encerrado! ¡Estaba manifestando su desacuerdo junto a los demás valguardianos y todos tienen el derecho de expresarse ante un reinado tan nefasto como el tuyo! —Con un movimiento rápido y decidido, Louis se acercó al trono del Rey, cuyo rostro comenzaba a adquirir un tono rojo—. Libéralo, sabes que no ha hecho nada malo.

—No me digas qué debo hacer o qué no, Laughton. Vienes aquí con tu aire de superioridad, increpas a tu Rey, te comportas de una forma reprobable y no valoras la libertad que te concedo, cuando tus palabras podrían causarte serias consecuencias. —Ambos se miraron de hito en hito—. Sabes muy bien que tu libertad también está en juego, así que es mejor que no sigas perjudicándote, ni a ti ni a tu familia. Supongo que no quieres que los Laughton tengan el mismo destino que los Cromwell.

Ese era su punto débil. Amenazarlo con acabar con su familia y el resto de los Laughton esparcidos por Valguard le hacía hervir la sangre, pero mencionar a los Cromwell era tocar un punto más delicado, algo que no estaba dispuesto a soportar.

—Y tú sabes muy bien que no me daré por vencido hasta ver en libertad a Aland y a todos los que tienes encarcelados —repuso el moreno.

—¿Qué te hace pensar que lo lograrás?

—Tú no eres eterno, Holger —dijo elevando el mentón con la

vista fija en el rostro del monarca, en su piel grisácea y las bolsas aguadas bajo los ojos negros apagados. En sus mejores años había sido un hombre mucho más robusto, de cara redonda y papada holgada; sus ojos parecían traspasar a quien quiera que fuese su interlocutor. Dankworth era un hombre intimidante, pero lo que Louis tenía enfrente no era más que un hombre que luchaba contra un enemigo invisible que podía más que él. De no haberse dado cuenta de esos detalles, no hubiese reparado en el hecho de que, tal vez, los rumores sobre su salud eran ciertos, y qué mejor que inquietar a una persona egocéntrica y retorcida como Holger Dankworth que revelarle la cruda verdad que, aparentemente, se negaba a creer—. Es por eso que te ocultas, ¿cierto? Algo está acabando contigo y no quieres que nadie lo sepa.

—Ni una palabra más —lo atajó Holger con voz gutural. Louis pudo ver el temor y la rabia en sus ojos.

—Estás enfermo —prosiguió Louis—, tienes algo que acaba contigo poco a poco y no quieres decírnoslo porque sabes que será tu final.

—¡Guardias! —exclamó Holger con voz alta y ronca, los puños crispados y los ojos saltando chispas.

De inmediato, tres guardias entraron a la sala, tomaron a Louis y a Mylo, y los arrastraron para echarlos del castillo.

Holger se quedó observando la escena hasta que la puerta volvió a cerrarse, se echó en el trono sin ningún atisbo de gracia y apretó los dientes mientras murmuraba por lo bajo palabras ordinarias contra Louis; luego, sacó de su bolsillo una de las botellitas de líquido morado que le habían sido obsequiadas por Casgrad, bebió su contenido y cerró los ojos, despejando su mente para poder recuperarse.

El efecto fue casi instantáneo y, una vez recuperó su energía, llamó a sus servidores.

—¡Olav! ¡Gottmort!

No esperó mucho, menos de un minuto después, sus secuaces aparecieron en la entrada a la sala del trono.

—Su Majestad —dijeron al mismo tiempo con una ligera reverencia.

—¿Qué fecha es hoy? —preguntó con voz grave.

—Primer día de abril, Su Majestad —se adelantó Gottmort.

—Segundo mes de la primavera, lo que quiere decir que faltan pocos días para el Torneo Anual de la Corona. Díganme ¿cómo van los preparativos?

—B-bien, s-señor. Todo está casi listo —contestó Olav.

—¿Casi? —observó el Rey arqueando una ceja.

Olav tragó saliva y abrió la boca para hablar, pero fue interrumpido por Gottmort.

—Señor, no tenemos muchos participantes este año.

—Entiendo. Anuncien el torneo nuevamente. Todo el que quiera puede participar. —Holger se levantó del trono y caminó hasta uno de los enormes ventanales más cercanos seguido por la mirada de sus dos camaradas—. Pero, obligatoriamente, deberán participar tres personas.

Con el índice llamó a Olav, quien se acercó temblando ligeramente antes de que el Rey le susurrara al oído los nombres. Olav sonrió de medio lado; Gottmort, por su parte, hizo una mueca de desagrado ante su complicidad.

—De acuerdo, Su Majestad. —Olav hizo una reverencia, fallida debido a su prominente barriga y, acto seguido, salió de la habitación.

Louis y Mylo regresaron a la Plaza Central donde aún se encontraba la multitud, incluidas Lynn, Erin y Elsie, quienes ayudaban a los heridos.

—¿Dónde estabas? —preguntó Lynn a su esposo una vez que este se le acercó.

—El rey se rehusó a escucharme, como siempre —dijo Louis sin querer dar muchas explicaciones—. ¿Cómo están ellos?

—Aún asustados.

El sonido de las trompetas, provenientes del castillo, inundó toda la plaza, y cinco caballeros negros, seguidos por Olav en una pequeña carroza, llegaban a donde se encontraban los habitantes reunidos, quienes vieron como el heraldo del Rey se presentaba ante ellos con un rollo de pergamino en la mano.

—Queridos valguardianos, vengo a darles un importante mensaje por parte de nuestro Rey, Holger Dankworth —dijo en voz alta, mientras desenrollaba el papel e ignorando las miradas disgustadas que recibía—. Dentro de siete días se celebrará el tradicional Torneo Anual de la Corona en nuestro anfiteatro. Recuerden, cualquiera puede participar, siempre y cuando cuente con el armamento necesario; sin embargo, este año haremos una excepción de acuerdo a ciertos participantes. —Olav hizo una pausa. A su alrededor, las personas ya comenzaban a murmurar—. Este año deberán participar obligatoriamente las siguientes personas: Mary Lewis, Wallace Hemming y Louis Laughton, sin excusas —agregó sin importarle los reclamos de los presentes antes de volver al interior de su carroza.

El Torneo Anual de la Corona es un evento organizado por el rey Holger desde su llegada al trono con el fin de demostrar a su país y enemigos quién tenía las mejores fuerzas en su poder y quién era el mejor guerrero. El evento consistía en una serie de enfrentamientos con espadas donde podían participar todo tipo de personas; jóvenes, adultos, hombres y mujeres enfrentados a los súbditos escogidos por el mismo monarca. Se dividía en cuatro grupos de ocho personas, cuatro del lado de los habitantes y cuatro por parte del Rey. Los dos ganadores de cada grupo se enfrentan en una siguiente ronda hasta quedar uno solo, el cual luchaba contra el monarca. Solo se permitía usar espadas para herir y desarmar; aún así, en el torneo muchas personas morían a manos de los súbditos del Rey, quien no respetaba sus propias reglas y no le importaba acabar con la vida de los pobladores.

Habían asumido que el torneo no se celebraría debido al estado de salud del Rey, pero ahora, con aquel anuncio, se daba a entender que el monarca se encontraba bien o, como pensaban los más escépticos, que no tenía enfermedad alguna y sus ausencias no habían sido más que para llamar la atención del pueblo, como tanto le gustaba hacer. Louis no dio opiniones al respecto; asumió su nueva responsabilidad y una hora más tarde regresó a casa en busca de su armadura y espada para luego dirigirse al campo de entrenamiento; durante el trayecto al campo, la gente que lo veía en las calles gritaba su nombre mientras aplaudían y lo animaban, y él les agradecía el gesto saludándolos con la mano y una sonrisa.

Una vez llegó a su destino ubicado en la zona este de Valguard, se encontró con varias personas. Más confiado, bajó la pequeña colina que desembocaba en un terreno bastante amplio que carecía de césped y presencia de árboles. Aquel espacio solía ser utilizado para entrenar a los nuevos miembros del ejército valguardiano, no obstante, después de que Holger tomara el país, estos eran entrenados en los terrenos de Casgrad, por lo que aquel lugar quedó completamente abandonado. Nadie se atrevía a formar un nuevo ejército contra el Rey.

—Louis —saludó Wallace Hemming con tono preocupado

y una expresión de rabia dibujada en sus pobladas cejas que se unían en el centro.

—Wallace —respondió el saludo antes de dirigirse al resto—, tenemos que hacer esto; debemos entrenar duro y demostrarle al Rey quiénes somos.

—¿Y si hace trampa como todos los años? —preguntó Fenris Ball.

Louis suspiró, el resto también se preguntaba lo mismo.

—No todos los años podrá ganar —contestó, aunque con algo de duda—. Nada es para siempre. Debemos prepararnos para lo que sea si queremos ganar esta vez.

Conforme al pasar de los días, el grupo fue creciendo hasta sumar las dieciséis personas necesarias para el torneo. Los entrenamientos se habían convertido en todo un espectáculo, llamando la atención de los pobladores que se congregaban alrededor del campo para ver y alentar a los que valientemente se preparaban para lo que podría ser la última batalla de sus vidas.

Mariam Hobson no era la excepción.

—¡Mariam, no lo hagas! ¡Vuelve aquí! —gritó Erin corriendo tras su hermana, quien se abrió paso hasta Louis.

—Quiero pelear —sentenció interrumpiendo su entrenamiento con Mary. Tenía las mejillas arreboladas y un hilillo de sudor le corría por la sien.

Louis se quitó el casco de metal una vez Erin se unió a ellos.

—Mariam..., por favor, Louis, dile que no lo haga.

65

—No te metas en esto, Erin, es mi decisión pelear en este torneo —añadió Mariam, tozuda.

Erin dedicó a Louis una mirada de súplica.

—Estamos completos —socavó Louis—, los dieciséis.

—No conviene que Fenris Ball participe —Mariam siseó con brusquedad—. Míralo, es un inútil.

Fenris peleaba con Wallace y, aunque era lo bastante rápido para esquivar el arma de su contrincante, no contaba con la fuerza suficiente para dominar la espada.

—Tienes razón. No tiene el potencial, pero eso no significa que tú tomarás su lugar. —Mariam lo miró incrédula—. Buscaré a otro que lo haga.

—¡Nadie más lo hará! —explotó la muchacha.

—¡No puedo arriesgarte a ti! Todos los demás arriesgan sus vidas, pero tú eres demasiado joven para participar en un torneo como este.

Con los puños crispados y la mandíbula tensa, Mariam se dio la media vuelta para retirarse. Erin la miró, aliviada, antes de girarse a Louis.

—Lamento que los interrumpiera.

—No hay problema. Entiendo su deseo de combatir, también está en su sangre.

—Lo sé, Louis, pero tú lo has dicho: es muy joven.

Un fuerte golpe cortó la conversación. Fenris, cansado y sucio había terminado en el suelo.

—Chico, tú no estás hecho para esto —dijo Wallace mientras le tendía la mano para ayudarlo a levantarse.

—Buscaré a alguien más, Fenris —dijo Louis, acercándose a donde se encontraba—, por tu propio bien.

4.

EL GUERRERO

El día del torneo, la familia Laughton se despertó temprano para dejar todo preparado, y Lynn dejó a los niños a cargo de Meredith, Leena y Alana, pues tanto ella como Louis estaban de acuerdo con que no era un evento apto de presenciar para ellos. Después de quejas y lloriqueos por parte de los pequeños, su madre regresó a casa para cerciorarse de que a la armadura de Louis no le faltara nada. Ninguno de los dos se dirigía palabra, pues la rubia iba de acá para allá pretendiendo estar ocupada para no mostrarle los nervios que se la carcomían por dentro, mientras Louis se hallaba sentado en la mesa del comedor, fingiendo estar más ocupado en sacar filo a su espada.

En el exterior todo era más animado, las personas de las ciudades cercanas habían ido llegando poco a poco a Valguard a causa del torneo; pero el silencio en casa de los Laughton solo fue interrumpido por el sonido de unos nudillos en la puerta del hogar.

—Es hora —dijo Louis poniéndose de pie, encontrándose con la pálida cara de Lynn, cuyas lágrimas se derramaban de sus ojos.

Louis se acercó a ella y le dio un beso en la frente; para él, no había necesidad de palabras.

—Cuídate —susurró Lynn y Louis asintió con la cabeza.

Tomó su armadura y su espada, y salió de la casa para dirigirse al anfiteatro junto al caballero negro que lo esperaba en la puerta de su hogar.

El enorme anfiteatro, que se encontraba en las afueras de la capital, Arzangord, poseía una forma ovalada, amplia, con cuatro pisos de gradas construidas de piedra y con una capacidad de aproximadamente diez mil personas. Había sido edificado durante el periodo del rey Isaac III, quien era amante de la caza de animales con caballos. La estructura comenzaba a abarrotarse de gente; el clima era cálido y la sensación de agobio se pegaba a la piel como las telas con el sudor. Todo estaba ya preparado para el evento.

Lynn Laughton se sentó junto a Mylo y Mariam en los primeros puestos, cerca de la arena. Detrás de ellos se encontraba Elsie Lethwood junto a sus tres hijos: Jensen, Killian y Elly.

—¿Con quién has dejado a tus hijos, Lynn? —preguntó Elsie al notar la ausencia de los pequeños Laughton.

—Con las brujas —contestó—; siempre los cuidan bien.

—Yo debí dejar a estos tres también —suspiró Elsie haciendo una seña a sus tres emocionados hijos con un movimiento de cabeza.

—¡Qué va! —exclamó Killian—, si ya somos lo bastante grandes para estar aquí.

—Miren quién llegó —interrumpió Jensen mientras el rey Holger llegaba a su puesto ubicado al otro lado de la arena, junto a Olav.

69

—Parece que Gottmort va a participar —comentó Elsie a Lynn mientras una multitud alababa al rey y otros lo abucheaban.

—Siempre es de esperarse —contestó la rubia sin dejar de dirigirle la mirada al Rey, sentado en su enorme asiento de marfil tallado con ornamentos, ubicado en primera fila.

Las trompetas dieron inicio al torneo. De la izquierda de la arena, cinco caballeros negros salieron llevando el estandarte de Valguard, de color vino con una franja blanca en posición diagonal; en el centro del mismo iba el escudo de la nación, conformado por un ave fénix y siete estrellas a su alrededor. Escoltaban a una mujer morena de baja estatura y complexión robusta, cuyas carnes parecían saltar con cada paso que daba.

—Ahí viene la vaca —susurró Killian a sus hermanos, entre risas.

La mujer y los soldados se posicionaron en el centro de la arena y, segundos después, las trompetas dejaron de sonar.

—Buenos días, damas y caballeros, niños y niñas. Sean bienvenidos al decimocuarto Torneo Anual de la Corona. Hoy tenemos una gran cantidad de competidores y competidoras que pasarán a demostrar sus fuerzas; el que gane, como ya saben, tendrá la dicha de enfrentarse a nuestro Rey, ¡Holger Dankworth! —A pesar del tono animado de la mujer, la multitud apenas si aplaudió.

Los primeros dos combates, a pesar de haber sido monótonos, no acabaron con la vida de nadie. Por un lado, Mary había resultado herida a causa de un golpe en la nariz, pero antes de que pudiera defenderse, Walkyria proclamó a su oponente como ganadora. El segundo en combatir fue Wallace, quien fue vencido por su oponente al ser lanzado contra una pared después de golpearle fuertemente la mandíbula.

—Que raro, Walkyria siempre beneficiando a los súbditos del Rey —escupió Hakon desde la salida de los guerreros. Wallace caminaba hacia él arrancandose algunos pedazos de la armadura mientras sangraba por la boca; mientras tanto, los espectadores reclamaban furiosos el descaro de Walkyria, pero la mujer hizo haciendo caso omiso y se dirigió al centro del campo para anunciar el tercer combate.

—El siguiente combate será entre Louis Laughton... —Lynn aguantó la respiración mientras el resto de los presentes comenzaban a aplaudir y gritar el nombre de Louis— y Gottmort Hardash.

La multitud guardó silencio, conmocionada, pero el rey Holger se levantó de su silla aplaudiendo.

—Oh, no. Esto será feo. —Mylo se tapó los ojos con las manos.

Louis y Gottmort se encontraron en el centro del campo. Ambos desenvainaron sus espadas y las entrecruzaron, mirándose de hito en hito.

—¿Listos? —preguntó Walkyria, en medio de las exclamaciones de ánimo de los presentes.

71

—Sí —contestaron los contrincantes, fríamente.

—¡Comiencen!

Louis no perdió el tiempo. Avanzó hacia Gottmort con decisión haciendo que el hombre diera cinco pasos hacia atrás sin poder defenderse, alzó su espada y lanzó una estocada contra la del hombre, lo que hizo que esta volara por los aires y se incrustara a una distancia considerable, lejos de Gottmort, quien, ni corto ni perezoso, se abalanzó sobre Louis quitándole la suya, abriéndole una herida en la mejilla izquierda.

En las gradas, Lynn se tapó la boca con las manos, sin perder de vista ni un movimiento de los contrincantes.

Louis no se detuvo. Volvió a ponerse de pie y, espada en las manos o no, se preparó para atacar.

—Hasta aquí llegas, Laughton.

Gottmort le dio un puñetazo que hizo que cayera al suelo, pero Louis fue lo bastante rápido para levantarse y correr hacia su contrincante. Sabía que iba contra las reglas enfrentarse a su oponente sin una espada pero no le importó desobedecer; estaba harto de que aquella gente se saliera siempre con la suya.

El moreno logró abalanzarse contra Gottmort, logrando que ambos cayeran al suelo. El hombre lo observó fuera de sí, pues no esperaba que Laughton fuese capaz de desobedecer las reglas; por otro lado, Louis tenía el puño listo para golpear la cara de Gottmort..., pero la voz latosa de Walkyria lo detuvo.

—Gottmort Hardash es el ganador, no está permitido usar puñetazos.

Louis bufó de rabia a la par de la multitud que blasfemaba a la mujer, mientras que Gottmort rio con sorna ante su descarada victoria.

—Este ha sido el combate más rápido que he visto en años —comentó el Rey a Olav mientras aplaudía.

Louis volvió con sus compañeros dando zancadas y sin mirar atrás.

—¡Esos sinvergüenza! —farfulló Wallace—. ¡Tenemos que hacer algo!

Louis no lo escuchaba, se quitó su casco y lo lanzó al suelo, irritado. Todos los que estaban en la reja de la puerta que daba al campo se sentaron sin muchas ganas de seguir observando los siguientes combates. Solo Hakon se quedó mirando el campo, en donde Gottmort seguía con los brazos en alto en medio de abucheos y aplausos hasta que una figura entró por la reja izquierda de la arena.

El público guardó silencio mientras la figura avanzaba. Todos observaban con atención a aquella misteriosa persona que no llevaba armadura ni escudo, solo una larga capa de viaje, un abrigo de piel color blanco cruzado por el hombro hasta la cintura y una capucha que no permitía que su rostro fuera visible. Sin embargo, llevaba una espada consigo.

—Identifíquese —ordenó Walkyria.

—Solo inicie el combate —contestó el desconocido.

Walkyria se giró hacia el Rey, cuya expresión de satisfacción cambió a una de recelo.

—No importa quién sea este chiflado —manifestó Gottmort con altivez—, igual le daré una paliza.

Walkyria, no muy convencida, volvió a su lugar.

—Esto será interesante —opinó Olav con una risa nerviosa, mirando al Rey para cerciorarse de que este también pensaba lo mismo; sin embargo, Holger Dankworth había adoptado una expresión severa, jamás vista por el hombre del bigote. No le quitaba los ojos de encima al desconocido.

—No sé quién seas —dijo Gottmort—, pero de esta no saldrás vivo.

El desconocido no articuló ni una sola palabra.

—¡Comiencen!

Gottmort se adelantó logrando que su contrincante diera unos pasos atrás. Intentó herirlo con la espada, pero el desconocido la esquivó rápidamente moviendo su cuerpo hacia un lado y, aunque Gottmort volvió a intentarlo, el desconocido volvió a esquivar el ataque.

—¡Vengan a ver esto muchachos! —exclamó Hakon. Sus compañeros se levantaron de sus asientos y se asomaron a la reja para observar.

—¿Quién es ese? —preguntó Wallace, atónito, observando la flexibilidad que tenía aquel misterioso guerrero que atacaba a

Gottmort por el lado izquierdo, donde su defensa era escasa.

—No lo sé, llegó de repente.

Louis, quien también observaba el encuentro, frunció el entrecejo. El misterioso guerrero peleaba con un estilo jamás visto por ningún valguardiano; sujetaba la espada con su mano derecha mientras que la izquierda la tenía sobre su espalda, y era tan rápido que parecía danzar con el viento; parecía muy concentrado, como si pudiera leer los movimientos de su contrincante y, a su vez, tenía mucha agilidad con la espada, pies y brazos. Levantaba el arma en alto, moviéndola en círculos por la empuñadura.

El desconocido atacó a Gottmort por un costado, logrando quitarle el equilibrio y la espada de la mano, y cuando cayó en la arena, este lo apuntó en el rostro con la espada.

El silencio, que había durado todo el encuentro, fue roto por la multitud que comenzó a gritar y a aplaudir.

Tres de los caballeros negros que custodiaban la arena avanzaron al frente, desenvainando sus espadas al mismo tiempo y acorralaron al misterioso guerrero. Gottmort se puso de pie y se alejó de ellos mientras les exclamaba que lo mataran de una vez por todas. Los caballeros accedieron y se lanzaron contra el desconocido, pero este esquivó sus golpes y les devolvió otros con rapidez.

—Ese sujeto no es de aquí —susurró Wallace, con los ojos casi fuera de sus cuencas—. Tiene que ser extranjero, nadie en este continente pelea de esa manera.

En dos minutos, el misterioso guerrero había acabado con los tres caballeros negros mientras la multitud enloquecía en las tribunas.

—¡Asombroso! —exclamó Hakon, aplaudiendo junto a sus compañeros.

Todos menos Louis, quien no dejaba de mirar al desconocido.

—¿Le ocurre algo, señor Laughton? —preguntó el joven al ver la expresión taciturna de Louis.

—Nada —respondió de inmediato, uniéndose a los aplausos—; es solo que... no, olvídalo.

La multitud estaba de pie aplaudiendo, pero todos se preguntaban quién era el misterioso guerrero que envainó su espada y dirigió su mirada al Rey, quien también estaba pendiente de sus movimientos.

Luego de un segundo, el que parecía ser un extranjero se marchó entre aplausos.

—¡Basta ya! —gritó el Holger al levantarse violentamente de su silla—. ¡Se acabó! ¡Pueden marcharse! —Y sin más, salió a pasos agigantados y con la respiración cortada mientras la gente aún seguía animada.

Poco a poco, los habitantes de Valguard fueron abandonando el anfiteatro, preguntándose si volverían a ver a aquel desconocido.

5.

BAJO LA CAPA

El rey Holger se paseaba por la sala del trono, agitado, bajo la mirada de Walkyria, Olav y Gottmorth. Su mente proyectaba infinitas posiblidades, tenía la piel de gallina y la paranoia comenzaba a apoderarse de él.

—¿Quién era aquel hombre? —preguntó deteniéndose, en voz alta y con las sienes sudorosas.

—No... no lo sé, Su Majestad —respondió Walkyria.

—¿No lo sabes? —preguntó arqueando una ceja—. ¡Eres la encargada de todos los insectos que participan en el torneo y no sabes quién era ese sujeto!

—Señor... Su Majestad, con todo respeto, ese hombre sólo apareció. No se encontraba en la lista de...

—Suficiente —interrumpió—, no quiero seguir escuchando tus balbuceos, fuera de aquí.

Walkyria hizo una dificultada reverencia y se marchó dejando a Gottmort y a Olav a solas con el Rey, que volvía a pasearse de un lado a otro mientras destapaba otro frasquito de aquel líquido morado.

—¿Y bien? —preguntó este después de beber la poción y guardarse el frasquito en uno de sus bolsillos—, ¿de dónde salió ese hombre? —Olav y Gottmort permanecieron en silencio y el Rey tuvo que acercarse a ellos, respirando de forma entrecorta-

da—. ¿No van a responder a la pregunta que les ha formulado su Rey?

—Su Majestad —dijo al fin Gottmort—, perdone, pero no sabemos de dónde salió. Peleé contra él porque pensé que podía derrotarlo.

—Pensaste que podías derrotarlo —se burló Holger—. Mi querido Gottmort —estaba tan cerca, que casi podía sentir su aliento ácido a causa del brebaje—, ¿tienes idea de lo que puede pasar si el pueblo se revela contra mí?

—No... no entiendo lo que quiere decir.

Holger chasqueó la lengua ante la respuesta de Gottmort y se retiró de su espacio personal.

—Laughton no puede mover un dedo porque se encuentra bajo mi amenaza, pero si otra persona llega con ganas de arrebatarme lo que es solo mío, ¡será el fin! —suspiró antes de sentarse en los escalones de piedra, sacó otra de sus botellitas y la bebió hasta el fondo, lanzando después el frasco a la pared, rompiéndolo en pedazos—. Olav —llamó a su ayudante.

El hombre bigotudo se sobresaltó.

—¿Sí, Su Majestad?

—Quiero que busques a ese sujeto y me lo traigas. —El rey le dirigió una mirada autoritaria—. ¡Y no te atrevas a regresar sin él!

—Sí, Su Majestad, en seguida —contestó Olav, corriendo torpemente hacia la puerta.

El viento soplaba suave sin apagar las velas encendidas mientras todos se encontraban en sus casas aún con la euforia de lo sucedido en el torneo, y en casa de los Laughton, Lynn curaba la herida de la mejilla de Louis mientras este seguía sumido en sus pensamientos.

—Deja de lamentarte, cariño. No hemos perdido nada, tenemos suerte.

—No se trata de eso, Lynn. Se trata de aquel hombre que...

—¡Sí! ¡Aquello fue impresionante! Jamás vi a alguien meterse en pleno torneo así nada más y menos sin armadura. ¡Y esa manera de pelear!... Oh, lo siento cariño —Lynn se había dejado llevar, apretado un poco la herida de Louis, causándole dolor—. ¿Lo has visto después de que Holger nos mandara a salir?

—No, nadie lo ha visto desde entonces. Es un extranjero, se nota en su manera de combatir; sus movimientos son ágiles, rápidos, elegantes y, a la vez, acertados y fuertes. Parece una técnica del otro continente.

—Mira el lado bueno, al menos tenemos una nueva historia que contarles a los niños —lo animó su esposa.

Una vez curada la herida, Louis y Lynn apagaron las velas de la planta baja de la casa y subieron para darles las buenas noches a sus hijos, pero para su sorpresa, una vez entraron a la habitación, solo encontraron a Brendan, profundamente dormido.

Sin querer alarmarse, buscaron a Maudie por el resto de la casa, pensando en que tal vez volvía a no sentir sueño, pero luego de un rato no pudieron hacer a un lado el terror: no la encontraban por ninguna parte.

Despertaron a Mylo y este apenas tuvo tiempo de reaccionar cuando Louis ya había cruzado el rellano de la puerta, pero no se entretuvo. Bajó con rapidez a la planta baja, donde Lynn ya estaba con Brendan en brazos y llamó la atención de varios vecinos, entre ellos Hakon. Ninguno de ellos quería ser fatalista, pero la situación era tensa. Nunca era una buena noticia la pérdida de un niño.

Maudie se encontraba frente a la fuente de piedra de la Plaza Central con una moneda en sus manos, no muy segura de qué hacer con ella. Se trataba de una moneda de un valguian que había encontrado tirada en la calle días atrás, pero no sabía si funcionaría.

Una persona con una larga capa de viaje, abrigo de piel y una capucha que no permitía visualizar bien su rostro se acercó a ella al ver que se encontraba completamente sola.

—Debes pedir un deseo y lanzar la moneda a la fuente —le dijo en tono dulce.

Maudie alzó la vista y lo miró con extrañeza.

—El enano Gordon dice que eso no es cierto —le aclaró.

El hombre sonrió bajo la capa.

—Hay que tener un poco de fe. Cierra los ojos, pide tu deseo y lanza la moneda a la fuente.

Aún con duda, pero más curiosa, Maudie terminó haciéndole caso y, con los ojos cerrados, lanzó la moneda a la fuente.

Una vez que la escuchó golpear el agua, los abrió de nuevo para mirar al desconocido.

—He pedido que...

—¡Ah! ¡Ah! No debes revelarle tu deseo a nadie, si lo haces no se te cumplirá.

—Está bien —dijo Maudie mirando hacia a la fuente un momento antes de regresar a su acompañante—. ¿Quién es usted?

—Soy un viajero.

—¿Por eso usa esa capa tan larga?

—Así es.

—¿Y de dónde viene?

—De muy lejos...

—Mi padre dice que los valguardianos no debemos abandonar nuestra tierra, que debemos luchar todos juntos para recuperarla. ¿Usted se fue y volvió, señor?

—Ese no es mi caso, pequeña —contestó sin retirar la sonrisa—; a decir verdad, esta es mi primera vez aquí después de mucho tiempo. —Hizo una pausa para analizar el rostro de la niña—. ¿Cómo te llamas?

—¡Maudie! Maudie Laughton.

—Laughton, ya veo. Tienes un lindo nombre, Maudie.

—¿Y usted cómo se llama?

Justo en ese momento, y antes que el desconocido pudiera contestar, comenzaron a escucharse los gritos.

—¡Maudie! ¡Maudie!

—Es mi madre —dijo la niña mirando hacia atrás, en donde un grupo de gente con antorchas se abría paso en la oscuridad.

—No deberías estar por aquí a tan altas horas de la noche —dijo el desconocido.

—Eso no importa, mientras esté con alguien adulto mis padres no se preocupan.

—¡Maudie! ¡Ven acá! —exclamó Lynn al verla, ignorando al desconocido.

—Debo irme, ¡adiós! —Y despidiéndose con la mano, corrió hacia dónde estaba su madre.

—¿Qué hacías afuera? ¡Sabes muy bien que no debes estar por aquí sola!

—Estaba con ese señor, madre —repuso la niña señalando al desconocido.

Lynn dirigió la vista hacia dónde le indicaba su hija y vio al hombre de la capa de viaje.

—Louis..., mira, es el hombre del anfiteatro —susurró Lynn en medio de los murmullos de las personas que los acompañaban.

Louis, quien en ese momento estaba revisando que su pequeña hija estuviera completa, todos los dientes y dedos de las manos, levantó la vista para ver al hombre que, en ese instante, observaba la estatua del rey Elman con atención.

—Es él... —susurraba en voz baja alguien de la multitud, y pronto, la gente que se encontraba aún dentro de sus casas, se asomó para observar lo que ocurría.

Louis, decidido, se acercó al desconocido.

—Tú eres el guerrero. Por la manera en que combatiste en el torneo, deduzco que no eres de estos lados, ni siquiera de este continente. —De forma lenta, acercó su mano al pomo de su espada—. ¿Qué vienes a hacer aquí? —Al no obtener respuesta, desenvainó la espada—. ¡Responde!

—No es necesario que desenvaines tu espada —respondió al fin el desconocido, girándose a él con naturalidad—, Louis Laughton.

Louis se quedó estupefacto al escuchar a aquel desconocido pronunciar su nombre, pero no bajó la guardia; en cambio, dio un par de pasos hacia él con la espada en alto.

—¿Cómo es que sabes mi nombre?

El desconocido rio por lo bajo y, acto seguido, se llevó una mano a la capa que cubría su cabeza y gran parte del rostro. Todos contuvieron el aliento, expectantes. De un solo movimiento, el hombre había descubierto su cabello negro ondulado que le tocaba la nuca, la tez blanca repleta de pecas y los ojos marrón claro que brillaron a la luz de las antorchas y velas.

Nadie habló, pero Louis reconoció las facciones de inmediato, maduras pero siempre en sus pensamientos. El vacío que sentía desde hacía años se llenó, como el vino llenaba la copa. No pudo evitar jadear de sorpresa.

—¿Henry? —dijo con un hilo de voz—, ¿Henry Cromwell?

El muchacho sonrió.

—¿Ha dicho Henry Cromwell? —comenzaron los murmullos.

Maudie miró a su madre, quien contemplaba la escena con lágrimas pugnando por derramarse de sus ojos.

—Sí, Louis —contestó al fin, sin contener la emoción—, soy yo.

—Vo-volviste... —tartamudeó, envainado la espada con una mano temblorosa.

Sin dudarlo, se lanzó a él para darle un emotivo abrazo.

—¡No puede ser! —exclamó Mylo llevándose las manos a la cabeza—. ¡Es Henry! ¡El príncipe Henry! ¡Tiene que ser un milagro!

—¿Cómo sabemos que no es un farsante? —preguntó uno de los presentes.

Louis y Henry, quienes no se habían separado, terminaron su abrazo a regañadientes.

—Es él —afirmó Louis, conteniendo el aliento—. ¡Por supuesto que es él! ¡Lo reconocería en cualquier parte!

Lynn abrazó a Brendan rompiendo a llorar y despertándolo sin querer, mientras que Maudie brincaba de alegría. El resto de la gente parecía confusa.

—¿Qué pasa aquí? ¡Déjenme pasar! —se trataba de Gordon, el enano, quién caminaba entre las piernas de los pocos presentes que no se atrevían a apartar la vista del frente—. ¿Por qué tanto alboroto? —Cuando nada se interpuso entre él y la visión, se detuvo. Abrió los ojos como platos y sus cejas se alzaron tanto que parecía se perderían con su cabello—. Henry Cromwell...

No perdió el tiempo. Se arrodilló violentamente ante él y puso sus manos en el suelo, escondiendo su rostro.

—Perdóneme, por favor, perdóneme. No creí en lo que tu padre... no creí que siguieras con vida.

Parecía como si se hubiera abierto una ventana hacia el pasado. Alto, galante y fuerte. Aquel muchacho se parecía tanto a su padre, que parecía como si el rey Henry hubiera regresado de la muerte. En sus ojos se encontraba aún aquel destello de esperanza que, muchos años atrás, se había desvanecido de Valguard.

Gordón había sido testigo de sus primeros pasos, de sus lecciones sobre cómo gobernar una nación; lo había visto blandir su primera espada en su primer entrenamiento, y ahora... ahora, ante él, se hallaba aquel hombre que había conocido como niño.

El enano, a quien se le caracterizaba por su mal genio, se echó a llorar.

—Tranquilo, Gordon —lo tranquilizó Henry, posando una mano en su hombro—. Lo que hizo mi padre lo hizo por el bien de todos —dijo, y su voz sonó como algo irreal en los que lo escuchaban por primera vez.

—Alguien viene —interrumpió Louis con el corazón acelerado, un caballo con un jinete se hallaba a diez metros de distancia. Colocó una mano en el hombro de Henry e indicó al resto que avisaran a todos lo que había ocurrido. Tendrían una asamblea.

—¿En la taberna de Myles? —preguntó Hakon con una gran sonrisa y Louis asintió con la cabeza.

El grupo se dispersó tomando varias direcciones diferentes y Louis arrastró a Henry de la capa de viaje junto a Gordon mientras tomaban un oscuro atajo de regreso a casa de los Laughton.

—Holger debe sospechar algo. No me extraña que haya mandado a alguien a buscar a la persona que se entrometió en el torneo. ¿Cómo se te ha ocurrido hacer eso?

—Digamos que quería darle una sorpresa —respondió Henry con buen humor, y Louis intentó no soltar una carcajada.

—Lo has hecho. A todos nos la has dado.

Avanzaron juntos hacia la hilera de casas, en donde Gordon se retiró para informar a Howard. Antes de entrar, Louis y Henry observaron una sonrisa en el rostro del enano que no recordaban haber visto nunca.

Cuando Louis abrió la puerta se encontró con toda su familia, la cual parecía haberlos estado esperando. Lynn, Brendan, Maudie y Mylo estaban mudos y absortos y, al ver a Henry cruzar el umbral de la puerta, no cambiaron. Henry, en cambio, sonrió a Maudie, quien le devolvió una sonrisa tímida.

La noticia de que Henry Cromwell había regresado a Valguard se había propagado con rapidez. Los habitantes no cesaban de ir y venir, lo que hizo que se formara un ajetreo. En casa de los Laughton, las conversaciones sobre todo lo ocurrido en los últimos años no se hicieron esperar.

—Me alegra que este tonto te haya pedido matrimonio, Lynn, y qué bueno que no se tardó demasiado —decía Henry antes de beber un sorbo de su jugo de calabaza.

—De no ser porque yo lo besé primero, quizás no estaríamos reunidos en este momento —repuso Lynn sonriendo mientras a Louis se le ponían las orejas coloradas.

—¡Me siento muy feliz por ustedes dos! —exclamó Henry, sin evitar sentir un poco de tristeza al no poder estar presente aquel día.

—Basta de hablar de nosotros —interrumpió Louis dejando su vaso sobre la mesa—. Tengo... demasiadas preguntas y no sé por dónde empezar. ¿Dónde has estado todo este tiempo? ¿Cómo se te ocurrió regresar ahora?

—Bueno... en algún momento tenía que regresar y creo que este era el correcto.

—¿Cómo que el correcto? ¿Tienes idea de la situación de Valguard?

—No demasiado, la verdad.

Lynn y Louis intercambiaron miradas. Henry enarcó una ceja al ver la expresión de asombro en los rostros de sus amigos.

—¿Cómo es posible que tengas una idea? Ese Holger mantiene a este país metido en una bola de cristal, se supone que nadie se entera de lo que está pasando —dijo Louis.

—Allá afuera se rumorean muchas cosas; en los pueblos más pequeños se habla sobre la supuesta enfermedad de Dankworth.

—No pensé que eso llegarían tan lejos esos rumores —intervino Lynn—; ese hombre sabe mantener sus secretos.

—Danus tiene a sus soldados vigilando las fronteras. Sus soldados comentan y las personas escuchan, nunca han sido buenos guardando secretos.

En ese instante tocaron la puerta tres veces, por lo que Maudie se dirigió a abrirla.

—¡Buenos días! —saludó la niña.

—Buen día, pequeña —contestó el visitante con una sonrisa—, ¿se encuentra tu padre?

—¡Adelante, Howard! —exclamó Louis asomándose al rellano de la puerta. Maudie se hizo a un lado y dejó pasar al hombre que iba acompañado del enano gruñón.

—Buen día, Louis. Gordon me ha dado una tremenda noticia, ¿es cierto el rumor? —preguntó en voz baja como si temiera que alguien lo fuese a escuchar.

Louis hizo una seña con la cabeza para que el hombre mirara al fondo de la casa en donde se encontraba la persona a la que se refería.

—¡Válganme los Dioses! ¡Eres idéntico al rey Henry! —exclamó, casi con un grito antes de acercarse a él a grandes zancadas para estrechar sus manos—. Probablemente no te acuerdes de mí; soy Howard Björn O'Neill.

—Por supuesto que me acuerdo de usted, barón. —Henry estrechó la mano O'Neill con decisión. Este era un hombre de calva reluciente y ojos pequeños—. Usted era la mano derecha de mi padre y caballero de su ejército.

La mano derecha del rey era la persona encargada de aconsejar y orientar al monarca de la nación y, a su vez, representarlo cuando este se encontraba ausente o indispuesto; un puesto por demás solicitado y envidiado dado que, en caso que el Rey o Reina de Valguard no contaran con descendencia directa o consanguíneos, podrían tomar el trono.

—Así es, su padre y yo solíamos trabajar muy bien juntos, ¡y vaya que era testarudo! —exclamó con una risa que, lejos de ser irrespetuosa, llamaba al afecto—. Él lo dio todo por usted y por su gente. Sabía muy bien lo que hacía, aunque muchos no lo entendieron. —Howard hizo una pausa para, con discreción, retirarse una lágrima que amenazaba por derramar—. Siempre tuvo fe en usted, príncipe.

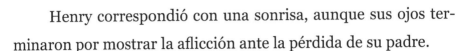

Henry correspondió con una sonrisa, aunque sus ojos terminaron por mostrar la aflicción ante la pérdida de su padre.

—Debemos irnos —interrumpió Gordon—, se nos hace tarde.

—Sí, sí, es cierto —corroboró Howard—, la gente espera. Hemos convocado una asamblea en la taberna de Myles.

Salieron por la puerta trasera de la casa; la calle estaba totalmente desierta y esto hacía más fácil el trayecto. El grupo caminó recto y cruzó a la izquierda donde se encontraba una enorme casa de tres pisos. Gordon llamó a la puerta trasera tres veces; después de un momento, un hombre mediano que tenía una enorme barriga, brazos cortos y poco cabello que le caía por mechones, abrió la puerta.

—¡Gordon! Veo que has traído un buen grupo —exclamó Myles O'Leary alzando los brazos como si pudiese abrazarlos a todos juntos—. Louis, Lynn, Howard y... es cierto, ¿es él?

—Sí... es él, el pequeño Henry, Henry Cromwell.

—Hemos escuchado decenas de relatos sobre usted, Su Alteza, pero nada se compara con verlo en persona.

—Gracias por recibirme, señor Myles —contestó Henry mientras estrechaba la mano derecha del hombre.

—Por favor, pasen adelante. Debo admitir que es la primera vez que viene tanta gente a mi taberna —comentó mientras los guiaba por un largo, oscuro y estrecho corredor—. ¡Estoy muy agradecido de recibir a una leyenda aquí!

Myles era uno de los hombres más ricos de Valguard, uno de los pocos que habían logrado conservar sus bienes gracias a que su padre había sido un aliado de Holger, fallecido en la batalla en la que los valguardianos trataron de derrocarlo. Tuvo suerte de que no expropiaran su propiedad a diferencia del resto; sin embargo, Myles jamás había seguido la ideología del Rey, la cual consideraba fracasada e ignorante.

Una vez llegaron a una puerta tras la cual ya se escuchaban algunas voces, Myles sacó una llave dorada para poder abrirla.

—Tú primero, Louis; luego usted, Howard —recomendó el enano mientras Myles abría la puerta e ingresaba, seguido de Louis, Howard y Lynn con sus dos hijos. Detrás de ellos, Gordon ingresó con Henry.

La taberna, llamada con el mismo nombre de su dueño, era inmensa. Se había ganado el apodo de «El Segundo Palacio de Valguard» debido a su tamaño, pues era una de las construcciones más grandes de todo el país. En su interior se hallaban un centenar de mesas redondas y del techo de madera colgaban treinta candelabros de metal con diez velas cada uno. Había una pared forrada de barriles llenos de vino e hidromel; al fondo de todo se encontraba el bar, atendido por un hombre bajito y tan flaco que se le notaban los huesos, mientras que en el lado derecho había una larga escalera que conducía a la planta alta que llevaba a

CAMINOS PARA LIBERAR AL SOL

las habitaciones, cincuenta en total. Las paredes, decoradas con pendones vinotinto y blanco, mostraban un dibujo del rey Holger Dankworth, un tiro al blanco al que solían lanzarle cuchillos de vez en cuando.

A pesar de que la taberna era un lugar para adultos, aquel era el único sitio donde podían presidirse las asambleas, por lo que en esa ocasión había bastantes niños. El grupo se sorprendió al traspasar la puerta dado que, por lo regular, a dichos eventos solo asistían un máximo de cien personas. Aquella mañana la taberna estaba tan abarrotada que apenas podían moverse con libertad.

El ruido provocando por todos una vez que entraron al recinto resonó en toda la estancia como si se tratase de un rebaño de elefantes que corría por su vida. Las personas zapateaban, arrastraban el mobiliario e intentaban abrirse paso hacia Myles, sin dejar de hacer la misma pregunta aunque las palabras variaran: ¿Era verdad que el príncipe Henry estaba con vida y había vuelto a Valguard? Aún así, ninguno de los presentes reconoció al muchacho que entró detrás de Louis.

Imposibilitados para hablar entre tanto jaleo, Myles intentaba callarlos sin mucho éxito.

—Ya saben muy bien que esta mañana se ha regado un rumor que a todos nos ha dejado pasmados... —hizo una pausa para observar a la multitud, haciendo que el ambiente se tornara más tenso. Poco a poco la gente se fue callando, permitiéndole al pobre hombre tomar un poco de aire, pero antes de proseguir, Howard colocó la mano sobre su hombro para hacerle saber que no tenía que tomar esa responsabilidad; después de todo, a Myles no le agradaba demasiado la idea de hablarle a multitudes.

Agradecido, tomó la primera copa de latón que vio y la llenó de vino hasta el borde, dejando que Howard se encargara de la asamblea.

—Entiendo que este rumor nos ha devuelto los ánimos y la esperanza —comenzó Howard con voz tranquila—, pero les pedimos que se mantengan tranquilos; recuerden que Holger nos vigila. No debemos darle motivos.

Un ruido de frustración ante la respuesta se extendió entre los presentes, los cuales comenzaron a vitorear el nombre de Louis; y aunque algunos se habían fijado en Henry, suponían que tal vez se trataba del que había desafiado y vencido a Gottmort, aunque sin la capa no lograban reconocerlo.

—¡Henry Cromwell! —exclamó de pronto la voz de Gordon, en medio de Louis y Henry—. ¡Henry Cromwell, el verdadero heredero al trono, está de regreso!, ¡ya cállense la boca!

El efecto fue instantáneo y el silencio se hizo de inmediato en la multitud, si no por orden, al menos por el asombro. Con las manos sobre la boca y las mandíbulas caídas, la población observaba a Henry, quien tragó saliva y abrió la boca para hablarle a la estupefacta multitud que acudió a él precipitadamente para saludarlo o estrecharle la mano.

Cinco minutos más tarde toda la gente se encontraba alrededor de él como si se tratase de una máxima atracción. Le contaban anécdotas y vivencias propias durante la guerra mientras que otros le preguntaban en dónde había estado durante tanto tiempo. Casi no lo dejaban hablar debido a la intempestiva reacción.

—Mi esposo luchó junto a tu padre —le dijo una anciana antes que otro hombre, más alto que el mismo Henry, le mostrara la enorme espada que tenía bajo su posesión alegando que se la había robado al rey Holger y que estaba dispuesto a prestársela para acabar con él.

Louis, quien tomaba un vaso de hidromiel junto a Howard, observaba la escena maravillado.

—A mí ese gentío me hubiese vuelto loco —admitió Howard antes de tomar un sorbo.

Cuando parecía que la cantidad de gente alrededor de Henry disminuía para beber y brindar entre sí, un grupo de chicas emocionadas se acercaron a él, aunque tuvieron que esperar su turno mientras que un anciano rechoncho y arrugado le hablaba de cómo había sido parte del ejército en los tiempos de su abuelo, el rey Turlock Cromwell.

—Ya hemos escuchado esa historia muchas veces —se quejó una rubia abriéndose paso.

—Nosotras también tenemos preguntas —añadió una morena de largas pestañas con una sonrisa; sin embargo, sus planes se vieron interrumpidos cuando los Lethwood se colaron hasta Henry.

—¡Soy Jensen! Especialista en batallas, y él es mi hermano Killian, arquero.

— ¡A sus órdenes, señor! —dijo Killian haciendo una reverencia.

—Y yo soy Elly —dijo la pequeña haciéndose un espacio entre sus hermanos.

Gordon dirigió una mirada seria a los niños, sin embargo, Henry parecía encantado y al anciano parecía no importarle; solo las chicas se encontraban molestas al haber perdido su oportunidad.

—¡Niños! —los interrumpió su madre, escandalizada—. Por favor, Su Alteza, disculpe la interrupción de estos tres.

—No se preocupe; y por favor, llámeme Henry, solo Henry.

—Henry —asintió—; permítame presentarme, soy Elsie Lethwood, viuda del barón Lethwood.

Elsie le estrechó la mano, encantada con la actitud del joven.

—Recuerdo al barón Lethwood, otro gran amigo de padre.

—Lo fue.

—¡Y no puedes olvidar a Reagan Hobson! —exclamó el anciano derramando un poco de cerveza sobre la mesa que tenía al lado—, ¡dos grandes caballeros que murieron con honores!

Reagan Hobson había sido uno de los caballeros más letales del ejército de su padre, incluso, considerado uno de los mejores de todos los tiempos; saber que estaba muerto era algo escandaloso. Aunque quiso preguntar detalles al respecto, las interrupciones no le permitieron abordar el tema.

—¡Con permiso! —se escuchó por la taberna, tres voces que parecían solo una.

—Oh no, esas tres... —murmuró Gordon entre dientes.

—Sabíamos de tu llegada, príncipe Henry —dijo Meredith seguida de sus hermanas, a las cuales presentó mientras hacían una coordinada reverencia—, lo venimos vaticinando durante varios meses en nuestras predicciones, basándonos en las profecías.

—¿De verdad? —Henry enarcó las cejas—; por favor, no hay necesidad de tanta formalidad, llámenme Henry.

—Deberían quemarlas como hacen en Equalia —se quejó Gordon.

—¿Te has vuelto más malhumorado con los años, Éamon? —observó Henry con media sonrisa.

—¿Quiere decir que toda la vida ha sido así? —preguntó Alana con una risilla entre dientes.

—Más o menos —contestó el príncipe comiendose la mirada rabiosa del enano.

—Tenemos un regalo para... —Meredith fue interrumpida por el sonido de las trompetas.

—¡Es el Rey! —exclamó Hakon, quien se encontraba asomado en una de las ventanas.

—¡Ocúltate, Henry! —le ordenó el enano, asustado. Henry se colocó la capa una vez más y Louis intentó esconderlo, aunque este no lo permitió.

—¿Qué haces? ¡Si el Rey te reconoce te matará enseguida! —reclamó el moreno.

—Confía en mí —musitó Henry.

Del otro lado de la puerta, un caballero negro exigía que la abrieran, aunque al no obtener respuesta, terminaron derribándola para que, escoltado por cinco hombres armados y con las espadas en alto, el rey Holger hiciera su aparición seguido de Olav y Gottmort.

—Vaya, vaya, reunión de pueblo sin el Rey, ¿acaso celebran algo importante, Louis?

—Eso no le incumbe —farfulló el moreno dando un paso al frente.

—¿Ah, sí? Mis soldados y Olav se han dado cuenta del ajetreo que ha habido hoy en mi ciudad —al instante, dos de los soldados apuntaron a Laughton—, así que exijo qué me digas qué es lo que ocurre.

Nadie se atrevió a decir nada, pero Henry salió detrás de la multitud para el asombro de todos y el terror de Louis.

Holger, en cambio, levantó la cabeza, lo que hizo que su gran verruga brillara bajo la luz de las velas.

—¡Tienes una cualidad para las sorpresas! Te he estado buscando desde ayer, ¿lo sabes? —dijo casi de buen humor mientras

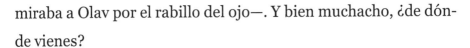

miraba a Olav por el rabillo del ojo—. Y bien muchacho, ¿de dónde vienes?

—De muy lejos —contestó Henry.

—Eso pensé —replicó Holger haciendo una mueca de desagrado—. Eres muy valiente por haberte entrometido en mi torneo sin previo aviso y sin armadura alguna; no sé si lo sabes, pero sólo los valguardianos tenemos derecho a participar en él.

—Soy valguardiano, Su Majestad; el hecho de haber estado fuera de mi tierra por mucho tiempo no significa que deje de serlo.

Holger entrecerró los ojos.

—¿Quién eres? Exijo que me reveles tu identidad.

La multitud contuvo el aliento; pero Henry, sin dudarlo un segundo, terminó quitándose la capa.

La tensión en el rostro de Holger Dankworth era palpable.

—Soy Henry Cromwell, hijo del rey Henry Cromwell.

—No... no puede ser cierto —murmuró Gottmort con un hilo de voz, sacudiendo la cabeza.

—Maldición —musitó Louis entre dientes, raudo a buscar su espada. Ahora Holger lo sabría y lo que haría con Henry era algo que no podían saber. Tenía que ponerlo a salvo.

Sin embargo, Holger Dankworth pronto cambió su semblante a uno más calmo y, sorprendiendo a todos, extendió su mano para estrechar la de Henry.

—Con que Henry Cromwell, ¿eh? Ya lo imaginaba. No esperábamos tu visita, así que es una sorpresa. ¿Qué has venido a hacer en Valguard?

Alana, quien había observado todo, hizo un gesto con el mentón a Meredith, quien asintió. Podían sentirlo: la energía de Holger había disminuído.

—Estoy de regreso —contestó Henry sin inmutarse.

—Interesante, sí. —Holger le sonrió—. Espero que disfrutes tu estadía aquí en Myles, una de las mejores posadas del país. ¿Cuánto tiempo dijiste que ibas a estar?

—He regresado para quedarme.

Holger asintió. Ya imaginaba esa respuesta.

—Muy bien. Espero que no armes ningún escándalo. —Y con una sonrisa educada, hizo un asentimiento con el mentón—. Nos veremos pronto, Henry.

—No lo dude —contestó el Príncipe, con una sonrisa igual de cortés.

Holger le dedicó una mirada de desdén y, sin más, ordenó a sus caballeros se retiraran de la taberna.

Nadie se explicaba el actuar de Holger. ¿Eso era todo? ¿No pensaba encarcelarlos? Los caballeros negros tenían gran poder, bastaba una indicación del Rey para lograr que todos en aquel lugar fueran apresados, cuando menos. ¿Qué era lo que planeaba?

—Henry, es mejor que nos marchemos —apuró Louis. La situación no le gustaba en lo más mínimo.

—Estoy de acuerdo —accedió Gordon—, ahora.

—Un momento, por favor. —Meredith se adelantó de nuevo a Henry—. Antes de que se marchen, necesito entregarle algo al Príncipe. —Del interior de su bolsillo sacó un pequeño saco de terciopelo azul marino y se lo entregó a Henry en las manos—. Rowen nos entregó esto antes de marcharse a una misión que le encargó tu padre. Supongo que no estaba seguro de que regresaría con vida y prefirió dejárnoslo a nosotras con la esperanza de dártelo si volvías.

Henry asintió, no sin algo de turbación. El brujo Rowen había sido un aliado inusual a la corona, pero le sorprendía su fallecimiento. Había sido un hombre de gran utilidad para su padre puesto que le ayudaba a mantener buenas relaciones con los pocos brujos que quedaban en el país y a mantenerlos a salvo. Henry abrió el saco y de su interior sacó un collar con una gema color vinotinto y en cuyo centro se encontraban grabadas las iniciales HMH rodeadas por el escudo de Valguard.

Sin poder evitarlo, un nudo se formó en su garganta.

—Era de mi madre —susurró—; siempre lo llevaba consigo. —Alzó la vista hacia la bruja, esbozando una suave sonrisa mientras sus ojos brillaban—. Gracias.

La bruja le hizo un asentimiento con el mentón y, junto con el resto de la gente en la taberna, se dispuso a regresar a su hogar acompañada de sus hermanas.

6.

SILENCIOSA AMENAZA

Aquella misma mañana el Rey reunió a sus dos aliados en la sala del trono. Miraba por unos de los ventanales sin reparar en sus presencias, por lo que Gottmort se aclaró la garganta para llamar su atención. Holger giró la cabeza hacia ellos por unos segundos y luego volvió a mirar al ventanal sin dirigirles palabra. Ambos hombres intercambiaban miradas entre sí, preocupados.

—¡Lesmes! —llamó el Rey de repente haciendo que Olav y Gottmort dieran un respingo.

Lesmes apareció junto a otro hombre robusto que llevaba las mismas ropas que él: una túnica negra y el cabello negro largo y liso hasta los hombros.

—A sus órdenes, Su Majestad —dijo Lesmes haciendo una reverencia. El rey Holger lo miró con el ceño fruncido, aún viendo el rostro de Henry frente a él, mientras que los vellos de la nuca se le ponían de punta—. Me he enterado de lo ocurrido, p-pero debo decirle...

—¡Se suponía que estaba muerto! —explotó—. ¡Cuando tomamos Valguard, Danus me aseguró que el niño había perdido la vida!

—Sí, Su Majestad —dijo Lesmes haciendo otra reverencia para disculparse—; el rey Ottar estaba en lo correcto, lo que quedaba en la habitación era una cama vacía con sábanas cubiertas de sangre, yo mismo lo vi.

—¿¡Y el cuerpo?! ¿¡Dónde estaba el cuerpo?! ¡¿Acaso desapareció por arte de magia?!

—Su Majestad —intervino Gottmort dando un paso al frente—, el cuerpo lo lanzamos por el acantilado, recuerdo eso a la perfección.

—¡Todos ustedes son unos inútiles!

El Rey agarró una mesa pequeña de madera y la lanzó a la pared haciendo que se rompiese en pedazos; sin embargo, el esfuerzo fue demasiado para él, por lo que terminó cayendo al suelo.

—¡Su Majestad!

Todos corrieron a socorrerlo y, sosteniéndolo por los brazos, lo sentaron en los escalones de piedra.

—Dame la poción... la poción... quiero la poción —musitó Holger mientras estiraba un brazo a Gottmort.

—Se ha acabado, señor —le informó su secuaz.

—Maldita sea.

El Rey golpeó el piso con un puño. Lesmes lo miró a los ojos.

—Esa poción ya no le hace efecto, mi señor, puedo verlo en su aura —aseveró el brujo.

—Yo... yo... —titubeó el rey—, si me queda poco tiempo en esta vida, lo último que debo hacer es matar a ese muchacho.

—Me temo que eso no es posible —contestó el brujo entrelazándose las manos con nerviosismo.

—¿No es posible? —susurró Gottmort poniéndose rojo—.

Acabamos con su padre, ¿qué hace que no podamos con el hijo?

Lesmes miró hacia la chimenea que se encontraba del lado derecho de ellos e hizo aparecer fuego. Del fuego apareció una figura idéntica a Henry.

—El destino ha previsto que el heredero al trono regresaría para tomar Valguard. Este joven tiene mucho poder y está destinado a acabar con quién sea su adversario. Rey Holger, con su condición actual le será imposible acabar con este chico.

—¿Y Gottmort? ¿Olav? —preguntó el Rey casi en un tono de súplica.

—Nadie podrá contra él, el destino lo ha predestinado así. Henry Cromwell es un joven de mucho poder; sin embargo, el destino no está escrito del todo.

—¿Qué quiere decir?

——Hay una manera de acabar con él. La Oscuridad ha gobernado esta tierra durante muchos años, mientras esta siga fuerte, nadie podrá detenerla.

Lesmes hizo desaparecer al Henry de fuego e hizo aparecer lo que parecía una gema.

—¿Qué es eso? —preguntó Olav arrugando el ceño.

—La solemos llamar la Gema Oscura. Posee todos los poderes de la magia oscura que existen. Con ella se puede acabar incluso con un adversario invencible.

—¿Y cómo es que funciona esta gema? —preguntó Holger con interés, poniéndose de pie con dificultad.

—De la manera que usted desee, Su Majestad. Es una piedra de mucho poder, el mismo rey Danus lo ha comprobado haciendo pruebas con sus enemigos y estos duran muy poco tiempo una vez la maldición se introduce en su ser.

—Un arma con esta gema es lo que necesito —observó Holger, aliviado, sintiendo como el alma le volvía al cuerpo—. Una espada que tenga esa gema me hará invencible ante Cromwell.

—Completamente, Su Majestad. Con esta gema no hay poder que pueda vencerlo a usted; pero debo advertirle que forjar la gema y el arma me tomará cierto tiempo.

—¿Cuánto?

—Dos meses.

—En ese caso, empiecen ya —ordenó después de haber dado un largo suspiro en busca de la paciencia que necesitaba para no verse desesperado ante sus inútiles súbditos.

—Pero, Su Majestad —intervino Gottmort con voz seria—, en dos meses Cromwell puede avanzar y quitarle a los valguardianos. ¿Es que no ha visto la reacción de la gente? ¡Saben de quién se trata y se irán de su lado!

—Que haga lo que quiera el chiquillo, una vez tenga en mis manos el poder más grande no habrá esperanzas para él. —Holger les dio la espalda—. Avisen a Ottar de su regreso, será indispensable que esté al tanto del grave error que han cometido.

Y sin más, salió de la sala dando zancadas dejando a los tres hombres plantados en el suelo. Lesmes dirigió una mirada a su acompañante que no se había movido durante la conversación, este le devolvió la mirada y salió de la habitación junto a su líder.

—Muévete, pedazo de porquería —dijo Gottmort a Olav con desdén—, no voy a ser yo quien le envíe ese pergamino a los Danus.

Henry, Louis y Howard caminaban por una calle congestionada de gente que discutía sobre la poca comida que quedaba en los puestos. La reunión había terminado, pero no el trabajo; mientras miraba a su alrededor, Henry recordaba su niñez, las veces que había rondado por aquellas calles que ahora para él eran totalmente desconocidas. No podía creerlo, lo que había sido una ciudad llena de energía parecía estar marchita, ya no se notaba esa prosperidad de trabajo que se acostumbraba ver en Valguard.

—Como debes recordar, esta solía ser una zona muy comercial, pero Holger lo confiscó todo y sólo quedan unos pocos negocios —dijo Howard al reparar en Henry—, todo lo que queda son las personas que venden comida en las calles, cuando se les permite.

—¿Qué hicieron con la gente que trabajaba por aquí?

—Se fueron a los campos —intervino Louis—, aun así, gran parte de lo que se cultiva es robado por los caballeros de Dankworth. En temporada de sequía hay gente que se muere de hambre.

—Y si no es el hambre la que los mata, son los delincuentes que de vez en cuando andan por aquí —agregó Howard.

A medida que Louis y Howard avanzaban contando las barbaridades hechas por Holger Dankworth en Valguard durante aquellos quince años, pero su narración fue interrumpida por una niña que corría hacia ellos a toda velocidad.

—¿Qué ocurre, Elly? —preguntó Louis cuando la niña llegó hasta ellos.

—Vengo a entregarle esto al Príncipe —respondió Elly mostrando una pequeña botella vacía a la cual aún le quedaban dos gotas de líquido morado. Henry agarró la botellita y la examinó. Louis y Howard hicieron lo mismo.

—¿De dónde lo has sacado? —preguntó Henry.

—El rey Holger la lanzó al suelo. Rodó hasta dónde yo estaba.

—Esto es raro —dijo Henry—, nunca había visto una poción de ese color.

—Yo tampoco —admitió Howard.

—Sé de alguien que puede saber algo al respecto —dijo Louis.

—Gracias, Elly —agradeció Henry poniéndole la mano en la cabeza a la niña. Ella sonrió ampliamente, sonrojándose, y se fue corriendo.

Caminaron unos veinte metros más adelante y cruzaron a la izquierda y luego a la derecha hasta llegar a una edificación de piedra de tres pisos que resultaba ser un lugar donde se curaban heridos y enfermos, mejor conocida como la Casa de las Sanadoras. La entrada no contaba con puerta alguna; en su interior colgaban candelabros de metal que, al igual que en la mayoría de las edificaciones grandes en toda Valguard, iluminaban todo el vestíbulo y cada piso.

Al entrar, Henry se sorprendió al ver el estado en el que se encontraba el lugar: había dos enfermos en cada cama y algunos sentados en el piso.

—Deplorable.

—Lo es —concordó Howard—, ni los que se enferman se salvan, a Dankworth no le importa nada.

Siguieron a Louis subiendo las escaleras al tercer piso y entraron en una pequeña sala decorada con diferentes tipos de plantas y flores. Dentro había otras camas con pacientes que observaban a Henry con curiosidad y alrededor de veinte personas que iban de un lado para otro cargando con bandejas de plata con comida o plantas medicinales. Llevaban un delantal blanco, raído, amarrado a la cintura. Todas eran mujeres viudas de cincuenta años en adelante.

—Iré a ver si puedo encontrarla —indicó Louis y dejó a Henry y Howard a solas. Este último estuvo a punto de decirle algo a Henry, pero el muchacho se hallaba distraído con una enorme pintura que colgaba en una de las paredes.

En el enorme lienzo se hallaba pintado el retrato de una hermosa mujer de cabello castaño corto hasta los hombros, piel blanca y ojos marrones. Estaba ataviada con una túnica azul con encaje y tenía una sonrisa radiante. Henry la observó por un rato tratando de revivir los recuerdos en su mente, pero estos eran ya muy borrosos.

—No hay un día en el que pueda olvidar a Margery —dijo Howard acercándose a él—; siempre estuvo dispuesta a ayudar a todo el que se le cruzara en su camino.

Henry apretó el bolsito de terciopelo que tenía en el bolsillo.

—Era una gran mujer. Recuerdo cuánto nos amaba a mí y a mi padre.

Howard tragó saliva y se secó una lágrima.

—Sufrió tanto al final... Henry nunca le reveló nada, pues pensó que era lo mejor. Creo que se olvidaba de lo fuerte que era.

—¿Revelarle qué, Howard? —lo interrumpió Henry con brusquedad. Howard lo miró ceñudo.

—Lo que iba a suceder. Las profecías.

Henry enarcó una ceja y el hombre se sorprendió. Tomó aire antes de responderle.

—Verás... existen dos profecías que hablan sobre tu nacimiento, la caída de Valguard y tu regreso. Krishmann se las reveló al brujo Rowen y él a tu padre.

—¿Y qué dicen exactamente?

Howard le recitó ambos versos a Henry.

—Tu padre se enteró de ellas pocos días después de tu nacimiento; sin embargo, no las creyó del todo y no dijo nada a nadie. Conforme pasaban los años y nada ocurría, más se convencía de que aquellas profecías no se iban a cumplir, hasta que todo ocurrió. Todo fue tan confuso después de aquello, nadie supo más de ti y...

—Me llevaron con mi abuela Yvette. ¿Cómo es que no le informó a nadie?

Howard lo miró con una sonrisa.

—De ahí viene tu leyenda. Tu padre apenas nos dejaba estar en el castillo, nos prohibió la entrada al ala izquierda. Ninguno de nosotros sabía lo que sucedía ahí dentro. A partir de aquello, surgieron las teorías de que te habían secuestrado o asesinado.

—Eso explica la sorpresa de todos. Esperaba sorprender a Holger y compañía, pero no a ustedes.

—Eres como un milagro, Henry —dijo Howard apretándole un hombro—, nuestro milagro.

Henry no pudo evitar sentirse un poco abrumado con aquel descubrimiento. Su padre se había encargado de proteger a su mujer y a su hijo, tratando de alejarlos de las garras del destino; pues si bien recordaba, muchas de las cosas que se hablaban en reuniones a puerta cerrada con los barones del ejército y la Corte valguardiana jamás llegaban a oídos de nadie. Margery, quién había sido una mujer normal y respondía al apellido Rosentock hasta el día que se convirtió en reina de Valguard, se juró así misma usar ese título para seguir ayudando a los demás como había hecho toda su vida; y a lo que su hijo se refería, ambos le enseñaban lo que creían necesario para su corta edad, puesto que no contaban con lo que ocurriría años después.

A pesar de ser doloroso, Henry no pudo dejar de preguntarse cómo habrían muerto sus padres.

—¿Cómo es que Dankworth y los Danus no se dieron cuenta de mi ausencia?

Howard se encogió de hombros.

—Ojalá pudiera darte una respuesta a todo, muchacho, pero yo también tengo tantas preguntas como tú. Después de la muerte de tu madre, tu padre se volvió un hombre sumamente reservado; creo que, en las últimas semanas de su vida, ocultaba un secreto que no quería revelar a nadie...

Henry no quiso escuchar más, ya se sentía lo suficientemente aturdido.

—Iré a ver a Louis —dijo para cambiar de tema, pero al dar solo un par de pasos hacia atrás, tropezó con alguien, lo que hizo que la bandeja de plata que la persona llevaba se le cayera de las manos.

—¡Disculpe, señorita!

Sin perder el tiempo, se agachó para ayudarla a recoger el desastre. El contenido que iba en la bandeja eran plantas medicinales.

—¡No! ¡No! Discúlpeme a mí por no ver por dónde iba —se disculpó también la joven mientras recogía las plantas.

—No, a mí se me olvidó que no tengo ojos por detrás...

—Soy tan despistada...

Terminaron de recoger y por fin ambos se vieron las caras. La muchacha no reconoció el rostro de Henry.

—Gracias —dijo ella con una sonrisa.

—No, de nada —titubeó Henry un poco nervioso, poniendo la última ramita en la bandeja y ambos se pusieron de pie.

—Nunca te había visto por aquí, ¿te acabas de mudar?

—Yo... he regresado de un largo viaje.

—¿Cómo te llamas? —preguntó la muchacha.

Henry abrió la boca para responder, pero fue interrumpido por Louis.

—¡Aquí estás! —exclamó dirigiéndose hacia ellos.

—¡Hola, Louis! —saludó la muchacha—, ¿qué te trae por aquí?

—Necesitamos de tu ayuda y de la de Meggy... ¿ya se conocen? —dijo Louis mirando a Henry y luego a la muchacha.

—Casi, hemos tropezado —rio la joven.

—Bueno, Erin, te presento a mi amigo Henry Cromwell; Henry, ella es Erin Hobson.

Erin se giró hacia Henry para observarlo de nuevo, ruborizándose.

—¡Por los Dioses! Qué avergonzada me siento.

—No, no te preocupes —se excusó Henry sonriendo.

—Debo presentarme bien. Mucho gusto, soy Erin Hobson, hija del barón Reagan Hobson.

—Siento mucho lo de tu padre.

Se estrecharon las manos sin dejar de mirarse a los ojos.

—Gracias.

Erin estaba absorta. El tacto firme y calloso de la mano de Henry la hizo sentir un tanto nerviosa e intrigada. Tenía ante ella a un personaje que muchos creían muerto, y verlo en persona le dio una sensación de temor y curiosidad. No se parecía en nada a la imagen que habían creado las historias sobre él durante años. Mucha gente —ella incluida— se imaginaban a un caballero fornido ataviado en armadura, pero lo que tenía ante ella era un joven de rostro afable; una persona sencilla y sin pretensiones. Sus ojos mezclaban la benevolencia con el dolor.

—¿Y bien? —dijo Howard, rompiendo el incómodo silencio—, ¿no ibas a preguntarle algo a la señorita Hobson, Louis?

—¡Ah, sí! —carraspeó—, estaba en busca de Meggy para enseñarle esto.

Henry asintió y le dio la botella a Erin, quien lo observó con detenimiento.

—¿De dónde han sacado esto?

—Era del rey Holger.

—Interesante. —Erin dejó de mirar la botellita para enfocar al grupo—. Síganme.

Erin los dirigió por un largo pasillo hasta una de las habitaciones: amplia, llena de vasijas, plantas exóticas, antídotos recién hechos, calderos y un penetrante olor parecido al brócoli; al fondo se encontraba una viejecita de al menos sesenta años con cabello blanco y corto que, con sus delgadas y arrugadas manos en las cuales se notaban mucho las venas, cortaba las ramas de una planta y las depositaba en una pequeña vasija de barro. No había escuchado a ninguno de ellos entrar.

—¡Hola, Meggy! —saludó Erin alzando la voz; la viejecita dio un respingo y le dirigió una mirada furiosa a la chica.

—¡Muchacha! ¿Cuántas veces tengo que decirte que no me asustes así? —exclamó Meggy. Tenía una voz nasal, pero un aspecto extremadamente cariñoso y amable.

—He traído compañía —Erin ignoró la queja de la anciana con una sonrisa.

Entonces, la ancianita reparó en la presencia de los tres hombres que la saludaban con la mano. Meggy les devolvió el saludo y dio un grito ahogado al reconocer a Henry.

—¡Qué me parta un rayo! ¡Qué barbaridad! ¡La última vez que te vi eras solo un niño!

La viejecita se apresuró y, con sorprendente agilidad, caminó para abrazar a Henry.

—No, sigues siendo igual a tu padre —dijo, examinando su rostro con las manos—. ¡Pero qué mala educación la mía! No debes recordarme...

—¡Por supuesto que te recuerdo, Meggy! Ha pasado mucho tiempo, pero no te he olvidado.

La anciana sonrió.

—Sí, hijo, lo sé. ¿Ya has conocido a Erin? Por supuesto no trabaja aquí, pero siempre viene a darnos una mano y alentarnos con su gran sentido del humor. En cierta forma me recuerda tanto a tu madre... —Meggy siguió hablando mientras una de las dudas de Henry se disipaba, pues era claro que Erin era demasiado joven para ser una viuda—, pero basta de charla, ¿qué los trae por aquí?

Erin le dio la botellita.

—Era del Rey —apuntó la chica y Meggy se le endureció el semblante. Acto seguido, destapó la botellita y la olió, analizándola con sus veteranos conocimientos.

—Sólo puedo reconocer uno de los ingredientes. Han usado raíz de bardana, se utiliza para cuando el cuerpo necesita ser purificado —hizo una pausa, volviendo a oler la botellita—, pero el resto, no es más que un antídoto hecho por los execrables brujos de Casgrad.

—¿Eso qué quiere decir? —preguntó Howard.

—Está muriendo —observó Henry. Louis, por su lado, asintió con una sonrisa al cerciorarse de sus sospechas.

—No existen antídotos así; si la persona está en su lecho de muerte, no hay nada qué hacer; pero los brujos de Casgrad son conocidos por sus formas de extender el tiempo de vida.

—¿Cuánto tiempo crees que dure esto? —preguntó Louis.

—Todo depende de su estado. ——Meggy tiró la botellita, rompiéndola en pedazos—. No piensen mal de mí, pero ojalá muera pronto, así nos podrás gobernar tú. —Y dicho esto dio una palmadita en la mejilla derecha de Henry.

Al salir de la Casa de las Sanadoras siguieron su recorrido hasta llegar cerca de la colina donde se alzaba el enorme castillo.

—Es hermoso, ¿no? —dijo Louis interrumpiendo a Howard, que contaba una anécdota sobre cómo había sido su experiencia controlando a un gigante.

—Lo es —admitió Henry mientras observaba el majestuoso castillo. Desde aquella vista podían admirar a su costado un montón de balcones y ventanas, al menos diez torres de diferentes tamaños, y la larga y grande reja que hacía unos años había estado repleta de enredaderas, además de un gran y muerto jardín que alguna vez tuvo el verde más brillante y las flores más hermosas.

—Aunque no es reconfortante verlo con las alimañas esas viviendo dentro —añadió Louis.

—Si el Rey está muriendo... significa que estaremos cerca de recuperar lo que es nuestro.

—Me agrada pensar que está muriendo, pero dudo mucho que sea tan fácil, Henry, aunque así suene. No has visto lo que ellos pueden hacer, si muere, estos tipos tratarán de quedarse con el reino a como dé lugar y...

—¡Henry, muchacho! ¡Ven acá! —interrumpió Howard. Louis y Henry se acercaron a él—. Te presento a Duncan Valdres, uno de los muchachos de la Resistencia.

Duncan era un joven de mediana estatura y remarcada musculatura, poco cabello y ojos pequeños que casi se le salían de las órbitas al ver a Henry en persona.

—Es un placer, príncipe Henry; nunca pensé que lo conocería —dijo el joven emocionado estrechándole la mano.

—Un gusto, Duncan, por favor, llámame, Henry.

Duncan asintió emocionado y le dio un breve resumen de lo que se trataba la Resistencia, conformado por un grupo de alrededor de cien personas, jóvenes en su mayoría, se encargan de hacer manifestaciones en contra el Rey y sus aliados. Contaban con el apoyo de Louis, quien había sido el encargado de mantener la firmeza de la gente de Valguard durante mucho tiempo; por desgracia, el grupo no contaba con el suficiente ayuda de la población debido al temor hacia el Rey y sus caballeros negros.

—Hace pocos días se han llevado a varios de nosotros, incluyendo a otro de nuestros importantes líderes, Aland Callen —contó Duncan con un nudo en la garganta.

—¿A cuántos tiene Holger prisioneros? —preguntó Henry con el entrecejo fruncido.

—Alrededor de cien jóvenes y sesenta caballeros que no cayeron en la magia oscura. Esa gente ha estado de cacería todos estos días, incluso tienen a Louis en la mira, ya que en cierta forma él es el líder.

Henry contempló a Louis de reojo.

—Quiero que sepa, prínc... perdón, Henry, que cuenta con nuestro apoyo.

—Gracias, Duncan, lo tendré muy en cuenta —dijo Henry con una sonrisa y estrechando la mano del chico nuevamente.

Continuaron su recorrido por la ciudad. Howard seguía muy animado contando sus cuentos sobre criaturas peculiares sin percatarse de que ninguno de los dos muchachos que lo acompañaban le estaban prestando demasiada atención. Tanto Louis como Henry le seguían el paso al barón en silencio, sin haber retomado el tema del que estaban hablando antes de que fueran interrumpidos. Y es que, como suele pasar entre los hermanos que crecen en el mismo útero que posteriormente son capaces de percibir en qué está pensando o sintiendo el otro, algo similar ocurría entre Louis y Henry, aunque no fueran ni gemelos, ni hermanos de sangre.

—¿No me vas a contar qué has hecho para que Holger te persiga? Además de detestarte por ser un Laughton, como lo ha hecho toda la vida.

—Le he hecho la vida imposible, por así decirlo. Muchos bajaron los brazos cuando perdimos contra él aquel día en que salimos a luchar, pero yo me convencí de que jamás me rendiría hasta hacerle pagar por todo lo que ha hecho.

—Y por eso tomaste las riendas de la Resistencia. Creo que has hecho algo muy necesario, mantener la cabeza del reino en alto.

—¿Cómo no? Alguien debía tomar el liderazgo y yo me armé de valor. —Tras esas palabras, el moreno sintió algo pesado caer dentro de sí, ese sentimiento de culpa, de haberse casi jurado en que su mejor amigo estaba muerto.

Los recuerdos volvieron a aflorar en su memoria; aquellos recuerdos del amanecer después del ataque en los que, por más que sus padres le repetían una y otra vez que no sabían nada de Henry, no les creía ni una sola palabra y salía a toda velocidad a buscarlo en la Plaza central, donde habían quedado verse el día anterior.

—Sabía que al regresar te encontraría con vida —dijo entonces Henry con tono animado, haciendo que Louis diera un pequeño respingo e ignorara los recuerdos de su cabeza—, siempre lo supe.

Después de una larga charla en casa de los Laughton junto a Louis, Lynn, Howard y Gordon sobre la verdad del estado de salud de Holger Dankworth, las personas inocentes que se encontraban encerradas en las mazmorras del castillo, los que eran perseguidos y el estado anímico de los valguardianos, comenzaron a planear su siguiente movida. Era hora de entrar en acción y de sonsacar la verdadera fuerza que se encontraba muy escondida debajo del miedo plantado por la Oscuridad.

—Debemos estar preparados para cuando llegue el momento —dijo Henry, mientras Louis jugaba con una daga clavándola a la mesa de madera y Lynn lo fulminaba con la mirada, aquella era una manera de que su esposo liberara el estrés—, no contamos con un ejército numeroso, pero podríamos entrenar a los que se propusieran, de esa manera podríamos defendernos en caso de que comience una guerra, aunque espero que eso no ocurra.

La guerra era casi inevitable si los secuaces de Holger se quedaban con la Corona después de su muerte; estaba muy claro que todos ellos, incluyendo los más fieles, eran como aves carroñeras acechando a un animal que está en su lecho de muerte.

—Estoy de acuerdo —intervino Louis—, necesitamos un ejército y gente que sepa cómo defenderse.

—Avisaré a mis colegas. Estoy seguro de que esta vez querrán regresar. Será mejor que nos veamos en el campo de entrenamiento mañana, eso atraerá a las personas —añadió Hogward poniéndose de pie y deseándoles buenas noches a todos.

Como Louis y Lynn se preparaban para dormir a sus hijos, cuando Henry sintió la necesidad de ir al cementerio, fue Gordon quien se ofreció a acompañarlo.

Henry salió de la casa de Louis en compañía del viejo enano y recorrieron el camino que los llevaba al Cementerio del Este.

—Debo admitir el inmenso parecido que tienes con tu padre. Tanto en lo físico como en el carácter, él solía ser tan...

—Paciente y terco —dijo Henry a la par del enano—, sobre todo terco.

—Howard me ha contado que mi padre no le informó a nadie que me había ido.

—Tu padre jamás volvió a ser el mismo. Dejó de ser aquel

hombre energético y con sentido del humor, la paranoia lo comía por dentro o eso me dio la impresión. No me gusta revivir esos recuerdos, muchacho, por eso te agradezco que no me hagas preguntas.

El camino fue corto, aunque no hablaron mucho en el proceso. Cuando llegaron a la reja oxidada del cementerio, Henry la empujó y esta chirrió al abrirse.

—Prefiero entrar solo —anunció.

—Entiendo, pero me quedaré aquí a vigilar

Henry entró y caminó por el seco césped. Mientras avanzaba, miró de lado a lado las grises lápidas hasta que encontró la lápida de mármol blanco que buscaba. Leyó las letras doradas y finalmente se sintió como en casa al saber que se encontraba con sus padres. El sentimiento lo invadió: no era un sentimiento de venganza, sino más bien de tributo. Debía regresar lo que a los antiguos reyes y, por supuesto, a sus padres, les costó tanto sembrar: el país más próspero del continente. Se prometió asimismo recuperar todo aquello que se había perdido a lo largo de los años y lo haría en honor a sus padres y a su nación.

Colocó su mano derecha sobre la lápida.

—Daré todo para que las cosas vuelvan a ser lo que eran antes; ustedes me enseñaron a amar este pueblo y a ser justo con su gente, eso no ha cambiado en mis objetivos: lucharé por ello hasta vencer.

Por un momento se mantuvo en esa posición hasta que escuchó que algo caía al césped. Automáticamente se llevó la mano a la empuñadura de la espada, pero quien salió de la oscuridad fue Mariam, iluminada por las pocas antorchas y la luz de la luna. La chica miró a Henry, retándolo a que sacara el arma de la funda, pero este no lo hizo.

—Con que tú eres Henry Cromwell —señaló Mariam acercándose más a él. Henry se incorporó.

—Así es —contestó.

Mariam miró a los alrededores.

—¿Has venido solo?

—No, Gordon venía conmigo, pero se quedó en la entrada del cementerio. Tú no deberías andar sola por aquí.

Mariam se encogió de hombros y miró las lápidas de mármol blanco.

—¿No te has dado cuenta de que será imposible hacer que las cosas vuelvan a ser lo de antes? —dijo ignorando sus palabras.

—Nada es imposible —contestó.

—Eso pensaba yo —suspiró, antes de comenzar a caminar junto a Henry hacia la salida del cementerio—. Aquí las cosas están acabadas, no solo por el dominio total que tiene Holger sobre la población y el ejército, sino también porque nos hemos vuelto conformistas.

—No digas eso; hay que quitarles el miedo, es todo.

—Eso es lo que crees, pero todo cambiará si les fallas.

—¿Qué quieres decir?

—Lo que quiero decir es que la gente sólo ve lo que quiere ver y escucha sólo lo que quiere oír. Si no haces y no dices lo que ellos quieren simplemente van a dejar de creer en ti.

—Haré lo que tengo que hacer. Mi deber es ayudar a la gente de este pueblo y no los voy a defraudar. Han esperado por mi durante mucho tiempo, en mis objetivos no está rendirme, ni fracasar.

Mariam guardó un momento silencio, pero una vez se acercaban al final del camino y a la puerta oxidada, se detuvo para encarar a Henry.

—Sólo te lo advierto. Mi hermana solía contarme historias sobre ti que mi padre le contaba cuando ella era pequeña.

Una vez llegaron a la entrada, encontraron a Gordon dormido con la cabeza apoyada sobre una de las enormes rocas.

—Creo que él no es el mejor acompañante —soltó Mariam con una risita.

Henry cargó al enano en brazos.

—Debo llevarlo a su casa.

Siguieron caminando juntos en silencio por las vacías calles hasta llegar a la zona de los hogares.

—¡Ahí estás! ¡Te he dicho que no desaparezcas de...! Oh, hola, Henry.

—Oh, vaya... —dijo Mariam con fastidio mientras Erin corría hacia ellos.

—Por lo menos esta vez te has escapado con compañía.

Erin sonrió mientras Mariam veía su intercambio de miradas con Henry.

—¿Y ustedes ya se conocían? —preguntó arqueando una ceja.

—Desde esta mañana —dijeron ambos al mismo tiempo para luego contarle lo sucedido.

—Entonces el Rey está enfermo de verdad... ¿Por qué no cambiamos una de esas pociones por veneno y lo matamos más rápido?

—No es mala idea —observó Erin, riéndose.

—Nada de eso —dijo Henry tratando de resistir la tentación de reírse.

—En fin... Mariam, ya es tarde, regresa a casa —ordenó Erin.

—Es tarde, regresa a casa —se burló Mariam, aunque terminó obedeciéndola.

Gordon soltó un fuerte ronquido y Henry y Erin ahogaron la risa para no despertarlo.

—Su casa queda por allá, cerca de la de Louis, si quieres puedo acompañarte —propuso la muchacha.

—Sería un placer.

Comenzaron a caminar por las dos hileras de casa mientras charlaban un poco sobre la relación entre la familia Hobson y la familia Cromwell, a las cuales les quedaban muy pocos miembros. Los Hobson solo tenían a Erin y a Mariam en Valguard; mientras que el hermano menor de Reagan, Kieran, vivía en una nación del

Gran Continente y no había tenido contacto con su hermano y sobrinas desde hacía mucho tiempo. En cuanto a los Cromwell, aquella era una de las familias más ricas de Valguard, llegada a la corona cuando el bisabuelo de Henry, Eogan Cromwell, Guardián de Tashgard en ese tiempo, contrajo matrimonio con la Princesa Ashlyn Briens, convirtiéndose luego en reyes y dando inicio a la dinastía Cromwell en la corona valguardiana; sin embargo, la familia había vivido numerosas tragedias: Eogan había sido asesinado misteriosamente cuando cazaba junto a su mano derecha, mientras que su mujer murió dando a luz a Turlock Cromwell, el único hijo de esa pareja quien se había casado con la princesa de Equalia, Johanne Deering, teniendo dos hijos: Anne Cromwell, quien murió aparentemente por una enfermedad contraída en el lago de Valguard cuando tenía cuatro años, y Henry padre. Johanne había fallecido por una enfermedad cuando el padre de Henry tenía quince años; y su padre le había cedido el trono al contraer una enfermedad lenta y degenerativa, alegando que de esa forma estaría preparado para cuando él falleciera. Había muerto a los setenta y cinco años, antes de que su nieto naciera.

La casa de Gordon quedaba relativamente cerca de la de Louis, por lo que no tardaron en llegar. Entraron en el hogar del enano, un espacio bastante pequeño hecho para sus necesidades, y lo acostaron en su cama de paja. El enano roncó una vez que lo dejaron ahí.

—Así no parece tan gruñón —sonrió Erin al taparlo con una manta de lana.

Se despidieron al llegar a casa de Louis, donde ya todos se encontraban dormidos. Henry subió las escaleras en puntillas hasta llegar a la habitación que solía ser el despacho de su amigo, ubicada al final del pasillo, y sacó el bolsito de terciopelo que se encontraba en el bolsillo de su túnica. Dentro estaba el collar de su madre y un sobre que antes no había visto.

«Para Henry», decía una caligrafía perfecta. Henry abrió el sobre con una exaltación y leyó la carta de su madre.

Hijo mío:

Ha pasado un tiempo desde la última vez que nos vimos; cuando te marchaste no podía dejar de pensar en ti cada mañana al despertar. Tanto a tu padre como a mí nos ha sentido en el alma tener que dejarte ir siendo tan solo un niño; ahora, debes ser un hombre y habrás entendido las razones por las cuales tuviste que irte de Valguard, lejos de nosotros. Quiero que sepas que estamos orgullosos de ti, serás un gran Rey y líder, de eso estoy plenamente segura.

Probablemente ni tu padre ni yo nos hallaremos cuando regreses a casa y por eso estarás leyen-

do esta carta; sin embargo, quiero que recuerdes que siempre estuvimos y estaremos justo en tu corazón.

Margery

Henry leyó la carta tres veces más mientras la voz de su madre resonaba en su cabeza; y al terminar, dobló el pergamino, lo guardó en el sobre, se puso el collar y se quedó dormido.

7.

LA ANGUSTIA DEL REY

La mañana del día siguiente parecía ser una de las más alegres que había tenido Valguard en años, el simple hecho de tener a Henry Cromwell de regreso creaba en los habitantes de la nación una infinidad de expectativas con respecto a cuál sería el futuro que les esperaba.

Howard logró reunir a diez de sus excamaradas del ejército para volver a los entrenamientos; el resto no se sentían del todo seguros, por lo que optaron por no unírseles; en cuanto al grupo de la Resistencia, alrededor de treinta se propusieron a unirse a los entrenamientos que estarían encabezados por Henry, Louis y Howard. Duncan, junto a seis de sus compañeros, fueron junto al barón hacia el antiguo cuartel de los caballeros para pedir prestadas algunas armas.

El lugar se hallaba ubicado en una parte un poco alejada de la ciudad y del castillo; era una edificación cerrada de un solo piso, con trescientas armaduras polvorientas colocadas en orden en las cuatro paredes y unas diez velas que iluminaban apenas la estancia, además de una larga mesa de madera con todo tipo de armas, tales como espadas, arcos y flechas, dagas, lanzas y viejos escudos. Duncan y compañía se lanzaron a ellas como si hubieran encontrado un tesoro.

—Pueden quedarse con ellas —dijo Howard—, algún día les tocará a ustedes defender al reino.

Ya una vez arreglado el campo de entrenamiento con algunos pedazos de madera viejos que utilizaron como obstáculos, inició su primera reunión.

—Haremos lo siguiente —comenzó Henry—, formen una fila uno al lado del otro. Antes de empezar, quisiera recalcar que lo que aprenderemos será defensa personal. —Al grupo se habían unido otras cuantas personas, entre ellas Jensen, Killian y Mariam—. No sabemos cuándo llegará el momento de luchar, es por esto que debemos estar preparados, bien entrenados. Debo recordarles que a quienes nos enfrentamos son personas que no dudarán en matarlos sin importar quiénes sean, por eso debemos estar alerta a cada uno de sus movimientos y saber desarmarlos con rapidez.

A continuación, Henry le hizo una seña a Louis con la cabeza para hacer una demostración. Ambos se colocaron el casco de metal y desenvainaron sus espadas al mismo tiempo; las entrecruzaron y se posicionaron para comenzar.

—¿Listo, Laughton?

—Siempre estoy listo, Cromwell.

Henry dio el primer movimiento, como ya era costumbre hacerlo desde que eran niños. Louis apenas tuvo tiempo de pestañear, por lo que empezó a dar pasos hacia atrás a medida que Henry avanzaba. Los movimientos que este hacían eran más rápidos de los que Louis recordaba, entretanto los espectadores observaban con mucha atención, moviendo la cabeza de un lado para otro. Louis apenas logró enganchar la espada de Henry haciendo un círculo entre ambas armas, pero Henry logró zafarla y empujó a Louis hacia atrás. La gente soltó un «¡Oh!» de sorpresa y Henry le tendió la mano a su amigo para ayudarlo a levantarse.

—Eso estuvo bien —admitió el moreno quitándose el casco de la armadura—, demasiado bien. ¿Quién te enseñó a pelear así? Esos movimientos con los pies y la espada y la manera de esquivar los ataques...

—Un viejo gruñón en Preyland: Pádraic Kramzvol.

Louis quedó boquiabierto y Wallace dejó caer su escudo.

—Los preylanos son conocidos por su fuerza bruta —argumentó Wallace con un hilo de voz, mientras algunos jóvenes escuchaban, igual de pasmados—, son bestias en el campo de batalla; pero ¡por los dioses, Henry! ¡Kramzvol! ¡Ese hombre no solo fue un sanguinario luchador! ¡Formaba parte de los Maestros del Viento! ¡Lo llamaban el Dios del Viento! Es... es el mejor guerrero del Gran Continente... ¡del mundo!

—Créeme, como maestro era peor; pero eso no nos importa ahora, tenemos mucho trabajo por delate.

Louis no podía esperar a sonsacarle más detalles a Henry sobre sus entrenamientos con aquel hombre conocido por su destreza en un arte de lucha llamada la Armonía del Viento, que consistía no solo en el uso de espadas sino también de distintas artes marciales, así como también el uso la meditación. Durante siglos se había utilizado solo para eventos de pelea en la que se enfrentaban dos Maestros del Viento y el duelo no terminaba hasta que uno de los contrincantes lograba matar al otro; sin embargo, a pesar de ser una la técnica más atractiva y refinada en todo el mundo, especialmente en Preyland, quedaban muy pocos versados, dado que con el pasar del tiempo se fue perdiendo la costumbre y el interés debido al exigente entrenamiento que conllevaba aprenderla.

El campo de entrenamiento pronto se encontró abarrotado de gente; unos practicaban con las espadas, otros con el arco y flechas, navajas, dagas y cuchillos, todos siendo instruidos por los caballeros de Howard.

—De acuerdo, ¿están listos? —preguntó Henry a Mariam y a Fenris.

—Listos —dijeron ambos.

—Comiencen —ordenó Henry.

Mariam atacó rápidamente a Fenris sin que este pudiera reaccionar, derribándolo con un solo movimiento que lo dejó en el suelo y sin espada.

—¡Eso no es justo! ¡No me ha dejado ni pestañear! —se quejó el joven levantándose del suelo.

—No has sido lo suficientemente rápido, Fenris —explicó Henry con calma—, te toca entrenar duro. En cuanto a ti, buen trabajo.

Mariam sonrió con altivez.

—¿Nos vas a enseñar la armonía del viento, no es así? —preguntó la chica. Henry arqueó una ceja.

—No.

—¿Por qué no? —preguntó Louis, acercándose a ellos—. ¡Eres un Maestro del Viento, Henry! ¡Claro que puedes enseñarles!

—Hice una promesa a Pádraic; además, requiere un entrenamiento sumamente duro, no tienen ni la más mínima idea de cuántos años lleva aprender esa técnica.

Los muchachos se sintieron desilusionados, pero Henry y Louis les aseguraron que mejorarían; solo era cuestión de entrenar un poco más para alcanzar un buen nivel.

—Tu hermana debe estar orgullosa —dijo Louis a Mariam—, y creo que tu padre también lo estaría.

—¿Erin está aquí? —se sorprendió Mariam.

Ella y Henry voltearon hacia donde se encontraba el grupo de gente donde se encontraba Erin hablando con Alana. Junto a ellas estaba un grupo de chicas que murmuraban entre sí, emocionadas.

—Creo que tienes admiradoras, por cierto —comentó Louis.

—Y nosotros tenemos compañía —dijo Henry.

El rey Holger se aproximaba en su respectiva carroza junto con sus caballeros negros custodiándola. El numeroso grupo de concurrentes se hizo a un lado para dejar pasar el vehículo que se detuvo, y de él se bajó el Rey, quién no lucía un buen aspecto desde la última vez que lo vieron. También se aparecieron Olav y Gottmort, este último con una expresión rabiosa.

—¿Qué viene hacer aquí? —preguntó Mary, recelosa.

—Lo único que sabe hacer, por supuesto —le respondió Louis—: sabotear.

—Terminamos por hoy, muchachos. Nos vemos mañana.

Los chicos obedecieron y comenzaron a recoger las armas para luego dirigirse a la multitud, donde el Rey los esperaba de brazos cruzados.

—Buenos días, Laughton, Cromwell —los saludó con una sonrisa forzada.

—Buen día, Su Majestad —dijo Henry con voz seria mientras Louis le dedicaba una mirada ultrajada.

—Recuerdo haberte ordenado ayer no hacer ningún movimiento extraño.

—Esto no es ningún movimiento malicioso, señor —contestó Henry arqueando ambas cejas.

—¿Y qué es todo esto? —preguntó el Rey señalando con la cabeza a todos los presentes.

—Se trata de un entrenamiento especial —contestó Louis con desdén.

—Eso va contra la ley.

—Se equivoca, Majestad —Henry intervino—, no hay ley que no permita darle a los que deseen un debido entrenamiento.

—Debo recordarte, muchacho, que el comandante en jefe aquí soy yo; por tanto, soy el único que puede dar la orden para que se ejecuten tales sesiones de entrenamiento.

—Usted no es el que decide lo que los ciudadanos desean —contestó Henry entre dientes.

—¿Quién eres tú para decirme qué es lo que debo hacer y lo que no?

—El verdadero rey de Valguard —objetó Louis, arqueando una ceja.

Tras las palabras del moreno, Gottmort avanzó hacia él dispuesto a defender a su jefe. Desenvainó su espada que fue directo al pecho de Louis; sin embargo, el moreno reaccionó con rapidez y detuvo el ataque con su escudo para luego desenvainar su espada. Cuando dio un paso al frente para atacar a Gottmort, Henry lo detuvo.

—¿Qué estás haciendo? —le reprochó.

—No es momento —contestó Henry.

—Te equivocas, Cromwell, este es el momento indicado para resolver este problema —terció Gottmort entre dientes.

—Tiene razón, Henry.

Louis volvió a dar un paso al frente pero Henry lo detuvo una vez más. El moreno le dirigió una mirada de hastío y su amigo negó con la cabeza.

—No conviene formar una revuelta aquí, hay mucha gente indefensa —insistió Henry.

Gottmort, que no estaba dispuesto a sentarse a escuchar la conversación de aquellos dos, se lanzó contra Henry, quien sostuvo su brazo con fuerza y lo golpeó en el hombro, provocando que el hombre soltara su espada.

—No voy a permitir que comience una batalla innecesaria aquí mismo —declaró Henry con tono autoritario—, si tanto les molesta que entrene a estas personas, mejor resolver este asunto sin involucrarlos.

—Sé lo que intentas hacer, chiquillo. Planeas entrenar a esta gente para que luego intenten derrocarme y eso no lo voy a permitir —repuso con voz venenosa el Rey—, tanto tú como yo sabemos que en algún momento debemos enfrentarnos a un duelo a muerte.

Henry lo sabía, en algún punto debería enfrentarse a Holger. Había decidido entrenar a tantas personas como fuera posible para prepararlas para una eventual guerra, no obstante, pensaba en lo peligroso de las circunstancias; que esa guerra empezara en ese preciso instante era lo peor que podía suceder, pues estaba perdida para él y para su grupo.

—No necesita decírmelo, sin embargo, preferiría resolver todo este asunto de otra manera.

—¿Estás dispuesto a debatir esta situación? —interrumpió el Holger. Una funesta sonrisa se dibujó en su rostro tras haber adivinado que Henry no estaba dispuesto a pelear—. Propongo que tú y tu gente vengan al castillo para debatir, así podríamos resolver esto juntos.

—Su Majestad... —dijo Gottmort, pero el Rey le hizo callar, alzando una mano.

—Sería lo más sensato —dedujo Henry.

—Por supuesto, joven Cromwell. Nos reuniremos en mi castillo al anochecer.

—¿En qué estabas pensando? —se giró Louis a Henry una vez que el Rey se retiró, con el entrecejo fruncido.

—Piénsalo bien, Louis; no nos conviene pelear contra él ahora y, además, es una gran oportunidad de averiguar mejor lo que ocurre dentro del castillo.

—Henry tiene razón —añadió Howard—, han estado escondiendo tantos secretos allí, podríamos descubrir todo lo que traman.

Louis dejó los ojos en blanco.

—De acuerdo. ¿Quiénes irán?

—Howard, Duncan, Mary, Wallace, Gordon tú y yo —propuso Henry.

—Hecho.

Después de aquello, decidieron retirarse.

—Buen entrenamiento.

Con una sonrisa, Erin se acercó hacia donde estaba Henry, sacándolo de sus pensamientos. Aunque estaba convencido de lo que había hecho, no dejaba de pensar que la gente solo veía lo que quería ver, y escuchaba solo lo que quería oír. Si no hacía y no decía lo que ellos querían, simplemente iban a dejar de creer en él.

—¿Por qué no te nos uniste?

—No, no; soy más peligrosa con una espada que un gigante con resaca. —Henry terminó soltando una carcajada—. Creo que interrumpí un importante pensamiento.

Henry tragó saliva.

—Te diste cuenta...

—Unas chicas gritaron tu nombre y no las escuchaste —apuntó la muchacha mientras comenzaban a caminar hacia la ciudad.

—Estaba pensando en lo que hemos decidido.

—Fue una decisión acertada. Nadie nunca en tantos años tomó semejante decisión, ni siquiera Louis, que ha sido la pesadilla del Rey.

Henry terminó sonriendo a sus palabras.

—Dankworth se veía deteriorado hoy.

—Y se deteriorará más a medida que su angustia aumente. Está enfermo y asustado; no me agradaría estar en sus zapatos.

—Los demás no creen que esté enfermo.

—Nadie se cree lo que ellos dicen; hemos escuchado menti-ras durante tanto tiempo que nos parece que esto es una excusa más para dar lástima, pero ya que tú estás aquí, la moral de la gente parece estar cambiando, confían en ti.

—¡Oye! —exclamó Mariam, detrás de ellos—, deberías unír-tenos en los entrenamientos, hermana; si Fenris Ball se ha unido, tú también puedes.

—Lo haré —afirmó Erin, arqueando una ceja—, tal vez así consiga rebanarle las extremidades a alguien.

Henry y Mariam comenzaron a reír.

—¿Estás seguro de que la reunión con el Rey funcionará de algo? —preguntó Mariam, aplacando un poco la risa—. Debes te-ner cuidado con Lesmes.

—¿Lesmes? —preguntaron Henry y Erin al mismo tiempo.

—Lesmes, el brujo de Casgrad.

—Es su líder, enviado por el rey Danus hace algunos días, probablemente para curar a Holger. Estoy segura que ha sido él quien le dio su tónico —añadió Erin—. Es peligroso.

—Deben estar tramando algo. —Mariam entrecerró los ojos—. Holgy nunca deja entrar a nadie en el castillo.

La noche abrazaba Valguard bajo una tranquila lluvia. En el gran comedor del castillo, Holger Darnkworth escuchaba las quejas de sus secuaces, quienes se oponían a la decisión tomada por el líder, como el caso de Gottmort, quien aseguraba que no hablaría con insectos, escorias pueblerinas.

—No quiero una queja más —dictaminó Holger sentándose en su respectivo puesto en la larga mesa rectangular.

—Pero, Su Majestad...

—Ni una palabra más, Gottmort. Esta podría ser una gran oportunidad para deshacernos de Cromwell y Laughton. —Se hizo un silencio en el que Gottmort se tragó las palabras que tenía para decirle al Rey—. ¿Qué tanto se tarda ese Olav? Hace unos minutos lo envié a buscar a Lesmes y no ha regresado.

Mientras que Holger y Gottmort esperaban por el hombre del bigote, este bajaba las escaleras que llevaban al sótano del castillo donde los brujos de Casgrad forjaban lo que sería «el arma perfecta» del Rey. Avanzó por el penumbroso pasillo, temeroso, escuchando un canto en una lengua totalmente desconocida, además del ruido que producía el golpe del metal que forjaba la espada. Al llegar a la enorme y acalorada estancia donde se hallaban los diez brujos sentados en círculo, observó como estos estaban acompañados de velas a su alrededor, conjurando todo tipo de hechizos y maldiciones de magia oscura. Olav esperó a que los cánticos cesaran para dirigirse a Lesmes y fue en ese momento en el que se dio cuenta que, en el medio de aquel grupo de brujos, se encontraba flotando una especie de gema de cinco centímetros de color negro que despedía un aura del mismo color alrededor de sí misma. Las voces cesaron y todos bajaban la cabeza con los ojos cerrados, excepto Lesmes, quien fue el último en quedarse callado.

—Lesmes —susurró Olav, dudoso, pues no estaba seguro si era el momento preciso para hablarle. Lesmes abrió los ojos de golpe y miró a su visitante con los ojos blancos, haciendo que Olav se sobresaltara y cayera de espaldas a la pared, golpeándose la cabeza.

—Mi querido amigo, Olav Maher —dijo Lesmes con voz ronca y sus ojos volvieron a la normalidad—, ¿en qué puedo ayudarte?

—El Rey requiere de tu presencia en la reunión —masculló Olav tocándose la cabeza mientras se incorporaba nuevamente.

—Con que requiere de mi presencia... —susurró Lesmes—. De acuerdo.

El brujo se levantó de su sitio sosteniendo la Gema Oscura en el aire y la depositó encima de una copa de bronce desgastada, ubicada en una estantería de madera al fondo de la estancia; luego les ordenó a sus colegas que abandonaran el lugar y fueran a descansar en aquella misma lengua extraña con la que habían hecho los conjuros.

Minutos más tarde, el hombre del bigote y el brujo llegaron al comedor donde el Rey los esperaba.

—Aquí me tiene, Su Majestad —Lesmes apareció junto a Olav haciendo una larga reverencia.

—Te necesito aquí, Lesmes; en unos instantes estará aquí

Henry Cromwell junto a su grupo.

—Henry Cromwell —repitió Lesmes adoptando una expresión de preocupación.

—Así es; deberás prestarle mucha atención, quiero que veas su futuro.

—Pero... Su Majestad, ya le he dicho el futuro de ese muchacho...

—¡Debes hacerlo de nuevo! ¡Puede que estés equivocado! —Lesmes hizo otra reverencia en señal de aprobación al Rey, aunque ya que sabía que las profecías muy pocas veces fallaban—. Como tú has dicho, el destino no está prescrito.

El grupo no tardó en llegar, ingresando al vestíbulo del castillo donde Henry vivió durante sólo ocho años de su vida junto a sus padres. Aquella era la primera vez que entraba desde que se había marchado de Valguard y, a pesar de los años, el lugar aún conservaba una esencia de armonía.

Henry caminaba al frente sin mirar a su alrededor y no tardaron en ser recibidos por Olav en la entrada del enorme comedor, quien les abrió la puerta sin dirigirles la palabra.

—Buenas noches, mis estimados visitantes —saludó Holger mientras le daba un sorbo a su copa de vino.

—Buenas noches, Holger —respondió Henry con tono monocorde.

—¿Cómo te atreves a llamar a tu Rey por su nombre? —protestó Gottmort ante la falta de modales.

—Gottmort, por favor —Holger sonrió—, así no se trata a los invitados. Por favor, tomen asiento —los invitó con calma.

El grupo obedeció y tomaron asiento; Henry frente al Rey en la cabecera de la mesa, Louis a su derecha, como Olav con su Rey, y Howard a su izquierda, como Gottmort, quien tenía a su lado a Lesmes y a un hombre, bastante corpulento de ojos azules y diminutos y la cara llena de cicatrices. Howard lo reconoció al instante.

—Ese es la Mano Derecha del rey Ottar Danus —comentó a Gordon y a Louis en voz baja—. El Rey debe estar muy desesperado para acudir a su ayuda.

Holger esperó a que se acomodaran antes de hacer una seña a uno de sus sirvientes para que atendieran su sed.

—Hoy nos acompañan mis fieles compañeros, Olav y Gottmort, junto al barón Segiouz Heydrich y Lesmes, el invitado especial de hoy.

Lesmes pasó la vista por cada uno de los presentes hasta dejar los ojos clavados en Henry. Ambos se miraron por unos segundos y Henry recordó lo que Erin le había dicho sobre él y su grupo de brujos casgranos.

—Agradezco la invitación, Su Majestad —Lesmes hizo una ligera reverencia al rey antes de mirar de nuevo a Henry—, es un honor estar aquí y por fin ver de cerca la viva imagen del difunto Rey.

Un silencio tenso se formó mientras los presentes miraban alternativamente a Henry y a Lesmes. Olav comenzaba a temblar como si de pronto los ojos del brujo fueran a ponerse blancos otra vez.

—Muy bien —interrumpió Holger, cosa que tanto Henry como Olav le agradecieron internamente—; mi querido Gottmort, ¿quieres empezar?

El hombre de ojos verdes se aclaró la garganta y luego observó a los invitados con desprecio.

—El día de hoy ha tenido lugar un suceso que pone en peligro la paz de todo el país. Sabemos de los actos vandálicos que Cromwell y compañía pretenden hacer y han incitado a los valguardianos a unírseles.

Louis hizo un esfuerzo monumental por tragarse la risa que estuvo a punto de estallar.

—¿Actos vandálicos? —inquirió Henry.

Gottmort enarcó una ceja.

—¿De qué otra forma podríamos llamarlo, Cromwell? Valguard ha vivido en paz durante el reinado del rey Holger y desde tu llegada esa paz peligra.

—Me parece que no es necesario indagar en eso, ¿cierto? Además, ¿de qué paz estamos hablando? ¿Es que acaso están ciegos ante la realidad en la que vive Valguard?

—¿Cuál es esa realidad, chiquillo? —preguntó Gottmort.

—Personas hambientras, sin hogar… personas que antes vivían en tranquilidad pero que ahora viven con miedo.

—Viven en la miseria porque lo merecen al no reconocer el gobierno justo del rey Holger Dankworth.

—No me hagas reír, Gottmort. Solo ustedes se engañan con esa ilusión, cuando la realidad es completamente diferente. Si su gobierno es tan justo, ¿por qué han encarcelado a tantas personas que se han revelado?

—La respuesta es obvia, niño. Han formado una trifulca…

Gottmort se detuvo allí al ver que una persona levantaba la mano.

—Su Majestad —intervino Duncan sin titubear—, pido permiso para intervenir.

—¿Cuál es tu nombre? —preguntó el Rey.

—Duncan Valdres.

—Adelante, Duncan. Será interesante escuchar tus declaraciones.

—Vengo en nombre de mis compañeros para explicar lo ocurrido aquel día. Nuestra intención no ha sido formar aquella trifulca, como el señor Gottmort la llama, ha sido alzar la voz de millones de valguardianos de forma pacífica. Durante nuestra concentración, un grupo de caballeros negros nos atacaron, no solo a nosotros sino también a varias de las personas que allí se encontraban acompañándonos.

—Mientes —interrumpió Gottmort—, nuestros caballeros

trabajan por el bienestar y la seguridad del reino, no para formar alboroto como tú dices.

—¡Tú eres quien miente! —Duncan perdió la compostura.

—¡Silencio! —lo reprendió el Rey golpeando a la mesa con la palma de la mano—. La persona a la que llamas mentiroso es mi autoridad, la voz del Rey en mi ausencia. ¿Tienes pruebas para asegurar lo que dices o pretendes solo acusarlo?

—¿Y qué me dice usted sobre su salud? —Henry miró al Rey con atención—, apuesto a que le dice a los valguardianos que se encuentra bien tras una larga ausencia debido a su obvia enfermedad. Dígame, ¿no es eso una mentira?

—No lo llamaría de tal forma; sin embargo, sí deseas una comparación, ¿cómo llamarías esconder a tu hijo y decirle a todo el país que está muerto?

Henry frunció el entrecejo.

—Las personas de Valguard viven en la miseria y los caballeros arremeten contra los que han sido encarcelados injustamente, los ladrones matan a las personas y usted ni siquiera está fuera del castillo. ¿Qué dice de eso?

—Vaya, Lesmes tiene razón al decir que eres la viva imagen de tu difunto padre —Holger sonrió, sin esconder un atisbo de burla—. Cromwell quería defender lo indefendible, con inventos y mentiras… supongo que decirse que era buen rey por bajar y hablar un rato con las personas era lo que le daba esa ilusión, cuando mandar no está solo en ello, sino en ser un símbolo y mantener una excelente administración.

—Mi padre defendía los derechos de los valguardianos. Él trabajaba y luchaba por su país; usted, en cambio, se ha apoderado de algo que no le pertenece y se ha encargado de destruir lo que a nuestros antepasados les costó tanto construir: una nación que conviviera en paz y libertad. ¡Usted le ha quitado todo eso a toda esa gente!

—No debes meterte en asuntos que no te conciernen, muchacho. Sólo llevas aquí unas horas y ya crees saber todo lo que ocurre.

—Sé lo suficiente como para juzgarle. ¡Traicionó y mató a mi familia! ¡Dejó a Valguard en la miseria solo por el poder! Cómo se nota que su espíritu carece de humildad.

Por un momento todos se mantuvieron en silencio. La amenaza latente de Holger era notoria, pero luego de un instante una sonrisa afloró a sus facciones e, instantes después, comenzó a reír.

—¿Humildad? —enarcó las cejas—. Es gracioso, dado que lo que dices viene desde el fondo de tu corazón. ¿Me hablas acerca de lo que les pertenece? Vaya, eres muy osado jovencito, venir a darme lecciones de moral cuando tomas a tu población como un objeto, una pertenencia. ¿Te parece que tu padre fue un buen Rey? Pues te equivocas, de vivir en esa utopía en donde todo era paz, ¿por qué existió una rebelión? El idealismo, querido muchacho, unido a una estupidez congénita, no te llevará muy lejos.

Louis se puso de pie, así como también lo hicieron Olav y Gottmort, este último llevando la mano a la empuñadura de su espada. Por un momento, pareció que Louis haría lo mismo, pero la voz de Howard lo detuvo.

—¿A cuántos tienes poseídos bajo la magia oscura? —preguntó a la par que se levantaba de su silla—, ¿a cuántos caballeros valguardianos mataste y a cuántos les has envenenado el alma con la ayuda de esa gente?

—Temo que tengo que defraudarte, O'Neill; pero los caballeros me sirven porque siempre han sido fieles a mí.

La tensión era notable en todos, ya puestos de pie; por lo cual Henry decidió dar un paso atrás y calmarse: No debían de abusar de su suerte.

—Espero que durante el tiempo que le queda pueda rectificar.

—Y yo entiendo que tienes mucha presión encima, joven Cromwell. Un destino cruel que te arrebató a tus padres, tu infancia; un destino que no podrás concluir. Te ordeno abandonar Valguard a más tardar mañana al anochecer o de lo contrario pagarás las consecuencias. Y antes de que se me olvide, procura estar seguro de tus argumentos antes de inculpar a alguien por un crimen no cometido.

Henry se paró en seco y se dio la vuelta lentamente. Holger lo miraba perspicaz.

—¿Qué insinúa?

—Me pregunto qué tanto sabes en realidad. No sé qué habrá hecho tu padre para que pasaras desapercibido, pero supongo que te mandó a un lugar lo suficientemente lejos para que no te descubriéramos. Tanto tiempo fuera de tu hogar no te ha permitido enterarte de todo lo que ocurrió en tu ausencia.

—Sé lo que hiciste, Holger. Traicionaste al hombre que depositó toda su confianza en ti.

Holger se encogió de hombros.

—Sí ese es tu consuelo para vivir en la ignorancia... supongo que con el tiempo sabrás la verdad respecto a la muerte de tus padres... y su vida, también. Te enterarás de todos sus secretos desagradables que desearás no haber escuchado nunca.

Ambos se miraron de hito en hito. Henry sintió la urgencia de preguntar, pero Louis lo tomó del brazo y salieron del gran comedor.

8.

EL TESTAMENTO

Holger se encontraba acostado boca arriba en su cama de baldaquino de sábanas amarillentas mirando a la nada, sumido en sus pensamientos. La chimenea continuaba encendida.

—Su Majestad —dijo Lesmes cruzando el umbral de la puerta—, le he traído un poco más de la poción renovadora.

El Rey se levantó lentamente de la cama sintiendo un inmenso dolor y haciendo un gran esfuerzo.

—¿No me has dicho que ya no me funciona?

—Le dará un poco más de energía —contestó el brujo casi susurrando y se acercó al Rey para entregarle un frasco con el tónico que Holger bebió lentamente.

—He visto el futuro del joven Cromwell como usted me lo ordenó. —Lesmes juntó sus manos atrás para no hacer notorio el temblor en su voz. El Rey lo miró con interés y le entregó el frasco vacío.

—¿Qué viste? —preguntó Holger limpiándose el labio inferior con una manga.

—Perdoneme el atrevimiento, Su Majestad, pero debo recordarle que mi don para ver el futuro no es algo que pueda controlar a voluntad; sin embargo, analicé con más cuidado las profecías que existen con lo que está sucediendo y...

El brujo se detuvo allí. Holger enarcó ambas cejas.

—¡Habla! —exclamó.

—Va... va a matarlo. —Lesmes tragó saliva.

—¿Cómo dices? ¿Cromwell va a matarme? ¿Cuándo?

—Me temo que no puedo predecir el tiempo, Su Majestad. Para la gente como yo que tiene el don de predecir el futuro, no existe.

—Le he ordenado al chico que se marche...

—Es obvio que no va a acatar esa orden. El joven se está ganando la confianza total del reino y tanto él como los valguardianos no van a renunciar al destino ya predestinado por la profecía.

—La espada... la espada con la Gema Oscura, ¿está lista? —preguntó el Rey en un tono de súplica.

—No, Su Majestad, me temo que no.

—Entonces... acabaré yo mismo con él.

—¡Pero Su Majestad! ¡Usted se encuentra muy débil!

—¡Silencio, Lesmes! —El Rey se levantó violentamente de la cama y, acto seguido, se desmayó.

Los meses de mayo y junio transcurrieron sin más complicaciones. Henry seguía las sesiones de entrenamiento con los jóvenes, además de sostener asambleas constantemente, donde se daban charlas alentadoras a los habitantes. Un aura de esperanza se iba apoderando de toda Valguard conforme pasaban los días, y con ella, más gente se unía a los entrenamientos, incluyendo personas de avanzada edad.

El mes de julio llegó y trajo consigo una energía denigrante y más dudas disparadas con respecto al estado de salud del Rey, que había vuelto a desaparecer. Cada semana aparecía algún vocero con la noticia de siempre: el Rey se recupera satisfactoriamente de su enfermedad y pronto se reunirá con su querido país.

En cuanto a las sesiones de entrenamiento, eran cada vez más duras conforme los muchachos mejoraban. Tanto Mariam, como los demás, lograron perfeccionar sus técnicas con los diversos tipos de armas, incluso Fenris Ball había logrado ser más rápido y preciso.

Aquel día, unos ligeros rayos de sol resplandecían y entraban por la ventana de Henry, quien se despertó debido a un alboroto en la planta baja de la casa de los Laughton.

—¡Feliz día de nacimiento! —exclamaron los presentes una vez bajó las escaleras.

La familia Laughton, Wallace, Mary y Howard vestían de vinotinto y lo esperaban con unas copas llenas de hidromel hasta el tope y amplias sonrisas. Henry se sorprendió ante el gesto, pero más porque había perdido la noción del tiempo durante aquellos ajetreados días.

—Te dije que lo olvidó —susurró Lynn a su esposo y todos estallaron a carcajadas.

Maudie y Brendan regalaron a Henry un pedazo de pergamino el cual se hallaban dibujados dos figuras que los simulaban a Henry y a Maudie junto a la fuente la noche que se conocieron, y en la otra mitad, lo que parecía ser la cara de Henry un poco garabateada. Por su parte, Lynn preparó un pastel de miel al que le colocó veintitrés velas a su alrededor, las cuales esperaron a que se derritieran para luego repartirse los trozos, uno para cada uno. Se encontraba sirviéndolo cuando llamaron a la puerta.

—Parece mentira que han pasado veintitrés años —comentó Gordon, jadeando, pero con una gran sonrisa. Había hecho mucho ruido al entrar en casa, y Henry y Louis tuvieron que ayudarlo a trasladar un pesado objeto a la mesa, cubierto con una tela marrón.

—¡Serás el Rey más joven que ha tenido Valguard!, ¡el más joven de todo el continente! —exclamó Howard—. Tu padre llegó al trono a los treinta.

—Y hablando de tu padre —observó Gordon, moviendo el dedo índice—, eso es para ti.

Henry se aventuró a remover la tela del gran paquete que había llevado el enano, descubriendo así un grueso escudo. Su superficie de metal era de color vinotinto y en el centro estaba grabado el escudo de Valguard en dorado.

—¿Dónde lo has conseguido, Gordon? —se sorprendió Henry.

—Estuve junto a tu padre unos minutos antes de que muriera.

—¡Ese escudo vale más que el oro! —exclamó Louis mientras lo examinaba—. ¡Está hecho por enanos!

Henry se colocó el escudo en el brazo izquierdo, recordando como su padre se lo mostraba cuando era niño mientras le decía que algún día sería suyo.

—Es una tradición familiar, este escudo viene de generación en generación.

Los siguientes en llegar fueron Elsie y sus tres hijos, los cuatro también iban vestidos de color vinotinto.

—¡Muy buenos días! —saludó Elsie alegremente. Los niños, en lugar de saludar igual que su madre, se lanzaron hacia Henry directamente.

—Hemos venido con ropas del color del vino ya que así se debe celebrar el día del nacimiento del Rey, con los colores del estandarte de la nación en la ropa —soltó Killian.

—Feliz día, querido —dijo Elsie dándole un abrazo y un beso en la mejilla a Henry.

—¿Habrá entrenamiento hoy? —interrumpió Jensen.

—Por supuesto —aseguró Henry.

—Deberías tomarte el día libre. No todos los días celebramos el nacimiento de nuestro Rey legítimo —opinó Elsie.

—Los guerreros nunca descansan —le aclaró Killian.

Sin más preámbulo, Henry, Louis, Howard y los niños Lethwood se pusieron en marcha para ir al entrenamiento del día.

—¡Los invito a un almuerzo en casa después del entrenamiento! —exclamó Elsie desde la puerta de la casa de los Laughton.

Mientras caminaban hacia el campo, muchas de las personas que se encontraban trabajando los saludaban y le deseaban a Henry un feliz día de nacimiento. Al llegar a su destino varios de los muchachos los habían alcanzado para practicar.

—Hoy han madrugado. Y se nos unió más gente hoy —dijo Louis mientras observaba a los chicos.

Entre ellas, una muchacha de cabellos largos con un vestido blanco practicaba tiro al arco y hacía tiros casi perfectos. Henry la reconoció en seguida.

—Es Erin —dijo creyendo que lo había dicho para sus adentros.

—¡Eso sí es un milagro! Mariam debe de haberla convencido. ¡Y mira! No lo hace tan mal...

Antes de que Louis pudiese terminar la oración, Henry ya se dirigía hacia el campo, no muy seguro de lo que estaba haciendo.

Erin se puso en posición, con la mano derecha sostenía la flecha y con la izquierda el arco apuntando con el dedo índice al blanco, unos cinco metros lejos de ella. Se concentró en su objetivo, haciendo que todo lo que estaba a su alrededor desapareciera.

Lanzó la flecha y esta dio justo en el centro del blanco cuando una voz la hizo sobresaltar.

—Buen tiro.

Erin se volteó hacia él dando un respingo.

—¡Qué susto me has dado!

—¿Qué te hizo venir a entrenar?

—Mi hermana me convenció —respondió en un suspiro.

—Muy bien. Iré a entrenar a los espadachines, te estaré esperando.

Erin rio y Henry se dio la vuelta.

—Por cierto —dijo Erin antes de que Henry se alejara más—, feliz día de nacimiento, Henry.

Una vez en casa de Elsie, esta les ofreció vino a cada uno para brindar antes del delicioso almuerzo: carne de ciervo acompañada con pan bazo y canela. Sus invitados comieron con gusto, sobre todo el Howard, quien no dejaba de elogiar a Elsie por el buen sabor de la comida.

—¡Podría comerme un ciervo entero! —exclamó al terminar poniéndose las manos en la barriga.

En ese momento llegó Mylo, quien llevaba una túnica de color vinotinto al igual que los niños.

—¡Lamento llegar tarde! ¡Estaba buscando el regalo perfecto para el señor Henry!

El joven enano se acercó a él apresuradamente con una pequeña caja mal envuelta y se la entregó a Henry en las manos haciendo una gran reverencia. Al abrirla, Henry encontró dos pequeños cascabeles de bronce atados a una cinta azul oscuro.

—Gracias, Mylo —le agradeció Henry, sin entender el obsequio.

—Son cascabeles de hadas. Suenan cuando uno se acerca a su bosque.

Gordon bufó ante aquella teoría.

Una gran cantidad de temas de conversación surgieron. Contaban viejas historias conocidas en la nación, como las hazañas logradas por el rey Elman junto al enorme ejército de valguardianos, agoslanos, equalianos, bojawnos, estromanos e, incluso, casgranos, muchísimos años atrás, para lograr la independización del Pequeño Continente del Gran Continente mediante una guerra que duró alrededor de doce años y que, posteriormente, dejó mucho de qué hablar, pues muchos estaban convencidos de que era imposible que un continente tan pequeño, de tan solo seis países, hubiese logrado ganarle a uno de diez.

—El Gran Continente siempre subestimó al Pequeño —comentó Gordon—, de hecho, es irónico que lo hayan apodado despectivamente "Pequeño Continente" y que después de la independencia haya mantenido el nombre portándolo con tanto orgullo.

—Siempre pensaron que estas tierras estarían bajo su yugo, pero creo que al final ganó el que decidió jamás rendirse —observó Howard.

Todos siguieron compartiendo opiniones con respecto a este tema tan importante que abarcaba una buena parte de la historia de Valguard y del Pequeño Continente y sobre cómo les afectaba la situación actual.

—Es simple —dijo Henry después de que Howard reprimiera duramente a las otras naciones que le daban la espalda a Valguard ante las actuales circunstancias—, hablamos de dos países manejados por los Danus, quien utiliza la manera más sucia de gobernar.

—¡Pero Agosland, Equalia, Estromas y Bojawd tienen suficiente ejército para acabar con los Danus! —exclamó Howard una vez más.

Henry se echó hacia atrás en su silla, pensativo.

—Aquí no se enteran de los rumores que corren allá afuera —comentó. Los demás se acercaron a él como si estuviera develando un oscuro secreto—. Se dice que Casgrad posee un escaso ejército, sin embargo, teniendo a Dankworth en el poder, los Danus cuentan con el apoyo de los caballeros negros que forman una buena parte del ejército más grande del continente: el nuestro. —Howard abrió la boca para hablar, pero no logró decir nada—. Las otras cuatro naciones están bajo la amenaza de los Danus y sus monarcas saben muy bien lo que sucede, pero eso no significa que no quieran ayudarnos, es que le temen a tanto poder maligno.

—Pero... esos monarcas ya deben saber que has regresado —apuntó Lynn—. Quizás se aventuren a ayudarnos si... ya saben, Dankworth muere.

—La presencia de Heydrich lo dice todo —interrumpió Louis y tragó saliva—, los Danus saben que estás aquí.

—No lo dudo, pero no creo que las cuatro quieran arriesgarse a ayudarnos.

La noche los sorprendió; afuera, la mayoría de las luces de las casas se hallaban apagadas.

—¿Por qué todo está oscuro? —preguntó Henry, extrañado.

—Hay que revisar —dijo Louis mientras tomaba su espada.

Todos salieron de la casa, miraron a ambos lados y descubrieron varias antorchas encendidas cerca en el centro de la ciudad, iluminando a la multitud que iba llegando. Ninguno parecía en lo absoluto preocupado a excepción de Henry, quien se encontraba muy alerta. Al acercarse al centro escucharon la música, así como también las conversaciones tranquilas de la gente.

—¡Feliz día de nacimiento! —exclamaron tres voces al mismo tiempo. Meredith, Leena y Alana habían aparecido alrededor de Henry—. ¡Sorpresa!

Toda la multitud comenzó a congregarse alrededor de él para desearle feliz cumpleaños. Henry no sabía qué decir tras semejante gesto de los valguardianos.

—¡Que sea la primera celebración de muchas! —exclamó Howard, dándole palmadas en la espalda.

Y así la fiesta comenzó. El ambiente que rodeaba a los valguardianos no se había sentido en años y aquella noche sería una de las más inolvidables para la nación. Todos bebían vino o hidro-

157

mel brindando por Henry y el futuro que estaba a la vuelta de la esquina.

Myles también había llevado un vino excelente, normalmente guardado en su bodega para ocasiones especiales, pero cuando Henry se llevó la copa a los labios, no le dio tiempo de saborearlo, dado que un grupo de mujeres se acercaron a él precipitadamente.

—Queremos brindar contigo —alegó una de ellas. Estaba muy cerca de él, de forma que Henry podía apreciar sus pestañas larguísimas, labios grandes, peinado extravagante y rostro de escasa belleza.

—De acuerdo.

—No es normal que haya fiestas aquí —observó la mujer—. ¡Brindemos! —Alzó su copa y sus acompañantes la imitaron emocionadas. Henry hizo lo mismo—. Por ti —dijo la mujer y chocó su copa con la de Henry para luego beber el primer sorbo—. No nos has dicho dónde estuviste escondido durante estos quince años.

—Estuve en Preyland —contestó Henry con una sonrisa.

—¿Y dónde queda ese país? —preguntó esta vez una mujer de voz chillona—. Es la primera vez que escucho semejante nombre.

—No seas tonta, Helena —contestó la mujer de pestañas largas, enarcando ambas cejas. Se acercó más a Henry y bebió otro sorbo de vino—, Preyland es una nación que está muy lejos de aquí, ¿estoy en lo correcto, cariño? —pestañeó tan cerca de la cara de Henry que estas le hicieron cosquillas en la mejilla.

—Sí... está muy lejos —contestó con una sonrisa tirante.

—Está en otro continente, Joilette, en el Gran Continente, para ser exacta —terminó Erin la oración—. ¿Qué no les da pena acosar a Henry así?

—Hola, Erin —Joilette disimuló el disgusto—, ¿vienes a unirte a nuestra conversación?

—No, a Henry lo está buscando Howard, Howard Björn O'Neill, por si no saben quién es. Con permiso. —Y sin más, jaló a Henry del brazo derecho y se lo llevó del lugar dejando al grupo de mujeres clavadas en el suelo observándolos recelosas.

—Qué oportuno Howard... —suspiró Henry.

—Era una excusa. Te he salvado de hienas hambrientas.

—¡Eso no es justo! De todas formas, Howard Björn O'Neill no me necesita... —señaló entonces hacia el hombre que se encontraba bailando alrededor de la enorme fogata, borracho.

—Ellas van a seguir persiguiéndote —le aseguró Erin riéndose—, llevan semanas haciéndolo.

Henry no tenía tanta experiencia con las mujeres, así que se sintió incómodo y halagado por igual. Siguieron caminando hasta llegar al pequeño río donde apenas había pocas flores y unas pocas luciérnagas alumbrando el agua negra del riachuelo. Se sentaron en las enormes rocas más cercanas al agua para observar los brillantes insectos.

—Solía venir aquí con padre y madre. Antes había un montón de luciérnagas, pero han ido desapareciendo —soltó Erin acomodando las manos sobre su regazo.

—En Preyland hay por doquier.

—¿Es lindo allá?

—Lo es, pero no como solía serlo Valguard, casi siempre hace mucho frío.

—Mis padres me contaban tu leyenda una y otra vez...

—Me gustaría oírla.

—¿Me estás diciendo que no has escuchado tu propia leyenda? El legítimo Rey de Valguard, destinado a salvar a su nación, secuestrado por las fuerzas de la Oscuridad, regresará para enfrentarlas y cumplir su destino. En cierta forma creo que nos ha inspirado a todos para seguir adelante a pesar de las circunstancias.

—Secuestrado por las fuerzas de la Oscuridad..., vaya.

—¿No fue así?

—No —aclaró Henry mirando una de las luciérnagas que se apoyaba en una flor—. Recuerdo haber escuchado el desastre que se daba afuera del castillo. Mi madre me despertó y me llevó hasta las mazmorras, le pregunté qué ocurría y sólo me dijo que debíamos escondernos. —Hizo una pausa, la flor marchita era iluminada por la luciérnaga—. Luego, en la madrugada del día siguiente, me fui a Preyland a vivir con mi abuela. Estaba atemorizado pues no sabía qué le iba a ocurrir a mis padres. Tiempo después nos informaron sobre la muerte de mi madre; esa noche empecé a tener pesadillas sobre el día del ataque donde escuchaba a mi madre pedir ayuda. Me despertaba agitado, pues no podía ayudarla.

»Luego conocí a Pádraic, mi entrenador y maestro. Mi abuela no estaba de acuerdo con que él me entrenara, ya que en ese entonces yo sólo era un niño, pero al final cedió y comencé mis entrenamientos. Fueron días muy duros, él se ponía cada vez más estricto con cada lección; era muy rudo, típico de los preylanos. Solía llamarme «hoja de espada», por lo flaco que soy.

—¡Hoja de espada! ¡Eso es un chiste muy cruel!

Henry terminó riéndose.

—¡Lo es! De hecho, al principio no estaba muy convencido de entrenarme, pero yo acepté las consecuencias. Tiempo después, mi padre murió. Mi abuela no dejaba de decirme que tenía que ser fuerte, pero yo sabía muy bien lo que tenía que hacer. Entrené día y noche hasta que el Pádraic quedó completamente satisfecho. Los años pasaron, vi morir a mi abuela de una extraña enfermedad y fue entonces que entendí que ya era tiempo de regresar.

Una sensación de regocijo lo invadió. Nunca había contado aquella historia a nadie. El hecho de que Erin lo escuchara le hizo sentir que se había quitado un peso de encima.

—Lo siento mucho, Henry —dijo Erin con voz quebrada, apoyando su mano en la de él—, a veces la vida es injusta.

—Este tipo de circunstancias nos obliga a ser más fuertes.

—También recuerdo el día del ataque. Mi madre ya había muerto y mi padre salió de casa a toda prisa a ayudar a sus colegas, mientras yo me quedaba en casa con Mariam escuchando cada horror que sucedía.

»Antes del tercer ataque mi padre me dejó a cargo de todo en caso de que no regresara. Nos dijo a mi hermana y a mí que debíamos ser valientes. Después de su muerte, Meggy nos cuidó. El tiempo transcurrió y yo comencé a ayudar a Meggy en la Casa de las Sanadoras, pero no puedo estar tranquila sabiendo que mi hermana estaba allá afuera con tantas cosas malas que ocurren. Creo que ella es la más valiente de las dos, después de todo.

—No se nace siendo valiente —declaró Henry poniéndose de pie y desenvainando su espada.

—¿Qué haces? No pensarás en enseñarme a usar esa cosa...

—Adivinaste.

—¿Quieres acabar sin cabeza?

—Correré el riesgo.

—No quiero ser yo la que deje a Valguard sin Rey. —Tomó en sus manos la espada de metal, la cuál era bastante pesada.

—Debes mantenerla firme —indicó Henry colocándose detrás de Erin y sosteniéndole las manos. Una sensación extraña recorrió a ambos, como un cosquilleo—. Sentirás el arma un poco pesada el principio, pero con el tiempo te acostumbrarás a su peso.

—No creo que pueda sostenerla por mucho rato. Tendré que

trabajar con los herreros para tener más fuerza.

Al reír Henry, Erin sintió su aliento muy cerca de su oreja, haciendo que le diera un vuelco en el estómago.

Se giró a mirarlo, rindiéndose ante la tentación.

—Siempre debes mirar al frente.

—Cierto... —Erin volvió la vista.

El crujir de unas ramas detrás de ellos llamó su atención. Se trataba de Mariam, quien los observaba con curiosidad, por lo que no tardaron en separarse.

—Con que estás aprendiendo a blandir una espada.

—No empieces, Mariam.

—Qué aburrida.

—¿Por qué no vamos con los demás? —sugirió Henry antes de que las hermanas Hobson entablaran una discusión.

Fue en ese momento en el que empezaron a escucharse los gritos.

El lugar era un caos. Las personas corrían por todas partes, gritaban. Henry, Mariam y Erin observaron que lo que antes era una alegre fiesta se había convertido en un caos gracias a los soldados del rey.

Sin perder tiempo, Mariam desenvainó su espada.

—¡Henry! —Del otro lado del campo, Louis derribó a uno de los caballeros negros que estaba en su camino—. ¡El rey está aquí!

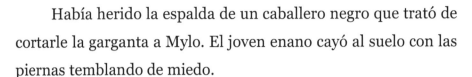

Había herido la espalda de un caballero negro que trató de cortarle la garganta a Mylo. El joven enano cayó al suelo con las piernas temblando de miedo.

—¡Iré a buscarlo! —anunció Henry por encima de los gritos de la gente—. Erin, ponte a salvo.

—Dije que no puedo tener una espada en la mano —Erin tomó el arco y las flechas de uno de los caballeros que se hallaba tendido en el suelo—, no que no podía pelear.

A pesar de no quedar satisfecho con la respuesta, no tuvo otra alternativa que seguir su camino.

—De acuerdo, andando.

Los tres avanzaron por el gentío que luchaba contra los soldados para llegar a la carroza del Rey, que se encontraba al otro lado. Dos caballeros atacaron a Mariam y a Erin y, aunque estas se defendían, el número de enemigos aumentaba de tal forma que Henry tuvo que detenerse para ayudarlas a deshacerse de los soldados.

—¡Henry, cuidado! —exclamó Erin señalando detrás de él.

Al voltear, Henry vio a Gottmort, quien iba dispuesto a clavarle la espada en la columna, pero Henry logró detenerlo con la suya.

—Tienes suerte que el Rey quiera acabar contigo personalmente —dijo Gottmort entre dientes.

Los caballeros negros dejaron de amedrentar a los valguardianos para dar paso al Rey, seguido de Olav, con un aspecto mucho más deteriorado que meses atrás, en donde podían versele los pómulos de la cara y todos los huesos. Sus ojeras, más pronunciadas que antes, reflejaban un agotamiento tremendo.

—Gracias, Gottmort —susurró el Holger con voz débil. Gottmort se hizo a un lado.

—Buenas noches, Cromwell —saludó intentando forzar una sonrisa.

—¡¿Cuál es la necesidad de atacar a toda esta gente?! —exclamó Henry con fiereza.

—Debo recordarte que te pedí que te marcharas de mi país. No has acatado esa orden.

—No es necesario amedrentar a nadie. Si buscas matar a alguien, es a mí.

Henry apuntó al Rey con su espada, y los presentes dieron un paso atrás.

—Muy bien —recalcó el Holger desenvainando su espada—, pero lamento tener que hacerlo el mismo día de tu nacimiento.

El Rey realizó el primer movimiento, pero Henry lo evitó de inmediato blandiendo casi con violencia. Holger buscaba dañarlo lo más rápido posible, pero sus movimientos eran muy lentos comparados con los del joven; en un ataque, perdió el equilibro y Henry aprovechó la oportunidad para abrirle una herida grande en la parte baja del estómago. Cayó al suelo mientras la multitud gritaba de asombro. Henry acercó la punta de su espada a su garganta mientras Gottmort y Olav miraban la escena con ojos desorbitados.

—¿Y bien? ¿Qué esperas para matarme ahora mismo?

A pesar de todo, el Rey sonreía, elevando su cabeza con la poca fuerza que le quedaba.

—No soy yo el encargado de acabar con tu vida. Tú ya estás muerto. —Envainó su espada dándole la espalda al Rey y devolviéndose hacia donde lo esperaban Erin, Mariam y Louis junto a la multitud.

Olav corrió a socorrer al monarca.

—¡Cobarde! —gritó Gottmort apuntando a Henry con la espada—. Si de verdad eres el verdadero heredero al trono como dicen, ¿por qué no lo has matado?

—Está muerto, Gottmort, y lo sabes —contestó Henry girándose hacia él.

Gottmort rio maliciosamente.

—No eres más que un chiquillo cobarde, totalmente incapaz de matar a alguien más fuerte que tú. Me recuerdas tanto a tu padre, igual de patético.

Henry se volvió hacia él, sin embargo, no lo atacó. Podía leer en sus ojos la súplica para matar al herido Dankworth.

—Tú eres la mejor referencia de un cobarde.

En un profundo silencio todos se retiraron, dejando al Rey tumbado en el suelo con un terrible dolor.

Después de que la grave herida fuese curada con un vendaje especial hecho por los brujos de Casgrad, Holger se hallaba tumbado en su cama de baldaquino rodeado de sus servidores. Su habitación estaba en penumbra.

Murmuraba, pero no podían escucharlo. Los presentes se acercaron un poco más a él.

—Váyanse, sólo quiero a Olav conmigo. —Gottmort, Lesmes, Heydrich y Olav lo miraron atónitos—. ¡He dicho que se marchen!

Todos hicieron una reverencia y salieron de la habitación dejando a Olav y al Rey a solas.

—Acércate, querido Olav.

El hombre bigotudo se acercó a él torpemente, arrastrando una silla para sentarse en ella al lado de la cama de su jefe.

—Mi queridísimo Olav, antes de que parta, debo encargarte una última misión, quizás la más importante que vaya a encomendarte.

—No, no, Su Majestad. Usted va a recuperarse.

—No hay nada que pueda salvarme; desgraciadamente Lesmes tenía razón. Cromwell es un muchacho fuerte y ha sido mi error enfrentarme a él en este estado. —La tos repentina lo detuvo, así que Olav le acercó un vaso con agua del cual bebió con rapidez—. Tú eres mi más fiel secuaz, Olav. En mi testamento está escrito quién será mi sucesor, pero debo decirte quién es en este momento. —Debajo de la cubierta de su cama, el Rey sacó un rollo de pergamino que entregó al hombre—. Tomarás mi lugar y llevarás la espada oscura. Tú serás quién mate a Henry Cromwell y gobierne Valguard.

—¿Y-yo, Su Majestad? Usted sabe que no soy el indicado; no quiero cuestionarlo, pero ¿no sería Gottmort el mejor candidato?

—Es obvio que Gottmort quiere acabar conmigo —objetó el Rey haciendo un movimiento con la cabeza de lado a lado—. Lo que le dijo a Cromwell es la mejor prueba. Nunca fue un hombre de completa confianza para mí.

—Mío tampoco.

—Deberás tener cuidado con él —Holger tomó la mano del hombre—, Gottmort intentará arrebatarte lo que es tuyo una vez saques a Cromwell de tu camino. No debes dejar que te quite lo que te estoy entregando. Cumple con esta misión, Olav. Esa será la mejor manera de rendirme honores.

—Lo haré, Su majestad.

El Rey cerró los ojos tras la respuesta de Olav. Por un momento pudo rememorar su humilde niñez en la que siempre soñó con ser un caballero del ejército valguardiano. Siempre deseó más de lo que podía ser y tener, y esa ambición creció una vez alcanzó su objetivo. Siendo caballero bajo las filas del rey Henry Cromwell, se juró así mismo que llegaría a ser Rey de Valguard, costara lo que le costara. Lo había logrado, sin importarle las consecuencias; ahora, su reinado acababa de una manera triste, vencido por una enfermedad y a causa de un joven que había acelerado su muerte. Interiormente se maldijo por haber cometido un error tan garrafal al no asegurarse él mismo de que aquel niño hubiese muerto. Estaba rodeado de inútiles, eso siempre lo supo, pero su segundo gran error había sido confiar en ellos.

Con un suspiro indignado, el rey Holger Dankworth se quedó dormido para siempre.

9.

UN ÚLTIMO SUSPIRO DE ESPERANZA

En los días subsecuentes, Valguard y el resto de las ciudades vieron aumentar la violencia, pero el mayor problema llegó junto con una nube gris que cubrió todo el territorio, trayendo un viento frío y una lluvia fuerte que resonaba en los tejados de las casas; por si fuera poco, también aparecieron las hojas negras, consideradas de mal augurio.

—Significa que vendrá una guerra que acarreará muchas muertes —dijo Alana mientras un centenar de hojas pasaban por sus cabezas.

—¿A qué se deberá eso? —preguntó Henry.

—No lo sabemos. Lo que sí sabemos, es que no sentimos la presencia del Rey desde hace tres días —contestó Meredith.

—Los árboles no brotan hojas negras porque vaya a haber una guerra —observó Gordon escéptico y de mal humor como siempre—. Son hojas provenientes de los árboles del Bosque Negro.

—¿Entonces cómo explica que han llegado hasta aquí? —preguntó Leena—. El Bosque Negro queda demasiado lejos como para considerarlo.

—El viento puede traer muchas cosas —respondió el enano sin vacilar.

El rey Holger no había vuelto a aparecer durante esos tres días, tampoco sus súbditos. Los valguardianos tenían la incertidumbre de su condición, pues ni siquiera los voceros habían salido a dar noticia alguna referente a su salud.

Al tercer día, un grupo de caballeros negros salió del castillo hacia el pueblo, intimidando a las personas para que entraran a sus casas hasta que se diera la orden para que pudiesen salir. La medida de seguridad parecía normal; sin embargo, muchos dudaban que lo hicieran como parte de algún protocolo.

—Algo me huele muy mal en esto. No sé qué se trae esa gente entre manos. —Louis se asomó por la ventana de su hogar, observando cómo todas las casas y negocios eran custodiados por los caballeros, los cuales retuvieron a los valguardianos en sus locales y casas.

Una hora después, el sonido de las trompetas dio un anuncio, y el soldado que custodiaba la puerta de la casa de los Laughton la abrió sin llamar antes.

—Se les requiere a todos de su presencia en las afueras del castillo, ¡de inmediato!

Sin hacer preguntas, todos salieron de casa. Lynn caminó de primero con sus dos hijos y Mylo con Louis detrás, quien no se atrevió a dirigirle la mirada al hombre que los esperaba en la puerta. Henry, sin embargo, lo observó por unos segundos, reconociendo a uno de los caballeros más importantes que anteriormente perteneció al ejército de su padre. Ahora, sus ojos eran completamente negros, como una perla negra. No parecía dar señales de emoción ni de vida.

—No es Lance, Henry. Los brujos de Casgrad se encargan de mantenerlo poseído, al igual que el resto de los caballeros. Ninguno de ellos es quien solía ser —le avisó Louis, mirando con algo de lástima al hombre.

Tratando de olvidar la imagen de esos ojos completamente negros y vacíos de quien había sido un hombre valiente y confiado, se limitó a asentir y a seguir a Louis.

En las cercanías del castillo se encontraron con un gentío ya concentrado, murmurando y mirando a todos lados. La entrada se hallaba custodiada por doscientos soldados, y Olav apareció por ella, junto a Gottmort, Lesmes y Heydrich. A los presentes se les hizo un nudo en la garganta.

—Gente de Valguard —comenzó el bigotudo con una potente voz y un rollo de pergamino en la mano—, como ya todos y todas saben, han sido desplazados todos nuestros soldados para garantizar la seguridad de todos ustedes, ya que estos últimos días hemos sufrido hechos violentos.

—¡Eso lo hemos vivido durante todos estos años! —gritó alguien, pero Olav lo ignoró.

—Debo decir que la seguridad de ustedes, mis queridos valguardianos, es lo que más importa.

—Qué hipócrita —escupió Fenris, mientras Viggo y Gerd miraban a Olav con muecas de asco.

—Hace tres días ha ocurrido un hecho que nos ha dejado te-rriblemente preocupados —continuó Olav—. La salud de nuestro Rey estuvo decaída estos últimos meses y, como ya todos saben, él luchó con todas sus fuerzas para seguir adelante; y aunque todos lo acompañamos en su lucha, hoy es mi deber darles una noticia muy dura y trágica... —Hizo otra pausa para tragar saliva y sus ojos se humedecieron—. Después de una larga lucha, nuestro Rey, Holger Dankworth, ha muerto. —La voz de Olav se quebró al ins-tante. Los presentes casi ni respiraban. Unos sollozaban, otros se resistían a demostrar la alegría que sentían por dentro. El resto se preparaban para lo peor—. Nuestro amado Rey siempre quiso lo mejor para Valguard. Yo estuve junto a él durante el poco tiempo que le quedaba y me ha hecho prometer que leería su testamento, algo que haré para todos ustedes. Es importante, presten comple-ta atención:

"Yo, Holger Dankworth, monarca supremo de Valguard, plasmo en este pergamino mis más gran-des deseos antes de morir para que el país siga con un Rey que cumpla con mi legado e ideología; es por eso que nombro heredero al trono a mi más fiel súbdito y servidor, Olav Maher, para que sea proclamado Rey de Valguard y se cumpla con la voluntad del reino..."

Por un momento, no reinó más que el silencio; Olav volvió a enrollar el pergamino y pronto los murmullos comenzaron a rondar entre los presentes, aumentando su volumen.

– ¡Yo, Olav Maher, haré cumplir su palabra, Su Majestad! —gritó al cielo.

—¡Tú no puedes ser Rey! —vociferó alguien entre la multitud.

—¡Tú no eres digno del trono ni la corona!

—¡El legítimo heredero al trono es Henry!

Olav miró a Gottmort en busca de apoyo, pero este le respondió con mala cara.

—¡Con que quieren otro Rey! ¡Pues tendrá que haber una guerra para que no se cumplan los deseos del rey Holger! —exclamó, airado.

—¡Olav! —Henry avanzaba hacia él entre la multitud. El ahora Rey lo miró con desprecio.

—Vuelve a leer la última frase del testamento —ordenó Henry.

—¿Quién te crees para dar órdenes? ¿Acaso no me escuchaste, Cromwell?

—Quiero saber si la has entendido bien.

—Pues claro que sí —contestó Olav, ofendido.

—A mí me parece que no. El Rey pidió, claramente, que se cumpla la voluntad del reino, y por ley debe ser escuchada.

—¡El Rey ha pedido que yo sea su sucesor y eso también lo quieren los valguardianos! —interrumpió Olav con un chillido.

—Yo no veo que la gente quiera que tú estés al mando; al contrario, quieren que se haga justicia y se respete su voluntad.

—¡Pues habrá guerra! ¡Nada podrá pasar por encima de la ley y los deseos del Rey!

—¡Idiota! —gritaba la muchedumbre al ver que Olav no entendía ni una palabra de lo que Henry le decía.

—¡Nada de eso! ¡Aquí no habrá ninguna guerra! ¡Esto es sólo entre tú y yo! —La expresión de Olav pasó de nervioso a aterrado—. Dado que Holger tomó el trono a la fuerza, su petición de que tú seas su heredero es totalmente nula, pues él no era heredero por sangre; además, en nuestra ley está escrito que, de no haber un heredero directo al trono, la Mano Derecha es quien toma el poder y, por lo que sé, Olav, tú no tienes esa posición y tampoco ninguno de tus compañeros —expuso Henry mientras Olav sudaba—; sin embargo, dadas las circunstancias, propongo que luchemos en un duelo tú y yo. El que gane se llevará la corona... si eso es lo que Valguard desea.

—Está bien. Pelearemos después de los cinco días de luto.

La noticia de la muerte de Holger había dejado a los valguardianos con una emoción plena, algo que solo aumentó con la noticia del duelo, pues todos sabían quién sería el vencedor.

El funeral de Holger Dankworth se realizó al día siguiente. Asistieron todos los altos barones del ejército de caballeros negros que militaban en las otras regiones de Valguard; sin embargo, ninguno de los reyes de las cinco naciones del Pequeño Continente hizo presencia, ni siquiera los hermanos Danus de Casgrad, a quienes se les consideró como desleales.

Una marcha fúnebre, acompañada de todos los caballeros negros secuaces del Rey, barones y unos pocos valguardianos que fueron obligados y amenazados, caminaron aquella mañana con una llovizna sobre sus cabezas. Recorrieron el camino que llevaba desde el castillo hasta el Cementerio del Este, donde el cadáver fue sepultado. Mientras se realizaban las exequias, los demás valguardianos siguieron haciendo sus quehaceres con normalidad.

—Olav no tiene oportunidad contra ti —comentó Howard mientras estaban reunidos en el cuartel, ideando tácticas para el duelo.

Louis y Howard lo tomaban como un chiste el duelo de Henry con Olav, pero este tenía el presentimiento de que no sería pan comido pues, conociendo las intenciones del difunto rey Holger y la fidelidad de sus servidores, algo estarían tramando para hacerse de las suyas.

—¿Qué ocurre, Henry? —preguntó Louis al ver a su amigo ponerse de pie sin decir palabra, tomar su espada y el escudo de su padre.

—Iré al campo a entrenar —contestó sin dirigirle la mirada.

—¿Entrenar? ¿Quién entrena cuando se enfrenta a Olav Maher, el hombre más tonto de Valguard?

—Yo no subestimaría a la gente que lo rodea —contestó Henry, y dicho esto se marchó al campo de entrenamiento.

Louis atisbó a Howard, preocupado, pero este se encogió de hombros.

—Quizás tenga razón, Olav podría estar tramando alguna especie de fraude o algo, pero Henry es el Rey legitimo por sangre, así que no creo que haya de qué preocuparse.

Los cinco días de luto transcurrieron entre cotilleos y murmullos. En la víspera del combate, en el castillo, Gottmort reprochó a Olav su decisión de pelear contra Henry.

—¡Tú no serás capaz de acabar con él! ¡Eres un inútil! —lo riñó, haciendo que su voz resonara en ecos por la escalera que bajaba hacia el sótano.

—¡A mí no me digas que soy un inútil! ¡El Rey me eligió por algo! Que tú no me aceptes como tu Rey no es mi problema; cuando esté al mando me encargaré de ti.

El hombre de los ojos verdes lo agarró por el cuello de su traje y lo hizo voltear, mirándolo con los ojos llameando de rabia, haciendo que al hombre del bigote se le esfumara el momento de valentía.

—Oh, no serás capaz de deshacerte de mí —amenazó Gottmort con voz ronca acercando su cara a la de Olav—, porque si lo
intentas estarás muerto antes de enfrentarte a Cromwell.

Torpemente, Olav intentó zafarse de las manos de Gottmort.

—¡Esta bien! ¡No me hagas daño!

—Mira cómo me imploras. No entiendo cómo es que Holger
te eligió como heredero.

—Señores —los interrumpió Lesmes—, estamos listos.

Gottmort soltó con violencia a Olav, haciendo que se gol-
peara con la pared. El Rey se llevó una mano a la cabeza para
sobarse el golpe y siguió a los demás hacia la habitación donde
los esperaban el resto de los brujos de Casgrad, la misma donde
Olav los había encontrado la última vez forjando la espada del
difunto Rey.

Entraron en silencio y los brujos los saludaron con una pequeña reverencia, haciendo paso a su líder, Lesmes, quien fue
hacia el fondo del caluroso salón iluminado con antorchas. Allí
se encontraba una especie de superficie de piedra la cuál sostenía
una espada con empuñadura de bronce. Lesmes la agarró y la
llevó hacia los hombres como si cargara con algo de muchísimo
valor.

—Olav Maher, dé un paso al frente —dijo Lesmes y Olav
le obedeció de inmediato—. He aquí la Espada Oscura, forjada
con dicha gema como lo había ordenado el difunto rey Holger
Dankworth. Su deseo ha sido que usted porte esta valiosa y po-

derosísima arma para cumplir la misión que él le ha encargado. Olav Maher, póngase de rodillas. —Olav obedeció al brujo, tal cual como un niño obedece a su madre enojada—. Pongo en tus manos y en tu posesión absoluta esta poderosa arma, forjada por el poder de la Oscuridad. —Lesmes colocó la espada que Gottmort miraba con anhelo en las manos a Olav—. Olav Maher, en tus manos está el poder. Dependerá de ti cumplir con la misión que el difunto Rey te ha encomendado. —Olav se puso de pie para la juramentación—. ¿Juras cumplir con los deseos del Rey y matar a Henry Cromwell a como dé lugar?

—Lo juro —contestó Olav poniendo la espada en alto, observando cada detalle hasta detenerse en la empuñadura, donde descansaba la gema negra.

—Muy bien. Debo decirte, querido Olav, que con una herida bastará para acabar con la vida de Henry Cromwell, ya que esta maldición funciona como un mortífero veneno. Sufrirá una muerte lenta y agónica.

—Gracias, Lesmes.

—Mi trabajo aquí ha terminado —anunció el brujo—, es tiempo de regresar a Casgrad. Espero que tenga éxito en su misión, Olav... y Gottmort.

Antes de retirarse, el brujo se acercó al hombre de los ojos verdes para susurrarle algo al oído; una vez terminó de hablarle, hizo una reverencia a ambos y se marchó del lugar seguido de sus colegas.

El día del combate llegó, y con él, millones de valguardianos ansiosos que salieron a tempranas horas de sus casas para congregarse en las afueras del anfiteatro antes que los caballeros negros llegaran.

Henry se despertó sereno, tranquilo y con la mente despejada. Mientras se ponía parte de la armadura que Louis le había prestado podía escuchar la voz de Howard discutiendo con el moreno. Preparó su espada y el escudo vinotinto de su padre antes de salir de su habitación para reunirse con los demás en la planta baja.

—¡Ahí viene nuestro Rey! —exclamó Howard emocionado—, ¿estás listo?

—Listo.

Louis le lanzó el casco de su armadura.

—Más te vale no olvidar esto.

La entrada al anfiteatro estaba llena. Cientos de pobladores de todos lugares aplaudían y animaban a Henry. Allí, Elsie y sus hijos, junto con Mariam, aparecieron para desearle buena suerte.

—Córtale la cabeza —le dijo la menor de las Hobson con una sonrisa cómplice.

—No seas así, Mariam —la regañó Elsie.

—No, mejor sácale los sesos —sugirió Killian bajo una mirada fulminante de su madre.

—Sólo haz lo que tienes que hacer —añadió una voz más detrás de Henry, quien se giró de inmediato para sonreírle.

—Creí que no te gustaban los duelos.

—Mi hermana logró convencerme. —Erin miró a su hermana, quien simplemente enarcó una ceja ante sus palabras.

—¡Pero si aquí está nuestro Rey! —Joilette se acercó a ellos seguida de su gran grupo de amigas que no dejaban de murmurar emocionadas en presencia de Henry—. Ten cuidado de que no te saque un ojo ese hombre, parece despistado.

No había perdido ocasión de acercarse a Henry, susurrándole de forma seductora. Erin puso los ojos en blanco.

—¡No hay tiempo que perder! —exclamó Howard alzando las manos—. Es hora de entrar.

Henry se despidió de todos y procedió a entrar junto a Louis y Howard a la arena por el lado derecho del anfiteatro, el cual estaba custodiado por dos caballeros negros que se limitaron a dirigirles la mirada cuando los tres atravesaban el umbral. Al llegar a la reja de salida que se encontraba cerrada y donde los cánticos de la gente eran más fuertes, Louis y Howard alzaron la voz para darle unas últimas palabras de aliento a Henry.

Un hombre corpulento con múltiples cicatrices en el rostro los interrumpió.

—Sin armadura —sentenció.

—¿Qué? —preguntaron Henry y Louis al mismo tiempo.

—Lo que escucharon —dijo el hombre secamente antes de dar media vuelta para marcharse.

—Desgraciado Heydrich —gruñó Howard, mirando al lugar donde había estado el hombre.

—¡Esto es un fraude! ¡Hacer que peleen sin armaduras es asegurar la muerte! —exclamó Louis.

—Eso es lo que quieren —corroboró Howard.

—Está desesperado. —Henry se quitó la armadura casi con rabia, dejando solo la parte de cuero que cubría su cuerpo y las escamas de metal de las mangas.

—No pensarás arriesgar tu vida —advirtió Howard mirándolo con temor.

—Prefiero arriesgar mi vida que la de los valguardianos.

—Lo vas a lograr, amigo —lo animó Louis dándole unas palmadas en el hombro.

—Es hora —anunció Heydrich alzando la voz.

En las tribunas, los valguardianos se encontraban eufóricos mientras cantaban consignas, aplaudían y abucheaban a Gottmort, quien entró seguido Heydrich.

—¿Han visto quién va a ganar? —preguntó Lynn a las brujas cuando Louis y Howard se sentaron con ellos.

—No. Las visiones del futuro no funcionan así —contestó Meredith.

—Sabemos bien que Henry ganará hoy —dijo Joilette sentada detrás de ellos.

—Yo me preocuparía más por el hecho de que van a combatir sin armaduras —anunció Howard.

—¡Eso es absurdo! —exclamó Lynn horrorizada.

La noticia puso a todos intranquilos, en especial a Erin, quien rogaba para que Henry no saliera herido.

—¡Buenos días! —saludó Walkyria apareciendo en medio de la arena—, hoy nos encontramos para un duelo especial, pero antes de comenzar, debemos hacer un momento de silencio en honor al rey Holger Dankworth. —La mujer bajó la cabeza en señal de respeto; algunos se callaron inmediatamente e imitaron el gesto, aunque varios mantuvieron la cabeza erguida, desafiantes, sin dejar de hacer ruido—. Hoy se enfrentarán dos valientes guerreros por la corona de Valguard: Olav Maher —el hombre bigotudo salió por la reja izquierda en medio de abucheos e insultos que ignoró mientras saludaba— y Henry Cromwell.

De inmediato, el anfiteatro explotó de emoción al ver salir a Henry por la reja derecha. Joilette se levantó de su asiento y aplaudió con fuerza. Henry miró a su derecha hacia donde Louis y los demás estaban ubicados, deteniéndose en Erin, que lo miraba preocupada. Henry, en cambio, le dedicó una sonrisa para hacerle saber que todo estaría bien.

—¡Me está sonriendo! —exclamó Joilette mientras la multitud coreaba el nombre de Henry.

—Qué mujer tan idiota —musitó Mariam.

Henry y Olav se acercaron hacia Walkyria, quien los esperaba en el centro de la arena. Se miraron con seriedad, aunque Olav se encontraba algo dudoso sobre qué rayos estaba haciendo ahí.

—Prepárense —anunció la mujer echándose hacia atrás. Ambos desenvainaron sus espadas al mismo tiempo y las pusieron de frente. En cuanto Olav sacó su arma de la funda, Alana se estremeció y soltó un grito ahogado.

—¿Qué ocurre? —preguntó Erin conteniendo la respiración.

—La espada de Olav... —advirtió la bruja estremeciéndose y mirando a Meredith y Leena para comprobar que ellas sentían ese extraño poder.

Alrededor de ellas, Lynn, Louis y los demás se voltearon para prestarles atención.

—Tenemos que parar esto —insistió Alana en un hilo de voz—, Louis...

—La espada de Olav está poseída por magia oscura —expuso Leena sin quitarle los ojos de encima al arma.

Fue demasiado tarde, el duelo había dado inicio. Henry hizo el movimiento inicial y, como era de esperarse, le llevaba una enorme ventaja a Olav en cuanto a velocidad, peso y agilidad, ya que Henry era bastante delgado a diferencia del nuevo Rey, cuya masa apenas podía conseguir esquivar torpemente los golpes de su espada. Olav terminó con un rasguño la mejilla, lo que provocó que se tirara al suelo de forma dramática entre risas y abucheos.

Ofuscado, Olav miró hacia dónde estaba sentado Gottmort, quien tenía una mano en la frente y no se atrevía a mirarlo de la vergüenza que sentía. Olav recordó lo que este le reprochó sobre no entender cómo él había sido elegido por el gran Holger

Dankworth para ser su heredero. Dispuesto a demostrar que era digno, se levantó dispuesto a seguir peleando contra Henry, blandiendo su espada con más fuerza y rapidez, aunque esto no fue suficiente para herir a un inspirado y concentrado Henry.

«Debo herirlo cuanto antes», pensó Olav recordando las palabras de Lesmes. Tenía el arma más poderosa, la cual con un solo rasguño acabaría con la vida de su contrincante. No debía desperdiciar esa gran oportunidad.

Con nueva enjundia, trató de hacer daño a su oponente, pero Henry consiguió herirlo nuevamente, esta vez en la mano, haciendo que Olav gritara de dolor.

Lo tenía, solo debía de hacerle una herida mortal y…

Olav hizo un movimiento sucio, digno de un fiel servidor del difunto Holger Dankworth. Golpeó a Henry con su escudo en la rodilla izquierda con todas sus fuerzas y Henry tuvo que poner la mano derecha, con la que sostenía su espada, en el suelo para sujetarse, momento que Olav aprovechó para realizarle una larga y profunda herida en el brazo derecho, desde el hombro hasta el codo, haciendo que Henry soltara su espada, perdiera la fuerza en ese brazo y cayera a la arena.

El silencio fue sepulcral en el anfiteatro. Erin se llevó las manos al rostro, horrorizada.

Henry se llevó la mano izquierda al brazo herido y esta se llenó de sangre en segundos, pero aquello no era lo peor. Sentía un terrible dolor que iba apoderándose de todo su cuerpo que no había sentido ni siquiera con las heridas que ganó durante los entrenamientos en Preyland; aún así, había hecho una promesa a Valguard y a sus padres, y pensaba cumplirla: no cedería ante Olav. Decidido, se movió lo más rápido que pudo para volver a tomar su arma y seguir luchando, pero para terror de Henry, su cuerpo se había debilitado, sin reaccionar a sus órdenes, algo que Olav aprovechó para propinarle una patada en el pecho que le hizo caer de nuevo al suelo entre los gritos de la gente.

—Va a matarlo —balbuceó Lynn apretando el antebrazo de Louis, quien en ese momento estaba conmocionado.

Olav miró con satisfacción como Henry comenzaba a retorcerse de dolor.

—¿Lo sientes, no es cierto? —preguntó con una sonrisa. Henry lo miró con una mueca de dolor—, ¿sientes cómo todo tu cuerpo se debilita? Tendrás una muerte lenta y dolorosa.

—Eres un tramposo, Olav —espetó Henry con voz ronca, apretándose la profunda herida que no dejaba de sangrar—. No eres digno de gobernar Valguard.

—La oscuridad es más fuerte que la luz en estos tiempos.

—¡Louis, tenemos que hacer algo ahora! —exclamó Lynn a su marido, zarandeándolo.

Louis salió de su estupor.

—¡Walkyria! —Todos pusieron los ojos en él—, ¡la espada de Olav está maldita con magia oscura! ¡Eso es un fraude! ¡Es trampa!

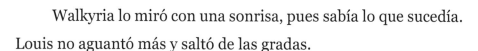

Walkyria lo miró con una sonrisa, pues sabía lo que sucedía. Louis no aguantó más y saltó de las gradas.

—¡Debemos de ayudar a Henry! Iré a buscar plantas medicinales y todo lo que crea posible para ayudarlo. ¡Mariam, acompáñame! —exclamó Erin.

Walkyria dio la batalla por terminada y a Olav como ganador; y aunque Louis se abalanzó sobre él, Heydrich lo retiró de un empujón.

—Mylo, ve con los niños a casa de Elsie —ordenó Lynn al enano quien, junto con los asustados Maudie y Brendan, siguieron a Elsie y a sus furiosos hijos fuera del anfiteatro.

—¡Ten mucho cuidado con tu nuevo Rey, Louis! —advirtió Olav con una sonrisa en la cara.

—¡Eres un cobarde!

—¡Olvídate de él! ¡Debemos ayudar a Henry! —Howard demandó a Louis mientras ayudaba a Henry, quien se retorcía de dolor.

—Henry, escúchame —intentó Louis llamar su atención mientras que Wallace, Mary y Hakon buscaban algo para trasladarlo. —¡Henry!

Pero no lo escuchaba. Pálido y sudoroso, sentía que estaba siendo devorado por dentro.

—Debemos hacerle un torniquete —dijo Howard arrancándose el faldón de la camisa y colocándola en el brazo de Henry, quien al sentir el toqué gritó de dolor.

Mientras tanto, la gente que aún se encontraba aún en las tribunas eran guiados por Lynn para que abandonaran el lugar, asegurándoles que Henry estaría bien. No estaba segura, pero tenían que intentarlo. No podían terminar de esa forma.

No llevaron a Henry con las sanadoras por miedo a que decidieran buscarlo; en cambio, se dirigieron a casa de Louis. La comitiva, formada por Howard, Louis, Lynn, Mary, Wallace, Hakon, Gordon y las brujas, lo seguía.

Estaba muy mal herido. Henry no dejaba de sangrar y respirar con dificultad. El dolor era tal que parecía como si estuviera ardiendo en medio de una llamarada.

—¿No hay nada que puedan hacer? —rogó Louis a las brujas.

—Es magia demasiado poderosa, no podemos hacer nada contra ella —balbuceó Meredith.

En ese momento, Erin, seguida de Mariam y Meggy, entró a la habitación. Se acercó a Henry, tratando de mantenerse firme al verlo tendido en su cama retorciéndose de dolor, pálido, sudoroso, cubierto de sangre. Muriendo.

—Henry...

—Erin...

—Necesito que bebas esto —Erin le acercó a los labios la botellita con el líquido transparente—, te hará bien.

—No te duermas —pidió Louis, suplicante.

Pero no era sencillo. Henry sentía como sus párpados caían. Su corazón había dejado de latir a toda velocidad, siendo lento, muy lento, haciendo que su cuerpo se enfriara.

Con los dientes apretados, Erin intentó no prestar atención a los signos, enfrascándose en la herida de su brazo, sacando todo tipo de plantas y brebajes de la cesta que había sacado de la Casa de las Sanadoras. Henry no podía evitar gritar de dolor.

—Lo siento Henry, lo siento tanto... —Erin comenzó a llorar. Sus manos, llenas de sangre, temblaban.

—Déjame ayudarte —se ofreció Meggy tomándole una mano. La joven se negó rotundamente y siguió haciendo su trabajo.

Minutos después había logrado parar el sangrado, así que cosió la herida y la tapó con un vendaje.

—Tardará en sanar —anunció Meggy a los demás, apretando los labios—. Será un milagro si sobrevive. Dudo que los remedios puedan salvarlo tratándose de magia oscura tan poderosa.

Luego de un largo rato, Erin bajó las escaleras para reunirse con los demás.

—Se ha quedado dormido —anunció, y fue todo lo que pudo decir antes de romper en llanto.

10.

VENTANA AL PASADO

Intentaba escuchar detrás de una de las armaduras que decoraban la enorme estancia. Sus padres estaban serios, probablemente debido a su mal comportamiento, pues esa mañana se había escapado con su amigo Louis al campo de entrenamiento sin permiso. Intentó acercarse más, pero tropezó con la armadura de al lado y se dieron cuenta de su presencia.

—Hijo, ven aquí —lo llamó su padre.

Henry dudó un poco antes de dirigirse a él. Ya no parecía tan enojado como hacía unas horas, sino que más bien se le veía ¿preocupado? Henry no podía saberlo. Corrió hasta él y su padre lo recibió agachado con los brazos estirados para luego hacerlo volar en el aire. Henry rio fuertemente y se aferró a los hombros de su sonriente padre sin parar de reír. Los tres Cromwell se quedaron mirando la puesta de sol que caía sobre Valguard aquella tarde.

—Todo esto será tuyo algún día, hijo. Deberás luchar por los derechos de tu reino y el bienestar de su gente, tal y como lo han hecho nuestros antepasados. —El pequeño Henry escuchaba atentamente cada palabra—. Nunca debes ceder ante el enemigo, Henry. Debes luchar hasta el final.

El ruido fuera de su habitación y el grito de las personas en los exteriores era demasiado real para ser un sueño.

—Henry —murmuró Margery, agitada, tomando de la mano a su hijo.

El movimiento era inusual, su madre siempre era por demás cuidadosa al llamarle; en cambio, ahora lo movía con fuerza por el hombro.

—¿Qué ocurre, madre?

—Debemos escondernos —le respondió antes de guiarlo al sótano del castillo, donde se encontraban las mazmorras.

—¿Por qué todos gritan? ¿Dónde está mi padre?

—Tu padre está afuera luchando, hijo.

Recordaba su abrazo y la forma en la que lo meció para volver a dormirlo, entonando en voz baja esa canción que tanto le gustaba que le cantaran antes de ir a la cama.

Vuela, vuela, mi dulce pájaro.
Cierra tus ojos mientras estoy aquí.
Mis brazos te protegerán, no hay nada que temer.
El cielo está oscuro, pero la luna brilla.
Duerme mientras yo te protejo.
Mi dulce y pequeño pájaro, no hay nada que temer.

Aún no amanecía. Iba de la mano de su madre mientras miraba a todos lados, viendo con horror cómo había sido destruida una parte de la ciudad. Su padre estaba junto a un hombre de cabellos largos rizados color rojo ataviado con un traje morado, el brujo Rowen, quien le hacía aparecer todo tipo de luces llamativas cuando estaba aburrido. Junto a ellos se hallaba, también, una mujer tan blanca como la nieve, de ojos, vestido y cabello azul intenso.

Su padre besó su frente, pero cuando él quiso hablar, se adelantó.

—Lamento que tengamos que alejarte de nosotros, pero este lugar ya no es lugar seguro para ti, Henry. Pronto estarás listo y regresarás a casa.

Tenía heridas en la cara y en los brazos. Algo grave sucedía, pero se encontraba tan sobrecogido que no se atrevía a averiguar la razón.

—¿Los volveré a ver?

Sus padres se miraron a los ojos.

—Siempre estaremos a tu lado, hijo mío. Nunca nos apartaremos, porque los que se aman nunca se abandonan —le aseguró su madre.

Sonrió ante la respuesta y los tres se abrazaron; luego, su padre se agachó frente a él, desamarrando su espada de la cintura.

—Quiero que tengas esto. Deberás pensar que es muy pronto para que heredes la espada de tu tatarabuelo, pero creo que este es el momento adecuado de que sea tuya.

La espada de hierro con piedras rojas y amarillas se sintió pesada en sus brazos, sin embargo, eso no fue lo que abrumó a Henry. Podría tratarse de un niño de ocho años, pero sabía el simbolismo de aquella arma: sus antepasados la habían portado con orgullo y, ahora, a tan corta edad, había llegado su turno.

—Pero... ¿cómo vas a defenderte sin ella?

Su padre sonrió de lado.

—No te preocupes por mí, tú la necesitarás más que yo. —Miró a su madre quien se secaba las lágrimas y asentía con la cabeza. No entendía qué sucedía—. En el momento adecuado entenderás todo, hijo; por ahora, deberás seguir preparándote para gobernar esta nación cuando tu turno llegue.

Había algo que no alcanzaba a entender, pero aunque quería disparar todas las dudas que tenía, Rowen insistió en que no quedaba tiempo.

—Suerte, hijo —le deseó su madre. Aún recordaba la tristeza en sus ojos.

Los observó como si pudiese mirar a través de ellos, grabando cada detalle en su mente antes de tomar la mano de la mujer de cabellos azules y comenzar a caminar.

—Buena suerte, pequeño Henry —le dijo Rowen con lo que le pareció una sonrisa forzada.

No había estado consciente de que esa sería la última vez que los vería.

Habían cabalgado hasta llegar a la frontera con Equalia y, luego de ello, tomaron un barco que los llevaría a Preyland. Cuando llegaron al puerto, su abuela, Yvette Rosentock, los esperaba.

Lo había abrazado con fuerza mientras murmuraba lo emocionada que estaba de verlo a pesar de tener en cuenta las circunstancias que lo habían llevado hasta allí, algo que él no podía comprender: ¿Qué pasaba? ¿Qué sucedería con sus padres? ¿Por qué no le daban respuestas?

Cuando se giró para preguntarle a la mujer de cabello azul lo que sucedía, esta ya había desaparecido.

Preyland era muy distinto a Valguard; allí siempre hacía frío, incluso en días soleados; por no decir que tuvo que aprender preylano, el cual era un idioma complicado debido a su numeroso uso de consonantes y la pronunciación que solía tener un sonido ronco.

Un tiempo después recibieron una visita inesperada. Se trataba de uno de los barones de su padre, Lance Haggard, acompañado por un hombre intimidante, de rostro tan arrugado como una pasa, en el que tenía una enorme cicatriz que le atravesaba un ojo y la nariz. Yvette lo reconoció inmediatamente, pues era Pádraic Kramzvol, así que se negó a la orden que dictaba el Rey para que Henry fuese entrenado por el mismo debido a su pasado oscuro. Pádraic no estaba en contra, no estaba convencido de entrenarlo ya que lo veía frágil y miedoso, además que hacía años que había dejado de entrenar. No obstante, Henry los sorprendió a ambos con su ímpetu al estar completamente dispuesto a entrenar con el que era considerado el mejor guerrero, costara lo que le costara. Al final, su abuela y Pádraic acabaron aceptando.

Los entrenamientos con aquel temible caballero fueron una pesadilla. Aprender la armonía del viento a la edad de Henry era complicado y, además, el carácter colérico del preylano no ayudaba. Por un momento Henry creyó no poder adaptarse, sin embargo, encontró la motivación tras la muerte de sus padres, lo que lo ayudó a comprender la misión que debía cumplir. Logró convertirse en Maestro del Viento y, tras la muerte de su abuela Yvette, regresó a Valguard.

11.

LA DAMA DE AZUL

Escuchaba voces familiares cerca de él. Henry giró la cabeza lentamente sintiendo un agudo dolor en todo su cuerpo, como si un gigante le hubiese pasado por encima. Gruñó, quejándose al moverse un poco más, silenciando las voces. Al abrir los ojos se encontró con Louis y Lynn, quienes lo miraban con sorpresa y alegría.

—¡Henry!

Con una enorme sonrisa enmarcada por sus ojos marrones que mostraban un brillo de felicidad, Louis se acercó a su cama.

Durante el tiempo que Henry había estado inconsciente, Louis lo había vigilado sin descanso. Lynn también solía acompañarlo; y al ver a Henry despertar, soltó un largo suspiro de alivio.

—¿Por qué me miras así? —preguntó débilmente. Louis tenía una expresión tal de felicidad que no podía explicar.

—Estábamos muy preocupados por ti.

—¿Por qué? —preguntó moviéndose un poco, aunque el dolor en el brazo herido le provocó una mueca instantánea—. ¿Por qué tengo un brazo vendado? ¿Qué me ha ocurrido?

—Tuviste un... terrible accidente —contestó con duda tratando de no impactarlo.

—¿Accidente? ¿Cómo?

Louis caviló por unos segundos, desviando la mirada hacia su izquierda.

—Tú estabas...

—Henry, ¿no recuerdas nada del duelo contra Olav? —se apresuró a preguntar Lynn. Louis la miró irritado.

—El duelo... —susurró Henry forzando su memoria, tratando de recordar—. Recuerdo algo, un... un horrible dolor...

Louis y Lynn lo observaban expectantes y, de apoco, las imágenes llegaron a su mente como un fugaz rayo. Henry se incorporó, alarmado.

—¿Qué pasó con el encuentro? —cuestionó ignorando las expresiones de sus amigos, quienes se habían acercado a él para evitar se desmayara por el esfuerzo.

—Henry... no es tu culpa —inició Louis.

—¿Qué pasó, Louis? —insistió.

—Bueno... Olav te golpeó en la rodilla con su escudo y luego te abrió una herida horrible en el brazo y... Henry, por favor, acuéstate otra vez.

—Perdí...

—No.

—¡¿Cómo me pude dejar vencer así?!

—¡No es tu culpa! —exclamó Lynn.

—¿Ah, no? ¿Y quién debía ganar para sacar a Valguard de todo este desastre?

—No me has dejado terminar —reclamó Louis—. La espada de Olav estaba hechizada con magia oscura.

Louis percibió el cansancio, producto del esfuerzo empleado solo para incorporarse. Henry se veía incluso más débil que al despertar.

—La herida que te hizo casi te mata. Estuviste inconsciente por seis días —agregó Lynn.

—¡¿Seis días?!

—Es un milagro que sigas con vida —agregó la mujer.

—¿Saben lo que ha podido suceder durante esos seis días? —inquirió Henry, aún más molesto, mirando a Louis a los ojos.

—Lo importante es que estás vivo, Henry —respondió Louis haciendo énfasis en cada palabra como le hablara a un niño pequeño, con la intención de apaciguarlo—. Debes recuperarte primero, luego veremos qué hacemos con el bigotudo; ahora, por favor, vuelve a acostarte.

—Apuesto a que ya lo juramentaron... Debemos ir a...

—¡No iremos a ninguna parte, acuéstate! —exclamó Louis.

—¡No voy a hacerlo!

—¡Vas a desmayarte!

—¡No me va a pasar nada!

—¡Por favor, haz caso! —pidió Lynn.

—¡Deja la terquedad! —añadió Louis.

—¡No me digan lo que tengo que hacer!

—Vuelve a acostarte, Henry —añadió una voz desde la puerta y, cuando Henry se giró a negarse, se encontró con Erin.

Había acudido a casa de los Laughton para ver a Henry, pero al ver la puerta cerrada y ninguna nota, se había aventurado a entrar, como le habían dicho que podía hacer. Subió a la habitación al escuchar los gritos.

Henry le devolvió la mirada amenazante a Erin, sin amedrentarse.

—Vuelve a acostarte —repitió con la voz con la que solía regañar a Mariam.

Henry soltó un bufido y volvió a acostarse gruñendo.

—Al fin alguien es capaz de controlar su terquedad —observó Louis arqueando una ceja. Lynn miró a Erin con una sonrisa.

—Se despertó hace unos minutos —dijo la rubia.

—Y luego se puso a gritar como loco —agregó Louis, por lo que Henry lo fulminó con la mirada.

—Le han dicho lo que ocurrió, ¿no es cierto? —preguntó Erin arqueando las cejas.

—Solo una parte. Estaba desorientado y no recordaba nada de lo sucedido —respondió Louis.

Erin miró a Henry, quien mantenía la vista fija en la pared.

—Debemos irle a avisar a Howard y al señor Gordon —anunció Lynn tomando a Louis del brazo—. Regresaremos en un rato. No vayas a pelear con Erin, Henry.

Henry se quedó en silencio. Se sentía frustrado y molesto, además del malestar en todo el cuerpo. No planeaba seguir discutiendo con nadie.

Louis y Lynn se fueron dejando a Henry y a Erin a solas. La chica procedió a quitarle el vendaje y lo contempló por unos segundos, pero seguía enfocado en la pared.

—No puedes estar molesto con nosotros, Henry —dijo Erin con una voz divertida, tratando de animarlo.

Henry la miró seriamente.

—Pero estaré molesto conmigo mismo por un buen rato.

—No te sientas culpable. Han hecho su jugada sucia, no podíamos hacer nada... ¡lo siento! —se disculpó al ver la mueca de dolor de Henry tras mover un poco el brazo—, veo que aún te duele...

—Estuve a punto de vencer a Olav. Estuve tan cerca... qué idiota fui.

—No sigas lamentándote.

—No lo entiendes, Erin. Yo tenía que cumplir con mi deber. Hice una promesa y terminé fallándole a todos.

—¡Te estabas muriendo, Henry! —exclamó la muchacha. Henry la miró a los ojos y vio en ellos angustia—. ¡Te retorcías de dolor! ¡Estabas pálido y apenas podías respirar y...! ¿De verdad no recuerdas nada?

—Solo el ataque de Olav. No recuerdo nada después de aquello.

—¿Nada de nada? ¿Ni siquiera cuando te trajimos hasta aquí?

—Todo es muy borroso. —Erin no insistió más—. Por poco y me quedo sin brazo.

Apenas reparaba en la herida, roja a su alrededor y con una costra negra que lo hacía parecer el brazo de un muerto.

—Antes estaba peor. ¿Cómo te sientes?

—Frustrado.

Erin terminó de colocarle el nuevo vendaje.

—No hablo de eso, ¿cómo te sientes?

—Ah... bien.

Erin volvió a lanzarle una mirada amenazante. Henry bufó.

—Me siento fatal —admitió.

—Aún falta para que te recuperes por completo, pero por lo que vi hoy, me parece que has avanzado bien.

—Cuando me cure iré a buscar a Olav y voy a... ¡¿qué pasa contigo?! —Erin había apretado el vendaje a propósito—. ¡Eso dolió!

—No puedes ir por Olav.

—¿Por qué no?

—Porque él cree que estás muerto. No debes ir por ahí como si nada.

—¿Ah, sí? ¿Me lo vas a impedir? —preguntó Henry, retándola. Erin volvió a apretar el vendaje—. ¡No hagas eso!

—Qué terco eres —reprendió Erin moviendo la cabeza de lado a lado—. Ya está listo.

—¿Me puedo poner de pie ahora? He estado seis días acostado...

Erin lo fulminó con la mirada, pero reconoció que Henry tenía razón. Debía ser molesto pasar el resto del día tumbado en la cama.

—Está bien, terco, siéntate —cedió.

Henry se sentó nuevamente en el borde de la cama, ignorando el dolor.

—Erin...

—¿Sí?

—Gracias.

Treinta minutos y Louis y Lynn no lograban encontrar a Howard y Gordon, quienes no se encontraban en el cuartel ni en sus respectivas casas. Al regresar a su propio hogar, seguros de que no los encontrarían, se toparon con Alana, que iba corriendo hacia ellos.

—¡Louis! ¡Lynn! ¡Gracias a los dioses los he encontrado!

—¿Qué ocurre? —preguntó Lynn.

—Algo terrible, debemos ir a la Casa de las Sanadoras.

Una vez adentro, se reunieron con Howard, Gordon, Meredith y Leena, quienes sostenían una conversación con Meggy, cabizbajos.

—Ha sido horroroso —contaba la anciana tapándose el rostro con una mano—, no sé a dónde llegaremos.

—¿Qué ocurre? —preguntó Louis al llegar junto al grupo.

—Han asesinado a una familia completa —anunció Howard.

Louis y Lynn se quedaron pasmados.

—¿Quiénes? —preguntó Louis.

—Ladrones. Entraron en la casa a robar y terminaron acabando con todos. Olav no quiso responder para que se hiciera justicia —contestó Howard.

—¡Desgraciado! —Louis dio una patada al piso.

—Asesinaron a cuatro niños —dijo Meggy con voz quebraba.

—Debemos avisarle a Erin y a Henry de inmediato —anunció Louis.

—¿Ha despertado? —susurró Howard.

—Sí, pero no debemos decirle a los demás aún.

—¿Cómo se encuentra? —preguntó Meredith.

—Parece que va mejorando, Erin se encuentra con él en este momento —le contestó Lynn.

—¡Eso sí que es una gran noticia! ¡Iré a verlo! —sonrió Howard.

—Iremos todos, va a necesitar de mi sopa de espinacas —asintió Meggy.

Con el transcurrir de aquellos seis días, las personas les preguntaban constantemente sobre la salud de Henry y qué se haría al respecto. Para evitar que esto ocurriese en un momento tan delicado, Louis sugirió que tomaran caminos distintos hacia la casa para no levantar sospechas entre los valguardianos de que algo más ocurría, ya que lo más sensato era dejar que se recuperara antes de informar y hacer algo. Mientras el grupo avanzaba mezclándose entre la gente, Mariam se topó con las tres brujas.

—¿Han visto a mi hermana?—preguntó, ignorando el motivo de su agitación.

—Debes venir con nosotros —dijo Alana tirando a Mariam de la muñeca.

Minutos después se reunieron en la casa de los Laughton. Debido a las noticias tan crispantes que habían recibido en tan pocas horas, no pudieron evitar entrar a la casa haciendo mucho ruido.

—¿Qué pasa allá abajo? —preguntó Henry tratando de ponerse de pie.

—Creo que Louis y Lynn han llegado —Erin se asomó por la puerta—. Sí, son ellos y han traído compañía.

El primero en entrar en la habitación fue Howard.

—¡Válganme los dioses! ¡Estás vivo!

—Sí, Howard, estoy vivo —contestó Henry mientras Erin comenzaba a dibujar un gesto enfadado.

Sabía que todos querían saber cuál era el estado de Henry, pero él tenía que descansar.

—¿Cómo te sientes? —preguntó el barón.

—Bueno, yo...

—¡Te ves terrible! —comentó Mariam entrando a la habitación seguida de las tres brujas y Meggy.

—Eso es cierto —corroboró Louis.

—Gracias a los dos —Henry dejó los ojos en blanco.

—¡Es un milagro! —exclamaron las tres brujas al mismo tiempo.

Henry aún no lograba entenderlo: ¿de verdad había estado tan grave?

—Henry, te he traído mi sopa especial de espinacas, cómela enseguida, te hará bien —dijo Meggy con su habitual voz dulce.

—Gracias.

Henry dio un sorbo y arrugó la cara debido al mal sabor que tenía. Por suerte, ninguno se dió cuenta de su reacción, a excepción de Erin, quien también miraba la sopa con desaprobación.

—Lo sé, es terrible, pero de veras que te hará muy bien. Es como una de esas pociones que Holger tenía, solo que sin ningún tipo de magia en ella, solo la de Meggy.

—Entre tú y Meggy van a acabar de matarme.

Henry terminó su sopa y miró a todos los presentes, expectantes a cualquier reacción.

—¿Qué ocurre?

—Es un milagro que te encuentres con vida, eso ocurre —dijo desde una silla Howard, apoyando sus codos sobre sus rodillas.

—¿Me podrían explicar qué fue lo que pasó?

—Los brujos de Casgrad hicieron hechizos y maldiciones a la espada de Olav; magia oscura, muy poderosa, incluso pensamos que utilizaron conjuros que casi ningún hechicero conoce —contestó Meredith.

—Sentimos su poder una vez la desenvainó y, por nuestro conocimiento, nos dimos cuenta de que nadie podría salir con vida si esa espada hacía el más mínimo daño —explicó Alana.

Henry quedó horrorizado.

—Es obvio que Holger les ordenó a esos brujos forjar esa espada porque sabía que no tenía posibilidad alguna contra ti. ¡Ese desgraciado! Ojalá esté ardiendo en el infierno —expuso Howard enfadado.

—Temíamos que no lograras sobrevivir, te veías muy mal; sin embargo Erin encontró los remedios imposibles para salvarte y no se separó de tu lado... ¡ni un segundo! —agregó Meggy.

Erin desvió la mirada.

—¿De verdad? —preguntó Henry mirando a Erin con curiosidad.

—¡De verdad! —exclamó de nuevo la sanadora.

—Es un misterio. Nadie, absolutamente nadie, se salva de los poderes de la magia oscura, ni siquiera con remedios, menos en estos tiempos donde es la Oscuridad la que reina— dijo Leena.

Todos guardaron silencio.

—Debe haber una explicación para todo esto. Algo se les debe haber escapado a esos brujos —propuso Henry.

Meredith negó con la cabeza.

—Sabemos muy bien lo que vimos y lo que sentimos. Tu alma estaba al borde de la muerte, tus energías disminuyeron rápidamente. Es como si algo hubiese anulado todo, pero no podemos descifrar qué.

—Eso no es lo importante ahora —interrumpió Gordon, quien no había articulado palabra desde que llegó y se le veía absorto en sus pensamientos—. ¿Cómo vamos a acabar con ellos ahora?

Las brujas se sorprendieron, pues el enano se dirigía directamente a ellas.

—Yo... bueno —tartamudeó Meredith y miró a sus hermanas en busca de ayuda.

—No creo que haya algo capaz de lograrlo... —dijo Leena en un hilo de voz.

—¡Pero ustedes son brujas! ¡Se supone que pueden hacer algo contra ese tipo de magia! ¿No es así?

Todos se mostraron sorprendidos tras lo dicho por el viejo enano, pues siempre había sido escéptico con todo lo referente con cualquier tipo de magia.

—Es magia demasiado peligrosa. Nosotras no podemos crear

un arma similar a la de Holg... el rey Olav —señaló Alana—; sin embargo, los elfos podrían hacer algo.

No había terminado de decir qué cuando Gordon saltó de su silla y salió corriendo.

—¿He dicho algo malo?

Nadie sabía. Todos los demás estaban igual de desconcertados que ella. Segundos después, Gordon regresó con un mapa enorme en sus cortos brazos. Se subió a la silla y lo desenrolló en la mesa.

—Tu padre dispuso de los elfos para forjar una espada.

Se encontraba un poco alterado, como si aquel recuerdo que Alana había logrado que regresara a su memoria se pudiera esfumar nuevamente.

—¿Mi padre?

—Los elfos forjaron una espada para él después de todo lo que ocurrió.

—Los elfos no trabajan para nadie, lo sabes bien —señaló Howard.

—¡Silencio, O'Neill! ¡Sé lo que estoy diciendo!

—Pero...

—¡Ya sé que dejaron de confiar en los humanos después de tantas guerras! Pero el rey Henry hizo el intento de hacerlos entrar en razón. Lo curioso es que con tan sólo contarles la profecía y ver de quién se trataba...

—... accedieron inmediatamente —terminó Erin—. Es lógico, ¿no? Los elfos dejaron de confiar en los humanos ya que usábamos sus armas para matarnos entre nosotros, algo que incluso casi acaba con ellos. Dejaron de confiar en nosotros, pero confiaban en los seres mágicos iguales a ellos, por eso le creyeron al rey Henry: porque se trataba de una profecía.

Henry le dedicó una sonrisa de medio lado.

—Yo no estaría tan seguro de eso, jovencita —objetó Gordon—. Los elfos no creerían las palabras de un simple brujo que al fin de cuentas es un humano...

—Tal vez ellos sabían lo que ocurriría mucho antes que nosotros —añadió Henry—. Algunos seres mágicos son capaces de percibir, aunque sea una parte de lo que puede ocurrir en el futuro.

—El hecho es que tu padre acudió a ellos para forjar una espada, una espada mágica. Sabía de los peligros que acarrearían en la nación y que Casgrad contaba con un numeroso grupo de brujos oscuros dispuestos a lanzar maldiciones; que sería imposible acabar con ellos, que eran más que nuestras fuerzas y que debía dejar que la profecía se cumpliera; por eso te sacó de aquí y forjó esta arma, para que tu trabajo no fuera tan duro.

Henry se quedó pasmado ante lo dicho por Gordon, que lo miraba como si mirara al difunto rey Henry Cromwell. Su padre había conseguido que los elfos, una de las criaturas más difíciles del mundo mágico forjaran una espada capaz de vencer a la magia oscura y a la Oscuridad que gobernaba en Valguard desde hacía quince años. Si la hubiese tenido en su posesión antes de batirse en duelo contra Olav, todo habría sido diferente.

—¿Y por qué no me la dejó antes de que yo partiera a Preyland?

—Porque la forjaron una vez que te fuiste.

—¿Y dónde se está?

—No lo sé, muchacho; lo que te dije es todo lo que sé. Ahora, si me preguntas a mí, durante días escuché un rumor entre los guardias que aclamaban haber visto a un hada o una criatura vagando por el bosque; algunos guardias afirman que tu padre se reunió con ella pues lo vieron rondando por la zona, pero no sé si tenga algo que ver con los elfos, sabes que no creo ni mitos ni leyendas.

—La dama de azul —intervino Mariam—. La deidad, los agoslanos son los que más creen en ella, su leyenda es muy famosa, ¿no la han escuchado?

—Mariam, es sólo una historia —dijo Erin.

—Padre siempre creyó en ella y dijo que podría tener relación con Valguard.

—No entiendo, ¿de qué dama están hablando? —preguntó Howard.

—La leyenda de la dama de azul habla sobre una criatura que sólo aparece en tiempos de crisis. Se dice que luce igual a un humano, lleva ropas celestes y tiene el cabello azul, de ahí su nombre.

Henry dio un respingo. Aquella era la mujer que había ayudado a sus padres el día en el que dejó Valguard, la misma que lo había llevado hasta Preyland y luego había desaparecido.

—¿Dónde podemos encontrar esa deidad? Quizás nos ayude a encontrar la espada de mi padre —preguntó.

—Dicen que está en las montañas ocultas.

—Los agoslanos dicen que solo ha aparecido tres veces. La última vez fue vista por un anciano, hace al menos veinte años, durante ese invierno que mató a tantos agoslanos —narró Louis.

—Si dicha criatura existe, será imposible encontrarla. ¿Cómo llegar a una montaña que está oculta? —preguntó Howard frunciendo el ceño.

—El rey Henry debió esconder la espada en ese lugar —aseguró Gordon—. Debió esconderla en un lugar fuera del alcance de los demás para que no cayera en manos equivocadas; es por eso que no te la dejó directamente, Henry.

Henry se levantó al fin y fue hasta donde estaba Gordon para echarle un vistazo al mapa ignorando las reacciones de los demás, incluso a Louis que se le acercó para evitar que fuese a dar un traspié. En el pergamino se hallaban ilustrados los dos continentes, también los lagos, ríos, bosques y montañas, de este a oeste y de norte a sur.

—Las montañas se encuentran aquí —dijo Henry apoyando un tembloroso dedo sobre el dibujo de unas montañas, muy lejos de Valguard, ubicadas en una zona que no era perteneciente a ninguno de los continentes—. Es un lugar donde nadie va, ahí debe hallarse dicha montaña oculta.

—Sin duda es un camino muy largo. Tardarás semanas en llegar —advirtió Howard.

—Meses, teniendo en cuenta todos los obstáculos que puedan presentarse en el camino —agregó Gordon.

—Debo ir —dijo Henry, decidido.

—¿Te has vuelto loco? —saltó Louis, poniéndose de pie como si Henry lo hubiese insultado—. ¡No puedes ir! ¡Mírate!, ¡ni siquiera puedes mantenerte de pie! Además, te necesitamos aquí. La gente te necesita aquí.

—De nada le sirve a la gente si no puedo salir sin que Olav se entere.

—Lo que no les sirve es que te marches en busca de un objeto que no sabemos dónde está.

—Muchachos, dejemos la conversación hasta aquí, Henry debe recuperarse, luego haremos un plan —sugirió Howard.

—¿Cuántos desastres tienen que ocurrir para tomar una decisión? —preguntó Henry, impaciente—. Apuesto a que ya han sucedido cosas durante el tiempo que estuve inconsciente.

—Pondremos fin a todo esto, pero de nada nos sirves en ese estado —dijo el barón.

Henry volvió a sentarse al lado de Erin, molesto, y luego de un instante, todos se despidieron y regresaron a sus hogares.

—Debes pensarlo bien, recuerda que hay que hacer las cosas

con calma. Olav cree que estás muerto, una mala jugada podría costarte la vida y la de muchos —soltó Erin cuando estuvieron solos.

—Como están las cosas se cobrarán muchas vidas sin necesidad de mí.

—Pero no serán tantas como las que cobraría una guerra.

Henry aceptó que Erin tenía razón. Recordó las palabras de sus padres. Había perdido la paciencia y la cordura por su enfado y frustración, pero necesitaba encontrar la solución al gran problema que seguía acarreando a Valguard: el mando de un nuevo Rey, sin conocimiento alguno, dispuesto a seguir el legado del difunto Holger Dankworth.

12.

EL LARGO VIAJE

Olav se encontraba sentado en el trono de oro dándole vueltas a una copa de vino entre los dedos con una sonrisa que irradiaba satisfacción. A sus cincuenta años nunca había experimentado ese sentimiento de grandeza. Durante su niñez fue muy pobre y se dedicaba a ser carpintero junto a su padre, el cual él mismo asesinó más tarde por no aprobar su decisión al unirse a Holger Dankworth para apoderarse de Valguard, algo que lo convertiría en el servidor más valioso del difunto Rey y, con el tiempo, en monarca, el máximo lider.

—El rey Holger estaría orgulloso de mí. He cumplido con la promesa, me convertí en su heredero y acabé con la vida del último Cromwell —dijo mientras bebía otro sorbo de vino.

Gottmort, con el ceño fruncido y sin mirarlo, enarcó la ceja derecha.

—Algo me huele muy mal.

—¿Por qué habría razón para que algo te huela mal, mi querido Gottmort?

El hombre de los ojos verdes se puso rojo de ira. No solo ese idiota de Olav había sido elegido para ser Rey, sino que ahora se atrevía de llamarlo "mi querido Gottmort", como si él lo considerara un amigo.

—El país ha estado en calma después de la muerte de ese muchacho.

—¡Ja! ¿Y qué esperabas?, ¿una fiesta?

—Serás idiota... —reprochó acercándose a él, amenazante, haciendo que Olav se resbalara un poco del trono—. Ese muchacho tenía el apoyo total de los valguardianos y no he visto ninguna muestra de despedida.

—¡Está muerto! ¿Qué importa?

Gottmort acercó su rostro al del hombre del bigote, mirándolo fijamente con sus ojos envueltos en llamas.

—No entiendes nada, inútil. Lo vimos retorciéndose de dolor, pero no nos aseguramos de que estuviera muerto.

—¿Es que no confías en el poder de esta arma? Lesmes nos aseguró que lo acabaría lentamente pero que tendría una muerte dolorosa y segura, y así ha sido.

Hardash se enderezó. No confiaba en Olav, pero tenía una fe ciega en Casgrad y en los poderes de la Oscuridad; no obstante, era un hombre que acostumbraba a guiarse por su sexto sentido y no por las acciones de los demás. Hasta no ver los planes bien acabados de principio a fin, no se sentiría tranquilo.

—Iremos a comprobarlo —ordenó dándole la espalda. Olav accedió a regañadientes.

Se encaminaron a la ciudad transportándose en la carroza del Rey, y aunque la gente escuchó las trompetas que anunciaban su presencia, ninguno le dio importancia. Al bajar de la carroza, Olav se percató que la gente no se congregaba a su alrededor como se suponía que debían hacer.

—¡Mis queridos valguardianos! —exclamó captando así la atención de todos quienes lo juzgaban con ojos entornados y con desaprobación. La expresión de Olav pasó de ser alegre a desconcertada. Se aclaró la garganta—. He dicho ¡buenos días!

—¿Cómo quiere que le saludemos si no ha respondido por la familia que fue asesinada hace unos días? —preguntó un joven bajito y delgado.

—Los que han asesinado a esa familia han sido los que están dolidos por la muerte del muchacho Cromwell, ¡habrá que buscarlos y encadenarlos!

—Eso no lo dijo el día del asesinato —dedujo el joven seriamente—. No creo que hayan sido personas despechadas por la muerte de Henry Cromwell. Han sido ladrones.

—¿Y quién te crees tú para decirme lo que tengo que hacer? —reprochó Olav.

—Sólo un valguardiano que quiere vivir en una tierra de paz —respondió el chico antes de darle la espalda al Rey para seguir su camino.

A unos metros de allí, Louis iba saliendo de la Casa de las Sanadoras con algunas plantas medicinales para Henry en compañía de Wallace y Mary. Una multitud, en la que se encontraba Joilette y su grupo de amigas, los habían aparcado para interrogarlos sobre los planes a seguir tras lo ocurrido en el anfiteatro, no muy esperanzados. Louis examinó a su alrededor para asegurarse de que ningún caballero negro, Gottmort o el propio Olav estuviesen cerca.

—Escuchen, es tiempo de darles una importante información —dijo en voz baja, haciendo que los presentes aguzaran sus oídos para escuchar—, pero deben prometerme que no dirán nada a los cuatro vientos, ¿entendido? Nada de esto puede llegar a los oídos de los soldados y, mucho menos, a los de Gottmort y Olav.

—Entendido —concordó uno de los presentes, seguido de movimientos de cabeza de los demás para dar a entender que estaban de acuerdo.

—Bien. Henry está con vida, pero debemos esperar a que se recupere para poder idear un plan; de momento deben permanecer callados hasta que podamos hacer una asamblea de pueblo.

—Si Olav llega a enterarse de que Hen...

No terminó. En aquel momento, el rey Olav y Gottmort se dirigían a él.

—Buen día, Laughton, ¿se puede saber qué haces aquí?

—Buscando algún remedio para mi hija, es lo que uno hace cuando viene con las sanadoras, ¿no?

—Te crees muy gracioso. ¿Qué haces hablando con esta gente? —intervino Gottmort dando un paso al frente.

—Cuestionamos la forma de gobernar del Rey —contestó Louis alzando la cabeza.

Gottmort se acercó a él y le arrebató las plantas medicinales que llevaba en la mano; revisó cada una de ellas y luego se las lanzó de vuelta.

—Parece que tu hija tiene un resfriado. ¿Qué hablabas con esta gente?

—Les decía que encontraremos una forma de salir de ustedes —respondió Louis al atisbar que ni Wallace ni Mary se atrevían a articular palabra.

—¡No te atrev...! —comenzó Olav, pero Gottmort hizo una seña con la mano para que guardara silencio.

—Debo recordarte que tu amiguito Cromwell está muerto y ahora la profecía no se podrá cumplir. —Se acercó más a Louis, desafiante—. Planea lo que quieras, Laughton; el rey Holger fue misericordioso contigo, pero ahora que ya no está. Cualquier estupidez que hagas podrá costarte la libertad y, tal vez, la vida.

—Muerto como Cromwell... —Olav sonrió, acariciando la empuñadura de bronce de su espada. Louis observó el arma con desprecio.

—Eso ya lo veremos —apuntó con tranquilidad.

Gottmort examinó las facciones y ojos de su interlocutor, asegurándose de que se le escapara la verdad acerca de sus sospechas sobre la muerte de Henry. Luego se dirigió a Wallace y a Mary, quienes se veían algo acongojados.

—¿Ocurre algo, Hemming? —preguntó arqueando una ceja.

—Nada —contestó Wallace con voz ronca.

—Bien —dijo Gottmort, no muy convencido—, ya nos volveremos a ver. Recuerda: nada de estupideces.

Acto seguido les dio la espalda y, junto a Olav, se alejó.

Una vez que estuvieron lejos, Wallace suspiró.

—Eso estuvo cerca.

—Temo que sospechan —dijo Mary.

—No —dijo Louis—, lo que yo sospecho es quién manda aquí. Y no es precisamente Olav Maher.

Aquel día, Henry no tuvo dolor. Habían pasado dos semanas desde que despertara; sin embargo, eso no lo tenía contento pues, durante ese tiempo, las noticias referentes a asesinatos, secuestros y robos no se detenían. Se sentía frustrado por tener que esperar.

—Creo que ya no será necesario aplicar nada, ni siquiera el vendaje —dijo Erin entusiasmada mientras revisaba la herida de Henry, pero él no le contestó de inmediato; en cambio, se mantuvo serio, mirando por la ventana—. ¿Te duele?

—No. —Henry le dio un veloz vistazo a la herida a medio tapar con la manga—. He tomado una decisión.

—¿Sobre qué? —Erin terminó de acomodarle la manga sin prestar demasiada atención a pesar que lo intuía.

—Sobre el viaje. He decidido ir en busca de la espada de mi padre.

Sin dejar de acomodar la manga, Erin asintió.

—Sé qué haces lo correcto, pero... no pensarás ir solo, ¿verdad?

Henry arqueó ambas cejas.

—Eso no lo pensé.

—Entonces iré contigo —sentenció Erin tomándolo de la mano.

Henry no dejó de observarla. Le había dedicado su tiempo, sin descanso, para curarlo y cuidar de él. Su carisma, sonrisa y forma de ser le permitían a Henry ver el mundo de una mejor perspectiva, pues los sentimientos de culpa que lo carcomían se evaporaban a su lado. Erin era como un rayo de sol en medio de una estruendosa tormenta, la cura para toda oscuridad; por eso no estaba dispuesto a ponerla en riesgo.

—No, es mejor que te quedes aquí.

Erin negó.

—Quiero ir contigo. Allá fuera es peligroso. Hay cosas y criaturas que no conocemos.

—Y es por eso que no puedo permitirte que me acompañes. —Henry apretó ligeramente su mano—. No sabemos qué clase de cosas nos podríamos encontrar allá afuera. Ya me salvaste la vida una vez, no puedo poner la tuya en riesgo.

Erin estaba halagada; nadie se había preocupado por ella de esa manera antes. En la mirada de Henry veía su aprecio, ¿cómo permitir que fuera solo a semejante misión?

—De acuerdo, pero prométeme que alguien más irá contigo.

—Le diré a Louis —asintió—, lo que me recuerda que ya debemos irnos a la asamblea que convocó. Ya deben de estar esperándonos.

Louis había decidido no celebrar la asamblea en la taberna de Myles, no solo porque esperaban al doble de gente, sino porque el lugar podría estar vigilado; en cambio, se había decidido por la plaza central de Valguard, a la que Henry se acercó con la capa sobre la cabeza para no llamar la atención de ninguno de los espías del Rey; aún así, algunas personas lo reconocieron en el camino que, con emoción, le daban de nuevo la bienvenida.

Cuando llegó a la fuente de piedra, todos los valguardianos clavaron sus ojos en él, expectantes. Henry les dedicó una sonrisa y algunas chicas suspiraron de emoción, entre ellas Joilette.

—No sé cómo empezar, ninguna clase de oratoria y de retórica, jamás, me habría preparado para poder expresarles a todos ustedes mi agradecimiento por el apoyo recibido los últimos días. Me encuentro profundamente conmovido, emocionado, y quiero que sepan que cada una de sus acciones ha tocado mi corazón.

»La situación de Valguard es complicada. Como muchos de ustedes sabrán, la Oscuridad ha gobernado aquí durante mucho tiempo, y ese es el poder que mantiene a Olav y a sus secuaces firmes. Hemos vivido situaciones duras y ahora, más que nunca,

221

debemos mantenernos fuertes y unidos para no dejarnos vencer.

—¿Qué haremos, Príncipe? —interrumpió Fenris montado sobre una enorme roca.

—Tengo un plan, pero para eso debo dejar Valguard durante un tiempo.

—¿Qué? —cuestionó un anciano en medio de las personas.

—¿Te irás? —Joilette se unió a la duda.

Varias personas de la multitud comenzaron a hablar y preguntar al mismo tiempo, y Henry vio como Louis se marchaba a largas zancadas del lugar.

—¿Nos vas a dejar así? ¡Esto es el colmo!

—¡Se supone que eres el legítimo Rey, el elegido para sacarnos de todo esto y no has hecho nada! —explotó un hombre de gran tamaño empujando a algunos cuantos mientras se dirigía a Henry.

—¿Y qué ha hecho usted por Valguard además de quejarse y beber día tras día? —La voz de Mariam resonó, poniéndose de pie y haciendo que todo el mundo se callara, incluso el hombre corpulento se había quedado boquiabierto—. ¿Qué tiene que hacer o decir Henry para que todos ustedes estén felices?

—¡Defendernos! ¡Para eso está aquí! ¡Por eso es el Rey! —exclamó una mujer.

—¿Matarse con Maher y Hardash mientras todos ustedes solo miran y critican, tal como han hecho estos últimos años mientras el grupo de la Resistencia da la cara por este reino?

—inquirió Mariam arqueando una ceja y con sonrisa burlona—. Henry ha hecho su trabajo. Nos devolvió la valentía que necesitábamos para enfrentarnos a estas situaciones, volvió a uniros como un solo país y casi muere allí por nosotros, ¿y ustedes le pagan de esta manera?

—¡Já! ¿Y tú qué vas a saber de esto? Sólo eres una chiquilla…

—Podré ser una chiquilla, pero al menos pienso un poco, a comparación de ustedes, que lo que hacen es esperar a que alguien haga todo el trabajo.

El hombre corpulento no estuvo de acuerdo. Desenvainó su espada dando un paso al frente, pero Mariam no retrocedió, sino que igualó su gesto.

—¡Escuchen! —interrumpió Henry—, nos ha costado trabajo establecer la armonía entre nosotros y no es momento de echar todo a perder. Yo debo cumplir con mi deber, pero no podré hacerlo si ustedes no me ayudan.

—¿Y cómo podemos ayudar? —preguntó Elsie.

—Manteniéndonos firmes y unidos, ante todo. Me han demostrado que son fuertes. Siendo valientes y estando unidos es la única manera de acabar con ellos.

—¡No se puede esperar a que tú regreses! ¡Aquí debe haber una rebelión! —volvió a exclamar el hombre corpulento.

—No, si hay una rebelión esta sería aplastada por el poder de la Oscuridad. Si no logro este objetivo, Olav será quien gane.

—¿Entonces nos sentaremos a esperarte como cobardes?

—Esperar no es acto de cobardes, todo tiene su tiempo.

—¿Y qué haremos si nos siguen amedrentando? —preguntó Fenris.

—Saben cómo pelear, defenderse. No deben tener miedo de ellos, nosotros somos mayoría y permaneciendo juntos no serán capaces de hacer nada más. Olav está consciente del poder que tiene la gente cuando se une.

No muy convencidos, pero sin ninguna otra posibilidad, los ahí reunidos comenzaron a dispersarse.

—¿Estás bien? —Howard se acercó a Henry dejando una mano en su espalda.

—Esperaba que entendieran... —suspiró Henry con desánimo.

—Esta gente lleva años esperando a que pase algo; es comprensible que no entiendan lo que tienes que hacer, además de que es algo descabellado ir a buscar algo sin una ubicación exacta.

—¿Tú también, Howard? Mira, hago todo lo que está a mi alcance; sabes que no voy a permitir que Valguard siga hundiéndose, es por eso que debo ir a buscar esa espada, ¿o esperas a que una común y corriente acabe a la de Olav? Tú la has visto con tus propios ojos.

—Sí, Henry, pero...

—Discúlpame, debo estar un rato a solas.

Henry camino hacia el Cementerio del Este; sentía mucha presión dentro de sí, pero no era algo que fuera a detenerlo. Por más que lo pensaba una y otra vez, no hallaba otra forma de acabar con Olav sino era con aquella arma; tenía que arriesgarse a estar fuera de su amada nación por tiempo indefinido, sin tener un camino fijo que lo llevara hasta ella.

Se sentó frente a las tumbas de sus padres, admirándolas mientras esperaba a que su mente se calmara. Luego de un tiempo, se levantó para retirarse, encontrándose a Mariam frente a él.

—Hey —lo saludó la chica.

—Ahora no.

—¡Espera! —exclamó Mariam acelerando el paso para alcanzarlo—, ¿de veras piensas ir tú solo?

—Sí.

—¿Estás consciente de los peligros que se te pueden presentar?

—¡Sí!

—¡Entonces necesitas compañía!

—¡Nadie puede acompañarme!

—Yo lo haré —sentenció Mariam con seguridad.

—No, eres muy joven y...

—Sabes que peleo bien.

—Sí, pero eso no indica que debas acompañarme...

—Créeme que sí, soy la única que puede ayudarte.

Henry se detuvo y dio la vuelta hacia Mariam lentamente.

—Mariam, no.

—No sabes dónde está la espada —dijo la muchacha.

—Sí, lo sé; digo, sé que no sé dónde está...

—Pero yo sí.

Henry la miró incrédulo.

—¿Ah, sí?

Mariam se llevó la mano al bolsillo y extrajo la brújula que había comprado en el mercado.

—Esto te llevará hacia allá —dijo poniendo la brújula en alto.

—Es una brújula común y corriente.

—No, es la brújula de Northem.

—¿De Northem?

—Está hecha sólo para guiarte a un lugar específico —explicó Mariam sin querer dar más detalles.

—¿Y estás segura de que dirige a ese lugar?

—Completamente, tiene mucho que ver con los detalles de la historia y el misterioso paradero de la espada.

—Bien, dámela —ordenó Henry estirando un brazo para tomar la brújula.

—No. —Mariam dio un paso atrás—. Es mía, si la quieres, tengo que ir contigo.

Henry la fulminó con la mirada.

—A tu hermana no le agradaría esa idea.

—Tampoco le agradaría que te ocurriera algo allá afuera. —Henry frunció el entrecejo. Por una parte, tener la brújula serviría de gran ayuda; por otra, no quería poner en riesgo la vida de Mariam, mucho menos siendo la hermana menor de Erin—. No te preocupes por mí, sé muy bien cómo defenderme. Seremos dos, podemos ayudarnos el uno al otro.

Henry notó a la muchacha totalmente decidida a tomar los riesgos. Estaba consciente de que, si iba solo y le tocaba batallar con varias criaturas a la vez, no tendría muchas posibilidades, pero con Mariam, quién era excelente con la espada, todo sería más fácil.

—De acuerdo —dijo sin más remedio—, nos iremos mañana antes del amanecer.

Esa noche, cuando regresó a casa, Mariam encontró a su hermana mayor preparando una cesta.

—¿Qué haces? —preguntó cerrando la puerta tras de sí.

—Empaco unas pocas plantas para Henry en caso de que las necesite, se va mañana antes del amanecer…

—Sí, lo sé. Deberías empacar un poco más, para dos personas.

—¿Louis aceptó ir con él?

—No. Yo iré con él.

Erin se detuvo en seco y miró a su hermana. Debía enfadarse con Henry por no haberla dejado ir con él y en cambio llevarse a su hermana menor. Sabía que Mariam tenía habilidades con las armas, pero la idea de que algo le sucediera…

Su hermana era valiente.

—Está bien.

—¿Qué?

—Está bien, sé que tienes que ir —admitió Erin acercándose a ella—. Serás de gran ayuda para él, has heredado la valentía y habilidades de padre.

Mariam sonrió a su hermana, antes que esta la envolviera en sus brazos.

—No te preocupes, me encargaré de cuidar a tu Henry.

—¿Qué? —Esta vez, fue Erin la sorprendida.

—No me mires así, no soy tonta. Te gusta, ¿no es cierto?

—Ve y prepara tus cosas si no quieres que cambie de opinión —la atajó Erin volviendo a su trabajo ocultando una tímida sonrisa.

Henry se detuvo en la puerta de la casa de los Laughton, debatiéndose en entrar o no. El comportamiento de Louis le hacía saber que su amigo no estaba de acuerdo con su plan y que estaba molesto con él; sin embargo, eso no debía detenerlo. Sin más preámbulos, entró y encontró a Louis dando zancadas por todo el lugar. No había escuchado a Henry entrar, pero en cuanto cerró la puerta se giró hacia él.

—Tú —dijo con voz seria—, ¿qué vas a hacer?

—Preparar mis cosas para marcharme mañana —respondió Henry sin ninguna expresión en el rostro.

—Entonces te vas.

—Sí.

—¡No puedes marcharte! ¡Valguard te necesita!

—Y por esa misma razón debo irme, porque mi reino me necesita. Esperaba que tú vinieras conmigo, pero veo que no estás
muy de acuerdo.

—No podemos arriesgarnos a buscar una espada que no sabemos dónde está, ya te lo dije. ¡Ni siquiera sabemos si de verdad
existe!

—Existe y es lo único que nos permitirá terminar con toda
esta pesadilla.

—¡No seas ridículo, Henry! ¡Tenemos que comenzar una rebelión ahora! ¡Olav está acabando con todo!

—¡No puede haber ninguna rebelión, Louis! —explotó Henry
acercándose hacia él de dos zancadas—. ¡De nada nos va a servir si
no tenemos el poder necesario para acabarlo!

—¿Y cuánta gente más tiene que morir mientras esperamos
a que regreses?

—¿Cuánta gente puede morir en una rebelión?

Ambos se dirigieron duras miradas.

—No te puedes ir —escupió Louis con voz ronca—, debemos
buscar otra forma; una rebelión le demostrará a ese hombre que
no es tan fuerte como él cree.

—¿Y qué planeas? ¿Que todos los valguardianos vayan a matarse con el Rey y sus caballeros? ¡Has visto el arma que tiene en

sus manos! ¿Cómo piensas derrotarlo con una normal?

—Louis, Henry... —comenzó Lynn, quien había bajado a causa de los gritos.

—¡La única manera de derrocar a un Rey es con una rebelión y tú lo sabes! ¿Qué ocurrirá si no encuentras esa espada? ¿Qué ocurrirá si mueres en el intento? La única salida es que nos enfrentemos a Olav y a Gottmort, los derrotemos y tomemos la corona.

—¡Te equivocas! ¡La única manera de derrocar a Olav es matándolo y destruyendo esa espada! ¡Y ese es mi deber!

No quiso escuchar más. Dirigiéndose a las escaleras, Henry ignoró los reclamos de Louis mientras entraba a su habitación para tomar sus cosas, ya empaquetadas, y colocarlas sobre el hombro.

—¡Si te atreves a cruzar esa puerta seré yo el encargado de acabar con Maher! —amenazó Louis justo cuando Henry ponía una mano en el picaporte.

—¿Qué vas a hacer? ¿Detenerme?

—Ya sé que no puedo detenerte, pero puedo armar la rebelión.

—¡No te atrevas! ¡Te tienen en la mira!

—Puedo arriesgar mi libertad por mi familia y por Valguard.

—¿Y qué vas a hacer estando tras las rejas?

—¿Qué harás tú estando fuera de Valguard mientras Olav y Gottmort siguen haciendo de las suyas?

—Probablemente más que tú estando encerrado en una celda.

Sin más intenciones de seguir con la discusión, Henry salió de la casa cerrando la puerta con fuerza y dirigiéndose a la de Gordon. Solo esperaba que el viejo enano no lo cuestionara como los demás habían hecho.

No tardó en llegar con sus largas zancadas.

—¿Puedo pasar la noche aquí? —dijo como saludo una vez que abrió la puerta.

—Por supuesto muchacho, adelante.

Sin decir una palabra, Henry comenzó a sacar filo a su espada.

—¿Ha ocurrido algo con Louis? —preguntó Gordon después de un buen rato. Henry asintió—. Entiendo.

Henry no durmió bien aquella noche pensando en su discusión con Louis. ¿Por qué su amigo no lo ayudaba? Cierto, no siempre compartían los mismos pensamientos, pero tomando en cuenta la situación de Valguard no le parecía prudente desatar una rebelión contra un rey protegido por magia oscura.

—Es hora —lo llamó Gordon y Henry se levantó en seguida. Se puso su capa de viaje y el abrigo de piel blanco, tomó la espada y salió de la casa junto al enano. Juntos buscaron dos caballos blancos en el establo que se encontraba cerca de una de las edificaciones destruidas mientras esperaban a Mariam.

—¡Henry! —la voz de la señora Lethwood llamó su atención—, querido, te he traído un poco de comida. Ya sé que por allá cazarán y se comerán cualquier cosa, pero llévate esto como muestra de agradecimiento.

—Gracias, Elsie, lo aprecio mucho.

—¿Podemos ir contigo? —preguntó Killian, seguido de sus dos hermanos.

—¿Y ustedes qué hacen aquí? ¡Vuelvan a casa! —ordenó Elsie.

—Queríamos despedirnos de Henry también —reclamó Elly con un bostezo.

—¿Hen...? —comenzó Jensen dando un paso al frente.

—No, ustedes deben quedarse aquí.

—¡Pero no puedes ir solo! —exclamó Jensen.

—No voy solo —dijo Henry haciendo un gesto con su barbilla hacia su izquierda para señalar a Mariam y Erin.

—¡No es justo! ¿Por qué tú sí lo puedes acompañar y nosotros no? —chilló Killian.

—Porque ustedes son unos chiquillos —se burló Mariam.

—Suficiente —cortó el enano—, pronto amanecerá, deben irse ahora mismo.

Erin abrazó a su hermana y le dio un beso en la frente.

—Cuídate, ¿de acuerdo?

—Lo haré.

No se soltaron de inmediato, pero cuando lo hicieron, Erin

soltó un suspiro girándose a Henry, quien terminaba de despedir-se de los Lethwood.

—Espero que entiendas porqué me llevo a Mariam.

—Lo sé, la conozco. Te será de gran ayuda. —Erin sonrió, no sin titubear—. Es una gran guerrera, lo lleva en la sangre.

—Gracias por todo, Erin.

Erin lo abrazó.

—Prométeme que te cuidarás y regresarán pronto.

—Prométeme que estarás a salvo.

—Lo prometo.

—Yo también lo prometo.

Erin le dio un beso en la mejilla antes de terminar el abrazo.

—Tengan mucho cuidado —repitió Gordon moviendo el mapa con la mano—, se encontrarán con todo tipo de criaturas que no dudarán en hacerles daño. Espero que puedan regresar cuanto antes, buena suerte.

Asintieron con la cabeza e iniciaron el paso, no sin girarse al menos una vez para ver a quienes dejaban atrás.

13.
VIENTOS DE REBELDÍA

Gottmort Hardash se bajó de la carroza sin escuchar una palabra de lo que el rey Olav Maher le decía. Después de un largo viaje de regreso a Valguard, lo que menos quería hacer era atender las estupideces de aquel ridículo hombrecillo; así que observó a su alrededor captando cuidadosamente los detalles del lugar como si buscase algo y luego dirigió la mirada al Cementerio del Este.

—Lleva a Olav al castillo —le ordenó a Heydrich—, necesito hacer algo.

El hombre de los ojos verdes les dio la espalda y se encaminó hacia el cementerio. Mientras caminaba por las desgastadas calles era observado por la gente con temor y desprecio, pero este los ignoraba con su cabeza en alto y su mueca de superioridad mirando hacia el horizonte. No eran más que insectos inútiles, seres muy inferiores.

Cuando llegó a su destino, empujó la reja de metal oxidado sin siquiera cerrarla tras él; desaceleró el paso y conforme se acercaba a las lápidas más grandes, observó los nombres grabados en la piedra de cada una de ellas y rastros de tierra recién amontonada.

No encontró nada de lo que buscaba.

Con una ira creciente que le quemaba los intestinos, se dirigió al único lugar lógico donde pondrían los restos de alguien fallecido perteneciente a la realeza: las lápidas de mármol blanco.

Gottmort se acercó con paso acelerado hacia ellas, se detuvo y releyó los nombres alrededor de diez veces; luego miró a su alrededor en busca de las lápidas de reyes antiguos para asegurarse de que entre ellas no había una tumba recién hecha: El cementerio no albergaba ninguna tumba nueva proveniente de la realeza. Aquello sólo podía significar una cosa. Henry Cromwell seguía con vida y él lo sabía desde hace tiempo.

La rabia se apoderó de él al cerciorarse de sus sospechas. Echó a andar a paso agigantado hacia el castillo, a punto de salirle humo por las orejas. La visita a Casgrad para informarle al rey Ottar Danus sobre lo sucedido los últimos meses en Valguard, asegurarle la muerte de Henry Cromwell y exponer sus dudas sobre si aquello era cierto, había sido una total mentira y una pérdida de tiempo, además de que Lesmes evitó la mirada de Gottmort durante la reunión y también evadió su presencia durante su corta estadía en la nación sureña. El brujo le ocultaba algo y ahora lo haría pagar por ello. Él era el primer mentiroso.

Entró al castillo empujando todo a su paso y sin dirigirle la palabra a nadie. Olav estaba sentado en su trono, como de costumbre, hablando con Heydrich.

—¡Olav! —exclamó Gottmort haciendo resonar su voz por toda la estancia. Olav pegó un brinco, pero lo que lo delató fue su cara de susto, la cual hizo deducir a Gottmort que el tema de conversación con Heydrich era él—, ven conmigo.

Olav se puso de pie y lo siguió, cada vez más temeroso, tratando de seguirle el paso a las mazmorras.

Entraron en una habitación oscura en cuyo interior tenía una cama vieja con una manta desgastada, una pequeña mesa ubicada en un rincón y una estantería donde se albergaba una serie de copas de metal, aunque la que llamó la atención de Olav fue la de bronce, un poco apartada de las demás. La había visto antes, era la que utilizó Lesmes para depositar la gema. A continuación, Gottmort se hizo una cortada en la palma de la mano con su espada diciendo unas palabras en darkebris y luego procedió a coger con la mano sana la copa de bronce donde vertió unas gotas.

—Aparécete, Lesmes, exijo comunicarme contigo inmediatamente —dijo Gottmort en la misma lengua y de la copa de bronce surgió un humo negro que formó a la perfección el cuerpo del brujo.

—Gottmort Hardash, ¿en qué puedo servirle? —preguntó el Lesmes de humo haciendo una reverencia.

—Deja de comportarte así, dabes muy bien por qué te he contactado por este medio.

—Porque es algo de suma urgencia, es por eso que le he dejado esa copa de bronce —repuso Lesmes en un hilo de voz adoptando una expresión de nerviosismo y tensión, casi encogiendo el cuello y la cabeza para esconderlos en los hombros.

—Está vivo... ¿no es así, Lesmes?

El brujo casgrano asintió lentamente con la cabeza.

Silencio.

—¿Qué? —preguntó Olav, pasmado—. ¿Cómo...? ¿Cómo es posible?

—Ya lo has escuchado —contestó Gottmort mirándolo con recelo y luego se dirigió a Lesmes nuevamente—. Su energía, ¿cómo está?

—Fuerte —contestó el brujo. Gottmort apretó más la mano que sostenía la copa provocando que sus nudillos se volvieran blancos y la sangre se le coagulara en el anillo del dedo medio—. Su energía bajó considerablemente el día del encuentro, la muerte rozaba su alma, pero luego...

—Luego ¿qué? —insistió Gottmort.

—Algo lo salvó, señor Gottmort, no puedo explicarlo.

—Pero... ¡la espada! ¿Cómo es que no acabó con él? —exclamó Olav desesperado.

—No lo sé, Su Majestad. Su energía fue subiendo lentamente, me temo que no sé qué lo ha salvado, pero no ha sido ningún tipo de magia. Pienso que, tal vez, esa profecía se cumplirá de cualquier manera.

—¡Una profecía no puede salvarlo! —vociferó Gottmort.

—Ya se lo he dicho, señor, no sé qué ha salvado al muchacho...

—Cállate, imbécil. Ahora te toca informarle a los Danus lo que ha ocurrido; diles que de esto nos encargaremos nosotros y que no necesitamos de su ayuda, les mantendremos informados. No me importa lo que te hagan después, inútil, mereces un fuerte castigo.

Dicho esto, Gottmort lanzó la copa de bronce a la pared haciéndola añicos sin terminar de escuchar lo que el Lesmes de humo decía; apartó a Olav de su camino y subió al vestíbulo aceleradamente.

—¡Heydrich! —lo llamó.

—¿Señor?

—¡Quiero que todos los caballeros revisen cada rincón de Valguard y encuentren a Henry Cromwell! ¡Que no se quede ninguna mujer, niño, anciano, ni hombre por interrogar ni casa por revisar!

Heydrich asintió y salió del castillo hacia el cuartel donde los soldados negros se encontraban, dio las órdenes y obedecieron, saliendo en varias tropas hacia la ciudad, dando marcha a las órdenes de Gottmort al interrogar a cada habitante que se encontraban en el camino.

«No lo sé», respondía la gente con temor y duda a las preguntas de los temibles caballeros negros y, una vez que estos se alejaban, se preguntaban entre sí: ¿Henry Cromwell se ha ido?

Entre tanto, Gottmort cruzó la ciudad a toda velocidad seguido de varios soldados, dirigiéndose a casa de los Laughton, tal y como lo haría una manada de ñúes huyendo. Lynn preparaba el desayuno a sus hijos en total silencio, luego interrumpido por los pasos de Louis que bajaba por las escaleras. El moreno se quedó mirando a su alrededor buscando a la persona faltante en la mesa.

—¿Se ha ido? —preguntó a Lynn.

—Sí —contestó la rubia, poniendo el plato del desayuno a su esposo en la mesa—, esta madrugada, Mariam lo acompaña.

Louis no dijo nada y se sentó a la mesa junto a sus hijos. Maudie lo miraba con tristeza.

—No te preocupes por él —le dijo su padre con voz ronca—, es su problema.

Lynn miró a su esposo sabiendo que, por estar moviéndose inquietamente en la cama durante la noche, en ningún momento había logrado conciliar el sueño. Tenía unas leves ojeras bajo sus ojos y se le notaba el cansancio en la enfurruñada expresión.

En ese momento, la puerta de su hogar fue abierta de forma violenta, irrumpiendo en el hogar cuatro soldados seguidos de Gottmort.

De inmediato, dos de los hombres tomaron a Lynn por los hombros y la arrinconaron mientras ella gritaba viendo a los otros dos tomar a cada uno de los niños que pataleaban en el aire entre reclamos. Gottmort, en cambio, pateó a Mylo, quien iba directo a los soldados dispuesto a auxiliar a la familia Laughton, quedando inconsciente.

Se acercó a Louis, tajante.

—¡¿Con que derecho entras así a mi casa?! —gritó Louis acercándose a él a zancadas.

Gottmort lo detuvo desenvainando su espada y apuntando directo a su garganta.

—¿Dónde está?

—¿Quién?

—¿En dónde está Henry Cromwell?

—No sé de qué me hablas.

—Claro que si lo sabes, tu amiguito está con vida. —Louis lo miró de hito en hito—. ¿Dónde está? —preguntó de nuevo remarcando cada sílaba.

—Suelta a mi familia.

—¡¿Dónde está Cromwell?!

—¡No lo sé!

—¡Mentiras! Revisen toda la casa —ordenó a los soldados, quienes soltaron a Lynn y a los niños y procedieron a inspeccionar la casa completa tumbando puertas, desordenando habitaciones, volteando camas y mesas mientras Gottmort retenía a los Laughton sin decir una palabra.

Tanto Louis como Lynn observaban con rabia mientras Maudie y Brendan se escondían detrás de ellos sin atreverse observar al intruso de Gottmort, pues su mera presencia les provocaba escalofrío; como uno de esos villanos de las historias que escuchaban antes de irse a dormir.

—No está, señor —informó uno de los caballeros minutos más tarde.

Gottmort se volvió hacia Louis.

—¿Dónde lo has escondido?

—Espero que se haya ido bien lejos —contestó Louis con cierto eco de sarcasmo en su voz. Gottmort lo fulminó con la mirada.

—Te juro que, si lo encuentro —gruñó—, el segundo en morir serás tú.

Dicho esto, salió de la casa junto a sus soldados, rabioso.

Los soldados siguieron con la inspección intensiva por todo Arzangord mientras otras tropas se desplazaron a las otras ciudades y pueblos pequeños de Valguard en busca de Henry Cromwell. A más de un valguardiano golpearon para que dijera la verdad, pero se rehusaban a soltarla, ya que, a decir verdad, no sabían a dónde se había marchado.

Una de las tropas entró en la Casa de las Sanadoras amenazando tanto enfermos como sanadoras, descolgando las cortinas raídas que separaban cada cubículo y buscando en cada uno de los cuartos. Erin, alertada por Meggy, dejó de acomodar las hierbas que organizaba y se dispuso a esconderse con rapidez detrás de un enorme mueble que albergaba algunos brebajes, justo al tiempo en el que dos soldados, seguidos de Heydrich, entraban a la habitación..

—¿Sabe dónde está Henry Cromwell? —preguntó con su ronca voz el hombre de las cicatrices a la anciana.

—No lo he visto desde el encuentro contra Olav, señor.

Heydrich examinó el rostro de la mujer con una mirada fría.

—¿Es la única que trabaja aquí? —preguntó mientras miraba a su alrededor buscando cualquier otra presencia.

—Sí.

Erin tuvo que aguantar la respiración mientras los caballeros pasaban cerca de su escondite, pero luego de un instante los pasos se alejaron y la puerta volvió a abrirse. Erin esperó un momento antes de salir, en silencio, para acercarse a Meggy.

—Deberás mantenerte alerta, querida —le advirtió con una voz propia de una madre.

Erin asintió. Esperaba que Henry y Mariam se encontraran muy lejos.

Durante el atardecer, Louis, Howard, Gordon, Wallace, Mary y un pequeño grupo de jóvenes pertenecientes a la Resistencia discutían en el viejo cuartel de caballeros sobre la reciente investigación que el Rey y su gente habían hecho en aquella mañana.

—Ya deben hallarse lejos —dedujo Gordon—, será difícil encontrarlos.

—¿Estás seguro? —preguntó Mary.

—Con semejante camino sin rumbo, hasta él mismo podría perderse. —Howard dejó los ojos en blanco.

Louis se levantó de su silla y se paró de espaldas a ellos observando las armaduras de los soldados que se hallaban puestas en la pared, una al lado de la otra.

—Esto ha sido una mala idea —intervino Wallace—. ¿En cuánto tiempo volverán? Si es que vuelven.

—Lo harán —interrumpió Alana, quien llegaba junto a sus dos hermanas y captaba la atención de todos, no sólo por su presencia, si no por su aspecto cansado y asustado—. Volverán, estoy completamente segura de ello.

—Louis... —inició Meredith con tono de advertencia—, sé lo que estás pensando.

El moreno dejó de admirar las armaduras de los soldados y se dirigió a los presentes. Decidido, desenvainó su espada.

—No vamos a esperarlos. La gente está cansada de tanta miseria; debemos actuar rápido para sacar a Olav del poder. Ahora.

Ignorando a Meredith, el grupo tomó sus armas para ponerse en marcha.

—Louis, por favor, debes escucharnos —le rogó Meredith tomándolo del brazo cuando el hombre moreno pasó por su lado—. Tratamos de ver si podíamos tener una idea de lo que se avecinaba en el futuro, pero como sabrás, no tenemos el don de verlo como tal. Por más que intentamos ver algo a través de las burbujas, no pudimos ver más allá de las profecías; así que, por favor, mejor evitamos una masacre.

—Si no hacemos algo estaremos muertos cuando Henry regrese.

Y sin mirar a la bruja, se marchó junto al grupo dejando a las tres clavadas en el suelo temiendo por el futuro que se avecinaba.

Mientras tanto, Olav, con la corona de oro mal colocada en la cabeza, se encontraba en el trono comiéndose las uñas y moviendo el pie derecho sin parar.

—¿Y si lo que estamos buscando en realidad es su espíritu? Es inútil buscarlo ya que no podemos ver su fantasma.

Gottmort dejó de dar vueltas en el salón para voltear lentamente hacia el bigotudo. La mirada que le lanzó fue asesina.

—No estamos buscando un fantasma, imbécil. Estamos buscando a nuestra mayor amenaza.

—Lesmes puede equivocarse...

—¿Te crees muy listo, eh, Su Majestad? ¡Veamos cómo te va enfrentándote a él cuando lo encontremos!

—¡Esta vez acabaré con él!

—No pudiste hacerlo teniendo esa espada en tu poder; sin ella irás en busca de tu madre para que te ayude...

El Rey se levantó de golpe y tomó la espada para ir hacia Gottmort a toda velocidad y apuntarlo con el arma, pero Gottmort desenvainó la suya y, con un movimiento simple, desarmó a Olav y le quitó la espada para luego tomarla y amenazarlo con ella.

—¡Su Majestad! —exclamó un soldado que entraba a la enorme estancia—. Tenem...

Gottmort y Olav se miraron con odio y recelo por última vez antes de separarse, como si nada hubiese sucedido.

—¿Qué sucede? —preguntó Olav con voz temblorosa tomando su espada de regreso.

—Problemas, señor. Los valguardianos...

Gottmort, mirando a través de uno de los ventanales, visualizó a una masa, en su mayoría jóven, que se dirigía al castillo.

—Mátenlos a todos —ordenó con una voz fría.

Louis, Hakon y Duncan eran quienes encabezaban a la población cantando todo tipo de consignas. Estaban decididos, sabía que no sería fácil, así que cuando divisaron a los caballeros negros cabalgando hacia ellos con espadas, lanzas y hachas en mano, no se inmutaron.

—¡Debemos separarnos por grupos para despistarlos! —ordenó Duncan a toda voz, seguido de Hakon.

El grupo se separó, algunos para esconderse detrás de una de las hileras de casas y otros a refugiarse en una de las edificaciones destruidas. Fenris, Viggo y Gerd corrían a toda velocidad mientras la adrenalina hacía efecto, era divertido y peligroso a la vez. Fue entonces cuando uno de los jóvenes, no muy rápido, recibió la lanza de uno de los soldados justo en el cráneo, dejándolo instantáneamente sin vida.

—¡Bardot! —exclamó uno de los jóvenes al escuchar el grito de su compañero—. ¡Regresen, tenemos que ayudarlo!

El grupo regresó a tiempo para visualizar al soldado sacar su lanza del cuerpo del joven sin mostrar el más mínimo remordimiento.

—¡Asesino! —exclamó Godwin. El soldado lo miró fijamente a los ojos y le sonrió. Los jóvenes quedaron pasmados al ver el enorme hueco en la cabeza de Bardot, tumbado en un enorme charco de su propia sangre—. Hay que sacarlo de aquí.

Lo llevaron hasta la destruida edificación donde se encontraba Myles apoyando al otro grupo que se refugiaba de los ataques.

—Ha sido uno de los soldados —informó Godwin al ver el rostro de horror de Myles—. Lo dejaremos aquí, debemos movernos.

—¡No! —exclamó Myles—, ¡ustedes son el futuro de Valguard! ¡De nada sirve que estén muertos!

—Debemos defender ese futuro —apuntó Godwin con seguridad—, la rebelión ha comenzado. —Y dicho esto se marchó junto al resto de sus compañeros a seguir en la batalla que se liberaba fuera.

Espadas, lanzas y flechas volaban por doquier, pero los chicos no estaban dispuestos a rendirse; y a pesar que vencer a los soldados no era sencillo aún con entrenamiento, habían logrado deshacer de algunos cuando una nueva masa de personas se acercó a ellos a toda velocidad cruzando el lado derecho de las hileras de casas cercanas a la fortaleza.

—¡Ladrones! —exclamó Fenris al reconocerlos.

—Parece que ahora obedecen las órdenes del Rey —dedujo Duncan con ironía—. Soldados y ladrones matan a la gente... esto sólo sucede en Valguard.

Los ladrones no tardaron en poner manos a la obra, comenzando a masacrar a los jóvenes que se defendían de vuelta entre gritos e insultos.

—¡Cuidado! —exclamó Godwin al ver que uno de los ladrones corría hacia Duncan con la espada en mano. El chico empujó a su compañero y el ladrón le clavó su espada en el estómago soltando una carcajada que dejó ver su boca llena de dientes podridos antes de alejarse.

Goodwin cayó de rodillas sosteniendo la herida abierta, desangrándose.

—¡Godwin! —Duncan corrió hacia su compañero para auxiliarlo, sin muchas esperanzas de poder lograrlo. Pasó uno de sus brazos sobre su cuello y le ayudó a ponerse de pie para llevarlo al refugio con dificultad en medio de flechas y lanzas que iban y venían mientras la gente cayendo muerta a su alrededor.

La batalla terminó en medio de un olor a muerte que emanaba de la sangre de los cadáveres y heridos. El silencio que había dejado el ataque fue roto por los gritos desgarradores de madres y padres que, al encontrar a sus hijos fallecidos en los refugios, abrazaban sus cuerpos inertes mientras que los que no encontraron los restos de los suyos guardaban la esperanza de encontrarlos con vida.

Louis entró a la Casa de las Sanadoras dando largas zancadas seguido de Wallace y Mary. Tenía rasguños en la cara y en los brazos, pero nada de gravedad. Mientras avanzaba entre los heridos, Myles lo detuvo poniéndole la mano en el pecho.

—Hay muertos —espetó con furia—. Los he visto llegar con cuerpos destrozados de personas cuyas vidas penden de un hilo y...

—¡Ayuda! —gritó Duncan arrastrando a Godwin con ayuda de Hakon. Myles corrió a socorrerlos.

Lo colocaron en el suelo, dado que no había más espacio. Godwin estaba cubierto de sangre y tenía los ojos abiertos mirando a la nada, por lo que Myles comenzó a golpear su mejilla esperando diera señales de vida. No funcionó. Con resignación, Myles tuvo que cerrarle los párpados.

Al ponerse de pie y darse la vuelta vio a Louis detrás de él, tan pasmado como Duncan que miraba al chico que yacía en el suelo.

—Debes parar esto —pidió con lágrimas en los ojos.

Louis miró a su alrededor. No había salido cómo lo habían planeado, lo sabía por el miedo en el rostro de los valguardianos que, a pesar de haber estado sometidos por mucho tiempo, no se habían enfrentado jamás a su verdugo.

En el exterior todo estaba peor. Entre gritos, lamentos, llanto y horror, los niños Lethwood iban en busca de su madre, a quien esperaban encontrar auxiliando a las personas. Caminaban los tres tomados con fuerza de las manos, esquivando a las personas que iban en dirección opuesta, sujetando sus armas con fuerza: Jensen su espada y Killian su arco y flechas.

—Esto es grave. No sé ustedes, pero creo que deberíamos ir por Henry —musitó Jensen.

—¿Ah, sí? ¿Y cómo vamos a alcanzarlo? Ya debe estar muy lejos de aquí —resopló Killian.

—Si nos damos prisa podremos alcanzarlos antes de que crucen el lago, ¡vamos!

Y sin vacilar, los tres niños comenzaron a correr sin importarles los gritos de Alana quien, en vano, intentaba detenerlos.

14.

SACRIFICIO

El sol en el horizonte hacía que las tupidas copas de los árboles del bosque comenzaran a tornarse tétricas, evitando que la poca luz solar que quedaba alumbrara el camino para que Henry y Mariam pudieran avanzar. Habían cabalgado sin descanso, deteniéndose solo a desayunar y almorzar.

—Descansaremos aquí —anunció Henry bajándose de su caballo, convencido de que ya no valía la pena seguir avanzando.

—¿Falta mucho para cruzar el lago? —El bosque era extenso, pero no podían arriesgarse a salir por el puerto. Tenían que llegar al lago.

—Mañana temprano —repuso Henry cuando a Mariam le sonaron las tripas.

Henry sacó de la canasta que Elsie les había dado encontrando en su interior unos trozos de pescado fresco para preparar. Buscaron piedras y ramas para encender una fogata, cocinar el pescado y alumbrar el ya oscuro bosque para luego comer en silencio. Henry, el primero en terminar su comida, fue en busca del mapa que Gordon le había dado antes de partir y en él se veían los distintos caminos, el bosque, los ríos y lagos del terreno.

—No te adelantes si aún no sabemos a dónde nos llevará esto —señaló Mariam con la brújula en la mano, cuyas manecillas seguían sin moverse.

Henry tomó el artefacto de su mano. Esa era la primera vez que podía verla, así que la analizó: desgastada y con abolladuras, no era usual que alguien tuviese en su posesión un objeto parecido dado que, por lo general, su uso estaba limitado a los marinos.

—¿De dónde sacaste esto?

—Se la compré a una viejita en el centro de la ciudad —dijo Mariam dándole un mordisco al pescado, advirtiendo que Henry la miraba con incredulidad. —Hay algo más, según la persona que me relató la leyenda, la brújula llegó a las manos de un tal Rowen.

Henry dio un respingo. Un dato tan exacto era algo que no había esperado, pero ahora, la esperanza de encontrar la espada era mayor.

—Es una pena que no sepamos más —comentó Henry devolviéndole la brújula.

—¿Por qué quieres saber más? Es un objeto mágico y misterioso, es lo que lo hace interesante.

Terminaron de comer en silencio salvo por el sonido de los grillos. Mariam observaba como el fuego iba devorando la leña poco a poco mientras Henry, apoyado en un grueso tronco del árbol, miraba el cielo estrellado y las tres estrellas que indicaban hacia dónde ir. «A las montañas», pensó, no del todo seguro. A algún lugar tenían que ir antes que la brújula hiciera su parte. Sumido en sus pensamientos cerró los ojos para tratar de relajarse un poco y despejar su mente. Se quedó dormido.

Algunas horas pasaron hasta que el crujir de las ramas despertó a los viajeros.

—¿Qué fue eso? —preguntó Mariam poniéndose de pie al mismo tiempo que Henry.

—Estate alerta, Mariam —le ordenó Henry desenvainando su espada. La muchacha lo imitó, acercándose sigilosamente hacia el origen de los ruidos que emitían las ramas al romperse.

Ni Henry ni Mariam bajaron la guardia.

—¡Bajen las espadas, por favor! ¡Somos nosotros!

Se trataba de Elly, quien los saludaba con una sonrisa de alivio sobre la montura de un caballo pardo que compartía con Killian.

—¡Les dije que los alcanzaríamos si no parábamos de cabalgar a toda velocidad! —dijo Jensen a sus dos hermanos mientras se bajaba de su caballo.

—¿Qué hacen aquí? ¡No debieron venir por nosotros! —los regañó Henry.

—¡Ha pasado algo terrible! ¡Una batalla! La gente de Valguard fue al castillo y los caballeros negros salieron a amedrentar a todos y... —Killian tragó saliva y miró a su hermano mayor, incapaz de seguir relatando el horror que habían presenciado.

Jensen solo pudo dirigirle la mirada a Henry con temor.

—Han muerto personas —susurró con pena.

—¿Quiénes? —murmuró Henry conteniendo la respiración.

Los rostros de Louis, Lynn, Gordon, Howard y Erin atravesaron por su mente como un veloz rayo.

—No lo sabemos, solo vimos a Viggo herido de gravedad. Dudo que sobreviva.

Henry meneó la cabeza de un lado a otro tratando de mantener la calma. Quería pensar que no había sido Louis el que había dado inicio a ese intento de rebelión, pero estaba convencido de que así había sido; sin embargo, no estaba enojado tanto como preocupado. Le interesaba más saber que su amigo y sus más allegados no estuvieran entre los muertos causados por ese evento.

—Por eso vinimos—añadió la pequeña.

—Y todo se pondrá peor a medida que no avancemos —concluyó Henry.

—Déjanos ayudarles —insistió Killian.

—No. Deben regresar.

—Eso no sería prudente, estarán en peligro estando allá de todas formas —señaló Mariam.

Henry, resignado, aceptó e indicó el camino de regreso al campamento en donde les ofreció un poco de comida.

—¿Hacia dónde iremos mañana? —preguntó Killian, dándole un mordisco al pescado.

—Cruzaremos el lago —contestó Henry cerrando los ojos—, al terminar, duerman, debemos recuperar energía.

Al terminar de comer, los niños se durmieron casi de inmediato debido al cansancio. Mariam dio varias vueltas antes de encontrar una posición cómoda, pero Henry no logró conciliar el suelo. Pensó en Louis y en su familia, en Erin y sus amigos. Solo esperaba que todos se encontraran con vida.

La llovizna bajo el cielo nublado saludó a los habitantes de Valguard. Louis se despertó temprano, como de costumbre, y salió al cementerio en donde había una ceremonia para despedir a los jóvenes fallecidos del día anterior: Bardot, Godwin y otros diez, entre ellos Viggo. Caminó hasta donde se encontraba la madre de Bardot.

—Lo siento tanto —dijo a la mujer, quien se apoyó en su hombro a llorar.

—Esto no debe quedarse así —respondió hipando y secándose las enormes lágrimas que le surcaban por el moreno rostro—, mi hijo no debe haber muerto en vano.

—Lo vengaremos —le aseguró, sin evitar el sentimiento de culpa.

Un gritó llamó su atención. Conocía esa voz, por lo que no dudó en ir a su encuentro.

—Por favor —imploraba Elsie a todo a quien veía—, díganme que han visto a mis hijos. Louis, ¿has visto a mis niños?

Louis observó el temor que se dibujaba en el rostro de la mujer y se le hizo un nudo en el estómago.

—No, Elsie; no los he visto.

—Anoche no llegaron a casa... —Y rompió en llanto.

—Fueron en busca de Henry —dijo Alana que se acercaba a ellos junto a sus hermanas—. Traté de detenerlos, Elsie, pero no pude. —Elsie la miró con ojos como platos y llenos de lágrimas—. No te preocupes, están bien.

De su mano apareció una burbuja de agua que, flotando, se mantuvo frente al rostro de Elsie mostrando en su interior a sus tres hijos junto a Henry y Mariam.

—¡Esos niños! —exclamó Elsie entre una mezcla de alivio y enojo.

—Te prometo que, mientras podamos, trataremos de seguirles el rastro —aseguró la bruja.

Elsie volvió a suspirar llevándose la mano derecha al pecho mientras que Louis, aliviado, hizo una seña afirmativa con la cabeza a las brujas, dejándolas atrás para reunirse con Howard, que se hallaba junto a un grupo de hombres de su edad, cerca de donde estaba por empezar el entierro. Llegó hasta el grupo, pero antes de que pudiese decir nada, la conversación fue interrumpida por Heydrich.

—Louis Laughton, para usted —anunció el hombre entregándole el pergamino—. El rey Olav y el señor Gottmort le mandan un saludo— dijo, esbozando una sarcástica sonrisa y luego dándole la espalda.

Louis ignoró aquel gesto y procedió a abrir el pergamino.

Sus dedos comenzaron a temblar al empezar a leer la nota escrita con la caligrafía de Gottmort.

Howard se acercó a él para averiguar, pero Louis no se lo permitió.

—Te veré luego —dijo con voz ronca sin dirigirle la mirada, y dejó a los cinco hombres plantados en sus dudas mientras se iba del lugar dando zancadas, arrugando el pergamino con fuerza en su mano.

Las hojas que el viento había desprendido de los árboles los despertaron al caer en sus rostros. Henry abrió los ojos lentamente y visualizó a Elly lanzándose sobre sus hermanos para despertarlos, mientras que Mariam se ponía de pie para apagar la mínima llama que quedaba en la leña con un poco de barro.

—¿De verdad vamos a viajar con esta lluvia? —preguntó Killian restregándose los ojos.

—No te quejes —dijo Mariam tomando su espada.

—Tal vez la marea suba —advirtió Henry acomodándose el abrigo de piel—, pero eso no será suficiente para detenernos.

Dicho esto, los cinco se subieron a sus caballos y se pusieron en marcha hacia el lago de Valguard, a unos kilómetros de donde estaban. No hablaron durante el trayecto. Al llegar, los esperaban cinco botes, todos destrozados excepto uno. Henry procedió a bajarse de su caballo y miró a su alrededor, sacando el mapa de su bolsillo. Justo enfrente se podía visualizar el bosque de árboles negros, lo más cercano a lo que podían navegar en un bote tan pequeño con cinco personas a bordo.

—El camino hacia las montañas será más largo —informó Henry, guardando el mapa de vuelta—, sería un error tratar de buscar otro camino. No podemos tomar un barco y arriesgarnos a que Olav se entere de nuestro viaje.

Los chicos asintieron.

—¿Debemos dejar los caballos? —preguntó Killian.

—¿Te los quieres llevar en el bote? —repuso Mariam con sorna.

Killian le dedicó una mueca de desdén y ayudó a su hermana a bajarse del caballo.

—Libérenlos —dijo Henry removiendo las riendas del animal y dándole un golpecito en la parte trasera para que se marchara—, tendremos que ir a pie de ahora en adelante. —Los demás hicieron lo mismo y procedieron a montarse en la balsa que no estaba destruida—. Yo iré adelante; Mariam, Jensen, lleven los remos; Killian y Elly, manténganse alerta: no sabemos qué nos podremos encontrar.

Al cabo de una media hora bastante tranquila y sin ninguna novedad, Elly visualizó en el agua algo brillante que llamó su atención. Se acercó un poco más para observar más detalladamente unos ojos amarillentos que parecían devolverle la mirada. La lluvia ya se había calmado, pero las nubes densas oscurecían el agua del lago. Los ojos amarillentos que miraban a la niña fijamente brillaron con más fuerza.

—Killy, ven a ver esto —lo llamó Elly susurrando para no espantar a lo que la observaba.

Killian fue hasta ella para visualizar lo que le mostraba la niña con el dedo índice.

—¿Qué es eso?

—No lo sé. ¡Mira! ¡Ahí vienen más! —exclamó al ver que aparecían al menos diez pares más de ojos que lograron llevar a los niños a un trance.

—¿Qué hay allá? —preguntó Mariam desde el otro lado del bote.

—Es el bosque de los árboles negros o Bosque Negro, como quieras llamarlo —respondió Henry.

—¿El qué? —preguntó Jensen con un tono de terror en la voz.

Killian y Elly se encontraban ajenos a la conversación. Un par de ojos amarillos se movieron y dejaron ver el rostro de una mujer, completamente esquelético, con la piel arrugada y grisácea, parecida a la de un cadáver en descomposición debajo del agua. Su largo cabello se hallaba pegado a su pecho y sus ojos amarillentos observaban fijamente a los niños.

—Qué fea —susurró Elly con una mueca mientras la mujer les mostraba sus colmillos y tocaba la muñeca de la niña con una de sus pegajosas manos que poseían unos larguísimos dedos y uñas afiladas.

—¡Uy! —exclamó la pequeña echándose hacia atrás, sin embargo, su hermano seguía viendo a la mujer, hipnotizado—. ¡Killian reacciona!

—¿Qué ocurre? —preguntó Jensen dejando de remar.

—Unos ojos amarillos nos observan —contestó la niña señalando hacia el otro lado del bote donde Killian seguía observando a la mujer sin percatarse de que se habían detenido.

La mujer lo agarró del brazo y lo jaló hasta el fondo del agua.

—¡Killian! —gritaron sus hermanos mientras lo veían desaparecer en el fondo del lago.

15.
RESIGNACIÓN

Henry no lo dudó. Se quitó la capa de piel y se lanzó al agua, nadando hasta encontrar a la criatura que se llevaba al niño inconsciente. El resto lo atacó. Desenvainó su espada haciendo huir a unas cuantas, mientras que otras, más audaces, le mordían la pierna. Henry las pateó y nadó para alcanzar a Killian, quien ya se encontraba en lo más profundo con la criatura que lo había secuestrado, jalándolo del cuello con fuerza.

Cortó su mano una vez estuvo cerca y la criatura gritó de dolor agitando sus aletas, Henry aprovechó la oportunidad para tomar a Killian de un brazo y llevarlo a la superficie nadando lo más rápido posible mientras que las criaturas lo seguían.

—¡Sosténganlo! —exclamó, después de dar una bocanada de aire.

Mariam y Jensen agarraron al niño por los brazos cuando cinco criaturas se abalanzaron sobre Henry, llevándolo nuevamente al fondo.

—¡Son sirenas! —anunció Mariam—, ¡ivan a matarlo!

Henry agitó la espada mientras las sirenas se quejaban de dolor, pero no fue hasta que sintió que lo dejaban de hundir que volvió a nadar hacia la superficie con la poca fuerza que le quedaba.

Se subió rápidamente al bote con la ayuda de Jensen y Mariam; tras él, veinte sirenas salieron a la superficie y los observaban listas para atacar. Ninguno de ellos se movió. Una de ellas, la de aletas más grandes que parecía ser la líder, susurró a las demás algo en su lenguaje con una expresión de terror. Volvió a mirar a Henry unos segundos más y, sin más, regresó al fondo del agua.

—¡Killian! ¡Killian! —Elly zarandeó a su hermano mayor, inconsciente.

Henry se dirigió hacia él y apretó su pecho hasta que el chico escupió el agua.

—¿Qué ha sido eso? —preguntó el chico con voz ronca mientras abrazaba a su hermana menor.

—Sirenas —contestó Henry, jadeando.

—Sirenas... —suspiró, y volvió a recostarse—, eran horribles.

—¿Por qué se fueron así nada más? —preguntó Jensen—, pensé que estaban dispuestas a voltear el bote y a matarnos a todos.

—No les gusta el metal —contestó Mariam—, para ellas es como si las quemaras con fuego.

El resto del camino fue silencioso. Killian, con las marcas rojas que la sirena había dejado en su cuello, descansaba en el regazo de su hermana menor. Como trataban en lo posible de no mover tanto el bote para no hacerle más daño, el trayecto se hizo más largo de lo que debería, por lo que la tarde los alcanzó. Mariam y Jensen se esforzaron para acelerar el bote para llegar lo

más rápido posible a su destino antes de que cayera el anochecer.

Más tarde, el bote golpeó contra una roca y se detuvieron ante el nuevo panorama: el Bosque Negro.

La arena era blanca, suave a simple vista sin ningún rastro de caracoles o algún animal marino o de otra especie; unos metros más allá comenzaba el bosque, cuyos árboles de hojas negras se creían de mal presagio. La neblina cubría todo el perímetro, brindándole un aspecto inquietante.

Jensen volvió a mirar hacia atrás solo para darse cuenta de que apenas se podía ver Valguard.

—Esto no me está gustando nada —dijo Killian al bajarse torpemente del bote—, se ve aterrador.

—¿Recuerdas las historias que padre nos contaba sobre este bosque? —preguntó Jensen con tono burlón, sin mostrar su intranquilidad.

—Cállate, las recuerdo demasiado bien.

—Saquen sus armas y manténganse alerta —ordenó Henry desenvainando su espada.

Arrancaron el camino hacia el bosque con las armas en mano y los sentidos agudizados. Una ola de frío los invadió al adentrarse en la espesura del bosque, mientras creían escuchar susurros a sus espaldas, pero lograron caminar durante un buen tiempo sin que nada los sorprendiera, solo el ruido de las hojas y ramas de los árboles al moverse con una fría ventisca.

Nada se escuchaba... hasta que un ruido anormal interrumpió aquel denso silencio.

—¿Oyeron eso? —susurró Killian.

—Silencio —ordenó Mariam en un susurro.

El ruido cesó para luego dar paso a un rugido. Pararon en seco. Ninguno se movió ni dijo nada. Killian tragó saliva y Henry apretó la empuñadura de su espada.

—Parece algo... metálico —dedujo Mariam frunciendo el ceño.

—No se separen —ordenó Henry, quien podía escuchar el ruido acercándose cada vez más, pasos de algo enorme que se cernía sobre ellos, acechando.

Louis observaba el fuego en la vela. En su mano derecha sujetaba el pergamino que había recibido de parte de Heydrich, el cual releyó un centenar de veces antes de tomar su decisión, una que le ponía los pelos de punta.

Los acontecimientos de las últimas horas los habían comprometido, pero la carta enviada por Gottmort proponía ciertas opciones a Louis que, de no acatarse, ponían en riesgo a toda su familia. Todo aquello para que cesara la rebelión.

«Rebelión, já. Como si las rebeliones se hicieran desde la tumba», pensó con amargura.

Lynn, quien llevaba un buen rato observándolo, se sentó a su lado y le tomó la mano. Le preocupaba que estuviera tan callado y sombrío. Lo conocía de siempre, no podía engañarla..

—Querido, ¿qué ocurre?

Louis titubeó. Pensó las palabras adecuadas para responder, pero lo único que se le ocurrió fue entregarle el pergamino arrugado. Lynn tomó el pergamino en sus manos y lo desenrolló con cuidado.

Al terminar, dejó el pergamino en la mesa y miró a Louis con ojos llorosos.

—Debo hacerlo —dijo este en casi un susurro—, es la única opción.

—¡No lo hagas, Louis!

—Si no lo hago, ¿qué será de ustedes y el reino? No tengo opción.

Lynn comenzó a llorar.

—No eres el culpable de esta rebelión, ¡eres inocente!

—A ellos no les importa quién sea el culpable o no; debo hacer esto por el pueblo, por nuestros hijos…, por ti. No puedo permitir que nada les pase.

Se abrazaron en silencio, pero Louis no pudo calmarla. Una avalancha en su corazón derribaba todo a su paso.

Durante el transcurso de la noche, los rumores sobre Louis recorrieron Valguard a toda velocidad, por lo que Howard O'Neill se presentó en casa de los Laughton para constatarlos.

—Los soldados del Rey están esparcidos por todo el lugar —afirmó con horror—, y ahora todo el mundo sabe que...

Howard cerró la boca y tragó saliva al escuchar que Maudie y Brendan bajaban las escaleras.

—¡Madre, Brendan me está molestando! —se quejó la niña señalando a su hermano que venía detrás con una sonrisa traviesa—, ¿por qué están todos con esas caras?

—Vengan, niños —los llamó Louis con un tono neutral. Los niños le obedecieron y se sentaron frente a él—. Verán, tengo que hacer algo muy importante, debo ir ante el Rey para que cesen los ataques contra la gente.

—¡Pero te van a encarcelar! —exclamó Maudie quien, a su corta edad, sabía demasiado.

Brendan puso los ojos como platos.

—Si no lo hago, seguirán los ataques —Louis tomó las manos de sus hijos—. Quiero que sean fuertes y ayuden a su madre.

Maudie intentó contener las lágrimas mientras que Brendan corrió a los brazos de su madre. Louis suspiró. No quería lastimar a sus hijos, pero no podía esconderles la verdad.

Luego de despedirse de sus hijos, los cuales dejaron en casa de Elsie, Louis se dirigió hacia la multitud que estaba aglomerada en el centro de la plaza, bajo la estatua de la fuente. Muchos de ellos, como Howard, habían escuchado los rumores, así que tenían que constatarlo.

—¡Valguardianos! —empezó Louis forzando la voz para que

todos lo pudieran escuchar. Había pasado por alto las preguntas que le hacían mientras se acercaba a la fuente, pero ahora tenía que hablar. La multitud emitió gritos de apoyo—, he venido a hablarles sobre algo muy importante. La rebelión que ha comenzado debe permanecer. No debemos dejar las calles de Valguard ni un segundo. Esta lucha es por nuestra nación que ha sufrido durante tanto tiempo, por las personas que han muerto a manos de los delincuentes, por los que han sido encarcelados injustamente por el Rey. Debo decirles que he tenido que tomar una difícil decisión, pues solo disponía de dos opciones: la primera, era abandonar Valguard; la segunda, entregarme. —La gente comenzó a gritar varios "no" simultáneos y otros negaban con la cabeza—. Yo, valguardianos, no me voy a ir de Valguard nunca, así que la única opción que me queda es esa. Les pido comprensión y que no dejen de luchar, porque yo tampoco dejaré de hacerlo.

De la multitud volvieron a surgir consignas en contra del Rey. Lynn se apresuró y procedió a ir con Louis, quien había parado de hablar. Con ayuda de tres personas, subió la estatua hasta donde su marido estaba, lo tomó la mano y la colocó a su lado.

—Todo estará bien, lo prometo ——susurró Louis entre los gritos de la gente.

Lynn lo abrazó y lo besó en los labios.

Ambos se bajaron de la estatua con ayuda de la multitud y caminaron hacia el otro lado, donde un piquete de caballeros negros los esperaba. Las personas estaban exultantes, algunos tomaban a Louis del brazo para evitar que siguiera su camino hacia los soldados, pero él no se detuvo. Tres caballeros se acercaron a donde estaban y tomaron a Louis por la fuerza, pero él no opuso resistencia, sino que se entregó a ellos con tranquilidad en medio de gritos y abucheos a los caballeros por parte de los valguardianos.

Mientras veía a su esposo montarse en un caballo para retirarse con los soldados, Lynn se llevó sus manos al rostro, ahogando un grito.

—Ve —le dijo Alana, dejando en el aire una especie de burbuja que se perdió de vista en la noche.

Los pasos de Louis y de los caballeros negros que lo acompañaban resonaban por el vacío vestíbulo del castillo iluminado por antorchas. Olav y Gottmort lo esperaban en la sala del trono, en donde el rey esbozó una sonrisa de oreja a oreja al verlo cruzar el umbral.

—¡Por fin! —exclamó Olav con un tono de voz jovial que resonó por la enorme estancia—, ¡por fin el responsable de tanto alboroto en mi reino se ha entregado!

Louis alzó la cabeza lentamente y miró el hombre bigotudo de hito en hito mientras que la sangre le hervía en las venas.

—Me he entregado porque no voy a permitir que un inepto como tú siga amedrentando al reino y, mucho menos, que mate a mi familia —dictaminó Louis—. El responsable de tanto desastre no he sido yo, ha sido tu querido antecesor quien impuso a Valguard la miseria con la que ahora se vive; la miseria por la cual ahora la gente protesta y busca la forma de salir de sus responsables.

—Todos dicen ser inocentes cuando en realidad tienen que estar donde pertenecen: ¡tras las rejas!

—Cumpliré este supuesto castigo si prometes cumplir lo que decía la carta —pidió Louis dirigiéndose a Gottmort.

—Contigo siendo prisionero ninguno de estos eventos volverá a repetirse —asintió Gottmort con su peculiar mueca—, acabamos con el problema desde la raíz. ¡Guardias! —Los dos soldados volvieron a tomar a Louis por los brazos bruscamente y lo arrastraron hasta la salida—. ¡Disfruta tu estadía!

Los caballeros llevaron a Louis por un largo y oscuro pasillo que pasaba cerca de las mazmorras hasta que un soldado se interpuso en su camino.

—¿Quién es ese? —preguntó el guardia flacucho y joven, con la cara llena de acné.

—Laughton —contestó uno de los caballeros sin mucho ánimo de quedarse a conversar.

El soldado flacucho se agachó para verle la cara a Louis.

—¡Con que te viniste a pudrir! No te preocupes, Gidie se encargará de que el resto de tus años aquí no sean tan perturbadores.

—Cállate Gidie, idiota —lo reprimió el otro soldado—, lo llevaremos a la Torre Solitaria.

—Vaya encierro —objetó el adolescente, desanimándose—. De acuerdo, por lo menos tendrás una bonita vista, Louis Laughton —mencionó, elevando ligeramente el tono para que el resto de los prisioneros pudieran escuchar su nombre.

Al pasar a su lado, Gidie no perdió tiempo de escupirle a Louis en el rostro.

La Torre Solitaria era el lugar en donde encerraban a los prisioneros de por vida. Para subir, tenían que hacerlo por una escalera de caracol bastante empinada que a Louis le hizo recordar cuando, de niños, Henry y él temían ser encerrados allí. «Qué irónico —pensó—. Mira, Henry. Al final, si me tocará quedarme aquí de por vida».

—¡Sube imbécil!, ¿o es que tienes miedo? —dijo con sorna uno de los soldados a darle un empujón.

Louis comenzó a subir con sus antipáticos acompañantes detrás. La empinada escalera de caracol parecía interminable, hasta que por fin llegaron al último escalón que daba paso a la celda que mantendría encerrado a Louis por tiempo indefinido.

—Adentro —ordenó el otro soldado empujándolo hacia el interior, cerrando la puerta de madera con llave—. Es imposible escapar, solo la muerte puede sacarte. —El soldado rio a carcajadas junto a su compañero y regresaron de nuevo a sus labores, dejando al nuevo prisionero solo.

Louis se secó la cara con la manga e inspeccionó la celda la cual era relativamente diminuta. Contaba con una cama con sabanas raídas, una vieja mesa de madera a la que le faltaba una pata, una letrina y una ventana, del tamaño de las rocas por las que estaba construido el castillo, que apenas permitía una buena visión hacia el bosque de Valguard debido a los barrotes.

Se acostó en la cama y contempló el techo. Pensó en Lynn, quien ahora debía luchar sola contra los posibles maltratos del Rey y de Gottmort, que sin duda aprovecharían la delicada situación familiar para causarles más dolor. Pensó en sus hijos, a quienes quizás no vería crecer; y luego pensó en Henry y las tripas se le encogieron de temor.

—Más vale que estés con vida y regreses —dijo al techo antes de cerrar los ojos para intentar dormir.

16.

EL DORNEN

Los pasos se escuchaban más cerca que antes, la tierra temblaba bajo sus pies como si de un terremoto se tratara. El grupo dio dos pasos hacia atrás intentando ver en la oscuridad cuando, de pronto, el sonido de dos árboles siendo arrancados desde sus raíces, como si le rompieran varios huesos a alguien al mismo tiempo, se escuchó a sus espaldas antes que los troncos fueran lanzados a una larga distancia. Killian emitió un sonido agudo con la voz y Mariam le tapó la boca para que no continuase, y otro árbol voló cerca de ellos. Fue entonces cuando se dieron cuenta que, en medio de la prominente oscuridad, unos enormes ojos rojos los observaban.

—¡Ah! —gritó Elly y se escondió detrás de Jensen.

La criatura emitió un fuerte rugido al escuchar sus voces y avanzó hacia ellos a toda velocidad. Inmediatamente, Henry se puso al frente del grupo.

—¡¿Qué demonios?! —exclamó Jensen señalando al enorme monstruo de ojos rojos.

Medía alrededor de tres metros de altura y su cuerpo estaba hecho de unas gigantescas espinas afiladas, como agujas que parecían de metal, las cuales le daban un aspecto mucho más tétrico. Con una mano los golpeó, haciendo que todos salieran despedidos en diferentes direcciones. De inmediato, Killian comenzó a lanzarle flechas al azar ignorando su propio miedo, pero la bestia terminó por embestirlo y lanzarlo a distancia.

—¡Aquí, bestia! —le gritó Mariam tratando de desviar el rumbo del monstruo. Trató de clavarle la espada a la criatura, pero el arma, al tocar una de las gruesas espinas, vibró. La muchacha miró hacia arriba con desespero y vio la enorme mano que casi logró esquivar, haciendo que solo le hiriera un pómulo.

«Debe de tener un punto débil —pensó Henry—, tiene que tenerlo, en algún lado».

—¡Henry, ayúdame! —exclamó Elly desde la copa de uno de los árboles.

Henry escaló el árbol para bajar a la niña, quien tenía rasguños en la cara y los brazos.

—Sujétate fuerte —le indicó Henry antes de dar un salto para caer en la tierra—; ahora quédate aquí.

Mariam y Jensen intentaban darle pelea al monstruo con sus espadas, mientras que Killian hacía su parte lanzándole flechas, pero todo aquello era inútil.

—¡Debemos buscar su punto débil! —gritó Henry.

—¡Esta cosa no lo tiene! —farfulló Killian esquivando un ataque.

—¡Debe tenerlo!

Henry analizó el cuerpo de la bestia, cosa que era casi imposible debido a las enormes espinas que lo cubrían en su totalidad, por no decir que no dejaba de moverse intentando atacar. No se dio por vencido y luego de un momento localizó, al fin, algo que podría servirle.

—¡Killian no dejes de lanzar flechas! —ordenó. El chico asintió mostrando una mueca de fastidio ya que llevaba haciéndolo desde el inicio.

—¿Cuál es tu plan? —preguntó Jensen.

—Solo distráiganlo —repuso Henry con brusquedad antes de lanzarse hacia la bestia, escalando cada espina con dificultad.

—¡Se ha vuelto loco! —exclamó Jensen.

—¡Deja de hablar y distráelo! —le reprendió Mariam.

Killian siguió lanzando flechas hacia la cara del monstruo, pero este estaba más ocupado intentando quitarse a su atacante de encima. Batió sus brazos con fuerza y Henry resbaló al poner su pie izquierdo en una de las espinas; los chicos soltaron un grito ahogado, pero logró sujetarse de nuevo y llegar rápidamente donde una luz tenue color rojizo salía del pecho de la bestia, como una vela encerrada en un cristal. Parecía un corazón, latiendo.

Sin pensárselo dos veces clavó su espada justo en su centro haciendo que la la bestia rugiera de dolor para luego despedazarse en espinas que volaron en varias direcciones.

Henry cayó al suelo bruscamente con heridas en los brazos, en los tobillos y en la cara. Los demás se lanzaron al suelo y se llevaron las manos a la cabeza para cubrirse.

Una vez la lluvia de espinas terminó, se levantaron y Elly salió de su escondite corriendo hacia sus hermanos.

—Eso estuvo cerca —jadeó Killian.

No llegaron hasta Henry; el viento regresó y una figura humana apareció de entre los árboles y se deslizó hacia ellos con solemnidad, analizando sus rostros.

—¿Quién eres? —preguntó Henry con la espada en alto.

—¡Es un fantasma! —exclamó Elly con un grito ahogado.

La aparición no dijo nada. En su total transparencia, llevaba puesta una armadura de caballero perteneciente a un ejército extranjero. Su aspecto de superioridad y elegancia denotaban que en vida había sido un hombre recto y derecho. Tenía una nariz larga y chueca y el cabello largo hasta los hombros.

—Puedes bajar tu espada, muchacho —profirió el fantasma que tenía un tono dejado en la voz—, no hace falta.

Henry titubeó un poco antes de bajar el arma lentamente para luego envainarla.

—¿Qué los ha traído al bosque más indeseable por el ser humano? —preguntó.

—Sólo viajábamos —contestó Henry fríamente, sin fiarse de aquella aparición.

—Ya veo, ha de ser un viaje bastante arriesgado si han decidido meterse en este truculento bosque... sin ningún instrumento útil consigo.

Los cinco se miraron extrañados. A continuación, el fantasma levantó una mano y la brújula que Mariam llevaba en el bolsillo voló hacia él.

—¡Hey! ¡Devuélvemela!

—Viajar con un artefacto defectuoso es un camino seguro a la muerte; debo decir, que esta es la misma brújula que me atrajo hacia este destino, uno que todo ser humano debe sufrir.

—Usted es... usted es Keenan Northem —musitó Mariam abriendo bastante los ojos.

—Sí —afirmó el fantasma que observaba la brújula con un dejo de desdén—. Están en busca de aquel lugar...

—¿Por qué tomó usted este camino? —preguntó Henry sin vacilar.

—Era el último camino que me quedaba —admitió el espíritu de Northem encogiéndose de hombros—, llevaba mucho tiempo viajando y me había desviado muchas veces ya que esta dichosa brújula no me indicaba el camino. Vengo de muy lejos y tuve que recurrir a los diversos caminos que hay en este continente para ver cuál daba. Ninguno lo hizo; durante mi trayecto en este bosque me convencía cada vez más que las historias que había escuchado sobre ese lugar y esta brújula no eran más que mentiras, al fin y al cabo, todas están basadas en la magia... —Henry pensó que aquel relato era digno del enano Gordon, ya que aquel fantasma arrastraba la palabra con molestia—, pero, de repente, un piquete de caballeros provenientes de Indarlor me atacaron; lógico, la verdad, pues no llevaba mi armadura y no me reconocieron. Fue irónico morir en manos de mis propios compañeros, aunque no puedo esconder mis sentimientos de venganza ante una muerte tan vergonzosa. Cuánto gusto me hubiese dado que en aquel tiempo el Dornen ya merodeara por estos lados, así ellos hubiesen tenido una muerte instantánea como la mía. Una lástima.

—¿El Dornen? —preguntó Killian—, ¿esa bestia?... ¡Demonios! —señaló.

Algunas de las espinas habían comenzado a regenerarse.

—¿Cómo obtuvo esa brújula? —preguntó Henry.

—Te lo he contado todo, muchacho; sin embargo, debo admitir que el destino tiende a ser curioso en cuanto a milagros se refiere.

—¿Qué quiere decir?

—Según las personas que relataban ansiosamente la historia de esta brújula, se dice que solo cae en manos de aquel que verdaderamente necesita ir a ese lugar; por ese motivo, pienso que no me funcionó a mí, en cambio, el destino eligió a esta joven para que lo acompañara en su viaje. —Northem miró directamente a Mariam con una expresión seria.

—Entonces... —comenzó Mariam—, ¿usted no necesitaba de verdad esa brújula? —preguntó con desconfianza, pero el hombre fantasma volvía a dirigirse hacia Henry con mucho interés.

—El Dornen es una criatura inmortal que ha acabado con la vida de centenares de viajeros. Absolutamente nadie ha logrado zafarse de él. Una vez que se cruzan en su camino, ven la muerte inmediatamente... —su voz sonaba más grave y severa que antes mientras miraba a Henry de hito en hito, como si quisiera ver en el interior de su alma—. Mi espíritu está encadenado por siempre en los límites de este bosque. Vi nacer a esa bestia que ahora lo custodia; ella misma asesinó a sus creadores y lo mismo ha hecho con quiénes se cruzan en su camino, pero tú, tú has sido el único que ha podido ver su punto débil. —Hizo un breve silencio y luego colocó en las manos de Henry la brújula—. Nadie es capaz de manejar el poder de la Oscuridad como lo hacen los brujos oscuros, a excepción de los elfos que, por obvias razones, son superiores a nosotros. Que tú, siendo un simple humano sin ningún poder, hayas podido vencerla, eso es un milagro; sin embargo, me atrevo a admitir que me causa curiosidad saber tu identidad y qué necesitas de ese lugar.

—No le incumbe. Quien quiera que sea yo y lo que haga no es de su interés.

Northem afirmó con la cabeza y les dio la espalda, comenzando a marcharse lentamente.

—¡No ha respondido a mi pregunta! —le reprochó Mariam.

Keenan Northem se volvió hacia ella.

—Nunca subestimen los poderes de la Oscuridad. Yo dudé de ellos, hasta ahora... —Y dicho esto, desapareció.

Todos se quedaron en silencio, expectantes a que algo más ocurriera.

—¿Qué quiso decir? —inquirió Killian frunciendo el ceño.

—No lo sé —repuso Jensen, igual de confundido.

Sin más preámbulo, continuaron su camino hasta llegar a lo

que parecía una pequeña pradera llena de arbustos y setos a su alrededor. Se detuvieron e inspeccionaron escrupulosamente el lugar, asegurándose de que nada extraño anduviese por allí. Henry sintió una gota de sangre corriéndole por la sien, descubriendo así un rasguño en la cabeza que no había notado. Observó a los chicos y revisó sus heridas con terror, temiendo que las espinas del Dornen fuesen venenosas. Por suerte, ninguno mostraba síntomas de sentirse mal.

—Pasaremos aquí la noche —decidió al fin.

—¿Pasar la noche aquí? —masculló Killian—, ¿es que no viste lo que nos atacó?

—Montaremos guardia. Mariam, pásame la cesta de Erin.

Mariam curó a todos, no sin cierta torpeza, dado que no poseía las mismas habilidades que su hermana; y cuando Henry regresó con ramas y troncos para una fogata, Jensen y Killian la encendieron.

Henry fue el primero en montar guardia mientras los demás descansaban. El bosque se hallaba tranquilo y no daba indicios de que algo más les fuese a dar otra sorpresa, pero era mejor prevenir. Un rato después, Mariam se levantó silenciosamente y se sentó junto a Henry.

—No puedo dormir, ve a descansar tú, yo me quedo aquí.

—Me quedaré un rato más —dictaminó Henry, quién tampoco sentía sueño.

Mariam se encogió de hombros.

—¿Cómo lograste vencer a ese monstruo?

—Su corazón era visible, ese era su punto débil —explicó Henry con naturalidad, pero Mariam lo miró ceñuda—. ¿Qué?

—Yo no vi nada, los niños tampoco.

—Pero si estaba justo ahí, en su pecho; una luz tenue y rojiza que palpitaba...

Mariam enarcó la ceja izquierda.

—Si tú lo dices... ¿Por qué Northem cree que esa brújula me eligió a mí para acompañarte? Si de verdad cae en manos de gente que la necesita, debió elegirte a ti directamente.

—Él mismo lo ha dicho: el destino tiende a ser curioso en cuanto a milagros se refiere.

—Entonces él robó la brújula, por eso se perdió en el camino y lo mataron.

Henry no contestó, aunque sabía muy bien que todo ese asunto era muy extraño. Lo dicho por el fantasma del difunto Northem ponía su viaje en peligro. Si de verdad era cierto lo que este les había confesado, ¿por qué la brújula había elegido a Mariam como portadora? ¿Northem había robado ese artefacto para bien o para mal? Y más aún... ¿de verdad aquella brújula llevaba al lugar donde Henry quería llegar? Eso empeoraba todo, dado que si no los conducía a donde estaba la espada de su padre, el viaje se complicaría.

A la mañana siguiente, Mariam fue la primera en abrir los ojos y la que los despertó a todos, uno por uno, dejando al último a Henry, a quien tuvo que dar una patada en una pierna para despertarlo, pues estaba profundamente dormido. Después de reclamarle a Mariam por el mal gesto, desayunaron, apagaron la pobre llama de la fogata y se dispusieron a seguir el viaje, pero cuando comenzó a buscar en sus bolsillos, Henry se percató de algo.

—¿Alguno de ustedes tiene el mapa?

—¿No lo tienes? —se extrañó Jensen.

—Debe haberse perdido cuando el Dornen nos atacó —dedujo Henry, avergonzado.

—Estamos acabados —sentenció Killian llevándose las manos a la cabeza.

—Nada de eso —aseguró Henry. Agudizó los sentidos y poco después, logró escuchar un río a algunos metros, el único río de aquel bosque, si no le fallaba la memoria—. ¡Síganme!

Juntos, los cinco avanzaron hasta llegar al riachuelo, donde se abalanzaron para beber. Mientras Henry miraba a su alrededor, una burbuja llegó flotando hacia ellos.

—¿Qué es eso? —preguntó Killian una vez que la brújula comenzó a proyectar imágenes difusas dentro de ella.

—Parece... Valguard —dedujo Jensen al ver las borrosas hileras de casas.

—¡Es una burbuja de las brujas! —exclamó Elly emocionada.

—Algo debe haber ocurrido —susurró Mariam al tiempo que

la burbuja proyectaba una masa de gente caminando a la fuente de piedra y la estatua, en donde Louis Laughton se subió para dar un discurso antes de entregarse a los soldados del rey Olav Maher.

Una vez la imagen terminó, la burbuja se reventó dejando a Henry con un nudo en el estómago. ¿Sería demasiado tarde?

17.

LOS ZOLA

Los siguientes dos días caminaron hacia el norte. Habían cruzado el río que los condujo al final del bosque, encontrándose con colinas de césped verde detrás los gruesos árboles de hojas negras. Era un camino tranquilo, pero aún no terminaban su viaje. Se detuvieron a descansar y Henry echó un vistazo a su alrededor, pero no visualizó montaña alguna a lo lejos.

—Me alegra haber salido de ese bosque —dijo Killian mientras pateaba una pequeña roca.

Soplaba una agradable brisa que movía sus cabellos y se sentían en paz y tranquilidad, cosa a favor de Henry, que ya tenía la cabeza llena de preocupaciones.

—Se ha entregado —aseguró Mariam, rompiendo aquel tranquilo momento—, no es su estilo dejarse atrapar.

No habían hablado sobre Louis desde que recibieron el mensaje de Alana en la burbuja, por lo que Henry, que había cerrado los ojos para sentir el aire fresco y relajarse un poco, miró a Mariam con severa expresión.

—Por supuesto que se ha entregado. Ahora quién sabe qué cosas estarán ocurriendo en Valguard.

No cabía duda de que Louis había sido un líder para los valguardianos durante el reinado de Holger Dankworth. Con su coraje y determinación inspiró al reino y a la Resistencia a mantener el espíritu en alto y a comenzar la lucha contra el nefasto Rey. Louis llevaba el liderazgo en la sangre al igual que Henry, y fue ganándose la confianza de los valguardianos a medida que ese rasgo crecía con él, convirtiéndose en uno de los líderes más importantes; aunque ahora parecía que todos esos discursos y escenas de valentía por las cuales era conocido habían desaparecido tras su encarcelamiento y la partida de Henry. Solo los Dioses sabían que infierno esperaba por los valguardianos.

Elly, ajena a la discusión, jugaba saltando las rocas manteniendo el equilibro con los brazos de lado a lado, cuando de pronto, una flecha pasó rozando su mejilla haciéndola caer.

—¡Elly! —exclamó Jensen mientras corría a ayudar a su hermana pequeña.

Mariam, en cambio, buscó en los alrededores a quien había disparado, pero no veía nada a su alrededor; sin embargo, otra flecha fue lanzada y se incrustó en uno de los troncos de los árboles más cercanos. Los cinco voltearon la cabeza simultáneamente hacia el arma.

—¡Quietos! —gritó una voz en una lengua desconocida y al girarse se encontraron a unos hombres de tez oscura que los apuntaban con lanzas.

Usaban taparrabos, polainas, collares hechos con dientes de distintos animales y llevaban marcas en el torso hechas con pintura celeste y roja. Otros de ellos salieron de entre los árboles, rodeándolos, apuntándolos con sus lanzas.

—¡Pongan sus armas en el suelo! —ordenó el mismo hombre que había hablado por primera vez, el único que llevaba el cabello amarrado a un moño. Los chicos se miraron entre sí, sin saber qué hacer—. ¡Ahora mismo!

—Tranquilo —lo apaciguó Henry hablando en la misma lengua mientras llevaba su mano a la funda de su espada—. Pongan sus armas en el piso —les susurró a los chicos, quienes lo miraban atónitos, pero obedecieron en seguida.

Una vez fueron despojados de sus armas, el sujeto del moño hizo una seña a uno de sus compañeros con la mano para que tomara sus armas.

—Henry, ¿quiénes son? —susurró Killian.

—¡No hables y tampoco te muevas! —gritó el hombre del moño agitando su lanza. Killian se enderezó de inmediato; aunque no entendió ni una palabra de lo que le había dicho sabía que no podía hablar a los demás—. ¿De dónde vienen?

—Valguard —contestó Henry.

—¡Son caballeros negros!

—No, no somos soldados.

—¡Atenlos! —gritó el hombre y el resto de sus compañeros obedecieron, tomando a cada uno por las muñecas y amarrándolos con sogas.

Se los llevaron a rastras, recorriendo el largo campo mientras anochecía hasta llegar a una pequeña aldea que albergaba alrededor de cien chozas construidas con madera y paja. A pesar de que apenas el sol se empezaba a ocultar, varios de los habitantes habían encendido fogatas, andando con prisa y cierto nerviosismo, como si algo malo fuese a suceder en cualquier momento. Los hombres vestían igual que los que los llevaban armados y las mujeres llevaban vestidos de tela marrón y accesorios hechos con dientes de animales; los niños vestían igual.

Los observaban con recelo; las madres llevaban de vuelta a sus hijos a las chozas y otros gritaban ofensas en su idioma natal. Los condujeron hacia una de las chozas más grandes que quedaba en el centro de la aldea y allí se encontraron a un hombre sentado en un trono hecho de cráneos de distintos animales. Su corpulento cuerpo estaba bañado en una especie de aceite, lo que hacía que su piel brillara a la luz de la fogata; su cabello era largo y negro, y de su cuello colgaba un collar que tenía la calavera de un mono pequeño. En sus mejillas tenían unas quemaduras en formas circulares, casi como decoración.

—Los hemos encontrado en las afueras del bosque de Osham —informó el hombre del moño.

El tipo de las quemaduras se volvió hacia él y observó a cada uno de los capturados.

—¿Eres su prisionera? —preguntó a Mariam, señalando a Henry con una uña mugrienta.

La chica lo miró con una mueca en la cara.

—Ella no habla su idioma —aclaró Henry.

El hombre le dirigió una mirada desdeñosa.

—¿Tú ser prisionera de este? —preguntó nuevamente, sin ningún acento.

—No —contestó Mariam.

—¿Y niños?

Los niños Lethwood negaron nerviosamente con la cabeza.

—Mi nombre Xolani —se presentó el hombre con una voz potente, poniendo un puño en su pecho—, ¿quiénes ser ustedes?

—Valguardianos —contestó Henry—, no servimos al Rey.

Xolani alzó la cabeza con interés.

—Nadie poder salir de Valguard, solo soldados del rey Holger.

—Holger Dankworth está muerto —puntualizó Henry.

—Muerto —repitió Xolani sin dar crédito a sus oídos—, ¿quién ser Rey ahora?

—Olav Maher.

—Mismo animal —escupió Xolani—. Si no ser soldados, ¿cómo y por qué salir de Valguard?

—Tenemos asuntos que resolver, hemos escapado.

Xolani se acercó a la cara de Henry y este notó como despedía un olor a sangre y carne podrida.

—No, tú servir a rey Olav, tú llevar una espada. Solo soldados llevar espadas.

—¡Estoy en su contra!

—¡Valguardiano mentiroso! ¡Córtenle la cabeza y quemen su cuerpo en la hoguera! ¡Y a los niños también!

Los hombres de Xolani los jalaron y los sacaron de la choza, seguidos de su líder. Atravesaron toda la aldea seguidos de las
miradas de aversión de los demás hasta que llegaron a una choza
un poco apartada del resto, donde los forzaron a entrar. Estaba a
oscuras, por lo que Henry y los chicos no lograron ver nada hasta
que Xolani encendió una de las antorchas... y fue entonces cuando
el horror de anteriores ejecuciones fue develado.

Cabezas colgantes, algunas eran tan recientes que en ellas se
podían ver los gusanos comiéndose la piel. Xolani agarró el hacha
más grande que tenía y ordenó que Henry fuese llevado hasta la
mesa que había en el fondo de la choza, sus hombres acataron la
orden y lo forzaron a colocar su cabeza sobre un bloque de madera
que aún conservaba sangre seca. Xolani disfrutaba del momento,
ansioso por tener nuevas cabezas en su perturbadora colección.

Una sonrisa se dibujó en su rostro mientras escuchaba a los
otros acompañantes gritar y llorar. Sacó filo al arma e hizo algunos ensayos de corte antes de decidir que había llegado el momento de hacer cumplir su dura justicia. Alzó el hacha entre los
desesperados chillidos de los chicos y a punto estaba de dejarla
caer cuando una voz resonó en la choza.

—¡Detente!

Xolani se giró a mirar a la anciana que se hallaba en el umbral, una mujer de avanzada edad que poseía un buen semblante que denotaba una gran dignidad y un considerable poder en
aquella tribu. Al verla, Xolani cayó sobre sus rodillas al igual que

lo hicieron sus hombres, con sus cabezas tocando el suelo como si saludaran a alguna deidad.

—Umama —dijo, y sus hombres lo imitaron pronunciando el mismo nombre.

La mujer entró en el lugar a paso lento y observó a los cuatro chicos temblorosos y a Henry, que liberó su cabeza.

La anciana, vestida con una larga manta, elegante, de color pardo, llevaba su cabello gris atado a un moño. De su cuello colgaban tres collares con colmillos de león. Su piel negra estaba llena de arrugas, pero aun así se notaban las quemaduras en la cara con formas circulares, igual a las de Xolani. Sin una palabra, se giró a su hijo en busca de explicaciones.

—Valguardianos —respondió Xolani a la mirada de su madre.

La mujer se acercó a ellos y escudriñó los rostros de cada uno como si buscase algo escondido en ellos.

—¿Cómo llegar? —preguntó con un tono de voz apacible, soltando la barbilla de Henry.

Él vaciló antes de contestar.

—Cruzamos el lago de sirenas y el Bosque Negro.

—Bosque Negro —repitió la mujer asombrada—, Xolani, tráeme sus armas.

De inmediato, el hombre salió de la choza y regresó con las armas de cada uno. Umama revisó cada una con sumo cuidado: las flechas y el arco de Killian, las espadas de Jensen y Mariam y, por último, la de Henry, desenvainándola como si fuese un objeto maligno. La observó de lado a lado del metal y luego la empuñadura de plata.

—No ser soldado —expresó, volviendo a envainar el arma—. Llevarlos todos a mi choza —ordenó.

A Xolani y sus hombres les costó captar la orden que les acababa de dictaminar, pero Umama les dirigió una mirada brusca y finalmente obedecieron.

La choza de Umama era más agradable que la anterior. Iluminada por diez antorchas y decorada con diferentes pieles de animales, tenía un buen aroma que despedía una vela dentro de una burbuja de aire que flotaba sobre sí misma en una pequeña mesa rectangular.

—Sentarse, por favor —los invitó Umama con amabilidad mientras ponía a hervir una sopa de tripas de reptil. Ellos obedecieron y se sentaron alrededor de la extraña vela, que Elly miraba embelesada. La mujer sirvió la sopa en seis platos hondos hechos barro y le dio uno a cada uno—. La vela de Awalvha —indicó Umama con una sonrisa a Elly, mientras que con un brazo le extendía su plato—. Awalvha la encendió y la colocó en su burbuja cuando creó al mundo. Cuando se apague el mundo morirá.

Los chicos miraron a Henry, no muy seguros de aceptar el alimento, pero Henry, sabiendo con qué clase de gente trataba, sabía que debía ser cortés, por lo que les indicó que se la tomaran, sin importar el olor ni el sabor de esta.

—Soldados de Valguard han intentado acabar con mi tribu —explicó Umama después de un silencio—, nosotros no tener confianza en ningún valguardiano desde entonces.

—¿Por eso les cortan la cabeza? —preguntó Mariam escondiendo la mueca de asco detrás del plato.

—Sacrificio para Awalvha, así evitar ataques de soldados y bestias de noche.

—¿Se refiere al Dornen? Cuando habla de bestias... —comenzó Jensen, aunque de inmediato Umama adoptó una expresión de horror.

—Osham ser una creación de los brujos oscuros para evitar que nosotros viajar a Valguard como tiempos de antes.

—Entonces fue obra de Dankworth y de los brujos oscuros de Casgrad —asintió Henry—. El Bosque Negro anteriormente era conocido como el Bosque Zola.

Umama asintió con la cabeza.

—Hombres malos. No hablar de ellos aquí.

Los niños terminaron de beberse la sopa y aguantaron las ganas de vomitar.

—¿Qué los ha traído hasta mi aldea?

—Vamos a las montañas —contestó Henry y la mujer arqueó una ceja.

—No llegar por el oeste —corrigió Umama—, ir al este, ¿por qué no traer un mapa consigo?

—Lo hemos perdido —dijo Mariam y se hizo un silencio incómodo, apenados por haber perdido el mapa y de haber llegado hasta allí, pero aliviados de que alguien les dijera el camino correcto.

Henry terminó de beberse la sopa, poniéndose de pie.

—Nos marcharemos.

—No —objetó Umama meneando la cabeza de un lado a otro, horrorizada—, pasar la noche aquí, viajar en oscuridad no ser seguro.

—No... no quisiéramos molestar.

—No ser molestia —insistió, esta vez con un tono cariñoso en la voz—, ustedes ser buenos valguardianos.

Los guió hasta la choza de Xolani, quien no estuvo dispuesto de cedérselas por una noche puesto que no confiaba en ninguno de ellos, pero tras las fuertes palabras de Umama, accedió con recelo.

—No salir durante la noche —les dijo por milésima vez—, Osham vigila. —Y dicho esto se retiró.

En la choza de Xolani había una enorme cama de paja con suficiente espacio para los tres niños. Henry y Mariam reunieron otro poco que se hallaba esparcida por toda la choza y la amontonaron para poder dormir en ella; no obstante, no lograron conciliar el sueño de inmediato, puesto que Jensen, quien era el que tenía más dudas en la cabeza, creía que se les iban a escapar si no las formulaba de una vez.

—¿Quién es esa gente? —preguntó.

—Es la gente de Zola —respondió Henry—. Eran una de las tribus más numerosas de la región y convivía con Valguard, pero, durante el reinado de Dankworth, rompieron relaciones, ya que él los consideraba como unos asquerosos insectos. Acabó con más de la mitad de la tribu.

—Y ese Dios… no recuerdo cómo se llama… ese sacrificio no tiene mucho sentido —susurró Killian.

—Awalvha es el Dios del todo, para ellos, él es el Dios del viento, tierra, mar, fuego, día, noche, justicia. Debido a que el hombre ha iniciado batallas contra su propia especie, los Zola ofrecen las cabezas de sus enemigos como ofrendas de paz para que su tribu no sea castigada.

—Sus costumbres son tan extrañas… —opinó Killian.

—¿Es real lo que dicen de la vela? —inquirió Elly.

Henry no supo responder.

—Fue mi abuela la que me enseñó sobre las costumbres y el dialecto de los zolas, pero nunca me había hablado de la leyenda de aquella vela…

Nadie volvió a articular palabra; afuera reinaba un silencio sepulcral debido a que todos ya estaban refugiados en sus chozas. Ninguno de ellos tardó en dormirse y, por primera vez en varios días, consiguieron un sueño tan pesado que ni siquiera el ruido de la gente trabajando afuera a la mañana siguiente logró despertarlos.

—¡Henry despierta! —Elly lo zarandeó hasta que abrió los ojos—. ¡Despierta!

Tardó un momento en ubicarse, pero lo hizo cuando vio a Xolani en el umbral de su choza, malhumorado y deseoso de que se largaran de su propiedad.

—Afuera —dijo con desdén abriéndoles paso.

Henry se reincorporó lentamente y salió junto a los chicos. Umama se hallaba fuera de la choza con una gran sonrisa.

—Antes de ustedes marcharse, quiero enseñar algo. ——Su voz sonaba sumamente alegre y soñadora a comparación con la noche anterior.

La siguieron percatándose que la gente de la tribu los miraban con cierta curiosidad. Umama los llevó fuera de la aldea hasta el tronco de un inmenso árbol cortado por la mitad y sin corteza alguna, decorado con extraños amuletos hechos con semillas y dientes de diversos animales. Alrededor tenía dibujado un mapa donde aparecían ambos continentes rodeados de agua y territorios que ninguno de ellos logró identificar.

—Este mapa tener todas las tierras del mundo, desconocidas para muchos. Antepasados míos dibujarlos gracias a que Awalvha les indicó el camino —explicó la anciana colocando uno de sus tambaleantes dedos encima del dibujo de una isla alejada de los continentes y los territorios, como si fuese un lugar abandonado. Por el color blanco que la representaba, Henry intuyó en que debía tratarse de un lugar en el que siempre nevaba—. El Fin de la

Vida. Awalvha indicarme a través de la vela el futuro. Antes de yo dormir he visto la vela crecer como nunca, esto significar muchas cosas que yo no poder descifrar. Ya que ustedes llegar aquí y la vela no dar señales durante años hasta llegada de ustedes, preocuparme esta situación. ¿Ustedes no ir allá, verdad?

—No, claro que no —respondió Henry, extrañado. Umama suspiró de alivio.

—Muy bien, muy bien. —La anciana volvió a adoptar su expresión de tranquilidad y felicidad—. No ir allá, lugar malo.

Se alejaron del mapa en el tronco un poco turbados, pues Umama no quiso revelarles más información. En la aldea, la gente estaba reunida para recibirlos como si hubiesen ido a un lugar lejos por mucho tiempo. Una muchacha de cabello rizado hasta la cintura se acercó a Umama y le entregó cinco collares hechos de dientes de oso.

—Ceremonia de despedida —indicó Umama.

—De rodillas —les ordenó Xolani, y los cinco obedecieron, algo desprevenidos.

—Valguardianos —comenzó Umama—, antes de continuar viaje, quiero darles un regalo por parte de Awalvha. —La anciana puso los cinco collares en alto para luego proceder a ponérselos a cada uno—. Los dientes de oso ser símbolo de buena suerte para nuestra tribu. Muchas criaturas se encontrarán en su camino y no todas ser buenas. Tener mucho cuidado, no todos viven para ver y contar historias sobre misterios que rondar por estos lugares. —Umama tomó la espada de Henry y se la entregó en las manos con mucho cuidado. Uno de los indios a cargo de Xolani apareció con cuatro caballos marrones.

—Niñas pequeñas no cabalgar —gruñó al ver que Elly iba a reclamar.

—¿Por qué nos dan sus caballos? —se extrañó Mariam.

—Viaje largo —dijo Umama con una sonrisa—, no poder ir a pie.

—Gracias —dignificó Henry en la lengua de los zolas, haciendo una reverencia.

Los chicos lo imitaron susurrando disparates y Umama solo se limitó a hacer una reverencia en señal de despedida.

Una vez se marcharon montados en sus caballos, Xolani se acercó a su madre.

—¿Por qué has tenido piedad, madre?

—Su espada pertenecía a un Rey y tenía heridas hechas por Osham. —La anciana miró a su hijo con el rostro esperanzado—. Si no me equivoco, es él del que se habla en la profecía, el enviado por Awalvha para traer la paz de vuelta a su pueblo y al nuestro.

El sol se hallaba en su punto más alto cuando la pareja cruzó calle concurrida de gente agitada hasta llegar a su destino, donde llamaron a la puerta tres veces antes de ser recibidos por Lynn, quien se sorprendió al ver a Magnus y Cateline Laughton, los padres de Louis, bajo el umbral.

Cateline, una dama delgada, alta, de cuello largo y cabello castaño, abrazó con fuerza a su nuera dejando derramar las lágrimas que durante cuatro días había intentado evitar.

—Cateline, Magnus, no los esperaba por aquí —admitió Lynn secando las lágrimas de Cateline—. La situación por todo el país está tan descontrolada que pensé que tendrían problemas para llegar hasta Arzangord.

—En Tashgard las cosas también están patas arriba —dijo Magnus, un hombre corpulento de cabellos blancos y cuello corto, pero con un rostro sumamente amigable el cual se le veía bastante deteriorado—. ¡Veinte personas han sido encarceladas por oponerse a Olav!

—Ha debido ser un viaje muy largo y complicado. —Lynn los invitó a pasar y cerró la puerta.

—Eso no importa ya, querida, no podíamos dejarte en esta situación y a los niños tampoco. No debes afrontar esto tú sola, con tus padres fuera de Valguard y Louis... —La voz de la mujer se quebró y Lynn le dio un nuevo abrazo para consolarla.

—Ellos deseaban venir, pero los caballeros negros tienen todo el reino vigilado día, tarde, noche y madrugada, es muy arriesgado.

—No lo comprendo. ¿Por qué quiere Maher mantener toda la nación vigilada sabiendo que nadie se va a atrever a salir después de tanta masacre estos últimos días? ¡Mucha gente no se atreve a salir de sus casas! ¿Recuerdas a Jon Bard? ¡Lleva un mes encerrado después de la muerte de Dankworth porque los soldados mataron a cincuenta personas que trataban de salir apresuradamente de Valguard! El pobre sólo sale a comprar comida... —intervino Magnus, caminando por la habitación.

—No sabía lo de las cincuenta personas, pero sí sé que mantienen el territorio vigilado por Henry.

—El Rey sabe mantener sus... ¿has dicho Henry? ¿Henry Cromwell?

La siguiente hora, Lynn les contó a sus suegros lo ocurrido en la capital durante los últimos meses.

—Nunca escuché a Henry padre hablar sobre esa arma —expresó Magnus sorprendido—. Y nadie supo nada de mi ahijado hasta ahora. Vaya fiesta la que se armó, una lástima que se haya acabado tan pronto.

—Nadie sabía nada al respecto, solo el señor Gordon. Supongo que el Rey Henry quería mantener aquello en secreto.

—¿Y hace cuánto tiempo se fue el príncipe? —preguntó Cateline.

—No hace mucho, durante este tiempo han ocurrido muchas cosas terribles. Asesinaron a una familia entera después del duelo, y cuando se marchó, asesinaron a cinco muchachos durante la rebelión. Se han llevado a todo el que quiera oponerse a Olav, e incluso han asesinado a algunos por ello.

—¡Ese Henry! ¡Desgraciado! —exclamó Magnus golpeando el puño contra la mesa haciéndola vibrar—. ¡¿Cómo se atrevió a esconder semejantes secretos en una situación tan delicada?! ¡Ojalá pudiera revivirlo para matarlo yo mismo!

Cateline colocó una mano en el hombro derecho de su esposo para calmarlo, forzando una sonrisa.

—Le echas de menos —dijo con tristeza.

Magnus asintió con la cabeza, pero con una expresión dura en el rostro.

—Eso no importa ya, su hijo está con vida y nosotros viviendo una situación peor...

En ese momento, la conversación se vio interrumpida por Maudie, Brendan y Mylo que bajaban por las escaleras a toda velocidad. Los pequeños Laughton se abalanzaron sobre sus abuelos.

—¡Mis pequeños! —exclamó Cateline examinándolos con una sonrisa radiante de alegría en el rostro—, ¡cuánto han crecido!

—¡Iremos a ver a nuestro padre! —anunció Maudie emocionada—. Vendrán con nosotros, ¿verdad?

Lynn miró a sus suegros con gesto de aprobación.

—Lleva cuatro días encerrado y nosotros llevamos año y medio sin verlo... —suspiró Magnus.

—Debemos darnos prisa, esa gente puede cambiar de opinión rápidamente —señaló Mylo.

—¡Pero si aquí está mi enano favorito! —exclamó Magnus parándose de su silla, dejándola caer violentamente—. ¡Estás más alto que la última vez que te vi!

—Y usted más viejo —vaciló Mylo.

En el castillo todo parecía, extrañamente, común. El grupo había recibido algunos insultos de parte de Gidie, pero fuera de ello, no habían tenido ningún otro contratiempo mientras se dirigían a la Torre Solitaria; sin embargo, antes de llegar, Heydrich detuvo al caballero que era su guía.

—Vienen a ver a Laughton.

Heydrich los miró a cada uno con desprecio antes de detenerse en Magnus Laughton, a quién había conocido durante el reinado de Henry Cromwell.

—Me temo que el rey no ha dado permiso al prisionero de recibir visitas —comunicó con sorna.

—Gottmort me dio la confirmación ayer por la mañana a través de uno de los caballeros —apuntó Lynn.

—Pero la primera orden viene del rey, y él se ha negado.

—¡Va a dejarme ver a mi hijo, quiera o no! —lo reprimió Magnus dando un paso al frente, pero antes de que pudiera hacer nada, Heydrich le propinó un puñetazo en el estómago. Laughton lo miró con los ojos empañados en lágrimas mientras se encogía de dolor y su esposa lo ayudaba a no caerse.

La voz de Louis resonó por las escaleras con palabras no muy claras dado que podía escuchar el alboroto desde su celda. Heydrich, quien no era dado a perder el tiempo, dio una señal con la cabeza al caballero negro que custodiaba en ese momento la torre para que subiera y entrada a la celda del prisionero. Poco después, el sonido de los latigazos resonaron por toda la torre.

Horrorizada, Lynn ahogó un gritó y tapó los oídos de Maudie al igual que Mylo lo hacía con Brendan.

—Un prisionero tiene todo el derecho de recibir visitas —musitó Lynn con lágrimas en los ojos.

—El prisionero está totalmente privado de su libertad —repuso Heydrich cruzándose de brazos—. No hay visitas para Laughton hasta que tengan autorización del Rey.

—Eres un hombre miserable —masculló Magnus—. ¿Qué tenemos que hacer para ver a nuestro hijo?

—El prisionero ha participado en la fuga de Cromwell, por lo que ustedes, al igual que el resto de los valguardianos, son sus cómplices. Laughton recibirá diez latigazos por día hasta que no se sepa el paradero del príncipe.

Lynn pensó en lo peor: diez latigazos por día no parecía mucho, pero solo los Dioses sabrían qué otro tipo de torturas estaría recibiendo Louis, torturas que podrían llevarlo a la muerte. Hombres como Gottmort, Heydrich y Olav eran capaces de eso.

—Eso suena muy cruel —añadió la voz de Gottmort, ingresando en la torre—, los esperaba. —Lynn lo miró con desdén—.

Me encontraba caminando cerca y no pude evitar escuchar su conversación. Me parece una sanción bastante lógica por su parte, Heydrich, pero no creo que Laughton aguante tantos latigazos y muerto no nos sirve. Preferiría que se le torturara de tres a cinco veces por semana hasta que él, su familia o allegados suelten la verdad que necesitamos saber, de lo contrario, tomaremos medidas más drásticas.

Heydrich asintió con la cabeza e indicó al soldado con un grito que parara de dar latigazos a Louis.

Aunque los Laughton esperaron para ver al prisionero, Gottmort se negó a ello, enviándolos fuera del castillo.

18.

EN LO MÁS PROFUNDO DEL BOSQUE

Dos meses después del encarcelamiento de Louis Laughton, la situación en el país empeoró. La rebelión había cesado debido al miedo que suponía morir en manos de los despiadados caballeros negros, el aumento de la violencia no tardó en desbordarse y cualquier persona que tuviera algo en contra de las reglas impuestas era condenada a prisión, tortura o muerte; incluso los mensajeros del Rey encargados de llevar las nuevas leyes habían sido despedidos y encarcelados para que no divulgaran los siniestros secretos que se ocultaban tras las paredes del castillo, dejando así a los valguardianos sin novedad alguna.

No se sabía nada de Henry más que especulaciones por parte de los habitantes de todo el reino; algunos aseguraban que se hallaba en tierras remotas luchando contra gigantes, otros decían que había encontrado el pueblo de los enanos y lo tenían prisionero, y los más escépticos decían que se había inventado aquella excusa para escapar porque no era más que un cobarde; los ancianos lo daban por muerto y las brujas, que eran las únicas que tenían una escasa idea sobre el paradero de Henry y su grupo, preferían mantenerse en silencio para que la verdad no llegara a oídos de Olav y Gottmort.

Y es que, quien gobernaba en Valguard, no era aquel hombre bigotudo incompetente que cada vez más se sumía en un estado de locura y ansiedad, sino Gottmort, que era quien ordenaba al ejército de caballeros negros a masacrar a todo aquel que pensara distinto, pasaba por alto la seguridad del reino valguardiano dejando en libertad toda clase de bandidos y quien ponía las reglas del juego, aceptadas por Olav, bajo sus propias amenazas.

Caminando con nerviosismo en la sala del trono, el Rey, acompañado de Gottmort que se encontraba bajo el umbral de las puertas, pensativo, esperaban la llegada de Heydrich, quien estaba retrasado.

—Buenas tardes, señor —lo saludó el hombre al llegar cargando su casco a un lado de su cintura—, Su Majestad. —Hizo una reverencia dirigiéndose a Olav, que había parado de caminar como un ratón enjaulado y se colocó frente al soldado, expectante.

—¿Nada nuevo? —preguntó Gottmort.

—Nada, señor —contestó Heydrich—, hemos revisado nuevamente cada casa de toda la capital y el resto del reino con sumo cuidado y no hay rastro de Cromwell por ningún lado.

—Como si se hubiese esfumado... —murmuró Olav para sus adentros.

—Sin embargo, nos hemos dado cuenta de que ha faltado una persona por interrogar el día que empezamos la búsqueda.

—¿Qué quieres decir? —Gottmort alzó la cabeza.

—La familia Hobson está dividida, en Valguard residía una pequeña parte que ahora sólo está conformada por dos personas.

—¿Quiénes? —volvió a inquirir Gottmort.

—Erin y Mariam Hobson, hijas del barón Reagan Hobson y su mujer Briane Jones, ambos fallecidos.

Gottmort miró a Heydrich con llamas en los ojos. Las venas de la sien se le notaban y parecía como si fuesen a estallar en cualquier momento. El rostro del hombre bajito se puso rojo como un tomate.

—A Mariam Hobson no se le ha visto desde la desaparición de Cromwell, mientras que a Erin no se le ha visto con tanta frecuencia.

—¡Basta de excusas! —explotó—, ¡hay que ir de inmediato a buscarla, así sea debajo de las rocas!

El sol comenzaba a ponerse cuando encontraron a los conejos; cinco en total, uno para cada uno. Hacía ya unos días que habían comenzado a cazar para mantenerse, y mientras que Mariam y Elly buscaban ramas y rocas para encender una fogata, Jensen, Killian y Henry se encargaban de la caza.

Killian preparó una flecha en su arco y apuntó hacia una de las criaturas, esperó unos segundos a que dejara de escarbar y lanzó la flecha que cayó justo al lado del animal, haciendo que corriera junto con los otros, dispersándose. Rápidamente preparó otra flecha y la lanzó, dándole al conejo que estaba más cerca.

—Bien hecho, idiota —le reprochó Jensen, empujándolo.

—¿Acaso crees que puedes hacerlo mejor?

—Cualquiera podría hacerlo mejor. Uno no será suficiente, además...

—Shh.

Henry se llevó el dedo índice a los labios, señalando hacia un ciervo que se escondía entre los árboles y arbustos.

—Déjame intentarlo —rogó Killian con voz temerosa, creyendo que Henry le había perdido confianza después de fallar con los pobres conejitos.

—Hazlo.

El niño se puso en posición y apuntó a la criatura.

—Más arriba —indicó Henry moviendo un poco el arco de Killian—. Ahora.

Killian titubeó, pero soltó la flecha al instante, incrustándola en las costillas del animal, que comenzó a correr. Se puso de pie y fue tras él lanzando otras dos flechas que se incrustaron en el ciervo, el cual cayó al suelo, sin vida.

—¡Lo logré! ¡Lo logré!

—Bien hecho —lo felicitó Henry despeinando la coronilla del chico.

—Por poco y lo dejas escapar —dijo Jensen con sorna ganándose una mirada fulminante.

Los tres sacaron del ciervo sus mejores partes y las llevaron junto con el conejo al lugar donde Mariam y Elly los esperaban con la fogata en donde cocinaron a los animales antes de repartir

su carne entre todos; sin embargo, Elly se negó a comer del conejo.

La cena transcurrió tranquila y agradable mientras conver-
saban sobre cosas del pasado; Henry les contó sus experiencias
en Preyland y los duros entrenamientos con Pádraic.

—¿Piensas regresar algún día? —inquirió Killian mientras
mordía el muslo del ciervo.

—Tal vez en un futuro lejano.

—Cuando seas Rey ¡uno de nosotros debe ser tu escudero!
—exclamó Jensen con autoridad y Henry se echó a reír.

—Necesitarán mucho entrenamiento.

La noche se volvía más espesa conforme transcurría aquel
tema de conversación, lleno de ilusiones que despertaron una
gran avalancha de expectativas en los tres hermanos y Mariam,
quienes habían vivido toda su vida bajo el mando de un Rey co-
rrupto.

—Qué mariposas tan curiosas —dijo Elly riendo observando
una enorme mariposa del tamaño del zapato de un niño de seis
años que se posó en su rodilla. El insecto era completamente negro con el cuerpo grueso y alas muy distintas a las de una mariposa normal, pues no eran tan finas y poseían un camuflaje de ojos
que observaban todo a su alrededor.

—¡Qué asco! —exclamó Mariam al ver al insecto, poniéndose de pie.

—Nunca había visto una mariposa de la noche —comentó

Jensen acercándose al insecto con mucho interés al tiempo que tres de aquellas mariposas se posaban en los troncos de los árboles.

—No las toquen —advirtió Mariam, por primera vez mostrando intranquilidad—, dicen que son venenosas...

—Es sólo una mariposa, ¿le tienes miedo a una mariposa? —se burló Killian con una mueca en la cara.

Mariam ignoró su comentario. Conforme las mariposas llegaban a ellos, los caballos que los zolas les habían proporcionado se volvieron intranquilos y no dejaban de relinchar.

«¿Qué nos mandan los Dioses ahora para ponernos a prueba?», pensó Henry.

—Algo no anda bien. —Miró a su alrededor al tiempo que un ruido en los arbustos llamaba su atención—. ¿Quién anda ahí?

No obtuvo respuesta; aún así, las mariposas siguieron apareciendo y revoloteando a su alrededor sin parar. Por un momento, creyeron escuchar risitas macabras entre los arbustos.

El grito de Elly rompió la noche cuando algo la tomó por el tobillo del pie izquierdo y se la llevó arrastrando hasta los arbustos. Los otros, a su alrededor, no pudieron reaccionar. El ejército de mariposas los atacó directamente a sus caras y al cuerpo, dejándolos inmovilizados y sin poder ver nada.

—¡Suéltame, animal! —exclamó Mariam al ser jalada de la misma forma, algo que se repitió con Jensen y Killian.

Henry corrió hacia la dirección que le indicaban los gritos

de los chicos, pero los insectos se abalanzaron sobre su cara, haciendo que sintiera un fuerte ardor en los ojos y cayera al suelo, inconsciente.

Los arrastraron por el bosque hasta llevarlos a la zona más profunda, donde se hallaba ubicada una enorme y elegante casa de tres pisos, ventanales con cortinas rojas que estaban corridas, balcones y un gran jardín en el que predominaban las flores blancas con pétalos de diferentes tamaños y largos de las que manaba una dulce fragancia, tan delicadas en apariencia como la porcelana.

Los chicos pataleaban y gritaban, pero las criaturas, que aún no se dejaban identificar, los llevaron al interior de la casa, alumbrada por velas en lámparas de hierro.

La casa tenía alrededor de cuatro habitaciones en el primer piso y seis en el segundo, pero lo que más llamaba la atención de cualquier visitante eran unas inquietantes pinturas a lo largo de las paredes cuyo concepto era de niñas con una postura rígida, como si les hubiesen tomado una fotografía, todas con el mismo fondo: el jardín de aquella casa, en colores opacos. En sus rostros se percibía una expresión de horror y sus ojos estaban vacíos.

El grupo miró con desconcierto los cuadros, pero este susto no fue nada comparado a lo que sintieron al identificar a las criaturas que los habían capturado. Del tamaño de un enano, de piel áspera y grisácea, uñas largas amarillentas, cabezas grandes con apenas algo de cabello y unos diminutos cuernos blancos que

sobre salían de sus cráneos, los miraban con sus ojos negros y diminutos en sus caras arrugadas.

Grouhls, demonios cuyo origen era desconocido pero que existían desde hacía miles de años.

—¡Con más cuidado! —se quejó Killian protegiéndose la cabeza con las manos para no golpearse contra los escalones.

—¡Silencio, niño! —le espetó con voz chillona la criatura que lo llevaba.

El piso de arriba no contaba con luz y las criaturas no se dignaron a encender ni una sola vela, sino que siguieron arrastrándolos hasta la última habitación, ubicada al final. A diferencia de las otras, esta si contaba con una perfecta iluminación y era bastante similar a la planta baja, con sus cortinas rojas corridas, las inquietantes pinturas y una chimenea encendida. Los extraños seres los ataron a cada uno en la pared más larga de la enorme habitación mientras que más mariposas de la noche entraron y se posaron en distintos lugares como si fuesen espectadoras.

—¿Qué es este lugar? —preguntó Elly con voz temblorosa.

—Oh, ya lo verás, chiquilla —respondió una de las criaturas frotándose las manos y mostrando su sonrisa que carecía de dientes afilados.

—¡No! ¡Quiero irme a casa!

—Ya he escuchado esas palabras antes —alegó la segunda criatura meneando la cabeza—, pero no se dan cuenta de que, en realidad, este es su nuevo hogar.

—¿Cómo pueden llamarle a esto hogar con todos estos asquerosos insectos revoloteando? —bramó Killian.

—¡¿Cómo te atreves a insultar las mascotas de nuestra ama?! —explotaron las cuatro criaturas a la vez.

—¡Mors, Timor, Metus, Morsus! —exclamó la voz de la mujer que entraba a la habitación.

Majestuosa, esa era la úncia forma de describirla. Alta, de piel morena y ojos verde brillante capaces de hipnotizar a cualquier hombre, la recién llegada llevaba el largo cabello negro ondulado amarrado, usando de tocado una de las delicadas flores. Iba ataviada con un vestido largo morado oscuro con encajes y un curioso collar de oro que tenía una medalla del tamaño de una moneda y el grosor de una nuez y, a su paso, varias de las mariposas negras se posaron sobre ella, batiendo alegremente sus alas.

Las cuatro criaturas hicieron una reverencia en señal de saludo.

—Hemos encontrado a estos niños en el bosque —indicó Morsus acercándose a su ama con una sonrisa y señalando hacia los chicos con una de sus amarillentas uñas.

—¡Maravilloso! Veamos qué me han traído mis apreciados demonios —La mujer se dirigió a los chicos mientras los cuatro demonios grouhls se miraban entre sí, expectantes—. Vaya, vaya, pero si aquí tenemos un precioso rostro. —Con una mano tomó la barbilla de Elly y la hizo mirarla a los ojos verdes que brillaban con el resplandor de las velas—. Tienes una hermosa cara y unos ojos que expresan la inocencia pura. Los ojos son la puerta del alma, mi pequeña, a través de ellos puedo verlo todo. No tengas miedo de mí. —Elly afirmó moviendo la cabeza—. No, no te preocupes, Úrsula no te hará daño. Yo siempre quise tener una hija como tú. —Y con calidez, comenzó a acariciar el cabello de Elly con suma delicadeza.

—¡No la toques! —gritó Jensen, haciendo que Úrsula se girara a él, ceñuda.

—Hermanos —dijo observando también a Killian—, muy emotivo que los tenga a los tres en mi casa, pero me temo que no voy a poder quedarme con ustedes dos.

—Con ninguno de nosotros te vas a quedar —corrigió Mariam con seriedad.

—Tú eres muy vieja para ser una niña.

Úrsula se acercó a Mariam y le escudriñó el rostro de la misma manera que a Elly.

—Veo un deseo de venganza en ti; también miedo... y muerte.

—No tengo miedo —escupió Mariam moviendo el rostro bruscamente—, y tampoco pienso morir hoy.

Úrsula le dedicó una mirada de lástima.

—Ya deben haber apreciado mis cuadros. Esta noche tendré el placer de pintarte, pequeña niña; y en cuanto a ti, muchacha, haré una excepción.

—No le permitiré pintar a nuestra hermana —gruñó Jensen.

Úrsula lanzó una carcajada.

—Tu consentimiento no es importante, niño; además, ninguno de ustedes saldrá con vida de aquí. —Los demonios soltaron una risita malévola ante el desconcierto de los chicos—. El ingrediente principal para pintar mis cuadros es el alma, y el alma de los más pequeños es la más pura que existe en este mundo, especialmente la de las niñas, que luego crecen para convertirse en seres tan puros y valiosos como lo somos las mujeres. —Se acercó a ellos con expresión serena—. En cuanto a los niños... prefiero quemarlos, ya que se convertirán en seres tan viles como los hombres.

—¡No nos vas a quemar! —exclamó Killian horrorizado—. Pronto vendrán por nosotros y... —La patada de Mariam le impidió continuar.

—¿Decías algo, cariño? —inquirió Úrsula entrecerrando los ojos. Killian y los demás no movieron ni un musculo—. Me pregunto, ¿qué hacían cuatro chiquillos en este bosque durante la noche... solos? —Ninguno dio respuesta, las mariposas seguían revoloteando alrededor de sus cabezas. Úrsula se dirigió con calma hacia sus cuatro sirvientes—. ¿Había alguien más con ellos, o me equivoco?

Los grouhls intercambiaron miradas entre sí y tartamudearon, susurrándose para que alguno hablara.

—Mi querida ama —comenzó Metus, quien había tomado la iniciativa—, las mariposas de la noche atacaron a la otra persona que se encontraba con ellos y el veneno de sus alas cayó en sus ojos y lo han debido dejar ciego al instante.

—Pero no está muerto. Estará ciego... ¡pero no muerto!

—Quedó inconsciente —se apresuró a decir Timor, balbuceando.

—Y hay muchos predadores por el bosque a estas horas, ama —agregó Morsus—, se lo comerán... si es que ya no lo han hecho.

Úrsula miró a sus cuatro sirvientes con recelo.

—¿Qué garantía tengo de que todo lo que me dicen es cierto?

Los grouhls intercambiaron miradas inseguras entre sí.

—Mañana en la mañana le traeremos el cadáver —propuso Mors.

—Muy bien, si están en lo cierto, se comerán a estos mocosos como recompensa.

Horas más tarde, Henry despertó con los ojos irritados y la visión borrosa, por lo que terminó arrastrándose hacia donde escuchaba el ruido del arroyo, en donde se lavó el rostro. El agua fresca lo ayudó a aliviarse y poco a poco el ardor fue mitigándose hasta hacerle recuperar la visión. Al reincorporarse, pudo visualizar unas extrañas huellas seguidas de un rastro, probablemente de cuando habían arrastrado a sus compañeros. Trastabillando un poco siguió las huellas que lo guiaron hacia un estrecho camino repleto de árboles y arbustos, donde percibió voces y olió el humo de una fogata.

Se escondió entre los arbustos mientras entrecerraba los ojos para divisar a las figuras.

—Odio el conejo —se quejó Mors antes de pegarle un mordisco a la carne cruda del animal mientras un sapo croaba cerca de ellos—, no puedo esperar a mañana para comerme el brazo y el muslo de esos chiquillos.

—Yo prefiero las vísceras —opinó Timor con una voz más chillona—, tienen mejor sabor.

—A todos nos gustan las vísceras, pero también me gusta quedarme con el hueso —insistió Mors.

—Iré por el sapo que anda por ahí —anunció Metus—, este roedor no me concilió el apetito.

Metus se acercó a donde el sapo croaba, muy cerca de Henry, por lo que este aprovechó para tomarlo del cuello.

—Silencio —le ordenó colocándole la espada en la garganta—. ¿Dónde están?

—No sé de qué me hablas —carraspeó el grouhl.

Henry golpeó la cabeza de la criatura contra el tronco de uno de los árboles.

—Llévame a donde están —insistió.

—No eres nadie para mandarme, imbécil —siseó Metus mostrándole sus dientes amarillos.

Henry presionó el filo de la espada y cortó un poco la clavícula de la criatura que reaccionó al instante con un chillido casi silencioso.

—Aleja esa cosa de mí.

—Llévame a donde están los niños y no te cortaré la cabeza.

—¡Está bien! ¡Está bien! —exclamó el demonio al sentir el filo del arma haciendo presión en su cuello—. Por ahí. —Con la uña amarillenta de su índice, señaló el camino.

Henry la siguió hacia el lugar que señalaba, poniéndose de pie mientras sostenía a Metus por un brazo.

—Mis compañeros notarán mi ausencia y vendrán a buscarme. Te diriges a donde no tienes escapatoria, muchacho, acabarás igual que esos mocosos, o tal vez mucho peor; sí, así es, mucho peor...

—He escuchado advertencias peores —atajó Henry sin mirarlo.

Metus soltó una carcajada.

—Mi ama no te tendrá piedad..., eres un muchacho idiota si piensas irrumpir en su casa.

Al llegar a la enorme casa, Henry la observó detenidamente buscando una entrada alternativa.

—Esa ventanilla, ¿hacia dónde lleva? —Señaló una ventana con forma de media luna ubicada casi debajo del suelo.

—Es el sótano donde están los hornos... y están encendidos. —Metus sonrió maliciosamente, pero esa sonrisa se borró al ver que Henry caminaba hacia la ventanilla. Al intentar abrirla, se dio cuenta que no tenía cerrojo.

—Ábrela —ordenó a Metus apuntándolo con la espada.

El demonio grouhl obedeció temeroso y, con una la misma uña amarillenta con la que señaló el camino, la insertó y la deslizó en una fina abertura que había en medio del cristal. Acto seguido, la ventanilla se abrió de par en par. Henry hizo entrar al grouhl primero antes de deslizarse al interior. La estancia se hallaba iluminada únicamente por las llamas de los hornos encendidos, lo que hacía al calor insoportable.

—¡Henry! —exclamaron las voces de Jensen y Killian.

Se encontraban atados con sogas y los brazos en alto en una pared, al fondo. Henry se dirigió hacia ellos.

—¿Dónde están Mariam y Elly?

—¡La bruja les va a sacar el al...!

Killian no pudo terminar de hablar pues, en ese mismo instante entraron los tres grouhls, quienes se lanzaron sobre Henry.

Rápido y hábil, Henry intentó quitárselos de encima, pero el escándalo no pudo evitarse.

Un momento después, las puertas del sótano fueron abiertas con brusquedad, callando a los chicos.

—¿Quién se atreve a interrumpir los hechizos previos a mi sesión de pintura? —La bruja observó la escena con desagrado mientras las mariposas danzaban a su alrededor. Una vez localizó la razón del ruido, enarcó la ceja derecha y tensó la mandíbula—. Estará muerto por la mañana —siseó.

Henry aprovechó para quitarse a los demonios de encima, apuntando a la bruja con su espada.

—¿No te enseñaron que se debe respetar a las mujeres? —preguntó Úrsula, perspicaz, al tiempo que alzaba una mano haciendo que la espada de Henry volara por los aires y, como si usara una mano invisible, con la otra lo inmovilizó por el cuello—. Qué valiente de tu parte venir hasta aquí para robarme mis presas. Ningún hombre escapa de mis garras, no sé si mis inútiles sirvientes te lo advirtieron... —La mujer escudriñó el rostro de Henry—. Debo matarte enseguida, pero debo admitir que me duele que un rostro tan guapo se eche a perder —entrecerró los ojos—. Curioso, jamás había visto un alma como la tuya. Los hombres solo están llenos de poder y codicia, pero en ti solo veo sueños, ilusiones..., un alma con un gran destino. —Los ojos de la bruja se encontraron con los de Henry. Apretó un poco más su cuello—. Eres un Rey, el Rey que todos esperan, el joven destinado a acabar con la Oscuridad. Es una lástima que no vayas cumplir con tu misión... —Y con una sonrisa malévola, se acercó a él humedeciendo sus labios—. Mi bisabuela decía que la sangre real da la vida eterna. Ella trató de conseguirla, mi madre también, pero ninguna lo logró; tú sabes, a las brujas nos tienen bien cazadas, pero ahora yo pondré cumplir ese objetivo...

La bruja sacó una daga de la falda de su vestido e hizo un corte en la muñeca de Henry. Se llevó el instrumento a la nariz y olió la sangre.

—¡Detente! —gritó Killian.

—Sí, definitivamente es la sangre de un Rey —dijo la bruja ignorando al niño mientras pasaba la lengua por la sangre que corría en la daga.

Casi con calma, se retiró el collar de oro que colgaba de su cuello. La mano invisible no dejaba de sujetarlo, pero de soslayo observó como Killian intentaba alcanzar la espada con un pie. Por desgracia, Timor también lo notó, por lo que corrió a recoger el arma, algo que Jensen aprovechó para patearlo en la cabeza.

El demonio gritó y soltó la espada, lo que llamó la atención de la bruja. Henry aprovechó para soltarse de la mano invisible y así volver a tomar su arma.

—Qué tonta he sido —admitió Úrsula sosteniendo el collar en la mano mientras depositaba unas gotas de sangre en la medalla—; por favor, baja el arma. Estás manchando el piso, no podemos permitir que eso pase. —Gruesas gotas de sangre escurrían por el brazo de Henry, pero él no se movió—. No serías capaz de matar a una mujer, ¿o sí? —susurró intentando retirarle la espada, pero Henry, que adivinó sus intenciones, se movió más rápido. Con una estocada segura, cortó a Timor y Metus en el pecho, dejándolos instantáneamente sin vida—. ¡No! —Henry no perdió tiempo, y aprovechando el caos, realizó el mismo movimiento con Mors y Morsus, quienes no pudieron reaccionar. Al mismo tiempo, un grupo de mariposas voló hacia él para intentar detenerlo. Henry no dudó en cortarlas también—. ¡Mis bebés!

Úrsula levantó los brazos y de las mangas de su vestido con encajes salieron sogas que se amarraron alrededor del cuello de Henry, elevándolo, pero él logró zafarse y cortar las sogas con su espada. No podía dudarlo, no podía permitirse vacilar. Determinado, caminó hacia la mujer para clavarle la espada en el estómago con una sola estocada, provocando que esta lo viera con ojos suplicantes antes de caer al suelo.

—¿Está... muerta? —preguntó Killian horrorizado.

—Eso creo —contestó Jensen.

Henry los liberó una vez que se dio un segundo para respirar.

—Debemos buscar a las chicas —dijo.

—¿Qué es ese olor? —preguntó Jensen. De alguna parte de la casa provenía un nauseabundo olor, parecido a poción que terminaba de cocinarse.

—¡Las chicas! —exclamó Killian y corrió a la puerta del sótano seguido de Henry y su hermano mayor.

El tamaño de la casa no les ayudaba a encontrar aquel olor, por lo que tuvieron que inspeccionar cada habitación abriendo puertas de golpe hasta que, en la azotea, las encontraron.

La habitación estaba repleta de pinceles, pinturas, bastidores de madera pintados en oro y lienzos preparados. Un caldero enorme de peltre en el centro de la habitación era lo que despedía aquel olor y contenía una sustancia blanca que empezaba a botar humo en forma de dos gigantescas manos que iban directamente hacia Mariam y Elly. Henry corrió hasta ellas y cortó las sogas con la espada; sin embargo, las manos del caldero no se detuvieron y se dirigieron a ellos.

—¡Tenemos que salir de aquí! —señaló Henry, sintiendo cómo aquellas manos le arrancaban el alma.

En la puerta de la entrada, con la herida del estómago abierto, Úrsula los esperaba.

—No dejen que mis manos se queden vacías —dijo para guiar a las enormes manos que se desplazaban lentamente hacia ellos—. Sé que puede doler un poco, pero pronto no sentirán nada.

—¿Cuántas vidas has arrebatado para hacer esta monstruosidad?

—¿Es relevante? —contestó la bruja al príncipe en tono irónico—. El precio no es relevante cuando se trata de hacer cosas que te dan placer, ¿o es que los reyes no matan a nadie?

—Yo no le arrancaría el alma a nadie por placer.

—Oh, no; tú no, cariño, pero sigues siendo un hombre, y todos llevan dentro de sí esa hambre de poder, todos son iguales. Deberías darte por vencido y arrodillarte ante la muerte.

—Yo no me arrodillo ante nadie, solo ante mis Dioses —objetó Henry y, acto seguido, sosteniendo el aliento, cortó la cabeza de Úrsula.

19.
CONFÍA

Golpes, insultos y súplicas de auxilio. Los gritos del exterior eran claros, pero nadie se aventuró a echar un vistazo, menos a salir de la seguridad de su hogar. No era la primera vez, pero no por eso estaban más acostumbrados. Soportar esa clase de trato era indigno.

A la mañana siguiente, cuando ya todo había sucedido, los habitantes de Valguard se encontraron con una terrible estampa. Cinco personas asesinadas frente a las puertas de sus hogares, ocho niños gravemente heridos con armas blancas y Wallace Hemming casi irreconocible debido a los golpes.

Los vecinos se arremolinaron alrededor de la casa de una mujer casi tan baja como un enano y de fino cabello gris, pedía ayuda con un llanto desgarrador. Lynn y Mary llegaron junto a Howard y otros dos excaballeros que se encargaron de desarmar la mesa de madera del comedor para poner el cuerpo pesado de Wallace en ella y poder ser transportado hasta la Casa de las Sanadoras, donde Erin lo recibió. Durante los últimos días había tenido mucho trabajo ayudando a las curanderas, especialmente con los niños. A pesar de que le gustaba el trabajo, la situación no lo hacía llevadero. La frustración y el dolor de ver a su gente siendo maltratada de esa forma era algo terrible.

—Necesitaré ayuda —dijo Erin a Joilette y Helena, quienes

habían ayudado llevando a los pequeños heridos. A regañadientes accedieron a ayudar mientras que Meggy sollozaba ante el horror que mostraban las heridas de los niños, sin dejar de maldecir por lo bajo al rey Olav, a sus secuaces, a Dankworth y a todo el reino de Casgrad.

—¿Qué le ha ocurrido a Wallace? —preguntó Erin mientras limpiaba las heridas del hombre inconsciente.

—Los caballeros negros irrumpieron en su casa esta madrugada —respondió Joilette intentando no mirar el rostro del hombre—, querían llevárselo, pero se resistió.

—Estas cosas van a seguir —se lamentó Helena con desánimo, cabizbaja.

—¡Por supuesto que no! Henry volverá pronto —exclamó Joilette, indignada.

—Yo no creo que vuelva.

—No digas eso.

—Llevamos meses sin saber de él, no creo que vuelva, digo, ¿quién querría volver a la situación que estamos viviendo?

—Volverá —interrumpió Erin de pronto, como si las palabras hubiesen salido de su boca por voluntad propia.

—¿Cómo estás tan segura? —preguntó Helena.

—Solo lo sé.

—¿Solo... lo sabes? —inquirió de nuevo arqueando una ceja.

—Sí —respondió Erin terminando de curar a Wallace y sosteniendo sus miradas. Helena le dirigía una mirada de perspicacia, mientras que los ojos de Joilette reflejaban preocupación y esperanza.

Un ruido estridente de la planta baja las puso sobre aviso. Gritos que no alcanzaban a discernir y movimiento violento, para luego escuchar los pasos, parecidos a una manada de caballos corriendo, subiendo a donde se encontraban.

Gottmort, Heydrich y sus soldados irrumpieron en la planta alta, apartando a todos los presentes a base de empujones hasta hacerse lugar frente a Erin, a quien Gottmort tomó para arrastrarla contra una pared, sacar una daga y colocarla en su garganta..

—¡Por favor, no! ¡No le hagan daño! —exclamó Meggy bañada en lágrimas.

—Trataré de ser lo más delicado si me ayudas —dijo Gottmort escupiendo las palabras—, ¿dónde está?

El silencio reinó en la sala. Erin no mostró signos de terror, pero estaba siendo fuerte. Recordando a su hermana y a Henry, se propuso no soltar palabra alguna.

—Te repito: ¿dónde está?

Erin le dedicó una dura mirada.

Al no recibir respuesta, encajó la punta de la daga en la muñeca de la joven, quien arrugó la cara y contuvo el grito.

—Intentémoslo una vez más, preciosa: ¿dónde está? —Erin se mantuvo en silencio—. ¿Sabes? sería una lástima matar a una preciosa criatura como tú.

—¿Por qué no lo haces ya? —bufó Erin con una voz fría. Gottmort hizo otra cortada en la misma muñeca y las lágrimas de la muchacha corrieron por su rostro.

—¿Te gusta sufrir? Esas lágrimas delatan que no, así que dime: ¿dónde está?

—Pierdes tu tiempo —masculló Erin entre dientes antes que Gottmort alzara de nuevo la daga a su garganta.

—Último intento: ¿dónde está? —presionó aún más la daga, haciendo que un hilillo de sangre comenzara a correr por su cuello.

—¡Dile, Erin! —suplicó Helena, desesperada.

—¡No!

—¡Fue en búsqueda de una forma de derrotar al Rey! —exclamó Helena y Gottmort se detuvo al instante. El hombre se apartó de Erin, no sin antes golpear su cabeza contra la pared.

Se dirigió con calma hasta el lugar donde se hallaba Helena.

—¿Cómo dices? —preguntó Gottmort, acercando su cara a la de la mujer.

Helena titubeo antes de contestarle.

—Él dijo... dijo que había... que tenía una forma de derrotar al Rey, pero que no... que no estaba aquí, en Valguard —balbuceó.

—¿A dónde?

—No... no lo dijo, solo nos compartió esa información.

Gottmort miró a sus soldados y, sin perder el tiempo, salieron precipitadamente de la habitación para regresar al castillo.

Gottmort subió las escaleras del castillo con Heydrich y Olav detrás de él. En quince años, nadie había vuelto a pisar esa habitación, pero ese no era el día para detenerse a pensarlo. Su interior estaba empolvado, pero aún conservaba juguetes de madera, espadas y escudos revueltos por todo el espacio. La cama no tenía manta alguna, tan solo se encontraba el colchón en el que nadie había vuelto a dormir, tenía hoyos hechos por espadas y una enorme mancha de sangre.

Los tres hombres entraron en la polvorienta habitación que había pertenecido al niño más preciado de Valguard. Gottmort se lanzó sobre el guardarropa y comenzó a buscar; sacó toda clase de piezas y no se detuvo hasta encontrar una manta de lana delgada color marrón. La tomó y se dirigió hacia sus acompañantes con una espléndida sonrisa.

—¿Eso qué significa? —preguntó Olav con desconfianza.

—Esto nos llevará hasta Cromwell; las arswyd tienen un olfato muy agudo. Dado que esta manta perteneció a Cromwell cuando era un bebé, tiene su olor, por lo tanto, nos será de gran ayuda para rastrearlo.

El día anterior había sido bastante pesado, por lo que aún alterados por los sucesos, cansados y a la defensiva, desayunaron en silencio y reanudaron el camino de la misma manera en un clima bastante cálido. Bajaron varias cuestas, franquearon colinas con el sol en la nuca y, horas después, con camino el liso por delante, se detuvieron para descansar y buscar el almuerzo. Mientras los chicos encendían una fogata, Henry y Mariam fueron de caza.

Por la tarde, luego de seguir un camino por un trecho de árboles, Killian llamó la atención del grupo.

—¡Vengan a ver esto! ¡Apresúrense!

Al llegar a donde el chico se encontraba, vieron las montañas que se asomaban en la lejanía. Henry pudo suspirar de alivio.

—¡Fabuloso! —exclamó Jensen—, cada vez falta menos.

Mariam buscó la brújula dentro de su bolsillo esperando ver algún cambio, pero esta seguía sin dar una señal de movimiento.

—No creo que sea el camino correcto, la brújula aún no funciona.

—¿Y si lo que necesitamos es acercarnos un poco más? —sugirió Jensen.

—No lo creo, la montaña está oculta, por lo tanto no está entre esas; de ser así, la brújula la hubiese indicado unas millas atrás.

—Debemos de ir a las montañas, es por allí dónde debemos empezar —aseguró Henry.

—¿Y qué si no es el lugar que buscamos? Nos atrasaremos mucho más.

—Tenemos que intentarlo.

—No es el camino correcto —insistió la muchacha.

—Seguir el camino de esa brújula es perder el tiempo —dijo Henry impaciente. No tenía plena confianza en aquel aparato—. ¿Y si no nos conduce a donde queremos llegar?

—¡Por supuesto que lo hace! —exclamó Mariam con ímpetu.

—No puedes estar tan segura, Mariam.

—Lo estoy.

—No podemos confiar en ese aparato, no...

—No confías en mí —lo interrumpió Mariam—. Muy bien, vayan ustedes a las montañas, yo me iré a casa. —Y dicho esto, dio vuelta atrás y comenzó a andar.

—¡No irás a ninguna parte! —Henry intentó seguirle el paso.

—¡No puedes mandarme! —Y con largas zancadas que se convirtieron en un rápido correr hacia el oeste, se perdió entre los enormes arbustos.

—Erin va a matarte —dijo Killian a Henry.

—¿No vas a ir tras ella? —musitó Elly.

—Regresará —aseguró Henry.

Henry y los Lethwood continuaron hacia las montañas por el noreste, adentrándose en un bosque el cual estaba lleno de ruinas pertenecientes a un pueblo abandonado hacía muchos años en donde árboles secos que adornaban la zona le daban un aspecto bastante sobrio, un contraste marcado con los restos de cadáveres pertenecientes a humanos y animales esparcidos por el lugar. Estaban intranquilos, por lo que observaban a los alrededores sin pestañear, apretujados unos con otros con Henry al frente, alerta; apenas unos pocos cuervos volaban cerca de ellos y se detenían en las ramas de los árboles marchitos a observarlos con curiosidad.

No descansaron hasta que comenzó a ponerse el sol y no tuvieron más remedio que cenar con frutos secos, pues por allí no rondaba ningún animal. Después de innumerables quejidos, opiniones y debatirse sobre pasar la noche en aquel bosque o seguir el camino hacia las montañas, Henry decidió que debían pasar la noche, puesto que viajar en la oscuridad era más peligroso que quedarse en vela; además, tenía la esperanza de que Mariam pudiese regresar.

—No va a hacerlo —sentenció Killian antes de acostarse en el suelo—, ya viste lo orgullosa que es.

A pesar de la inseguridad que sentían, los niños lograron conciliar un sueño un poco intranquilo mientras Henry montaba guardia. Aquel bosque no era tan silencioso como el bosque de los árboles negros, pero su atmósfera era pesada, característica de un lugar donde solían ocurrir cosas terribles, ya sea por el mismo ser humano o algo más...

A medida que la noche transcurría y la luna llena iluminaba más los senderos, Henry alcanzó a visualizar rasguños en los troncos de los viejos árboles y también huellas que, en la arena húmeda, parecían ser recientes, de por lo menos dos o tres días atrás, y que por su forma aparentaban pertenecer a una especie de criatura medio humana.

A la mañana siguiente, una vez los rayos del sol se asomaban tras una capa de nubes, Henry despertó a los niños y los condujo por un camino contrario al que marcaban las huellas.

—Si lo que sea que haya caminado por aquí se fue por ese camino, es mejor tomar una ruta distinta; no queremos encontrarlo —les explicó.

Aceleraron el paso y, unos metros más adelante, cuando el sol ya iluminaba gran parte del bosque, escucharon el crujir de ramitas y hojas secas esparcidas a sus espaldas. Se detuvieron en seco y giraron para observar, pero no vieron a nadie.

—¿Crees que sea Mariam? —preguntó Elly en un susurro. Henry se acercó hacia los arbustos para asegurarse de que nada ni nadie estuviese escondido.

—No —respondió luego de comprobar que nada los estaba siguiendo.

El camino a las montañas había cambiado, haciéndose más abrupto, encontrándose con una pendiente empinada en donde tenían en contra su propio peso, por lo que subir no fue sencillo.

Tres metros antes de llegar a la cima escucharon un gruñido.

Los cuatro subieron la cabeza lentamente y se encontraron con una criatura, la cual, por su expresión de rabia en su deformado rostro, despreciaba la presencia de humanos en su territorio. Medía alrededor de dos metros y medio, era de cuerpo ancho y fornido, dientes largos que sobresalían de los labios inferiores y orejas pequeñas que apenas se notaban debido a los grandes y gruesos cuernos que salían de su cabeza y tocaban su espalda. Vestía con ropa sucia y desgastada, su cabeza calva era enorme y sus ojos, rojizos, contrastaban en la piel amarilla y arrugada que desprendía un olor nauseabundo.

—Son orcos —Jensen boqueó, sosteniéndose con unas rocas. Debajo de ellos, tres orcos más los esperaban abajo con hachas y mazos en mano.

En ese instante, el orco que se hallaba en la cima lanzó otro gruñido antes de lanzarse sobre Henry con su hacha haciendo que todos cayeran cuesta abajo, hiriéndose con las piedras. Fue tan sorpresivo que Henry apenas pudo ponerse de pie para luchar, mientras que los chicos se las arreglaban con los otros tres.

—¡¿Dónde está Mariam cuando la necesitamos?! —se quejó Killian mientras lanzaba flechas a las criaturas, sin mucho éxito dado que estas apenas se incrustaba en el metal.

Henry no la pasaba mejor pues, aunque se defendía de los embistes de la criatura, esta había logrado hacerle un corte en la pierna izquierda, algo profundo. El golpe lo hizo caer al suelo y el orco alzó su hacha de nuevo para terminarlo cuando, al dar un paso al frente, una espada atravesó su pecho por detrás.

El monstruo miró desconcertado el arma, la cual fue sacada del grueso cuerpo para cortar su cabeza, haciendola caer como una pesada roca al suelo. El orco que se mantenía de pie estaba a punto de dejar caer su mazo contra los niños cuando fue atravesado por el costado.

—¡Mariam! —exclamó Elly mientras que los demás miraban atónitos a la joven que envainaba nuevamente su espada.

—¡¿Dónde has estado?! —reprochó Killian de la misma manera en la que lo haría su madre.

—Ustedes no pueden vivir sin mí, por lo visto —dijo la chica con una media sonrisa que se borró al ver la mirada dura de Henry. La muchacha bufó—. Intenté alcanzarlos antes del anochecer, pero se me atravesaron unos orcos y tuve que desviarme del camino, pero esta mañana me pareció escuchar sus voces y las seguí hasta llegar aquí y... eh... estás sangrando.

Henry no dijo nada. Se sentó en una roca y se arranco el pedazo de tela de la manga para hacerse un torniquete en la pierna herida.

Mariam acudió a darle una mano.

—¿Qué te hizo regresar? —preguntó Henry, aún enfadado, alzando la vista para encontrarse con la sonrisa burlona de la chica.

La muchacha se puso de pie y empezó a andar como si no lo hubiese escuchado.

—¡Mariam! —exclamó Henry incorporándose.

—¡Muévanse! ¡Rápido! —les indicó con un gesto de su mano.

Aún confusos, la siguieron hasta la salida del bosque, donde se encontraron con un amplio camino que se alejaban de las montañas.

—¿Y bien? —preguntó Henry una vez la alcanzaron.

—Compruébalo por ti mismo —dijo Mariam lanzándole la brújula cuyos cuatro puntos cardinales habían aparecido para indicar el camino hacia el este.

20.
EL PLAN DE GOTTMORT

La siguiente semana de viaje se tornó turbulenta. Durante tres días una capa de nubes grises cubrió todo el perímetro sin dejar caer una sola gota de agua, aunque la humedad intensa indicaba que la temporada de lluvias estaba por dar inicio.

El grupo se había desviado hacia el este y continuado hacia el sur y, por suerte, los caminos dictados por la brújula de Northem parecían ser seguros. Aquella noche los había llevado hasta un bosque de árboles frondosos que albergaba distintas especies de animales pequeños que, al sentir sus pasos, corrían desesperados a sus guaridas; el lugar tenía una atmósfera agradable que no habían encontrado desde hacía cierto tiempo.

Una vez consiguieron un buen lugar para dormir, encendieron una fogata, cenaron y procedieron a dormirse en el suave césped, pues el viaje de aquel día había sido bastante agotador. Henry, a quien le tocaba la guardia esa noche, se sentó apoyando la espalda en uno de los gruesos troncos de los inmensos árboles y contempló la luna que comenzaba a ser tapada por una manada de nubes. ¿Cuánto haría falta?, se preguntaba mientras intentaba no quedarse dormido.

La brújula de Northem por fin funcionaba y, aunque no se fiaba mucho de aquel aparato, decidió seguir el instinto de Mariam, quien se encontraba muy segura de que los llevaría al lugar que estaban buscando. De no llegar a aquel lugar, el segundo plan era regresar a las montañas a sabiendas de que esto alargaría más el viaje y que el factor tiempo era fundamental en esta misión, pues no habían tenido más noticias de Valguard desde el encarcelamiento de Louis. Henry volvió a pensar en él, en los habitantes de la nación que debían estar pasando por un momento muy duro, en la familia de Louis, Erin...

Algo lo despertó de golpe.

Llovía con fuerza. Habían sido unas pocas gotas que dejaba pasar las frondosas copas de los árboles que cubrían gran parte de los alrededores, sin embargo, estaba haciendo mucho frío. Los niños Lethwood dormían acurrucados entre sí para mantener el calor mientras que Mariam dormía un poco más apartada en posición fetal, lo cual no le ayudaba mucho para mantener una buena temperatura. Henry se quitó el abrigo de piel y arropó a la muchacha con él. Al sentirse menos congelada, se quedó dormida al instante.

La lluvia siguió fuerte durante toda la noche y apenas cesó un poco al amanecer; los rayos del sol se asomaron perezosamente, pero no había señales de que fuese a salir por completo en un buen rato.

Mariam abrió los ojos con lentitud, escuchando los murmullos de la conversación de Henry con los niños Lethwood. La chica se hallaba de espaldas a ellos, pero en lugar de voltearse se quedó mirando hacia la nada, creyendo haber visto una especie de luz entre las copas de los árboles, diminuta pero brillante, que se movía similar a una luciérnaga. Se quedó observándola por un buen rato sin moverse.

La diminuta luz subió más arriba de las copas de los árboles perdiéndose de vista; acto seguido, Mariam se puso de pie sin reparar en el abrigo de Henry que caía al suelo.

—¿Qué ocurre? —preguntó Henry.

—Había algo moviéndose por ahí —dijo señalando hacia los árboles—. Parece que nos lleva siguiendo durante días.

—¿Es una pequeña luz? —preguntó Elly con ambas cejas arqueadas. Mariam asintió con la cabeza.

Sin más preámbulo se dispusieron a ir en busca de frutas para el desayuno. Mariam tomó el abrigo de Henry y se lo lanzó de improviso.

—Es cómodo —agradeció con una sonrisa.

Caminaron alrededor de dos kilómetros. Henry cojeaba un poco debido a la herida de su pierna que aún no terminaba de sanar, mientras que Mariam y Elly observaban con recelo las copas de los árboles en busca de la luz, y aunque no había señales de ella, todos tenían la sensación de que eran vigilados.

Fue durante la hora del almuerzo cuando los vieron. Escondidos entre los arbustos, un grupo de enanos adultos, junto con algunos jóvenes, comían alrededor de una fogata que parecía débil debido a la llovizna.

—¡Detesto la lluvia! —se quejó uno de los enanos poniéndose torpemente su escudo en la cabeza—, quisiera estar ya en el Pequeño Continente.

—Yo preferiría calarme esta lluvia, Bogumil —dijo otro mientras lanzaba más leña al fuego—; el Pequeño Continente lleva un mes con una sequía terrible, además, el rey Thornburn de Estromas no va a querer recibirnos, por lo menos no ahora. Ya sabes que los reyes velan primero por los suyos.

—Eso no importa, Dicun —bufó Bogumil haciendo un gesto con la nariz chata—, no necesitamos que ese hombre nos dé de comer.

—¿No ha escuchado los rumores, cierto, señor Bogumil? —preguntó Daw, uno de los enanos más jóvenes que llevaba puesta una bufanda verde chillón que combinaba con sus ojos.

—Yo no creo en los rumores que se corren por ahí —escupió Bogumil.

—Esta vez la temporada de sequía es mucho más fuerte que otros años —comenzó a explicar Daw—, todos están pasando por penurias, especialmente Valguard, que se está quedando sin recursos; muchos se mueren de hambre y tampoco tienen plantas para curar enfermedades, todo producto de la sequía.

—¡Qué va! ¡Llevan más de una década viviendo como miserables! Ya se acostumbrarán.

—Ojalá hubiese una forma de ayudarlos… —se lamentó Daw.

—El rey Maher no estará dispuesto a aceptar ayuda de nadie

—opinó Dicun—. Pobres valguardianos, vivir en tal miseria es un castigo que no se merecen.

—Yo no me preocuparía tanto por el tema de la sequía —intervino el otro enano, más joven, que respondía al nombre de Oleg.

—¿Qué cosas dices? —cuestionó Dicun con tono severo—. Tal vez Valguard sea uno de los reinos con las épocas de sequias más cortas en todo el Pequeño Continente, pero hay que ver que el hecho de que no tienen nada qué comer es grave. Nunca lo han sufrido en toda su historia.

—Pronto comenzará a llover y volverá la siembra —aseguró Oleg, aún con la mirada perdida—, pero el gran problema que tienen los valguardianos es su monarquía. Los hermanos Danus han ordenado aniquilar a todo al que se atreva a revelarse contra Olav Maher y su gente. No están dispuestos a permitir que les arrebaten lo que les costó tanto conseguir.

—¿Y tú que vas a saber de eso? —inquirió Bogumil con una ceja arqueada.

Oleg dejó de mirar las llamas.

—Louis Laughton comenzó una rebelión hace unos meses y luego se entregó, como ya sabes. A partir de aquel día se han dado una serie de eventos que, a pesar de que han disminuido, han puesto al rey Olav a temblar de miedo; pero ese inútil es una marioneta de Gottmort Hardash y él sigue las órdenes de los Danus. Según los rumores que vienen de los alrededores, Gottmort ha contactado con un hombre que había servido a los Danus y a Dankworth por mucho tiempo para llevar a cabo un plan.

—¿Cuál plan? —preguntó Daw.

—Eso no se sabe con exactitud, se dicen demasiadas cosas.

—¿Y quién es ese hombre?

Oleg se acercó más hacia el grupo y ellos hicieron lo mismo, por lo que al susurrar el nombre, Henry y los chicos no alcanzaron a escuchar nada; lo único que pudieron ver fue el gesto de horror de parte de los enanos.

—Tontos que son, tratar con una nación de puros esbirros como Casgrad, que siempre ha estado gobernada por esos dos hombres tan desgraciados... —escupió Bogumil.

—¡Ellos no trataban con los hermanos Danus! ¡Sabes muy bien que fue Holger el que traicionó al rey Henry! —corrigió Daw.

—Lo mismo da —bufó Bogumil—, el hombre metió la pata al confiar en él, además de creer en las profecías que se decían por ahí.

—¿Insinúas que su hijo no logrará su cometido? —interrumpió Daw, sorprendido.

—Es demasiado joven, no creció con sus padres y no tiene conocimiento sobre cómo manejar a una nación, es... es como si pusieras a un sirviente a gobernar. ¡Mira a Olav Maher! Pasó de ser nada a convertirse en rey. Es un hombre sediento de poder.

—Te equivocas sobre Henry Cromwell —objetó Daw.

—¡Todos los reyes son iguales! Llegan al poder, se vuelven

corruptos y acaban con todos, en especial los que llegan tan jó-venes. Que los Dioses se apiaden de su alma, si es que sigue vivo.

La discusión entre los enanos siguió, debatiéndose ahora so-bre Henry y las historias que corrían respecto al día que se había batido con Olav, aseverando que había sido una especie de mila-gro de los Dioses que tal vez se apiadaban de la nación.

—Enano imbécil —musitó Killian entre dientes, a punto de correr hacia el grupo de enanos.

—No vale la pena —con un gesto, Henry indicó que debían retirarse.

Retomaron el camino luego del desayuno. La brújula los condujo a una zona donde los árboles estaban demasiado juntos y la poca luz solar no era suficiente para ver hacia dónde se dirigían, por lo que movilizarse era difícil.

—De todas formas, ¿cómo es que sobreviviste a esa maldi-ción? —preguntó Killian al adelantar a Henry.

—Nadie lo sabe, ni siquiera yo mismo.

Killian lo miró con el ceño fruncido.

—No sé qué piensen ustedes, pero yo no creo que haya sido un milagro. Papá decía que esos los hacía uno mismo —añadió Jensen.

—Quizás Henry es un brujo y no nos lo ha confesado. Podría ser el mismo Olav que ha aprovechado la ocasión para que lo lle-vemos hacia un arma más poderosa y luego matarnos con ella —se burló Mariam.

—¡Eso es un insulto! —exclamó Henry, y todos rieron.

El momento terminó cuando un rugido seguido de un grito frente a ellos, los detuvo.

—¡Están atacando a alguien! —exclamó Killian.

—Es un orco —dedujo Jensen—. ¡Hey! ¡Elly! ¡Vuelve aquí!

—¡Es la luz! —les avisó señalando hacia el fondo, donde se podía ver aquella luz brillante entre los troncos de los árboles, más grande y fuerte que las veces anteriores.

Volvieron a escuchar un grito que identificaron de mujer.

—Debemos ayudarle, quien quiera que sea.

Henry desenvainó su espada y comenzó a correr, siendo seguido por los demás.

Como Jensen había adivinado, se trataba de un orco atacando a una chica, la cual fue ayudada por Mariam y Elly a ponerse de pie mientras el resto se encargaba del orco, al que lograron derrotar.

—Es... —comenzó Mariam.

Tan pálida que su cabello rojo, largo y ondulado, parecía en llamas, y con una expresión de terror en sus ojos saltones de color gris, la chica los miraba con asombro.

—Un hada —dijo Elly sin aliento al ver el aura dorada y brillante del cuerpo de la chica.

—Pensé que eran mucho más pequeñas —murmuró Jensen sin poder evitar arrodillarse para admirar a la chica, la cual parecía tener la misma edad que Mariam.

corruptos y acaban con todos, en especial los que llegan tan jóvenes. Que los Dioses se apiaden de su alma, si es que sigue vivo.

La discusión entre los enanos siguió, debatiéndose ahora sobre Henry y las historias que corrían respecto al día que se había batido con Olav, aseverando que había sido una especie de milagro de los Dioses que tal vez se apiadaban de la nación.

—Enano imbécil —musitó Killian entre dientes, a punto de correr hacia el grupo de enanos.

—No vale la pena —con un gesto, Henry indicó que debían retirarse.

Retomaron el camino luego del desayuno. La brújula los condujo a una zona donde los árboles estaban demasiado juntos y la poca luz solar no era suficiente para ver hacia dónde se dirigían, por lo que movilizarse era difícil.

—De todas formas, ¿cómo es que sobreviviste a esa maldición? —preguntó Killian al adelantar a Henry.

—Nadie lo sabe, ni siquiera yo mismo.

Killian lo miró con el ceño fruncido.

—No sé qué piensen ustedes, pero yo no creo que haya sido un milagro. Papá decía que esos los hacía uno mismo —añadió Jensen.

—Quizás Henry es un brujo y no nos lo ha confesado. Podría ser el mismo Olav que ha aprovechado la ocasión para que lo llevemos hacia un arma más poderosa y luego matarnos con ella —se burló Mariam.

—¡Eso es un insulto! —exclamó Henry, y todos rieron.

El momento terminó cuando un rugido seguido de un grito frente a ellos, los detuvo.

—¡Están atacando a alguien! —exclamó Killian.

—Es un orco —dedujo Jensen—. ¡Hey! ¡Elly! ¡Vuelve aquí!

—¡Es la luz! —les avisó señalando hacia el fondo, donde se podía ver aquella luz brillante entre los troncos de los árboles, más grande y fuerte que las veces anteriores.

Volvieron a escuchar un grito que identificaron de mujer.

—Debemos ayudarle, quien quiera que sea.

Henry desenvainó su espada y comenzó a correr, siendo seguido por los demás.

Como Jensen había adivinado, se trataba de un orco atacando a una chica, la cual fue ayudada por Mariam y Elly a ponerse de pie mientras el resto se encargaba del orco, al que lograron derrotar.

—Es... —comenzó Mariam.

Tan pálida que su cabello rojo, largo y ondulado, parecía en llamas, y con una expresión de terror en sus ojos saltones de color gris, la chica los miraba con asombro.

—Un hada —dijo Elly sin aliento al ver el aura dorada y brillante del cuerpo de la chica.

—Pensé que eran mucho más pequeñas —murmuró Jensen sin poder evitar arrodillarse para admirar a la chica, la cual parecía tener la misma edad que Mariam.

—Se transforman —explicó Elly con entusiasmo—. ¡Tú eras la que nos estaba siguiendo todo este tiempo!

El hada encogió los hombros, con miedo.

—El orco le ha cortado una de sus alas —dijo Henry mientras señalaba una de las transparentes y brillantes alas de la criatura que parecía haber sido arrancada de su espalda.

—Y tiene el tobillo roto —expuso Mariam—. ¿Qué haremos con ella?

—¿Qué tan lejos está el Bosque de las Hadas? —preguntó Henry.

Al principio parecía que el hada no contestaría, pero luego de unos segundos terminó emitiendo un sonido muy suave, parecido al de una flauta dulce.

—Al sur.

—Allá es hacia dónde nos dirigíamos —confirmó Jensen.

—Entonces está decidido: La llevaremos al bosque y seguiremos nuestro camino —sentenció Henry.

A pesar de sus evidentes dudas, el hada accedió a que Henry la llevase en su espalda. Iba temblando, más de nervios que de frío, y aunque Elly intentaba darle conversación, la criatura se mantuvo en profundo silencio.

El camino fue largo, aunque por suerte sin muchos accidentes gracias a un sendero construido con piedras que siguieron en tranquilidad hasta llegar a un camino que parecía estar alumbrado por pequeñas luces de distintos tamaños moviéndose entre los árboles.

—¿Qué es ese sonido? —preguntó Killian al notar una alta vibración que parecían campanas.

—Viene de tu bolsillo, Henry —le indicó Mariam tratando de aguantar una carcajada.

El hada, con una mano, sacó del bolsillo de Henry tres cascabeles cuyos sonidos parecían disminuir a medida que avanzaban. Por primera vez en todo el trayecto pareció tranquilizarse.

—Había olvidado que Mylo me obsequió esos cascabe...

—¡Quietos! —exclamó una voz haciendo que se detuvieran al instante.

Frente a ellos, un grupo de distintas hadas, tanto femeninas como masculinas, los apuntaban con flechas. Sus rostros, cubiertos a medias con las máscaras de hojas secas, no parecían del todo amables.

A la cabeza de una larga mesa, el rey Olav disfrutaba del lechón a las hierbas con miel mientras hablaba sin parar. Heydrich, con su gesto serio lleno de cicatrices, comía con mucha calma, mientras que Gottmort lo ignoraba con su atención se enfocada en los tres hombres que se localizaban entre Heydrich y Walkyria.

—Entonces decidí que... ¿quién anda ahí? —El Rey detuvo su anécdota cuando un tropiezo llamó su atención.

Se trataba de un soldado que, de forma conciente, había tropezado junto a Lynn, quien junto a sus suegros intentaba ver una vez más a su esposo.

La mujer, al ver el banquete que el Rey disfrutaba con sus cercanos, sintió repulsión. El reino moría a causa de la sequía mientras que él aprovechaba para llenarse, lo cual no significaba poca comida.

—¿Tienes bichos, Maher? —se burló uno de los hombres de la mesa de mediana estatura, cejas pobladas y una casi calva rubia—, siendo un castillo tan viejo...

—¿Y ese quién es? —susurró Lynn.

—Sigurd Ragnarsson —masculló Magnus con desdén—, otra rata. Fue uno de los favoritos de Dankworth, quien lo proclamó Guardián de Mylandor, y además, tiene bajo su comando los pueblos cerca de Arzangord.

Aquello debía significar que era un hombre peligroso, dado que Darnkworth no habría dado a cualquiera un dominio tan cercano a la capital, el rey Holger había confiado muy poco en los miembros de su corte. Las leyes valguardianas dictaban que cada Guardián de cada ciudad, antes de querer imponer algo a favor de su ciudad, debía obtener permiso del rey para ejecutar cualquier cambio; sin embargo, con Ragnarsson era distinto. Luego de cinco años fuera, había regresado por una carta de Gottmort, quien lo recibió con algo muy parecido —o fingido— al aprecio, a diferencia del propio Rey, quien se sentía intimidado, algo que tampoco era sorprendente. Olav era débil, había pocas personas que no lo intimidaban.

—Nada que no pueda manejar —contestó Olav sin esconder que se encontraba tenso.

—Es solo la familia Laughton —informó Heydrich—, de nuevo...

—Son perseverantes —observó Gottmort con sorna en un tono de voz bastante alto para que los visitantes lo escucharan. Todos lanzaron una carcajada—. Adivino: Lynn, los viejos y los mocosos.

—Sí —respondió Lynn elevando ligeramente el mentón.

—Como cualquier visita familiar. En fin, pierden su tiempo: no insistas, no dejaré que veas a tu querido marido.

—O lo que queda de él —se burló Ragnarsson con una carcajada que resonó en todo el salón—. Con esta temporada de sequía la gente muere como moscas.

—¡Des...! —comenzó Magnus, pero fue detenido a tiempo por su esposa.

—Señor Gottmort, entiendo que no me dejará pasar a mí; pero... por favor, ¿sería posible que lo vieran los niños?

—Solo los chiquillos, pues —accedió el hombre con un movimiento de la mano izquierda—. Heydrich, escóltalos hasta la Torre Solitaria, los demás se quedan aquí.

Mientras Heydrich se ponía de pie, Lynn se dirigió a sus dos hijos.

—Vayan a ver su padre, nosotros los seguiremos. —Maudie y Brendan asintieron con la cabeza y su madre les plantó un beso en la frente a cada uno. Esperó a que cruzaran el pasillo junto a Heydrich y se dirigió a sus suegros en voz baja—. El pasillo del segundo piso nunca está vigilado, iremos por allí y luego tomaremos un atajo hacia la torre.

—¿Cómo sabes que estará libre? —preguntó su suegra sin esconder su temor.

—Louis estuvo investigando para el momento en el cual tuviera que tomar el castillo. Dado que no se ha intentado nada, no deben de haberlo cambiado.

—¿Y cómo sabes lo del atajo? —preguntó esta vez su suegro.

—Encontré esto en el baúl de Louis.

De su bolsillo, Lynn se sacó un pedazo de pergamino arrugado y viejo en el que se encontraba dibujada una serie de líneas que conformaban una especie de mapa de todo el castillo, con todos sus pasillos y posibles atajos.

—¡Recuerdo ese mapa! —exclamó Magnus con una enorme sonrisa—, ¡Louis y Henry se metieron en problemas más de una vez por andar husmeando por ahí! ¡Esos chiquillos!

Sin dudarlo más, se pusieron en marcha mientras que, en la mesa, la conversación se mantenía.

—He viajado por todo el país antes de llegar aquí —decía Ragnarsson meciéndose en la silla—. Esta situación de la comida y la sequía se pone cada vez peor.

—Eso no nos importa —tajó Gottmort.

Ragnarsson arqueó una ceja.

—Equalia y Estromas quieren ayudar.

—Qué les den —terció Olav y Gottmort sonrió—. Aquí no pasa nada, los valguardianos tienden a exagerar.

—Uno más, uno menos; serán menos bocas a las qué alimentar, ¿no? —Ragnarsson dio otro sorbo a su vino—. Y bien, Gott, ¿para qué me has pedido que regrese?

—Como te dije en mi carta, necesito a todas las tropas de caballeros desplegadas por todo el reino, las necesitamos para una muy posible continuación de la rebelión. Como ya debes saber siendo tan observador, ha habido una buena cantidad de protestas a lo largo de estas semanas y, aunque no nos interesa lo que le ocurra a la gente, debemos de tomar medidas para protegernos y...

La carcajada de Ragnarsson le impidió continuar.

—¡Qué cosas dices, Gott! ¡Una rebelión! ¡En Valguard! —Y tal era su risa que hasta parecía convulsionar—. ¡Juntarte con este inútil te está haciendo muy mal! —exclamó sin pena señalando a Olav que lo miraba con recelo.

—¡Cierra el pico, imbécil! —gritó el Rey—. Ya hubo una hace unos meses que...

Ragnarsson volvió a estallar de risa.

—¡Todos son unos cobardes!

Gottmort se puso de pie y agarró a Ragnarsson por el cuello, haciendo que su risa parara instantáneamente.

346

—Por primera vez en tu miserable vida, hazle caso a tu Rey: cierra el pico. —Al empujarlo contra la silla, el hombre se desplomó contra su respaldo.

—¿Una rebelión por qué? —preguntó más comedido, aunque sin evitar el desconcierto—, ¿por la escasez de comida debido a la sequía? Los valguardianos no son tan inútiles para saber que eso es un tema que no podemos manejar.

—Henry Cromwell está vivo —informó Gottmort— y el reino entero lo sabe, lo han estado ocultando. Por lo que sabemos ha salido de Valguard, seguramente buscando una forma de detener a Olav y a la magia oscura.

—¿Entonces es cierto que se te ha escapado el insecto, Gott?

—He recurrido a ti no sólo por lo que te indiqué anteriormente; necesito llegar rápido a donde está el muchacho y tú eres el único que sabe cómo manejar bien las arswyd.

—Pensé que estábamos bien aliados con los casgranos.

—No confío en Lesmes y ya los hermanos Danus lo saben; además, bastantes malas noticias les hemos dado a esos hombres que tanto nos han ayudado. Considero que debemos encargarnos de esto nosotros mismos.

—Bien, ¿con qué piensas pagarme?

—Lo que quieras —respondió Gottmort—, una vez mi plan se haya ejecutado a la perfección...

—Y luego de encontrar al chico Cromwell, ¿qué sigue?

—Lo mataremos sin esperar un segundo, luego ejecutaremos

a Laughton —la voz de Gottmort proyectaba una frialdad más alta de lo normal—. El reino le tiene una devoción tremenda a estos dos miserables; nuestros dos enemigos son bastante fuertes y no podemos dudar de la fuerza que le han dado a los valguardianos. Estoy seguro de que al ver a sus dos líderes muertos no titubearán ni un segundo para revolcarse sobre nosotros.

—Suenas preocupado, Gott, no cabe duda de que un país puede más que todos nosotros juntos; sin embargo, Casgrad no dudará en enviar refuerzos a nuestro ejército.

—Ya te lo he dicho, Sigurd, no metamos más a los Danus en esto.

—¡Señor! —interrumpió uno de los soldados—, ¡tenemos problemas en la Torre Solitaria!

Maudie y Brendan habían sido escoltados hasta la Torre Solitaria por un soldado, dado que Heydrich no confiaba en que el resto de la familia obedeciera las órdenes. El lugar les daba algo de miedo, pero las ganas de ver de nuevo a su padre eran superiores.

—Estaré abajo, mocosos. Cualquier ruido que escuche, los sacaré de aquí inmediatamente y desearán no haber nacido. —El soldado había esperado atemorizarlos con semejantes palabras, pero Maudie le dedicó una mirada severa y tomó la mano a su hermano menor con fuerza. El hombre no dijo nada más y procedió a abrir la puerta—. Laughton, tienes visita.

Louis se hallaba apoyado contra la pared de su cama, tan débil que estaba desorientado. Con bastantes kilos menos y una barba larga y sucia, tenía profundas ojeras que dejaban clara su condición, por no hablar de las heridas en manos y brazos que la tela raída no podía esconder.

—¡Padre! —Los niños corrieron a su encuentro, encontrándolo a medio camino para saltar sobre él—, ¡te hemos extrañado tanto!

El habla se había escapado de él, pero sus brazos rodearon a sus pequeños con temor, como si en cualquier momento fuesen a desvanecerse.

—Yo también les echo de menos.

No podía soltarlos. Había infinidad de palabras que quería compartirles, palabras que había pensado durante los últimos meses; sin embargo, en ese momento nada se le ocurría: había creído no volvería a verlos.

No supo cómo fue capaz de soltarlos, pero al escuchar el sonido de los pasos apresurados, no dudó en hacerlo, escondiéndolos tras de él como si pudiera defenderlos de toda amenaza.

No era para más, sabía que incluso en reclusión no podía bajar la guardia.

—Oh, Louis —sin embargo, la persona que quedó frente a él era su madre—. Mi Louis... —La voz de Cateline se quebró en el momento en el cual se lanzó a los brazos de su hijo, solo para asegurarse de que estaba con vida.

—Madre —susurró Louis devolviéndole el abrazo y aguantando el llanto, algo que su padre, el hombre a quien siempre había admirado por su impertérrita fortaleza, no había logrado hacerlo—. Pa...

—Hijo mío. —Magnus lo envolvió en sus brazos, protectores, junto a su esposa.

En la puerta de la celda, Lynn se mantenía estoica. Por fin, luego de tantos meses, su sueño se hacía realidad, por lo que al encontrarse con la mirada de Louis, no pudo más que esbozar una sentida sonrisa. ¿Cuánto tiempo había pasado desde la última vez que se vieron en la plaza central de Valguard?

—Louis...

Quería ser fuerte, era algo que debía hacer; sin embargo, al ver su estado, no pudo evitar se le humedecieran los ojos.

—Lynn...

Louis corrió para abrazarla con fuerza, asegurándose de que todo aquello era real y no una fantasía. El llanto que Louis Laughton trataba de aguantar, reventó al fin.

—Te amo —le musitó Lynn, una y otra vez mientras acariciaba su nuca.

Tuvieron que pasar algunos minutos antes de que Louis recuperara el habla.

—Me alegra saber que están todos bien —apenas pudo decir—, he pasado cada noche escuchando los gritos de sufrimiento de la gente allá afuera sintiéndome frustrado por no poder hacer nada, por no poder saber que era de ustedes, si seguían con vida o...

—Estamos aquí —le aseguró Lynn con voz dulce—, y estoy segura de que más temprano que tarde toda esta pesadilla terminará.

—¿Henry? —preguntó sin poder evitarlo por más tiempo. Lynn se tensó en sus brazos.

—Lo saben, Louis. Saben que se ha marchado en busca de la espada.

En ese instante se escucharon los pasos.

En un abrir y cerrar de ojos aparecieron Gottmort, Heydrich, Ragnarsson y dos soldados más; tomaron a Lynn, Cateline, Magnus y los niños, sacándolos con agresividad de la celda mientras que Louis gritaba desesperadamente sus nombres, como si de esa forma pudiera callar los gritos provenientes de su familia al ser golpeada.

21.

ARYN

El grupo de hadas los observaban con detenimiento y sin atreverse a pestañear, apuntándolos con las flechas.

—¿Qué hacen por estos lados del bosque? —preguntó un hada de cabello negro en trenza y un cintillo de flores diminutas.

—Traemos a una de las suyas —contestó Henry, volteándose un poco para que pudiesen ver al hada, la cual saludó a sus compañeras con una tímida mueca que reflejaba vergüenza de sí misma.

El hada de cabello negro se quitó la máscara para mostrar un gesto de alivio.

—Apareciste —suspiró.

—La ha atacado un orco —explicó Henry—, por suerte nosotros pasamos cerca y pudimos rescatarla. Tiene un tobillo roto y le han arrancado un ala. —Las hadas se mostraron desconcertadas—. Hemos decidido traerla e irnos de inmediato, no queremos incomodar.

—¿Qué tal si es una trampa? —preguntó una de ellas al hada de cabello negro, al parecer, la líder del grupo.

El hada se acercó al grupo, examinándolos detenidamente.

—No, no vienen a tendernos ninguna trampa. Tomen a Aryn y llévenla con Anika —indicó.

En seguida, el grupo de hadas fue hasta Henry y ayudaron

al hada de la cual por fin conocían su nombre; la bajaron de la espalda de Henry y se la llevaron para que fuera curada.

Henry les indicó a los chicos era momento de seguir su camino, pero el hada de cabello negro los detuvo.

—Déjennos agradecerles por esto, llevamos varios días buscándola; ustedes la encontraron y encima le salvaron la vida.

El grupo intercambió miradas, indecisos por la oferta.

—No quisiéramos molestar, además, disponemos de poco tiempo... —inició Henry.

—La herida de tu pierna está infectándose —interrumpió el hada con autoridad—, empeorará con el pasar de los días; y el resto de tus acompañantes tienen varias heridas también, además, se nota que ninguno de ustedes ha descansado bien del todo. Insisto en que se queden, es nuestra mejor forma de agradecerles.

Las hadas siempre habían tenido una gran personalidad. Curiosas por naturaleza, eran capaces de meterse en grandes peligros tan solo por descubrir algo nuevo, aunque también tenían una gran lealtad, preocupándose por el bienestar de cada una de ellas. Trabajadoras y muy buenas forjadoras de armas, se trataba de seres con un corazón muy grande, pues ante los favores concedidos, pedidos o no, no podían estar tranquilas hasta devolver una muestra de agradecimiento.

—Creo que debemos quedarnos; mírate, ella tiene razón, te ves muy mal —dijo Jensen, quien tenía enormes ojeras y parecía muy cansado.

Los demás estuvieron de acuerdo: era tiempo de darse un descanso y dejar la terquedad a un lado.

—Está bien, nos quedamos —aceptó Henry.

—Muy bien, ¡síganme! —dijo el hada dando una media vuelta para guiarlos por el camino de las rocas.

A medida que avanzaban y bajaban por el camino, la cantidad de luces doradas se hacía más intensa hasta llegar a una especie de pueblo conformado por árboles de formas extrañas en cuyas ramas se levantaban casas de madera que mantenían el calor.

El bosque en sí estaba repleto de luces doradas de distintos tamaños, pequeñas que volaban para allá y para acá, y grandes cuando las hadas se hallaban en su tamaño original, igual a un ser humano.

La presencia del grupo llamaba su atención, no dejaban de observarlos e, incluso, muchas dejaron sus quehaceres para mirarlos. El bosque parecía un anfiteatro lleno de ojos curiosos que no les quitaban la vista de encima mientras cuchicheaban comentarios entre ellas.

—¿Por qué nos observan así? —preguntó Mariam frunciendo el entrecejo.

—No hemos visto humanos en años, tantos que las hadas más viejas apenas los recuerdan. Las más jóvenes los vemos por primera vez.

—¿Qué tan emocionante puede ser un humano para estas criaturas? —susurró Killian a su hermano.

—¡Por aquí! —exclamó el hada dirigiéndolos a una casa en uno de los árboles más bajitos.

Al entrar, se encontraron con una estancia del tamaño de una casa pequeña que albergaba veinte camas, diez de lado izquierdo y diez en el derecho. Las ventanas estaban decoradas con cortinas amarillas, las cuales hacían que todo aquel sitio se viese de ese color. Cinco hadas diminutas iban y venían; una de ellas se acercó a ellos y tomó su forma original en sus narices. Era regordeta y cachetona, de cabello anaranjado y ojos pequeños. Miró al grupo con asombro y luego se dirigió al hada de cabello negro.

—¿Qué significa esto, Levanah?

—Han traído a Aryn. Están heridos, asegúrate de curarlos, Elga. Iré a informarle a mi padre.

—De acuerdo —asintió el hada antes de invitarlos a pasar.

Con distintos polvos mágicos, el hada dejó sus heridas completamente invisibles, parloteando con ellos acerca de sus experiencias con los humanos hacía muchos años atrás, además de informarles sobre los males que ahora acogían al bosque.

—La maldad está desatada en todos lados —decía el hada mientras curaba sus heridas.

Minutos más tarde, Levanah apareció y se los llevó hasta el árbol más alto de todo el Bosque de las Hadas. Dentro de la enorme casa, decorada con coloridas velas que flotaban por el lugar, los esperaba un hada masculina de gran estatura, alrededor de dos metros, de al menos sesenta años.

Se trataba del jefe de aquella tribu, cuyos ojos celestes, cejas pobladas teñidas de blanco y mirada amigable, sembró cierta confianza en sus inesperados huéspedes.

En la habitación se encontraba Aryn, el hada pelirroja, a quien ya habían curado el tobillo y el ala izquierda; junto a ella se hallaba el grupo de hadas que los había encontrado en los a los rededores del bosque.

—Hoy ha resultado ser un gran día para nosotros —dijo el jefe de las hadas con voz suave y monocorde—, no saben lo agradecidos que nos encontramos con ustedes por haber traído de vuelta a una de nuestras hadas más valiosas. —El hada miró de reojo a Aryn, quién se encogía en sus hombros y se ponía igual de roja que su cabellera debido a tantas miradas.

—Apreciamos lo que han hecho por nosotros, llevamos mucho tiempo viajando y nos hemos encontrado con todo tipo de criaturas en el camino —aceptó Henry mientras intentaba ignorar la mirada curiosa del hombre.

—Soy Maël —se presentó al fin luego de un momento—. Debo decir que, por lo tiempos que corren, no hemos tenido contacto con los humanos en los últimos quince años, y nunca antes nos habíamos topado con alguno tan cerca de nuestro bosque. Es mi obligación preguntar la razón de esta casualidad.

—Tenemos una misión importante —contestó Henry de inmediato, aunque Maël no quedó satisfecho con su respuesta.

—Debemos llegar a un lugar y no tenemos mucho tiempo —agregó Killian con fastidio, sin muchas ganas de quedarse un minuto más en aquel lugar.

—El tiempo es sólo una teoría, jovencito —lo corrigió Maël, riguroso—, no importa cuánto intentes adelantarte o atrasarte, el momento que esperas llegará. Admito que me causa impresión que lograran llegar hasta aquí, los orcos se han esparcido por toda la zona y no hay ningún territorio humano que se encuentre relativamente cerca de nuestro bosque...

—Sí lo hay —interrumpió Henry, ganándose una mirada curiosa de parte de Maël.

—Valguard —dijo con una sonrisa—. Entonces los rumores que corren son ciertos, Henry Cromwell está con vida. —Las hadas presentes se exaltaron al escuchar aquel nombre, sobre todo Aryn, a quién los ojos grises le saltaron aún más—. No sé cómo no te he reconocido, si eres idéntico a tu padre. Debo estar poniéndome viejo.

—¿Usted lo conoció? —preguntó Henry con asombro.

—Así es, lo conocí. Hemos estado bastante preocupados por lo que ha ocurrido en Valguard, pero son tantos los rumores que ya no se sabe cuál es la verdad.

—Hemos escuchado algunos, pero solo de uno estoy seguro.

—Entiendo su preocupación, príncipe Henry, y sé que no

podemos interferir en la misión que se le ha encomendado, pero insisto en que puede contar con nosotros cuando necesite ayuda.

Henry no titubeó ante la propuesta de Maël, la idea se le vino a la cabeza como cuando un rayo golpea un árbol.

—Necesito enviar un mensaje a Valguard —dijo con rapidez, creyendo que se le escaparía la idea de la cabeza—, debo comunicarme con mi gente.

—Es difícil que seres como nosotros entremos en territorio dominado por la Oscuridad…

—Yo lo haré —interrumpió Aryn dando un paso al frente—. Yo… yo iré a Valguard.

Tanto Maël como al resto de las hadas presentes no les impresionó el hecho de que la joven se ofreciera a aquella misión que para ellas resultaba peligrosa, sin embargo, estaban extrañados porque desde que había regresado se comportaba de una manera muy tímida.

—¿Tú? Pero si te salvamos de un estúpido orco, ¿cómo piensas ir hasta Valguard? —cuestionó Killian.

—Nunca subestimes a Aryn —lo atajó Maël con vehemencia—, es una de nuestras hadas más hábiles.

—Aryn, no deberías ir, debes terminar de recuperarte —observó Anika, un hada de cabello morado, poniéndole una mano en uno de sus pálidos hombros.

—¡Voy a hacerlo! —insistió Aryn con autoridad, dejando ver esa dura actitud que sus compañeras conocían de ella.

Maël le sostuvo la mirada un momento antes de asentir.

—Está bien, lo harás, adem....

En ese momento, en la casa irrumpieron dos hadas varones cubiertas de barro, ramas y arañazos por todo el cuerpo. De inmediato, el resto de las hadas comenzaron a moverse, nerviosas.

—Señor, un ejército de orcos ha intentado entrar al bosque por el puente del río.

—¿Han logrado cruzarlo?

—No, pero han destruido el puente completamente.

—Eso empeora las cosas —dedujo Maël dirigiéndose a Henry—. Si se dirigen al sur, el puente es la única salida.

Sin esperar respuesta, Maël salió rápidamente junto con las demás hadas, dejando a Levanah y Aryn atrás.

—¿De verdad debemos ir al sur? —preguntó Killian farfullando.

Mariam sacó la brújula para, luego de examinarla, asentir.

—No se preocupen, una vez nos encarguemos de los orcos reconstruiremos el puente enseguida —aseguró Levanah.

—¿Construirlo en seguida? —saltó Killian—. ¡Son solo hadas! ¡No pueden construir un puente en horas!

El semblante de Levanah se endureció al instante, cambiando por completo el rostro adorable del hada en uno intimidante. Enojada, lanzó un hechizo a la cabeza de Killian, convirtiendo sus orejas en las de un murciélago. Sus hermanos y Mariam explotaron a carcajadas, incluso el mismo Henry, que no pudo mantener la compostura; Aryn también había reído, pero volvió a adoptar aquella postura tímida al reparar que Henry se dio cuenta de ello. Era la primera vez que veía reír a aquella hada tan peculiar.

—Podemos hacer lo que sea. Pórtate bien, de lo contrario te pondré unas alas que vayan con esas orejas.

—Mira el lado positivo —dijo Henry secándose las lágrimas—, ahora podrás escuchar si algo se acerca a largas distancias.

Killian les dedicó una mirada de desdén a todos mientras Maël entraba de nuevo a la habitación. Las risas se apagaron.

—Los orcos se han ido, pero los daños del puente son graves, me temo que no sé en cuánto tiempo estará listo, joven Henry.

—No se preocupe, le ayudaremos a reconstruirlo.

Las hadas sonrieron ante su amabilidad.

Horas más tarde, después de que Aryn saliera hacia Valguard con el mensaje, Henry y los chicos ayudaban a un grupo de hadas a llevar varios trozos de madera al lugar cuando Killian se detuvo, elevando el mentón.

—¿Qué es ese ruido? —preguntó, girando la cabeza de lado a lado, ignorando las risitas de unas hadas que pasaban por allí.

—No tenemos tus orejas —se burló Mariam.

—Dinos, ¿qué es lo que escuchan tus orejas de murciélago? —bromeó Henry.

—¡No es juego! ¡Algo enorme se acerca!

—¿Por qué no le dices a Levanah que te ponga las alas? Así podrías ver desde las alturas —siguió riendo Henry.

—¡Ya basta! —reventó Killian al tiempo que la tierra comenzó a temblar bajo sus pies y se escuchaban unos gruñidos; sin embargo, las hadas no parecían alarmadas en lo absoluto. Los pasos se acercaban y los árboles se caían de lado a lado, pero ninguna de las hadas intentó esconderse.

—¿Son lo que creo que son? —preguntó Jensen al tiempo que unas enormes cabezas pelonas aparecían entre los árboles.

—¡Gigantes! —exclamó Elly, perpleja—, ¡son gigantes!

En efecto, dos gigantes calvos, de nariz chata y ojos negros y pequeños, aparecían en el otro extremo del bosque cargando algunos grandes troncos. De inmediato varias hadas volaron hasta ellos para cortarlos.

—A Howard le encantaría ver esto —comentó Henry, maravillado con lo extraordinarias que podían ser las hadas.

Myles reprochaba al último caballero negro que salía de su taberna luego de recibir una amenaza de parte del Rey con confiscar su negocio. En los últimos días se habían dado pequeñas asambleas con alrededor de veinte personas que eran los encargados de repartir la información con el resto de los valguardianos, razón por la cual la noticia de lo ocurrido con la familia Laughton recorrió el reino con velocidad, haciendo que un montón de gente se aglomerara en la entrada de la Casa de las Sanadoras.

—Están bien —afirmaba Howard, quién miraba a todas partes con nerviosismo, asegurándose de que por allí no viniera ningún caballero negro.

Magnus era el de peor estado, pues había quedado inconsciente debido a la cantidad de golpes recibidos; en cambio, Lynn y Cateline se encontraban de pie, sin mayor herida que los varios moretones que ostentaban en la piel. Lo peor, claro, había sido salir de allí con los niños, quienes estaban asustados con lo ocurrido, por lo que las brujas y Elsie se habían hecho cargo de ellos para poder tranquilizarlos.

—¡Esos desgraciados! —exclamó Mary, frustrada, después de escuchar el relato de parte de Lynn.

—Por lo menos sigue con vida —se alivió Mylo, secándose las lágrimas—, ¿cuánto tiempo tendrá que pasar para que esta pesadilla acabe y mi amo pueda ser libre?

—El insecto del Rey quiere deshacerse de mi negocio —informó Myles con rabia—, no podemos quedarnos sin hacer una asamblea, es lo último que nos queda para mantenernos al tanto de todo.

En ese instante, una luz dorada entró por la ventana y se acercó a ellos aterrizando en el suelo para tomar la forma de una humana. Su repentina aparición fue como un milagro, pues hacía años que un hada no se aparecía por el reino

—Tengo un mensaje de Henry Cromwell —anunció Aryn con voz dulce. Aquellas palabras hicieron que a más de uno le diera un brinco en el estómago y Erin, quien llegaba a la Casa de las Sanadoras luego de ver a los niños Laughton, se abrió paso entre la multitud con un nudo en la garganta.

De las manos de Aryn surgió un polvo brillante que tomó la figura de Henry. Los presentes se acercaron para verlo mejor.

—Valguardianos —dijo la voz del auténtico Henry por medio del polvo—, ha pasado un tiempo desde que partí en esta misión, pero no por ello he dejado de estar al tanto de lo que pasa en nuestra amada nación. Sé lo que Olav y Gottmort les están haciendo, pero aunque no estoy en ese lugar, no los he olvidado. Necesito que sean fuertes, necesito que luchen. Somos más que sus soldados, tenemos más fuerza que ellos, unidos podemos vencer la Oscuridad; así que no desanimen, es hora de demostrarle de que estamos hechos. No sé cuánto tiempo me queda por recorrer, por eso le pido al barón O'Neill que una a nuestros caballeros nuevamente y todo aquel que esté dispuesto a defender al reino de las garras de Olav y Gottmort; a ellos les digo que...

Pero el mensaje no terminó, pues el Henry de polvo se esfumó repentinamente.

—¿Qué ocurre? —preguntó Erin quien ya había llegado frente al hada.

—Debes irte —dijo Alana a Aryn al notar que parecía debilitarse y no podía respirar bien.

—No, debo terminar de darles el mensaje.

—Vete, este ambiente no es bueno para las hadas, tu energía

se está agotando. Márchate, lo que hemos escuchado es suficiente.

No muy convencida, pero cada vez más débil, Aryn hizo caso a regañadientes y volvió a convertirse en luz para salir nuevamente por la ventana mientras los presentes observaban su camino con una sensación de calma nueva: Henry estaba vivo. No podían dejarse vencer.

Los pensamientos del Rey, todos relativos a Henry y a la situación del reino, se detuvieron en el momento en el que entró al salón en donde Gottmort lo esperaba junto a Heydrich, por lo que se aclaró la garganta para hacer notar su presencia.

—Llegas a tiempo —dijo con frialdad.

—¿Para qué necesitas a tu Rey? —preguntó Olav con brusquedad.

—Me veo en la necesidad de revelarte mi plan.

Olav arqueó una ceja.

—Ese es tu deber, debes informarle a tu Rey los planes que desees llevar a cabo.

Gottmort rio ante la respuesta de Olav.

—Iré a buscar a Henry Cromwell —anunció con una media sonrisa en el rostro que parecía más una cicatriz cortando sus facciones.

—Ya me lo esperaba. Bien, asegúrate de traer el cadáver.

Gottmort alzó el mentón.

—¿Qué te hace pensar que acataré esa orden?

—¡Soy el Rey! ¡Debes obedecer mis órdenes! ¡Estoy harto de que te creas superior a...!

No pudo terminar. Al bajar la vista, Olav se encontró con el mango de la espada atravesando su estómago para, luego de un segundo, sentir como la sangre caliente comenzaba a inundar su garganta.

—Fíjese bien, Su Majestad, nunca debe dejar su arma en donde no pueda alcanzarla.

—Traidor —musitó con voz ahogada.

Gottmort sacó el arma de su cuerpo y el Rey cayó al suelo haciendo un golpe sordo, sintiendo como todo su cuerpo se debilitaba. Un escalofrío recorrió su espalda. Comenzaba a sudar y a ponerse pálido al sentir como la muerte lo abrazaba por detrás.

—La primera parte de mi plan consistía en quitarte a ti del medio, Olav —dijo Gottmort mientras limpiaba la sangre de la espada con la ropa del moribundo Rey—, una vez tú estés muerto, iré en busca de Cromwell, lo aniquilaré y luego acabaré con Laughton. Cuando culmine con ello, seré yo quien gobierne Valguard.

—Irás... al infierno —balbuceó Olav, con la poca energía que le quedaba.

Gottmort rio una vez más.

—Tal vez, pero tú irás primero. —Sonrió. —¡Tírenlo por el acantilado! —ordenó a Heydrich—, asegúrate que nadie lo vea.

22.
ESPEJISMOS

Henry dormía profundamente, la falta de sueño y el duro trabajo de aquel día lo habían dejado agotado, así que en cuanto su cuerpo había tocado la cómoda cama y su cabeza la acolchada almohada, se sumergió en un profundo sueño que ni mil gigantes podrían interrumpir con sus ruidosos pasos.

Le había parecido escuchar la voz de su madre, específicamente aquella canción que entonaba para él antes de ir a dormir; incluso, al abrir los ojos, había creído ver su rostro, con tanta claridad, que era extraño pensar que se trataba de un sueño.

La habitación dónde se encontraba iluminada por los rayos del sol que hacían que los colores fuesen mucho más brillantes en una mezcla de rojo, naranja y amarillo. Henry se levantó y se restregó los ojos con las manos. En el lugar no había nadie, solo cuatro camas desordenadas que debían ser del resto. Pestañeó varias veces para desperezarse, pero aún escuchaba aquella dulce tonada que provenía de algún instrumento de viento. Se quedó por un rato sentado en la cama escuchando su música hasta que de repente dejó de sonar.

Sin más preámbulo, se puso de pie y salió de la pequeña casa para buscar al músico, pero en los alrededores no se encontraba nadie salvo hadas ajetreadas cargando trozos de madera, por lo que se dispuso a terminar el trabajo e ir a donde se hallaba el puente. En el camino se encontró con Killian.

—Nosotros no cazamos nuestros animales, orejas de murciélago —le reprochaba un hada de cabello verde, varón como los otros dos. Parecía mayor que el chico y no se inmutaba por su mirada furiosa—. ¿Estás seguro de que es un arco de verdad? Esta madera no es lo suficientemente fuerte.

—Obsérvalo bien, Calin, parece de juguete —dijo otra de las hadas señalando el arco.

—Lo construí yo mismo —se quejó Killian.

—Necesitarás un arma más fuerte si piensas ser un buen arquero —se burló el hada Calin—. Cian, Cory, ¿ustedes que opinan?

—Yo opino que no merece un arma nueva, ¡ha recibido un castigo! ¿Sabes lo que significan las orejas de murciélago para nosotros? —señaló Cian.

Killian negó con la cabeza, escondiendo el puño en su bolsillo.

—Pertenece a lugares oscuros —murmuró Cory en la lengua de las hadas, y junto a sus hermanos se echó a reír.

Killian dio un paso al frente, pero se detuvo cuando localizó a Henry, por lo que respiró hondo y se detuvo mientras las hadas hacían una mueca de burla y seguían con su camino.

—¡Me odian! —exclamó Killian al encontrarse a solas con Henry.

—No, es que eres demasiado escéptico con ellas, ya te pareces a Gordon.

—Son solo hadas...

—No niegues que son criaturas sorprendentes, una de ellas te puso orejas de murciélago.

Cuando llegaron al río se dieron cuenta que faltaba muy poco para terminar el puente, tan solo colocar y amarrar algunas lozas de madera para concretarlo. Henry se ofreció a hacer parte del trabajo. El sol y el calor eran tan fuertes que para lograr hacer un buen trabajo tuvo que arremangarse las mangas hasta los hombros; martillaba los palos de madera con las losas y luego las amarraba con sogas. Estaba concentrado y ni siquiera las gruesas gotas de sudor que le resbalaban por las sienes y la nariz lograron desconcertarlo; al menos no hasta que se sintió observado, por lo que alzó la cabeza encontrándose con la cabellera roja de Aryn que obraba concentrada en su trabajo, sacándole el filo a varias dagas de su pertenencia.

A decir verdad, nadie podría resistirse a la belleza de aquellas criaturas y Aryn no era una excepción. Aquellos finos rasgos de todo su delicado cuerpo y su grueso cabello rojo la hacían parecer de porcelana. Henry no pudo evitar clavarle la mirada por unos segundos hasta que se dio cuenta que el hada llevaba colgando de sus ropas una flauta de pan.

—Eras tú —dijo haciendo que Aryn se sobresaltara—. ¿Eras tú la que tocaba la flauta, no es así? —Aryn asintió con las mejillas sonrosadas—. Mi madre solía cantarme esa canción, siempre, antes de dormir.

—La mía también —respondió Aryn, aún colorada, observando cada detalle de Henry con lentitud hasta detenerse en la larga y rosada cicatriz de su brazo derecho.

—Tu brazo... —susurró atónita.

Henry observó la cicatriz con naturalidad.

—Fue Olav —dijo, tratando de no pensar en el borroso recuerdo.

El hada se levantó y se acercó a él a pasos cortos.

—Debes tener cuidado —advirtió con tono severo, sentándose a su lado.

—¿Qué quieres decir?

—Una vez que la magia oscura te toca no hay forma de desvanecerla.

—¿Me encuentro aún en peligro?

Aryn colocó una de sus finas manos en el brazo de Henry y cerró los ojos, examinándolo.

—Aparentemente no —repuso el hada pelirroja, quitando rápidamente su mano del brazo de Henry—, pero no bajes la guardia ante tus enemigos, ya que estos, de una u otra forma, pueden encontrar la manera de terminar lo que empezaron.

Terminaron de reconstruir el puente al medio día y para celebrarlo hicieron una pequeña ceremonia antes de que Henry y los chicos continuaran su viaje. Después de un gran almuerzo lleno

de buena comida, las hadas les entregaron armas nuevas: un pu-
ñal para Elly, regalo de Levanah; una nueva espada para Jensen
y numerosas navajas; y polvo de curación y de luz para Henry
y Mariam por parte Aryn. El último en recibir algo fue Killian,
quien obtuvo de parte de Calin, Cian y Cory un arco con flechas.

—Es tejo —indicó Cian sonriente mientras Killian inspec-
cionaba asombrado su nuevo arco.

—La madera más fuerte que existe —añadió Calin.

—Y la punta es de acero élfico —explicó Cory—, basta una
sola flecha para matar a cosas enormes como las arswyd, ¡solo las
cosas malas!

—Gracias —murmuró Killian embelesado.

Acto seguido vio muchas luces y sintió un ardor en ambos
lados de su cabeza, y al levantar las manos a las orejas pudo comprobar que habían vuelto a la normalidad.

—Pórtate bien —exigió Levanah, golpeándolo en un hombro—, y no escuches lo que estos tres idiotas te dicen. Las orejas
de murciélago no son un insulto para nadie, son animales fantás-
ticos, pero necesitaba algo lo bastante cómico para avergonzar
a una actitud como la tuya. —Levanah le guiñó un ojo y Killian
enarcó una ceja, entre agradecido y no muy convencido.

Maël se acercó a ellos.

—Estamos agradecidos por su ayuda, esperamos volver a
verlos, esta vez en una nueva Valguard.

—Gracias —sonrió Henry.

—Buena suerte, Príncipe —se despidió Maël antes de que el grupo se despidiera y cruzara el puente.

—¡Henry! —el grito detuvo su partida. El Príncipe se giró y vio a Aryn correr hacia él—. Esto es tuyo —le indicó Aryn tendiéndole los tres cascabeles de bronce atados a una cinta azul oscuro.

—Quédatelos —dijo Henry con una sonrisa.

Aryn volvió a sonrojarse hasta las puntiagudas orejas.

Así pues, el grupo continuó su camino cruzando el nuevo puente mientras que las hadas los observaban hasta que se perdieron de vista en un nuevo bosque.

—Creo que las hadas no son tan inútiles como yo pensaba —admitió Killian, aun admirando su nuevo arco.

—Quiere decir que aprendiste la lección —dijo Henry.

—Son maravillosas —asintió Mariam—, en especial Aryn. —Miró a Jensen y a Elly de soslayo y estos rieron.

—¿Qué? —preguntó Killian quien seguía admirando su obsequio.

—Abre los ojos, orejas de murciélago —se burló Mariam.

—Creo que era el hada más curiosa —dedujo Henry.

Mariam, Jensen y Elly soltaron una carcajada.

—Ustedes dos no entienden nada, está más claro que el agua que le gustas a Aryn, Henry.

—¿Es eso posible? —cuestionó Killian, arrugando el semblante.

—Las hadas no sienten igual que nosotros, los sentimientos y el afecto para las criaturas mágicas es diferente al nuestro.

—¿No tienen sentimientos? —cuestionó Killian.

—No son capaces de amar, por lo menos no los elfos —terció Mariam—, sin embargo, he escuchado de casos de hadas que sí han logrado hacerlo.

Continuaron sin problemas con su camino y la noche la pasaron en una pradera; a la mañana siguiente se despertaron temprano para recuperar el tiempo perdido.

A medida que avanzaban el sol era tapado por una gruesa capa de nubes y una débil neblina que aparecía de la nada. Sin darse cuenta se adentraron en un nuevo bosque cuyos árboles tenían troncos finos, grises como la plata y sin ninguna hoja.

Hacía frío en aquel lugar, uno que taladraba los huesos, por no decir del silencio sepulcral que se alzaba sobre ellos: ningún ave cercana. Al avanzar, se dieron cuenta de que el suelo el suelo estaba cubierto de nieve y la neblina era más densa.

—¿Es que el tiempo se ha vuelto loco? —se preguntó Jensen frotándose los brazos con las manos.

Mariam sacó la brújula de su bolsillo con una mano temblorosa, casi tiesa debido al frío.

—Chicos... —dijo la muchacha deteniéndose en seco.

—¿Qué ocurre? —preguntó Henry.

—La brújula... parece que se volvió loca.

Le pasó el aparato a Henry, quien lo tomó con una de sus manos congeladas para comprobar que el eje rotatorio parecía temblar de un lado al otro en lugar de moverse como debería.

—Aún apunta al sur. Debemos salir de este bosque de inmediato, no me agrada tanto silencio.

Mientras más avanzaban, la atmósfera era más densa y silenciosa, como si el bosque se los devorara a cada paso que daban. El frío les quemaba la piel y comenzaban a formarse pequeños hilos de hielo en sus cabellos.

—Tengo mucho frío —se quejó Elly, cuya mandíbula temblaba sin parar.

El viento helado sopló y junto con él se escuchó un susurro en medio del pesado silencio.

—Ya falta poco —la animó Jensen, aunque parecía que el bosque no tenía fin. Frente a ellos solo había neblina

—No aguantaré por mucho rato más… —advirtió la niña, deteniéndose con sus piernas congeladas.

Sus hermanos se pusieron a cada lado de ella para brindarle calor, pero aquello era inútil: el viento y el frío eran cada vez más fuertes.

El viento sopló con mucha más fuerza levantando la nieve del suelo, como si se estuviese formando un torbellino con suma lentitud.

Elly susurró mirando a su izquierda con los ojos desorbitados.

—¿Qué dices? —preguntó Jensen dirigiendo una oreja a la boca de su hermana menor—. Elly, no puedo escucharte.

La niña apuntó con un tembloroso dedo hacia donde miraba. Sus hermanos siguieron la dirección y se quedaron igual de atónitos que ella, pero Mariam y Henry no veían más que la neblina.

—Debemos movernos —sentenció Henry tomando del brazo a Killian y a Jensen. Mariam hizo lo mismo con Elly, pero ninguno de los niños Lethwood reaccionó al tacto.

—¡Padre! —exclamó Elly y, haciendo un enorme esfuerzo, corrió hasta el grupo de árboles tapados por la neblina seguida de sus hermanos.

—¡No! —Henry corrió hacia ellos, pero era demasiado tarde: la niebla se los había tragado.

—¿Qué rayos está ocurriendo? —Mariam miró a todos lados intentando saber lo que ocurría cuando, de pronto, la vio. La mujer de cabellos castaños le sonrió—. Madre —musitó, casi sin aliento antes de comenzar a dar zancadas hacia ella.

—¡Mariam, no!

Pero era tarde. La niebla también la devoró.

Henry miró a su alrededor con desesperación. Recordaba como Rowen le había hablado de los bosques encantados, ¿sería ese el caso? Tenía cada extremidad congelada y sentía que sus articulaciones iban por el mismo camino, por no decir que el viento parecía rasguñarle la piel mientras tomaba más potencia y los susurros se hacían más fuertes.

—Henry.

Entonces los escuchó.

Su corazón se detuvo.

Frente a él, su padre y su madre, tal y como los había visto la última vez antes de partir a Preyland. Margery Cromwell usaba el mismo vestido púrpura, sus mejillas estaban llenas de vida y sus ojos bañados en lágrimas de felicidad mientras que su padre la rodeaba con un brazo, mirando a su hijo con un inmenso orgullo.

Olvidó el frío, el suelo bajo sus pies, el viento helado y los susurros. No importaba las veces que tratara de pensar con claridad, era como si todo se hubiese detenido en un antiguo pensamiento que su infantil mente inventó años atrás.

Su madre se acercó a él y le tomó la mano. Henry se estremeció al sentir lo cálida que era, mas no dijo ni una palabra. El rostro de Margery se entristeció al ver que su hijo no reaccionaba.

—Aquí estoy, hijo mío.

Henry la miró a los ojos, unos ojos vacíos que no tenían vida, a diferencia de su tacto.

—Hemos esperado por ti todo este tiempo —afirmó su padre, también acercándose.

—Estamos orgullosos de ti, Henry —le sonrió su madre antes de comenzar a caminar con él, de la mano, como si aún fuera un niño pequeño.

—¿Dónde estamos?

—En un fantástico lugar —le aseguró su madre.

—He estado observándote todos estos años —contaba su padre— anhelando el día en el que esta familia se volviera a encontrar en una nueva vida.

Henry deseaba tanto que fuera verdad...

—No —se detuvo. Su cerebro parecía estarse descongelando, no podía pensar como quería; sin embargo, sabía que aquello no era real.

—¿Qué pasa, cariño? —preguntó Margery, apretando con más fuerza la mano de su hijo. Ya no había felicidad en su rostro, solo preocupación.

«Tú no te preocupas con tanta facilidad —pensó Henry—, no eres débil».

El rostro de su madre pasó al desconcierto y el de su padre a la dureza. El calor de su tacto se perdió y el viento helado volvió a soplar.

Henry se encontró con un espectro de carne y hueso al que, en segundos, comenzaron a salirle ojeras y a notársele las cavidades de los ojos.

—Es tu momento, hijo. —El tacto de su madre ahora era frío, su tono indiferente.

—Aún no es mi momento —sentenció Henry llevándose la mano libre a la empuñadura de su espada.

—No te atrevas —dijo su padre con voz grave.

—No estamos en un fantástico lugar, madre —indicó Henry con frialdad—; conozco este lugar, no voy a caer en esta trampa.

—No has aprendido a aceptar las cosas que te depara el destino —reclamó su padre, cuya piel parecía quemarse con lentitud.

—Tal vez no, pero si aprendí a diferenciar lo real de la mentira.

Acto seguido, desenvainó su espada y cortó la mano de su madre, quien soltó un grito desgarrador. El viento se trasformó en una especie de huracán y las figuras de Henry y Margery Cromwell se volvieron sombras altas y oscuras.

Henry corrió sin mirar atrás guiándose solo por la voz de los Lethwood.

—¡¿Qué es esto?! —Killian señaló a las tres figuras se acercaban a ellos con rapidez.

No podía ver a Marian y, mientras corrían y la llamaban, unos hilos fríos e invisibles les herían la piel a cada paso.

Entonces escucharon el llanto.

Henry dobló a la derecha y encontró a Mariam tumbada en la nieve con las manos en la cabeza y la cara escondida entre sus rodillas, incapaz de moverse, con una de las sombras a punto de clavarle una estaca en la espalda. Sin dudarlo un momento se abalanzó contra la sombra, cortándola con la espada para luego levantar a Mariam del brazo.

Corrieron hacia el final del bosque perseguidos por las cuatro sombras, y no se detuvieron hasta que sus pies dejaron de tocar el suelo, cayendo por un barranco inclinado para comenzar a rodar hasta tocar el barro.

Henry se incorporó sacudiendo la cabeza. ¿Seguirían en peligro? Al girarse a preguntar vio que Mariam lloraba, con la mirada perdida y mortalmente pálida y fría.

—¡Mariam, reacciona! —Henry la tomó en brazos mientras la chica trataba de calmar la respiración—. Jensen, dame un poco del polvo.

El chico sacó una botellita diminuta con un polvo azul y se la extendió al Príncipe, quien colocó un poco en los labios de Mariam.

Luego de un instante, pareció calmarse un poco.

—Mi madre... —dijo con una voz ronca.

—Ya, todo está bien —le aseguró Henry.

El lugar donde habían caído parecía más tranquilo. No había viento, ni nieve, ni susurros, ni sombras altas. Mariam suspiró antes de alzar la vista a Henry, a quien terminó abrazando.

—Ese bosque... es el bosque de los espejismos, ¿cierto? —preguntó Jensen, dándole un poco del polvo a sus dos hermanos.

—Sí, se alimenta de tus más dolorosos recuerdos y los regresa a ti de una manera confortante para volverte vulnerable y consumirte. Todas esas sombras y susurros son de las personas que han caído en su trampa.

Horas después, mientras los niños dormitaban frente a una fogata, Henry se acercó a Mariam. Había sido la más afectada por el bosque, por lo que aún estaba preocupado por ella. Se sentó a su lado mientras ella observaba el fuego danzar.

—¿Cómo te sientes?

Mariam no le dirigió la mirada.

—No te preocupes por mí, necesitaba tiempo para pensar, pero me siento mejor.

—Viste a tu madre, ¿no?

—Sí... —susurró para luego de un instante.

Henry asintió.

—Yo vi a mis padres. —Mariam comenzó a juguetear con una vieja rama que encontró en el suelo, pero no dijo nada más. Parecía que aún estaba bastante afectada—. No te sientas mal por ello, lo que pasó no te hace débil.

—¿Eso crees?

—Por supuesto, sin ti no habríamos llegado hasta aquí.

Mariam sonrió de medio lado.

—Ha sido un largo viaje —dijo la muchacha alzando la vista—, no puedo imaginarme cómo deben estar las cosas en Valguard.

—Yo tampoco, pero debemos seguir adelante.

—¿De verdad crees que lo lograremos?

—Tengo esperanza y eso es lo último que voy a perder. No me voy a detener hasta tener esa espada en mis manos.

Mariam, finalmente, le dirigió la mirada.

—Nunca había escuchado a nadie decir algo como eso. La mayoría de las personas siempre son pesimistas y no hacen algo para ayudar a los demás, ni siquiera les interesan las vidas que se han perdido hasta ahora.

—El miedo es lo que nos hunde, pero, aún así, no debemos sucumbir ante él; si la libertad es lo que tanto deseamos, debemos luchar por ella hasta el último aliento.

—Ojalá hubieran más personas como tú. A veces pienso que nuestra esperanza y nuestras vidas se fueron con nuestra libertad, pero tú nos das esa luz que necesitamos; y no lo digo porque seas el verdadero heredero al trono, lo digo porque veo en ti cosas que no se ven en un Príncipe o en un Rey; muchos de ellos se olvidan que, al final de cuentas, usen corona o no, son seres humanos; dejan que el poder y la grandeza se apodere de ellos y se olvidan de lo que realmente importa, pero tú miras primero las necesidades de los que te rodean, piensen igual a ti o no, y estás dispuesto a dar tu propia vida por ellos y, créeme, no sé de ningún gobernante en el Pequeño Continente que haga ese tipo de cosas, casi todos son iguales.

—No se trata de ser un héroe, Mariam. Esta batalla es de todos nosotros, no mía nada más. Yo tengo un deber, pero no puedo hacerlo todo solo.

—¡Y yo que pensaba que a veces eras demasiado testarudo! —exclamó la chica, riendo—. ¡No querías que ninguno de nosotros viniera contigo!

—Porque no quería arriesgar sus vidas.

—No te molestes, esto ha sido una aventura inolvidable.

—Estoy de acuerdo.

Ambos rieron.

—Estoy feliz de haberme arriesgado, y realmente espero que el futuro nos depare cosas buenas, especialmente a ti.

—Habrá un largo camino por delante y muchas cosas qué aprender.

Se hizo un silencio.

—Eres una gran persona, Henry, realmente lo eres.

Henry no dijo nada ante las palabras de la muchacha, tan sólo se limitó a sonreír. Minutos más tarde, Mariam se puso de pie

—Quiero irme de aquí cuanto antes —declaró y comenzó a andar. Henry y los hermanos Lethwood la siguieron.

Después de caminar por alrededor de veinte minutos en medio de la nada y la neblina, Mariam sacó nuevamente la brújula de su bolsillo y, a medida que le echaba un vistazo, desaceleró el paso, quedándose atrás.

—Estamos en problemas, la brújula se ha atascado y no señala a ninguna dirección. —Ninguno dijo nada—. Es mi culpa.

—No... —comenzó Henry.

—¡Lo es! ¡Yo los traje hasta aquí pensando en que esta cosa funcionaría! ¡Pensé lo haría, pero me equivoqué!

—Oigan —interrumpió Killian—, eso no estaba allí.

En medio de la neblina había una enorme montaña con una larga escalera, perfectamente construida, que no parecía tener fin. El único camino que les quedaba era subirla.

—¿Están seguros de que debemos arriesgarnos? —preguntó Killian mirando hacia arriba, al pico de la montaña cuya cima era tapada por otra capa de espesa neblina.

—Debemos —dictaminó Henry—, si no, habremos llegado hasta aquí por nada.

Y dicho esto, puso un pie en el primer escalón.

—¡Y yo que pensaba que a veces eras demasiado testarudo! —exclamó la chica, riendo—. ¡No querías que ninguno de nosotros viniera contigo!

—Porque no quería arriesgar sus vidas.

—No te molestes, esto ha sido una aventura inolvidable.

—Estoy de acuerdo.

Ambos rieron.

—Estoy feliz de haberme arriesgado, y realmente espero que el futuro nos depare cosas buenas, especialmente a ti.

—Habrá un largo camino por delante y muchas cosas qué aprender.

Se hizo un silencio.

—Eres una gran persona, Henry, realmente lo eres.

Henry no dijo nada ante las palabras de la muchacha, tan sólo se limitó a sonreír. Minutos más tarde, Mariam se puso de pie

—Quiero irme de aquí cuanto antes —declaró y comenzó a andar. Henry y los hermanos Lethwood la siguieron.

Después de caminar por alrededor de veinte minutos en medio de la nada y la neblina, Mariam sacó nuevamente la brújula de su bolsillo y, a medida que le echaba un vistazo, desaceleró el paso, quedándose atrás.

—Estamos en problemas, la brújula se ha atascado y no señala a ninguna dirección. —Ninguno dijo nada—. Es mi culpa.

—No... —comenzó Henry.

—¡Lo es! ¡Yo los traje hasta aquí pensando en que esta cosa funcionaría! ¡Pensé lo haría, pero me equivoqué!

—Oigan —interrumpió Killian—, eso no estaba allí.

En medio de la neblina había una enorme montaña con una larga escalera, perfectamente construida, que no parecía tener fin. El único camino que les quedaba era subirla.

—¿Están seguros de que debemos arriesgarnos? —preguntó Killian mirando hacia arriba, al pico de la montaña cuya cima era tapada por otra capa de espesa neblina.

—Debemos —dictaminó Henry—, si no, habremos llegado hasta aquí por nada.

Y dicho esto, puso un pie en el primer escalón.

23.

REINHEART

Parecía que habían transcurrido horas desde que comenzaron a subir la escalera. De vez en cuando, el grupo miraba hacia abajo para ver cuánto habían avanzado, pero la neblina no les permitía más visión que la que tenían al frente. No sentían cansancio alguno, puesto que una especie de sensación de regocijo los invadía a cada uno al avanzar, como si se adentraran al interior de un mundo distinto del que provenían, escondido de los humanos, un lugar perdido al que pocos habían alcanzado a llegar.

Subiendo en silencio llevados por la inercia de sus pies en lugar de sus voluntades, el único sonido que los acompañaba era el eco de sus pasos y el río oculto por la espesa neblina.

La cima de la montaña llegó cuando menos lo esperaban. El suelo era llano en su totalidad y no poseía ni un arbusto ni una flor, solo neblina y frío. Con los sentidos alerta, avanzaron hasta toparse con un puente de piedra cubierto por una enorme enredadera. A lo lejos se podía ver una cantidad de montañas pequeñas.

—La Montaña del Sol —señaló Mariam.

—¿La qué? —preguntó Killian, quien no podía dejar de mirar al horizonte.

—Así la llaman en las leyendas de los elfos. El sol sale por el este —señaló con un dedo—, y se oculta por el oeste. Según los elfos, desde este lugar se puede ver la transición completa del sol, por eso lo llaman así.

—Sueles ser muy ruda —Killian enarcó las cejas—, pero a la vez muy rara.

En el borde del puente de piedra se veía nada más que otra capa de espesa neblina, como si estuvieran sobre el mismo cielo.

—Usaremos el polvo para cruzar —apuntó Henry—. Es una suerte que las hadas nos ayudaran.

Elly sacó de su bolsillo la botellita diminuta que contenía un polvo amarillo brillante, lo vertió en las manos de cada uno y, al tocarles la piel, se convirtió en pequeñas lucecitas que revoloteaban en su mismo lugar iluminando el camino.

—Iré adelante —anunció Henry—, Mariam, ve tú de último.

Y así arrancaron el cruce del puente: Henry en la delantera seguido de Jensen, Elly, Killian y Mariam, todos con una mano abierta a la altura de sus barbillas, aunque mientras cruzaban el puente no veían nada más que neblina y la luz que los guiaba.

—Qué doloroso debe ser caer al río —comentó Jensen al escuchar el ruido de la precipitación bajo ellos.

—No sentirías nada, morirías al instante —contestó Henry.

Avanzaron otros cinco kilómetros más cuando las luces en sus manos desaparecieron, algo que no fue del todo un problema porque, del otro lado del puente, una luz de mayor intensidad apareció, desvaneciendo la niebla. El grupo lo atravesó y fue como ser absorbidos para luego aparecer en un espléndido bosque en donde abundaban los pinos; el césped, verde brillante, era frondoso, mientras que los arbustos eran adornados por claveles blancos.

Quedaron embelesados con semejante paisaje, como si hubiesen llegado en carne y hueso al propio paraíso, un lugar que les proporcionó una serenidad jamás sentida, como si allí pudiesen enterrar los secretos albergados en lo más profundo de sus corazones.

En el fondo, una luz titiló.

Henry pestañeó varias veces, pero aunque buscó la luz, no pudo encontrarla, por lo que comenzó a caminar hasta que sintió cruzaba una especie de protección. Nadie lo acompañaba.

—¿Qué está pasando? —preguntó Jensen, apoyando la mano en la misteriosa pared. Habían intentado seguir a Henry, pero una barrera se los había impedido.

—¿Crees que podrá vernos? —cuestionó Elly.

—¡Henry! —lo llamó Jensen, pero Henry no contestó.

Se encontró en la entrada de una cueva cuyo relieve estaba tallado con runas élficas, por lo que supo había sido construida para cumplir con una función: no era común ver una cueva de piedra tallada en medio de un bosque. Subió los tres escalones de la entrada sin titubear y caminó hasta llegar al umbral del reducido y oscuro espacio en donde se quedó parado por unos segundos hasta que la luz volvió a titilar en rojo, muy brillante, que parecía vibrar con su presencia. Siguiéndola, se adentró en la cueva, en-

385

contrándose con una enorme piedra cuadrada de unos dos metros de alto, en cuyo centro se encontraba incrustada una espada que parecía provenir de las mismas leyendas.

De un material afilado y fino, resplandeciente, parecía estar hecha de acero, aunque Henry no podría afirmarlo. Su guarnición era larga con piedras preciosas incrustadas, mientras que la empuñadura y el pomo eran de oro sólido con un fénix tallado que resguardaba en el ricasso cuatro diamantes rojos en forma de rombo que formaban uno más grande y a los que pertenecía aquella luz brillante que lo había llamado; sin embargo, su característica más sobresaliente era que la espada parecía tener vida, pues algo dentro de los diamantes se movía como un remolino.

Con el corazón acelerado, Henry tomó el arma por la empuñadura sintiendo una especie de conexión que recorrió todo su cuerpo como un escalofrío; la sacó con facilidad del lugar donde había descansado aquellos años mientras el brillo que emitían los diamantes parecía hacerse mucho más fuerte, haciendo que el escudo invisible se desvaneciera al instante.

Una vez fuera del lugar, los chicos se acercaron a él de inmediato para comenzar a bombardearlo con preguntas.

—¿Qué ha sido eso?

—¿Estás bien?

—¿No hay nada aterrador adentro?

—¿Tenemos que huir?

Henry no tuvo necesidad de responder, bastó mostrarles la espada que tenía en la mano para dejarlos atónitos.

—¿Esta es...? —titubeó Jensen admirado con la belleza del arma, cuya luz roja resplandecía en sus ojos.

—Lo es. —Mariam esbozó una sonrisa radiante—. ¡Lo logramos!

Saltaron y rieron, gritaron y lanzaron golpes al aire. ¡Lo habían logrado! ¡Al fin! ¡Todas las pruebas habían dado resultado!

Estaban a mitad de su celebración cuando, de entre los arbustos, unas figuras surgieron y comenzaron a rodearlos. Se trataba de seres de distintos tamaños vestidos con túnicas oro y plata; sus cabellos eran ondulados y amarrados en un moño, plata líquida como sus ojos. Se trataba de los elfos, jóvenes y viejos que los observaron con desdén, a excepción un elfo bajito de piel negra arrugada, párpados caídos y ojos de un verde casi decolorado debido a los años.

Se quedaron inmóviles ante su aparición.

—Hemos estado esperando por ti, Henry Cromwell, hijo de Henry Cromwell de Valguard, "El Grande", y la reina Margery —dijo el elfo anciano con voz amplia y clara mientras caminaba hacia el grupo y les dedicaba una sonrisa.

—Usted debe ser Eero, el Líder Supremo de los elfos —dijo Henry inclinando la cabeza en señal de respeto, en especial tomando en cuenta que se encontraban en su territorio. Los elfos, como bien le habían enseñado de niño, veían a los humanos como criaturas inferiores.

—Muy pronto dejaré de serlo —contestó Eero, inclinando su cabeza también—. Le prometí a tu padre que estaría aquí para asegurarme de que tú y nadie más recuperaría la espada.

—Ha traído compañía —siseó uno de los elfos. Eero alzó la mirada hacia los estupefactos chicos.

—Me he percatado de su presencia, Adair —contestó el elfo a su hijo sin borrar la sonrisa de su arrugado rostro.

—He debido venir solo, pero debo decir que sin ellos no hubiera podido lograrlo.

—¿Cómo un hombre destinado a ser Rey es capaz de depender de la ayuda de cuatro chiquillos? —reprendió de nuevo el hijo de Eero, quien poseía unos ojos gris brillante y rasgos muy finos, a diferencia de su anciano padre.

—Nos entrometimos —interrumpió Mariam—, fui yo quien encontró la brújula de Northem e insistí a Henry para acompañarlo.

—Northem —siseó Adair con brusquedad y una mueca de desprecio.

—Curioso —dijo Eero mirando a Mariam con sus ojos verde descoloridos—, Rowen debía entregar esa brújula a Henry personalmente.

—Murió —le informó Henry, y Mariam procedió a contarle la historia de la brújula.

—Toda esa historia no es más que una fantasía —señaló Eero sin borrar la dulce sonrisa, dejando a Henry y compañía desorientados—. Esa brújula no cae en manos de quien la necesita, pues el único poder que posee es el de traer a su portador hasta este lugar.

—Con todo respeto, ¿cómo está usted tan seguro? No hemos sabido de nadie más que la haya tenido en su posesión, además del barón Northem —dijo Henry.

El viejo elfo rio.

—Tu padre me hizo la misma pregunta —confesó—. Conozco fielmente ese artefacto, pues yo lo construí; verán, el mundo de los humanos es un lugar lleno de misterios, y cada uno lleva grandes secretos y deseos dentro de sí; criaturas de profundos sentimientos que nosotros los elfos no tenemos, por eso decidí crear esa brújula, para ayudarlos a deshacerse de sus secretos más oscuros y a cumplir sus más desesperados deseos.

»He visto toda clase de humanos ocultar sus secretos aquí para no verlos jamás, desde los más débiles hasta el soldado más robusto; he visto quienes han conseguido sus más anhelados deseos en este lugar y muchos de ellos han salido con las manos vacías, pues el mundo se está corrompiendo y aquí no se deben concebir los deseos más oscuros de los hombres, algo que bien ha sido demostrado por el barón Northem al robar la brújula a su anterior portador, pues el destino le jugó una mala pasada; lo mismo con la traición de Holger Dankworth a tu padre, considerada una de las traiciones más grandes de todo el Pequeño Continente, además del terrible desenlace que se dio en los años siguientes;

por eso, este lugar deberá desaparecer, pues cada vez serán más los que querrán llegar y debo mantener a salvo a mi gente: ellos quieren que se siga cumpliendo el Juramento después de que me marche.

—¿Destruirá la montaña? —preguntó Elly con los ojos como platos.

Eero negó.

—Por supuesto que no, jovencita, este ha sido el hogar de los elfos desde tiempos inmemorables, aunque nadie nos vea. La única manera es destruyendo la brújula... y debe ser esta jovenci-ta la encargada de hacerlo.

—¿Yo? ¿Por qué? —se extrañó Mariam.

—El destino nos depara muchas cosas curiosas, esta vez te ha marcado a ti como última portadora de ese aparato, lo que quiere decir que eres la indicada para hacerlo.

—Pero usted la hizo, ¿no debería hacerlo usted?

—No, a mí se me encargó el deber de forjarla; a ti de des-truirla.

—El destino tiende a ser curioso en cuanto a milagros se refiere —recitó Henry—. Ahora todo tiene sentido, tú estabas des-tinada a viajar conmigo.

—Eso es —asintió Eero—, puedes ver el símbolo élfico en el vidrio de la brújula.

Mariam sacó el aparato del bolsillo y se fijó en un detalle al que nunca le había prestado atención: cuatro rombos que conformaban uno solo, igual a los diamantes de la espada de Henry. Las líneas eran tan finas a causa del deterioro que eran difíciles de distinguir.

—Ahora, mi tiempo está cada vez más cerca, pero antes debo asegurarme de que estas dos últimas misiones se realicen en mi presencia. —Eero dirigió la mirada a Mariam, esta vez con severidad—. Es hora de que le pongas fin a esta brújula; una vez lo hagas, este lugar sólo quedará grabado en la memoria de cada uno de ustedes.

Marian frunció el entrecejo.

—¿A qué Juramento se refirió antes? —preguntó. La atmósfera se tensó inmediatamente, como si hubiese apretado un botón. Eero la miró a los ojos y Mariam advirtió que veía a través de ella.

—El Juramento que nos mantiene a salvo de los humanos —repuso el elfo con calma—, ese que nos hicimos después de que nuestra raza casi se extinguiera por tantos conflictos con los mortales.

—¿Y aun teniendo un juramento en pie quiso ayudar a los humanos? —preguntó Mariam.

—Me temo que he sido un líder un poco rebelde, muchas de mis acciones han puesto a mi gente en peligro, pero este no es el caso. Antes de irme debo asegurarme de que se sientan seguros y a salvo; el futuro ya no depende de mí, sino de los que quedarán y tendrán que cumplir con la misión que les depara el destino. —El elfo miró al grupo antes de regresar la vista a Mariam—. Bien, jovencita, es momento de destruir la brújula.

La chica titubeó un momento antes de colocar la brújula encima de una roca para después desenvainar su espada y, con un movimiento rápido, hizo añicos el artefacto que hasta entonces los había guiado. El sonido del hierro, del vidrio y el metal hicieron eco en sus oídos.

Eero suspiró y, con una sonrisa serena, se dirigió al resto de su gente en su lengua, llamando así a un niño que salió de entre la multitud cargando con una funda de espada que entregó en las manos al anciano.

El elfo, tambaleándose un poco, se dirigió hasta Henry, pero este se le adelantó para que no tuviera que caminar.

—Ahora, Henry Cromwell de Valguard —comenzó a decir, tendiéndole la funda—, tu espada ha sido forjada por mí. Ya debes saber que no es un arma común, pues también fue forjada con la misma sangre de tus padres y la tuya.

—¿La sangre de mis padres? ¿Mi sangre? ¿Cómo...?

Eero volvió a sonreír.

—Somos criaturas muy astutas, para suerte de tu padre. Cuando recurrió a mí nos encontrábamos en un bosque cerca de la frontera de Valguard con Equalia, me expuso su situación y me dijo que te encontrabas en Preyland. Envié a mi hijo Adair hasta allá para vigilarte y encontrar el momento adecuado para tomar un poco de tu sangre... supongo que recordarás aquel día en que

Pádraic te hizo aquella herida en la espalda, mi hijo aprovechó la oportunidad para tomar la poca sangre que había quedado en el arma.

»Esta espada es un instrumento único de tu pertenencia, otorgado por la sangre de seres puros; posee un poder inigualable, uno que la Oscuridad no conoce; es tu deber descubrir los poderes ocultos que esta arma posee, pues no todos serán capaces de manejarla.

»En estos últimos momentos de vida deposito mi confianza en ti, pues eres de los pocos hombres humildes y de corazón puro que quedan en el mundo. Salva a tu país y a tu gente y gobierna con sabiduría; no permitas que el miedo, la duda y tus más grandes sufrimientos se apoderen de ti, pues todo hombre los posee, pero solo el de buen corazón sabe cómo manejarlos sin permitir que estos lo corrompan.

—Así lo haré —aseguró Henry envainando la espada de empuñadura de oro.

Eero le dedicó una última sonrisa.

—Una cosa más. Hay una tierna costumbre entre los elfos de colocarle un nombre a las armas que poseen un gran valor; a las más poderosas y menos comunes, por así decirlo, de esa manera es fácil identificarlas. Ya sabrás que existen muy pocas de ellas, así que, siendo esta espada totalmente tuya, te dejo en la total libertad de colocarle un nombre.

Henry levantó el arma y la sopesó mientras la examinaba. Nunca había escuchado el nombre de algunas de las armas que el elfo mencionaba, pero intuía en que debía darle un nombre que sonara original y que se diferenciara totalmente de la lengua élfica. Meditando en las características de su nueva arma y las palabras que Eero le había dicho, se decidió.

—*Reinheart.*

Eero arqueó ambas cejas sin borrar la sonrisa de su rostro. Adair, por primera vez, pareció interesado.

—¿Eso es preylano, no es cierto?

—Sí, significa pureza.

—Es perfecto —asintió Eero—. Y ahora mi tiempo aquí ha terminado —anunció y, cerrando los ojos ante la mirada de todos, desapareció lentamente como el humo hasta dejar la túnica dorada en el césped, así como también dos brazaletes de oro que pertenecían solo al Líder Supremo de los elfos.

—¿A dónde ha ido? —preguntó Elly con un hilo de voz.

Adair tomó la túnica de su padre y los dos brazaletes mientras el resto de los elfos entonaba en lengua élfica una triste canción. El ahora Líder Supremo miró a la niña con desdén.

—Al Otro Lado, nosotros los elfos podemos vivir varios siglos en un cuerpo, pero cuando llega el momento, nuestra alma cruza el Otro Lado, donde vivimos por siempre. —Sin esperar respuesta, se giró hacia Henry sin cambiar de expresión—. Nos volveremos a ver si tienes éxito en tu misión. —Y, junto con el resto de los elfos, se mezcló entre los arbustos hasta que su canto desapareció con un dulce susurro.

—No puedo creer que lo lográramos. Es decir, de verdad, nosotros... —tartamudeó Killian.

—Lo sé, Killian —asintió Jensen—, yo también.

—¿Creen que el señor elfo murió? —preguntó Elly mirando a sus hermanos al tiempo que una ráfaga de viento la impulsó al frente.

Sobre ellos, diez arswyd que llevaban en sus lomos a veinte caballeros negros, aparecieron.

Sucedió rápido debido a la velocidad de la colosal ave, que elevaba el polvo con el movimiento de sus enormes alas. Henry se encontró rodeado mientras los soldados capturaban a Mariam y a los niños, apuntando a sus cuellos con el filo de sus espadas. Entre todos ellos, Gottmort Hardash esbozaba una macabra sonrisa.

—¿Cómo me has encontrado? —preguntó Henry con rabia.

—Fácil —repuso Gottmort mostrando la antigua cobija de Henry—, te rastreé a través de tu repugnante olor.

De un solo movimiento, Gottmort lanzó a un lado la vieja manta y desenvainó su espada, lanzando el primer ataque a Henry, quien solo pudo caminar hacia atrás hasta desenvainar a *Reinheart*.

Liviana a comparación de otras armas y con un filo superior al del acero común, Henry percibió un poder que jamás había sentido al chocar la hoja con la espada de Gottmort, como si la espada se conectara con su alma, mente y corazón, dándole una especie de energía que recorrió todo su cuerpo y le brindó protección mientras la Espada Oscura echaba chispas y humo al blandirse.

—La manta no ha sido lo único que has robado —observó con severidad y Gottmort se echó a reír antes de volver a atacar, y aunque Henry pudo desviarlo, un arswyd lo golpeó en la cabeza y lo arrastró hasta la orilla de la alta montaña.

—¡Ese es mío, Ragnarsson! —chilló Gottmort con furia mientras Ragnarsson lo miraba desde las alturas con desdén.

—¡Deja de juguetear y acaba con él! —lo reprendió.

Antes de que pudiera reincorporarse, Gottmort le dio un puntapié a Henry, rompiéndole la nariz y haciendo que casi cayera por la cima de la montaña de no ser porque consiguió sostenerse de la orilla con una mano mientras colgaba hacia el vacío.

—Quizás la profecía estaba equivocada —se burló Gottmort entre los gritos de los chicos—, no eres más que un niño inútil que no merece gobernar una nación como Valguard. —Y dicho esto, le arrancó a Henry el abrigo de piel que siempre llevaba consigo y pisoteó con fuerza la mano que lo sostenía, haciendo que este cayera al vacío.

24.
LA UNIÓN DE UN REINO

El viaje de regreso resultó ser más rápido de lo que esperaban, todo gracias a la velocidad de las arswyd. Los chicos observaban desde las alturas el camino recorrido durante todos esos meses con un sentimiento que les carcomía los sesos, como si lo ocurrido fuera culpa de los cuatro por no haber ayudado a Henry. Volaron por encima del Bosque de las Hadas, que se encontraba lleno de brillantes lucecitas como siempre, y Mariam sintió un vacío dentro de sí de tan solo pensar cómo se tomarían las hadas la nueva situación que generaba un siniestro panorama; sin embargo, lo primordial no eran ellas, pues ahora regresaban a Valguard con las manos vacías y la peor de las noticias para un país que ya había vivido suficientes desgracias.

Al pasar por encima de la tribu de los zolas, se percataron que estos estaban realizando un ritual alrededor del fuego.

—Atáquenlos —ordenó Gottmort, y Ragnarsson junto a sus soldados se lanzaron contra la tribu, destruyendo sus chozas y atacando a la gente.

—¡Eres un monstruo! —le gritó Mariam, pero Gottmort rio para sí mismo.

Después de un par de horas, visualizaron el castillo de Valguard aparecer frente a sus ojos y las aves descendieron; y mientras lo hacían pudieron darse cuenta de que había ocurrido un nuevo enfrentamiento entre los soldados negros y el reino.

Aterrizaron pues en un lugar donde la gente no pudiera ver los pasajeros que llevaban las colosales aves en sus lomos. A los chicos les cubrieron las cabezas con trapos y los obligaron a entrar en el castillo mientras Gottmort ordenaba a Ragnarsson a convocar a la gente inmediatamente. Los soldados condujeron a Mariam y a los hermanos Lethwood a las mazmorras. No podían escuchar ningún tipo de sonido proveniente del exterior, tan solo los acompañaba el crepitar de las antorchas que iluminaban el largo pasillo; allí, Gidie los despojó de todas sus armas mientras se burlaba de ellos. Acto seguido, los encerró a cada uno en una celda diferente.

Cuando Gidie se marchó, Elly entró en pánico, tirándose al suelo a llorar desconsoladamente.

—Elly, por favor, detente —le rogó Jensen conteniendo las lágrimas.

—¡Déjala llorar! —exclamó Killian con rabia—, ya no hay nada que podamos hacer...

—Cállense —Mariam observó detenidamente la pequeña celda tratando de encontrarle un punto débil—, intento pensar.

—¿Cómo puedes pensar en un momento así? ¡Estamos acabados! ¡Acabados!

—¡Cierra el pico, Killian!

—¿Mariam? —dijo una voz proveniente de la celda de al lado.

—¿Qué? —susurró la chica encaramándose en la diminuta ventanilla con barrotes que tenía una de las paredes. A través de ella vio un cabello dorado enmarañado, unos ojos marrones que se veían apagados y un rostro demacrado con muy mal aspecto—. ¡Aland!

—¿Qué diablos haces aquí?

—Bueno, te has perdido de mucho —contestó la muchacha, y prosiguió a contarle lo sucedido en los últimos meses.

—Henry Cromwell, muerto —repitió Aland—, y con Louis encarcelado... ni los Dioses podrán salvarnos esta vez.

—Intenté seguirte cuando esos inútiles te capturaron, pero volví a decepcionarte.

—¡No digas eso! ¡Has luchado más que yo dentro de esta celda!

Mientras Ragnarsson convocaba a los valguardianos a reunirse en las afueras del castillo, Gottmort caminaba a toda velocidad por el vestíbulo hacia la sala del trono acompañado de Heydrich. Había logrado completar su plan y, ahora, nada ni nadie podría contra él.

Gottmort llegó al trono y se sentó en él lentamente, como quien trata de poner el tiempo más sosegado para observar con deleite sus deseos hacerse realidad. Cerró los ojos y se aferró a los brazos de la silla real, ahora como único monarca de la nación más poderosa del Pequeño Continente.

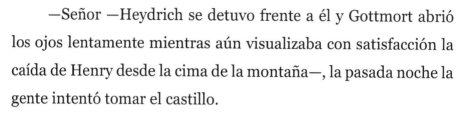

—Señor —Heydrich se detuvo frente a él y Gottmort abrió los ojos lentamente mientras aún visualizaba con satisfacción la caída de Henry desde la cima de la montaña—, la pasada noche la gente intentó tomar el castillo.

—¿Y?

—Puse un piquete de soldados para proteger los alrededores de esta fortaleza; sin embargo, la gente venía acompañada de algunos caballeros del barón O'Neill.

—Con que se han vuelto a unir —observó Gottmort—, encantador. —Heydrich no replicó, si no que mantuvo la misma compostura que connotaba cierta preocupación—. ¿A qué le tienes miedo, Segiouz? Nuestro ejército supera al de los otros soldados en número.

—Pero el número de valguardianos es mayor —punteó el hombre con severidad.

Gottmort sonrió con sorna.

—Dejarán de serlo —atajó mirando por el ventanal la masa de gente que se acercaba al castillo rodeada de caballeros negros.

—Usted no lo entiende, Su Majestad; se han unido las demás regiones del reino.

—No me importa —dijo Gottmort poniéndose de pie—, a partir de ahora todo será diferente. —Dicho esto, salió caminando dando zancadas dejando a Heydrich plantado en su lugar.

Fuera del castillo, la gente se encontraba disgustada y confusa. Hacía varios días que no sabían nada del rey Olav ni de Gottmort, por lo que Howard junto a Duncan, Hakon, Lynn y Gordon habían ideado un plan para tomar el castillo con ayuda de los caballeros valguardianos que decidieron regresar, pues ahora estaban convencidos que el momento de luchar era ese; gracias a las palabras de Henry, la población que residía en otras ciudades se había unido a la lucha por la libertad, tomando sus armas con valentía los que habían sido entrenados mientras que los otros los acompañaban sin temor a perder la vida por un país mejor.

—Algo se trae entre manos y no me gusta nada —dijo Howard a Myles mientras llegaban al castillo con la multitud.

Gottmort apareció por la enorme puerta acompañado de Heydrich y tres soldados más, incluido Ragnarsson, a quien las personas lo atisbaron con sumo desprecio.

El sonido de una trompeta los instó a guardar silencio, expectantes de lo que podría ocurrir. Gottmort no tardó en tomar la palabra.

—Debo disculpar mi ausencia durante estos días; pero ahora, heme aquí de regreso, aunque debo decir que no estoy muy feliz de lo que me he enterado...

—¿No vas a decirnos dónde te habías metido? —gritó Mary.

—¿Dónde está Olav? —preguntó Hakon.

Gottmort sonrió de medio lado.

—Los he reunido a todos aquí ya que necesito darles varias noticias, la primera es que nuestro querido rey Olav ha fallecido inesperadamente por una enfermedad, por lo tanto, el nuevo gobernante de este reino, soy yo. —Los ciudadanos intercambiaron miradas llenas de miedo y horror simultáneamente, susurrando entre ellos—. Como nuevo Rey, proclamo que todo intento de derrocar reyes legítimos de este reino deberán parar; todo intento de derrocamiento será visto como un acto de traición. No podemos permitir que eventos como estos sigan ocurriendo en nuestra nación, pues somos gente de paz y es mi deber mantener esa paz entre nosotros.

—¡Mentiras!

—¡Tú no piensas de esa manera!

—¡No eres nadie para mandarnos!

—¡No permitiremos que nos arremetan más!

—¡Queremos nuestra libertad de vuelta!

Entre los gritos de la gente, Gottmort dirigió una mirada a Heydrich, quien lo miraba con reproche.

—Me doy cuenta de que me tienen demasiado desprecio —puntualizó entonces Gottmort—; a mi parecer esos falsos líderes que tienen les han dado falsas esperanzas, pues ya no hay más después de nosotros, no hay más después de mí; es tiempo de que se rindan de esta inútil lucha que han inventado y se arrodillen, pues ya no hay alternativa.

—¡Cállate! —vociferó Lynn abriéndose paso entre las personas—. ¡Cada día que pasa tenemos más razones para luchar, porque cada día que pasa, tú y tus malvados hombres nos reprimen sin razón! ¡Cada día mueren valguardianos gracias a los asesinos que tú has traído! ¡Ahora tienes un reino frente a ti, unido para luchar, pues es lo que nuestro rey Henry querría y lo que quiere su hijo!

Gottmort volvió a sonreír con sorna.

—Tengo otra buena razón para que bajen sus brazos y se impliquen a su inminente destino. ¡Su querido príncipe, Henry Cromwell, está muerto! ¡Yo mismo tuve el placer de mandarlo de vuelta con sus difuntos padres! ¡Y si no me creen, aquí tengo una prueba fidedigna!

Y con un movimiento rápido, Gottmort lanzó el abrigo de piel blanca al aire para que todos los presentes lo vieran.

La atmósfera en el lugar se tornó tensa inmediatamente. El abrigo planeó por los aires antes de descender lentamente hacia el suelo ante la mirada de los pobladores que seguían su camino a la tierra, con desesperanza y angustia. Entre la multitud, Erin cayó sobre sus rodillas con la mirada perdida. Henry... su hermana, ¿en dónde...? ¿Cómo?

—A partir de ahora las cosas van a cambiar. Ya basta de rebeliones, no hay nadie que pueda ayudarlos. ¡Se arrodillarán ante mí como su nuevo Rey y obedecerán mis órdenes, quieran o no! ¡De no hacerlo, como castigo, obtendrán la muerte, así como la obtendrán todos aquellos que han liderado toda esta rebelión sin sentido, comenzando por Louis Laughton, cuya ejecución será mañana!

—¡No! —El grito de Lynn rompió entonces el silencio antes

de lanzarse contra Gottmort, pero antes de poder lograrlo fue detenida por dos soldados que la golpearon violentamente en el rostro, rompiéndole la nariz.

—Laughton será ejecutado —repitió Gottmort son satisfacción haciendo caso omiso a los gritos desesperados de la rubia—, y el que intente evitarlo será ejecutado también.

25.
UNA ANTIGUA CONOCIDA

El ruido del agua era reconfortante, como si estuviese en una especie de sueño placentero del que uno no quiere despertarse jamás; la clase de sueño que aleja de la realidad y que da paz. Abrió los ojos lentamente sintiendo dolor en cada parte de su cuerpo, en los huesos rotos de sus piernas, brazos y costillas. Se desangraba debido a las graves heridas y, con el cráneo roto del que la sangre goteaba, escapaban también sus ideas. No podía respirar, uno de sus pulmones estaba perforado; sin embargo, esta vez no había nadie allí para ayudarlo.

Por primera vez en su vida, Henry Cromwell se sintió derrotado. Los árboles habían amortiguado la caída salvándolo de una muerte inmediata, pero no habían logrado evitar terminara hecho pedazos. Sobre de él, el cielo nublado sirvió como lienzo para recordar el rostro de sus padres, de su abuela, de Pádraic, Louis, los chicos, Erin y la nación a la que le había fallado, y las lágrimas surcaron su rostro enrojecido resbalando por sus sienes hasta la tierra. Todo había sido en vano, ya no había vuelta atrás. Hubiera preferido estar muerto.

—No pienses así —le advirtió una voz.

Por el rabillo del ojo logró ver a una mujer acercándose. Su piel era blanca como porcelana; y sus ojos, vestimenta y cabello, color azul.

—Nos volvemos a ver —musitó Henry con voz débil.

La Dama de Azul se sentó a su lado; una compañía que no esperaba tener en su lecho de muerte.

—¿Viste este momento antes de dejarme con mi abuela? —preguntó Henry sintiéndose avergonzado.

—No —respondió la dama con gentileza—, sabes muy bien por que estoy aquí.

—No te necesito, la muerte es algo normal para los humanos.

—¿Sientes miedo de morir?

—No, ya he muerto antes. Morí cuando lo hicieron mis padres, morí cuando murió mi abuela. Ahora ha llegado mi turno.

—Eres muy valiente al abrazarte a la muerte. Para los humanos no es más que un viaje hacia lo desconocido, por ello muchos temen caer en sus brazos.

—Para mí no es desconocido.

—Lo sé, el destino ha elegido bien a la persona correcta.

—¿Qué quieres decir?

—Esta misión es solo un tramo de lo que te espera, Henry Cromwell. Cuando te conocí supe que tendrías un duro camino por delante, pero has superado cada obstáculo saliendo victorioso. Recuerdo haberte dicho, muchos años atrás, que te enfrentarías a la muerte más de una vez, aunque eras demasiado pequeño para recordarlo. —La Dama de Azul colocó las manos en el pecho de Henry, esbozando una pequeña sonrisa. Él recordó cómo, al estar cerca de ella, se sentía a salvo, como si su sola presencia le brindara protección—. Te enfrentaste una vez más a ella y, una vez más, la has superado: Tu momento aún no llega.

Al inicio era solo una sensación lejana, pero poco a poco Henry pudo sentir su cuerpo regenerándose. Los huesos rotos se componían, la sangre regresaba a su interior y las heridas se cerraban dejando solo rasguños y cicatrices. Volvía a estar con vida.

—¿Cómo...?

—Tienes un destino que cumplir. Tu reino te necesita, ahora más que nunca, pues la gente que amas está en peligro. Él les ha sentenciado a muerte.

Henry se incorporó lentamente.

—¿Cómo se supone que voy a llegar? —preguntó aún a mitad de la sorpresa.

La Dama de Azul no contestó con palabras, pero ante sus ojos, se acercó a un arswyd que agonizaba, retirándole una flecha que debía haber sido lanzada por Killian. La mujer sanó la herida del ave de la misma forma que lo había hecho con Henry.

—No muchos pueden controlar a estas aves, este es un obstáculo más que tendrás que superar.

A pesar de tener aún muchas dudas, Henry, ni corto, ni perezoso, se subió al animal que emitió una queja. No había tiempo de dudas cuando tenía que regresar a Valguard.

—Gracias —murmuró a la dama—. Yo no... no sé qué más decir. Gracias, de verdad.

—No es necesario hablar cuando podemos entendernos, Henry —le sonrió—. Buena suerte.

Henry bajó un momento la vista para asegurarse de tener todavía a *Reinheart* y, cuando elevó la vista de nuevo, la Dama de Azul ya había desaparecido.

26.

BATALLA POR LA LIBERTAD

La noche transcurrió silenciosa. Después de recibir aquellas noticias, los valguardianos regresaron a sus casas y no se atrevieron a salir hasta el día siguiente a sabiendas que serían obligados a dejar sus hogares para presenciar un acto espantoso.

Lynn pasó la noche en vela junto a sus hijos. A pesar de la insistencia de Maudie y Brendan para que esta les contara que había sucedido, su madre se limitaba a calmarlos asegurándoles que solo había ocurrido un incidente durante la concentración. ¿Cómo decirles que degollarían a su padre en frente de toda una multitud? Ni siquiera quería pensarlo.

Amaneció con una suave llovizna. Los caballeros negros se habían movilizado a lo largo de las calles destrozando las carpas reunidas en los campos a las afueras de la capital en donde los fuereños acampaban. No querían dejar lugar a ninguna rebelión.

Mylo bajó deprisa las escaleras. No podía encontrar a los niños y, con todos los acontecimientos, aquella no era una buena señal. Se encontró con Lynn en la planta baja ocultando su rostro con las manos y la cabeza baja; a su lado, la señora Cateline se secaba las lágrimas de sus arrugados ojos y Magnus miraba por la ventana hacia la nada.

El enano emitió un pitido al no reconocer aquel panorama en un hogar donde siempre había reinado la alegría a pesar de los problemas.

Magnus se giró hacia él y Mylo se sorprendió al ver los ojos del hombre tan hinchados.

—Se... señor, no encuentro a los niños.

—Están bien, las brujas se los han llevado a un lugar seguro con el resto de los niños de Valguard.

—¿Un lugar seguro?

El rostro de Magnus Laughton se endureció ante la pregunta del enano, provocando se encogiera.

—¿No sabes lo que ha ocurrido?

—N-no

—Henry está muerto. —Magnus reparó en todas las veces había dicho aquella frase durante los últimos años—. Gottmort ha tomado el poder, ha matado a Olav y muchos de los nuestros se preparan ahora para atacar junto a los demás caballeros.

—¡Una guerra! —exclamó Mylo llevándose las manos a la cabeza—, ¡hay que avisarle al amo Louis!

El enano corrió hasta la puerta, pero la enorme mano de Magnus lo detuvo al instante.

—No —lo atajó, y Mylo se sorprendió al ver, por primera vez, unas lágrimas correr por el rostro de aquel hombre—. Será ejecutado.

Fuera de la casa, las personas salían de sus hogares acompañados de los caballeros negros, quienes irrumpían en su calma con el fin de zanjar cualquier levantamiento.

—¡Escóndete, Mylo!

El enano, con piernas temblorosas, salió corriendo a esconderse en la planta alta de la casa. Procurando hacer el menor ruido posible, se metió debajo de su cama mientras escuchaba a los soldados entrar y llevarse a la familia Laughton.

No fue necesario sacarlos a la fuerza, ninguno de ellos articuló palabra cuando se dirigían nuevamente a la colina del castillo, donde en la parte trasera habían colocado una horca. Lynn trataba de no mirar al frente, sin embargo, había reparado en la ausencia de un buen grupo de jóvenes valguardianos pertenecientes a la Resistencia, además de los soldados que estaban de su lado: Howard, Gordon, Mary, Wallace e inclusive Erin. ¿Se habrían negado a ser parte de aquel pavoroso evento?

—Lo sabía —dijo de pronto Magnus tomando la mano de su esposa—, hoy comienza una guerra.

Lynn alzó la mirada y, por encima de las coronillas de las personas que tenía delante, pudo reconocer un ejército de caballeros mezclados entre la gente acompañados por Howard, Hakon, Gordon, Mary y Wallace, todos en la delantera. No mucho después, Erin se acercó a los Laughton empujando a quien se le metía por delante. Con ella llevaba el arco y flechas que habían pertenecido a su madre.

—Deben ir por sus armas —sentenció—, no vamos a permitir que ejecuten a Louis.

—Iré yo —anunció Magnus dándole un beso a su esposa en la frente.

—¡Cuidado con los caballeros negros! —gritó Cateline mientras Lynn miraba perpleja a Erin.

—¿Qué es lo que has dicho?

—Es lo que Henry querría —respondió Erin con voz quebrada—. Nos lo dijo en aquel mensaje: es ahora o nunca.

La multitud se desplazaba hacia delante cuando los soldados negros comenzaron a arremeterlos.

—Debemos ir a dónde está el O'Neill y los demás —indicó la sanadora—, aquí estamos indefensos.

Tomó la mano de Lynn, quien, a su vez, tomó la de su suegra, y las tres caminaron esquivando a la gente. Cinco minutos más tarde habían logrado reunirse con Howard y compañía, donde Magnus las alcanzó con tres espadas.

—Mylo no estaba en casa, temo que lo hayan encontrado.

Lynn no pudo contestar. Los gritos de las personas al ver a Gottmort aparecer junto a sus aliados y algunos brujos casgranos ocasionó sus abucheos; y aunque el Rey se había dirigido a todos, sus palabras quedaron perdidas en el sonido de la indignación; incluso, algunas personas lanzaban piedras, aunque rápidamente fueron tomados por los soldados, quienes sin ningún reparo, los asesinaban sin preguntar.

Aquello fue suficiente. Los hombres que estaban del lado de los pobladores se colocaron enfrente de toda la multitud para protegerla y evitar más problemas, mientras que los caballeros negros hicieron lo mismo para proteger a los suyos, quedando cara a cara frente a sus colegas, lo que permitió a los soldados liderados por el Howard Björn O'Neill notar a falta de brillo en sus ojos, negros en su totalidad como si sus almas hubiesen sido tomadas por algo maligno y oscuro.

—¡Esto termina hoy! —gritó Howard a Gottmort, quien daba órdenes por lo bajo a Ragnarsson y a Heydrich—. Tienes dos opciones: o liberas a Louis y evitas una seria confrontación o habrá guerra.

—¿Qué te hace pensar que aceptaré eso, O'Neill? —contestó el monarca.

—¿No son ustedes hombres de paz?

—Lo somos, es por ello que no puedo poner en libertad a un delincuente. —Una vez más, la gente comenzó a arremeter contra Gottmort—. Tú sabes, igual que yo, Howard, que a los delincuentes y mentirosos debemos cortarle la cabeza. Laughton es uno, tú eres otro. —Dos soldados tomaron al barón por ambos brazos y lo obligaron a colocarse frente a Gottmort—. ¡Ambos mintieron a la Corona y ahora deberán pagar por ello!

—¡Piénsalo bien, Gottmort! ¡Se te viene el reino encima!

Pero Gottmort hizo caso omiso y dio orden a Heydrich de latiguearlo frente a la multitud.

En las mazmorras, Gidie vigilaba a los chicos, los cuales apenas podían escuchar el alboroto en el exterior. Habían estado esperando el momento indicado, comunicándose entre susurros, y cuando el guardia se marchó un momento, supieron que era momento de actuar.

Rápidos pero temerosos, comenzaron a planear su escape cuando el sonido de pasos los calló. ¿Y si Gottmort quería eliminarlos? La idea no era imposible, niños o no, el actual Rey no iba a ceder fácilmente la corona; sin embargo, el sonido de una voz que parecía hablar consigo mismo los tranquilizó un poco. Parecía que la persona que se acercaba estaba tan temeroso como ellos.

—¡Mylo! —exclamó Elly al ver al enano con el fuego de la antorcha.

El enano se estremeció dando un grito.

—¿Qué hacen aquí? ¡Los han estado buscando por todas partes!, creímos que estaban muer...

—Lo mismo te preguntamos a ti —lo interrumpió Mariam bruscamente—, ¿qué ocurre allá fuera?

—¡Una guerra! ¡Es terrible! ¡El amo Louis será ejecutado!

—¡¿Qué dices?! —exclamó Aland.

—Así lo ha ordenado Gottmort; el amo Magnus me ha ordenado quedarme oculto en casa, ¡pero no puedo quedarme tranquilo sabiendo lo que va a pasar!

—¿Y has venido tú solo a rescatar a Louis? —preguntó Mariam con sorna.

El joven enano se enderezó y endureció el semblante.

—Sí.

—No creo que te vaya muy bien, ¿has pensado en algún plan?

Mylo volvió a bajar los hombros, desanimado.

—No, llegué aquí con suerte y con un mapa de cómo encontrar su torre, ¡pero hay caballeros negros por todas partes!

—Te ayudaremos —aseguró Aland—, pero debes sacarnos de aquí.

Mylo caminó de puntillas por el silencioso pasillo, asegurándose de que no hubiera soldados cerca. El lugar estaba vacío, por lo que corrió hasta la pared de ladrillos donde colgaban las llaves de todas las celdas, las cogió dando un brinco y corrió de nuevo a liberar a los muchachos. El riesgo nunca había sido su amigo; sin embargo, la necesidad de ayudar a Louis era mayor.

—Esto es genial —dijo Aland mientras miraba el mapa que Mylo había conseguido—, ¿dónde los has encontrado?

—Es del amo Louis, él y Henry lo...

—Movámonos —interceptó Mariam con brusquedad tomando la delantera.

Necesitaban sus armas que se hallaban en un pequeño salón escondido en un largo pasillo cerca de las mazmorras; localización que, por suerte, habían obtenido de Gidie. Una vez hecho, con el mapa en mano, recorrieron los desolados pasillos hasta llegar a la Torre Solitaria.

No había ningún guardia, pero era mejor no confiarse. Subieron por la escalera de caracol y Elly se asomó por la diminuta rejilla de la puerta con ayuda de Jensen. No logró ver a nadie en su interior.

—Creo que ya se lo han llevado —dijo con un nudo en la garganta.

—No podemos estar tan seguros —dijo Aland—, vamos a entrar.

Cogió las llaves y probó cada una de ellas, pero ninguna abrió.

—Con permiso —dijo Killian cuando Mylo comenzaba a entrar en pánico, y con una de sus flechas forzó la cerradura. Unos cuantos movimientos de izquierda a derecha y la puerta se abrió.

La pequeña celda se hallaba en penumbra, sin embargo, alguien estaba en su interior acurrucado en una esquina sin siquiera mirar a sus visitantes.

—¿Amo Louis? —articuló Mylo con voz temblorosa.

La figura alzó la cabeza y se puso en pie de un brinco. La poca luz de las antorchas iluminó su demacrado y barbudo rostro.

—Mylo, chicos...

Sin perder más tiempo, Mylo se lanzó sobre su amo.

—Hay que salir de aquí —sentenció Aland mientras Mylo arrastraba energéticamente a su Louis fuera de la miserable celda—. Pretenden ejecutarte hoy, las cosas están difíciles allá afuera.

Louis lo miró con sorpresa.

—¿Estás bien? Fui a buscarte cuando te llevaron los solda-dos, pero... Dankworth no...

—Nada mal —contestó el rubio con una sonrisa—, he tenido días peores.

—¡Hablaremos después! ¡Debemos marcharnos! —les recor-dó el enano.

Todos asintieron y comenzaron a andar.

—Mariam, ¿dónde está Henry? —La voz de Louis sonó como una especie de susurro del viento, entre ansiosa y asustada.

Mariam le dedicó una mirada rápida, pero solemne, y volvió a darle la espalda mientras seguían avanzando.

Louis se tambaleó. Se apoyó en Aland cuando sintió las pier-nas le fallaban, y aunque escuchó la voz de Mylo, los oídos no de-jaban de zumbarle como para entenderlo. Ni siquiera notó cuan-do, al final de la escalera, Mariam y Jensen se lanzaron contra dos guardias que subían, matándolos sin remordimiento.

Antes de partir, liberaron a los presos que, como ellos, ha-bían sido encarcelados injustamente.

Ragnarsson daba latigazos a Wallace, quien había tratado de defender a Howard, mientras la gente ahí reunida observaba la escena con horror entre los cuerpos de los caídos. El hombre, valientemente, no emitía ninguna queja más allá de las lágrimas silenciosas que surcaban su rostro. No podía dejarle saber a Gottmort cuánto dolía. No iba a darle esa satisfacción.

—Ya basta —ordenó Gottmort—. Hoy solo había una ejecución, pero al parecer mi bondad no es bien recibida, qué lástima.

Cinco soldados negros cayeron por una de las ventanas del castillo. Gottmort y sus secuaces giraron la cabeza en búsqueda del culpable mientras las puertas de madera de la entrada se abrían para revelar a Louis, Mariam, Aland y los niños Lethwood acompañados de todos los presos que, ilícitamente, habían sido privados de su libertad.

—Mejor te detienes, Gottmort —dijo Louis ante la ovación general y el gran alivio de su esposa. El Rey le devolvió la mirada a Laughton sin comprender cómo había escapado de su celda, pero sin amedrentarse.

—Llegas justo a tiempo, Laughton, hoy es el día de tu ejecución y seré yo quien acabe con tu miserable vida.

—Pagarás por todo —sentenció Louis, lleno de rabia, dirigiéndose hacia él con la espada en alto—. ¡Esto es por Valguard y por Henry!

—¡A la carga! —gritó Aland a sus compañeros, quienes en compañía de los soldados rebeldes y demás valientes valguardianos, se lanzaron a la lucha, dando inicio a una nueva batalla por la libertad: Valguard contra su nefasta realeza.

Durante mucho tiempo habían vivido bajo la opresión y la tiranía, pero en ese momento se sentían como hermanos. Vivir o morir valdría la pena con tal de romper las cadenas que los ataban.

Aland luchaba contra Heydrich mientras Mariam se encargaba de Ragnarsson, hombre que durante años se había regodeado de ser el asesino de su padre. Louis, en cambio, se colocó frente a Gottmort con su espada en alto, quien le sonrió con sorna. Ambos sabían que lo que estaba a punto de suceder solo dejaría a uno de ellos con vida, y Gottmort estaba seguro de que sería él; después de todo, tenía bajo su posesión la espada más poderosa y Louis estaba débil después de tanto tiempo encarcelado.

—Morirás, Laughton.

Gottmort tomó a Louis por sorpresa, pero el moreno pudo esquivarlo. A su alrededor, el sonido de las espadas se elevó hasta los cielos.

Pero Gottmort no estaba dispuesto a dejarse vencer. Dando una patada a Louis, lo tomó por un mechón de cabello que le caía por la frente, lo acercó a él con fuerza para mirarlo a la cara. La ira en sus ojos le hizo saber a Louis que no le temía, ni a él ni al reino que luchaba a su lado.

—Pase lo que pase conmigo, estás acabado, Gottmort. La gente ya no te teme.

Gottmort no contestó. A su alrededor, los pocos brujos oscuros que quedaban reforzaban los hechizos que mantenían poseídos a los soldados, pero aunque se habían unido a la batalla, parecía que sus hombres perdían rápidamente. El miedo se apoderó de él como nunca.

—Tú has causado todo esto —escupió con furia.

—No, tu difunto jefe y el miserable de Ottar Danus fueron los responsables. ¿Qué no lo entiendes, Gott? No debes jugar con la paciencia de un país y menos creerte superior. —Dicho esto, le dio un puñetazo en la cara, obligándolo a soltarle el mechón de cabello y caer al suelo con torpeza.

Recuperó su espada para reanudar la batalla, pero Gottmort era demasiado fuerte y robusto como para no permitirle la victoria; y aunque Louis fue capaz de abrirle una herida a Gottmort en la pierna derecha, Gottmort corrió hacia él a toda velocidad y se le lanzó encima.

Cayeron rodando por el otro lado de la pendiente donde había gente aún con vida luchando alrededor de un montón de cadáveres esparcidos, y aprovechando su posición, el hombre de ojos verdes pateó la espada de Louis, apuntándole a la garganta con la espada.

—No huyas, Laughton; aún tenemos cosas qué resolver.

Fue entonces cuando se escuchó un grito desgarrador y Gottmort soltó a Louis al instante. El pecho de Ragnarsson había sido atravesado por la espada de Mariam y ahora caía como una pesada piedra hacia atrás. Louis aprovechó el descuido de Gottmort para moverse lo más rápido posible para alcanzar su arma, pero su mano fue detenida por el pie de su contrincante, quien lo agarró de la raída camisa y lo amenazó con la Espada Oscura.

—Es momento de tener una muerte lenta —anunció Gottmort señalando a su derecha con el mentón, donde Lynn observaba atónita la escena en medio del desastre.

Louis le dedicó una mirada serena y luego se dirigió a Gottmort para esquivar difícilmente el ataque de su espada, que estuvo a punto de atravesar su pecho; y cuando parecía que no podría librar un nuevo ataque, una navaja se incrustó en la muñeca de Gottmort, haciendo que chillara de dolor y soltara la espada.

Un arswyd voló sobre la multitud y su jinete saltó de ella aterrizando cerca de Gottmort y Louis, dejando a todos atónitos y perplejos.

Louis terminó soltando una carcajada cuando Henry Cromwell se dirigió hacia ellos desenvainando una espada de empuñadura de oro.

Gottmort le propinó a Louis un puñetazo con la mano herida y se arrancó la daga sin sentir ya casi dolor, todo esto producto de los efectos de ser carcomido por la magia oscura.

Tomó la espada con la mano izquierda y fue hacia Henry dando zancadas con los ojos llameantes.

—¡Ese muchacho está hecho de hierro! —exclamó Howard después de acabar con un caballero casgrano en medio de los gritos de júbilo de la gente.

Gottmort y Henry iniciaron su pelea sin articular palabra

mientras Louis se encargaba de apoyar a Aland, quien había sido atacado por la espalda. Heydrich, aprovechando la situación, huyó de la escena.

Los movimientos de Henry y Gottmort eran rápidos y precisos, pero Henry podía esquivar con más ligereza los movimientos de su oponente gracias a lo liviano de su espada y la energía y poder que le brindaba. Entre golpe y golpe, podía escuchar una especie de susurro que parecía provenir del arma, pero no lograba entender lo que decía. Gottmort comenzó a desesperarse. Estaba cansado y los sucesos estaban a punto de desbordarlo, y esto no mejoró cuando Henry logró hacer volar su espada por los aires, desarmándolo.

Gottmort, desesperado e indefenso, comenzó a reír a carcajadas.

—¿Cómo lograste sobrevivir? —preguntó casi con buen humor, escondiendo su incredulidad.

—Respóndeme tú primero: ¿qué has hecho con Olav?

Gottmort hizo una mueca.

—Ha sufrido el mismo destino que tu desgraciada madre, sólo que él ya estaba muerto al caer por el acantilado.

Sintiendo una ira creciente dentro de sí, Henry dio una estocada al hombre, quien detuvo el arma con las manos haciendo que sangraran a chorros y, aprovechando la corta distancia, pateó en la rodilla a Henry y lanzó a *Reinheart* lejos, reincorporándose para tomar su espada y apuntar al príncipe que se hallaba en el suelo.

—Tu padre estaría orgulloso, peleas igual que él. Parece que no aprendiste la armonía del viento, después de todo. —Y sin más, dio una estocada al frente.

Henry esquivó el ataque que iba directo a su corazón rodándose hacia la derecha, sin siquiera permitirse respirar.

—Holger tenía razón en poner a un idiota como Olav como heredero —observó—, no confiaba en ti, lo habrías matado de cualquier forma. Solo debías esperar el momento justo.

—Muy listo, niño —admitió Gottmort lamiéndose la herida de la mano izquierda—, Holger nunca confió en mí, pero Ottar sí lo ha hecho.

—No le importó perder a su aliado más importante —musitó Henry—, todo con tal de seguir teniendo a Valguard en sus manos.

Y eso era algo que no podía permitir.

Desenvainó su vieja espada y, sin esperar reacción de Gottmort, cortó su mano derecha.

El Rey gritó de dolor, golpeó a Henry con su cabeza en un ojo y, con todas sus fuerzas, rompió el metal de la espada con ayuda de su mano izquierda, sin darse cuenta de que Henry se le había escapado. Su muñeca cercenada no paraba de sangrar y, cuando volteó para visualizar a Henry, este ya había recuperado a *Reinheart,* dispuesto a atacarlo.

Con la mano que le quedaba, Gottmort volvió a tomar la hoja de la espada, la cual comenzó a arder al instante, como si su piel estuviera en llamas.

—¿Qué poder es este? —farfulló con rabia.

—No eres el único con una espada mágica —se burló Henry mientras la espada seguía susurrando.

—Acero élfico —razonó Gottmort—, el más fuerte de todos, pero nada comparado con la que te ha maldecido por el resto de su miserable vida.

Gottmort pateó a Henry con fuerza en el estómago haciendo que este perdiera fuerza en ambas manos y robándole la espada para amenazarlo; sin embargo, el mango comenzó a arder también, haciendo que Gottmort se quejara de dolor sin quitarle la vista del frente a Henry.

—No sé qué tipo de magia sea esta, pero debo admitir que es poderosa. —Y moviendo la espada, rajó la manga del brazo derecho de Henry—. Tiene un buen corte.

Tiró el arma lejos y tomó a Henry por el brazo derecho, examinando la larga cicatriz mientras trataba de zafarse y, con una afilada uña metálica que tenía en el pulgar, le hizo una rajada. De la cicatriz salió un hilo de sangre que analizó con la mirada, esbozando luego una sonrisa de medio lado.

Fue justo en ese momento que una flecha se le incrustó en el brazo derecho, soltando a Henry inmediatamente. Sin tener idea de dónde provenía y quién había sido su soporte, fue en busca de *Reinheart* mientras Gottmort se sacaba la flecha del brazo y la lanzaba lejos.

Gottmort se giró entonces, dispuesto a atacar, pero Henry atravesó su estómago con *Reinheart* mientras lo veía a los ojos, notando como esa rabia que brillaba en ellos iba desapareciendo hasta que Gottmort cayó de rodillas.

—Nadie se salva de la Oscuridad —murmuró—. Tarde o temprano conocerás su poder real.

No dejó de mirarlo mientras estaba en el suelo, percatándose de que, verdaderamente, el chico era la imagen de su padre, un hombre al que odió desde el primer momento; sin embargo, lo que más llamó su atención fueron sus ojos. Tenía la hermosa mirada y sonrisa de su madre, Margery, una mujer a la que jamás había logrado olvidar.

—Tú mataste a mi madre.

No era una pregunta, Gottmort lo había aceptado, pero no por eso resultaba más sencillo.

—Si, yo la maté. —Gottmort rio con tanta fuerza que la sangre salió de su boca—. Y tú no podrías ni siquiera imaginar lo que vivió antes de su merecida muerte.

Henry lo pateó en la cara, no quería escuchar ninguna palabra más salir de su boca. No quería saber qué clase de bajeza había hecho en su contra antes de su muerte. Presionó la punta de *Reinheart* contra su garganta, apretando los dientes.

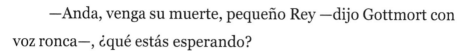

—Anda, venga su muerte, pequeño Rey —dijo Gottmort con voz ronca—, ¿qué estás esperando?

—No soy un asesino como tú y Holger —escupió Henry—. Tú irás directo a la justicia. —Y dicho esto, se dirigió a recoger la Espada Oscura mientras escuchaba las miserables plegarias de Gottmort que le imploraban que lo eliminase.

Sin hacerle caso, clavó a *Reinheart* en la gema negra de la espada y, junto a la mano de su enemigo que aún se encontraba sosteniendo la empañadura, se desintegró en el aire en un espiral de humo negro.

27.

ANTES DE LA PRIMAVERA

Algo inusual ocurría. En la fila de los enemigos, varios soldados comenzaron a desmayarse mientras otros huían con los brujos casgranos sobrevivientes. Sin hacer ninguna pausa, Howard ordenó que no los mataran, pues a pesar de la insistencia de sus compañeros, O'Neill guardaba la certeza de que estos podrían volver a la normalidad, de que solo habían sido manipulados.

Había una gran cantidad de muertos y heridos, tanto inocentes como soldados muertos; sin embargo, el infierno que se había alzado en un par de horas parecía ya estar terminado. Mientras Henry caminaba, no muy seguro de a quienes buscar, escuchaba los informes acerca de los soldados y brujos que habían huído mientras que el resto de las personas le dedicaban miradas desconcertadas. No pudo distinguir lo que era real y lo que no hasta que Gordon apareció arrastrando con torpeza una espada más grande que su tamaño, aunque aún estaba confundido con todos los acontecimientos que había librado.

—Muchacho —dijo el enano con voz quebrada mientras cojeaba y sus ojos se empañaron de lágrimas. Henry lo sostuvo en brazos mientras el viejo enano se echó a llorar... y el reino volvió a exclamar con júbilo. La multitud los rodeó en seguida tocando a Henry para cerciorarse que no era ningún fantasma; algunos le agradecían la ayuda, otros preguntaban dónde había estado.

—Ya habrá tiempo para contar historias —respondió. No sabía muy bien cómo expresarse debido a la exaltación.

No avanzó mucho antes que los Lethwood aparecieran y se le lanzaran encima, efusivos.

—¿Cómo lo lograste? —preguntó Jensen.

—Te lo explicaré después —indicó Henry debido a que más personas comenzaron a rodearlo con preguntas y exclamaciones—, ayudemos a los demás.

—¡Ya lo oyeron! ¡Los demás nos necesitan! —exclamó Gordon volviendo a retomar el duro carácter de siempre.

Una vez la multitud se hubo disipado, observó a los Lethwood correr para reunirse con su madre. A Henry le dio un vuelco en el estómago producto de la satisfacción de verlos regresar sanos y salvos a su hogar.

Después del cálido abrazo familiar, Elsie se acercó a Henry y lo abrazó con fuerza.

—Gracias... —le dijo entre sollozos.

Henry notó que quería decir algo más, pero no era necesario. Esa palabra fue más que suficiente.

La tarde caía y todos ayudaban a los heridos y a trasladar los cuerpos de los caídos. Se trataba de un momento de total hermandad en el que ya no importaban las diferencias de la gente de Valguard, pues aquella tarde eran como uno solo, ayudándose entre sí con la satisfacción de que aquella pesadilla ya estaba terminando.

Howard O'Neill se encontraba contabilizando a los caídos cuando un niño, de unos once años, lo llamó, desesperado. El exbarón lo atendió con prontitud, acudiendo con el corazón acelerado hacia donde se encontraba un caballero negro que comenzaba a restablecerse. El hombre lo miró desconcertado y todos notaron que había recuperado el color natural de sus ojos, lejos de aquella sombra que había cubierto a los que habían estado bajo la influencia de la magia oscura.

—¿Cómo te encuentras, Ben? —preguntó Howard mientras hacía una seña al chico para que le acercara un poco de agua.

—Barón... —titubeó el soldado—, ¿ya todo ha terminado?

—Todo está bien ahora, hermano. Te explicaré después qué ha sucedido. —Y poniéndose de pie se giró de nuevo al niño—. Avisa a los demás que los nuestros están regresando.

Mientras el chico corría a dar la noticia, el barón se quedó junto a su compañero.

—Recuerdo un poco de lo que nos hicieron —admitió Ben—. Nos engañaron y nos lanzaron una maldición... qué bajo caí.

—Eso ya no importa —dijo una voz, y Howard O'Neill se puso de pie de un brinco al encontrarse con Henry—. Creo que este hombre es el último en recobrar su conciencia; antes vi al barón Lance, que ya se está recuperando —explicó.

Pero Howard no miraba a Henry, en cambio, su vista estaba fija en la espada que sostenía en su mano derecha.

—¿Está todo bien? —preguntó el príncipe.

Howard dio dos pasos a él y lo abrazó con fuerza, dándole unas fuertes palmadas en la espalda que a punto estuvieron de sacarle los pulmones.

—¡Lo conseguiste! —exclamó—. Lo conseguiste... ¡pero nos has vuelto a dar un buen susto!

—No será una rutina —bromeó Henry devolviéndole los golpes en la espalda—. Necesito tu ayuda, Howard —agregó con más seriedad.

—¡Lo que sea, muchacho, lo que sea! Hoy es un día en el que todos debemos ayudarnos.

Sin embargo, la enorme sonrisa que se había dibujado en el rostro de Howard se borró al ver la mirada de Henry.

—Gottmort sigue con vida. Debemos encerrarlo con todos los otros secuaces que queden.

—¿Qué? Pero... ¿por qué no lo mataste?

—Porque debemos hacer bien las cosas, de acuerdo a nuestras leyes —contestó Henry sin titubear—. ¿Qué sabes de los demás?

—Están vivos. Myles tiene unas costillas rotas, pero estará bien. —El hombre siguió charlando, pero Henry apenas lo escuchaba. A unos metros de allí, la familia Laughton se encontraba a mitad de un abrazo familiar—. ¡Es verdad! Seguro que no lo sabes, pero Louis...

—Lo sé. Se todo lo que ocurrió estos últimos meses.

Henry se apartó de él y se dirigió hasta los Laughton, donde Magnus besaba a su esposa en la frente antes de mirarlo con sorpresa.

—¡Por un momento pensé que eras Henry Cromwell! —exclamó. Henry le respondió con una sonrisa—. De no saber que eres tú, te hubiera caído a golpes. —El hombre extendió su mano para estrechar la de Henry, pero él no le devolvió el gesto; en cambio, terminó avanzando hacia él para poder abrazarlo.

—Me da gusto que estés aquí, padrino.

Magnus esbozó una ligera sonrisa.

—A mí también me da gusto verte, ahijado —admitió Magnus aguantando las lágrimas—. Ese padre tuyo no dijo nada a nadie sobre ti, escondió tantas cosas... eras muy pequeño para recordarlo, pero él y yo solíamos discutir por horas, ¡y más de una vez nos caímos a golpes! ¡Te juro que si lo tuviera enfrente le caería golpes ahora mismo! —Y con un suspiro, agregó—: Era un gran hombre. Estaría orgulloso de ti, Henry, muy orgulloso.

Magnus le dio fuertes golpes en la espalda y Henry sonrió con la semejanza. Su relación con Louis era bastante similar a la de sus padres: diferentes ideas, un mismo objetivo.

Cateline se acercó a él y le dio un beso en la mejilla, sin pronunciar palabra, algo que tampoco era necesario: El gesto había hablado por sí mismo.

—Aquí estás. —Lynn se acercó a él con una enorme sonrisa antes de abrazarlo con fuerza. Detrás de ella, Louis observaba a Henry como si intentara ver a través de él—. Ustedes dos necesitan hablar —señaló la rubia moviendo la cabeza hacia donde estaba su marido y luego a Henry. Acto seguido, se llevó a sus suegros meneando la cabellera.

—Te ves mal —observó Henry acercándose a su amigo.

—No tan mal como tú —repuso Louis meneando la cabeza—. Es normal, me alimentaban con sobras y a veces me torturaban cinco veces por día, ¿qué hay de ti?

—¿Además de pelear con unos cuantos monstruos durante el camino? Caí por la cima de una montaña y sigo de pie.

—Eso sí es una tragedia, ¿cómo lo lograste?

—Creo que soy un suertudo y tengo a los Dioses de mi lado.

—No lo dudo. —Louis le dedicó una sonrisa—. Estoy agradecido de que regresaras justo a tiempo, un poco más y estaría muerto.

—Eres duro de matar, Laughton —dijo Henry golpeando suavemente el brazo de Louis.

—Creo que cometí un grave error al incitar la rebelión...

—No digas eso, Lou; lo que hiciste fue algo tremendamente valiente, no cualquiera es capaz de sacrificar su propia libertad siendo inocente.

—Muchas vidas inocentes se perdieron, Henry, y yo pude haber evitado ese desastre.

—Sí, hemos perdido mucho, pero también hemos ganado. Esta victoria se la otorgaremos a todos los caídos —le aseguró Henry colocando una mano en el hombro de su amigo.

Louis abrió la boca para contestar, pero su semblante cambió una vez vio a Howard, acompañado de tres caballeros, acercarse a donde Gottmort se encontraba aún con vida. La mirada insatisfecha de su amigo fue suficiente para que Henry supiera que no estaba de acuerdo con su decisiones.

—Si vamos a construir un mejor futuro, debemos hacerlo bajo las leyes y la justicia. —Al mirarlo a los ojos, Henry encontró en sus ojos marrones la fuerza que siempre le había admirado, esa que se incrementaba y borraba todo rastro de tortura y de su delicado estado—. Tendrá su juicio y luego lo ejecutaremos.

Louis terminó por sonreír.

—Se enfrentarán a la justicia y a la ira de los Dioses —aceptó—, aunque habrá gente que no estará feliz de saber que Gottmort sigue con vida.

Henry estaba de acuerdo. El sentimiento de venganza permanecía en su gente y no estarían tranquilos hasta ver sin cabeza a los responsables de todo el daño sufrido por Valguard; sin embargo, era su deber hacer cumplir las leyes, unas que se habían hecho para todos, incluso para él. Ser príncipe no significaba que no tuviera que responder ante la ley.

—Todavía no puedo creer que lo hayas logrado —señaló Louis hacia su espada y con los ojos llenos de lágrimas.

Henry lo abrazó con fuerza.

El Príncipe no se separó de los Laughton mientras recorrían la ciudad. En la Casa de las Sanadoras encontraron a Myles bebiendo hidromiel a un lado de Hakon, quien había perdido el ojo izquierdo. A pesar de las heridas, ambos estaban de buen humor y brindaban por Henry, pues este no los había abandonado. Howard y Wallace también recibieron atención en las heridas de sus espaldas, y juntos pudieron observar a este último pedirle matrimonio a Mary en un arrebato de alegría. Henry se sentía muy satisfecho de la situación, pues tenía la oportunidad de ver a su gente disfrutando de la victoria; pero no fue hasta que escuchó la voz de Erin, quien corrió a abrazarlo con fuerza, que sintió que todo había terminado. Estaba en casa, y cuando Mariam se unió a su brazo, supo también que todo estaría bien.

El resto de la tarde la pasaron ayudando a curar a los heridos y contando todas las historias ocurridas durante el viaje. Todos escuchaban con atención y admiración, y muchos se mostraron sorprendidos al enterarse de que aún existían los Zola. Las anécdotas de las sirenas del lago, el dornen, la bruja y las hadas emocionaron a más de uno, y los padres no podían esperar a contárselas a sus hijos, quienes se las harían repetir cada noche antes de dormir, así como la historia de Henry Cromwell y su regreso a Valguard; historias que serían contadas luego a sus nietos y a sus bisnietos y que serían escuchadas por años, grabadas para siempre. Lo más interesante, por supuesto, fue la historia de la espada forjada por los elfos. Ninguno de ellos había visto antes tanta belleza y particularidad resplandeciente en un arma, y de no estarlo presenciando, tal vez no lo creerían.

—¡Y tiene un nombre! —exclamó Killian quien, junto a su madre y hermanos, se habían unido a las anécdotas—: *Rrrraaaaeeeinhart.*

—*Reinheart* —lo corrigió Henry entre risas.

—Acero élfico, empuñadura de oro..., y además los diamantes. ¿Está viva, acaso? —inquirió Magnus mientras miraba a su ahijado y a la espada alternativamente.

Henry y Louis soltaron una carcajada.

—¡Padre, es evidente que fue forjada por los elfos! Pero no puedo dejar de preguntarme..., Henry, ¿dónde la consiguieron?

Henry, Mariam y los niños se miraron entre sí, e insinuaron que no había sido nada más que cuestión de suerte. Henry no quiso revelar qué era lo que guardaban los diamantes en su interior, pues era algo que quiso guardarse para sí mismo; y a pesar de que nadie quedó satisfecho con la respuesta que les habían dado, no hicieron más preguntas, sino que insistieron en que se contarán más detalles del viaje. Los niños Lethwood se encargaron de hacer demostraciones de todo, pero omitieron el Bosque de los Espejismos, un lugar del que ninguno de ellos querría recordar jamás y cuyo acontecimiento no contarían a nadie.

El cielo había adquirido un color rosa entre las nubes, cosa que conmovió a todos los valguardianos: hacía años que no disfrutaban de un atardecer.

—Es increíble —dijo Erin con un suspiro admirando la pureza y belleza del cielo.

—El atardecer antes de la primavera —comentó Henry.

Se miraron a los ojos en silencio hasta que Mariam los interrumpió acompañada de un grupo de jóvenes pertenecientes a la Resistencia que habían estado encarcelados durante mucho tiempo.

—Aquí está —le dijo a Aland, quien miró a Henry con ojos desorbitados al igual que sus compañeros—. ¿Vas a hablar o no? —Y al no recibir respuesta, tomó su decisión—. Henry, este es Aland Callen, uno de los líderes de la Resistencia.

—Me han hablado de ti —comentó Henry estrechando su mano con la del muchacho.

—Es... ¡es un gran honor! —exclamó Aland. Sus compañeros hicieron lo mismo, presentándose uno por uno.

—¿Sabes Erin? Necesitaré un buen desayuno mañana. Henry no es muy buen cocinero, ¡apenas comíamos!

—¡Qué dices! —se quejó Henry entre las risas de Erin.

Las bromas entre los tres continuaron hasta que un grupo de caballeros casgranos salieron de entre los arbustos armados con arcos y flechas.

—¡Retrocedan! —indicó Henry a Mariam y a Erin colocándose delante de ellas mientras que los soldados y la Resistencia desenvainaban sus espadas.

La lluvia de flechas no tardó en llegar. Mariam y Erin caminaban cabizbajas tomadas de la mano cuando dos soldados corrieron hacia ellas, Mariam desenvainó su espada y se hizo cargo de uno de ellos, mientras que Henry hizo lo propio con el otro antes de que pudiera herir a Erin.

—¡Cuidado! —exclamó Mariam al ver una daga afilada que salió de entre unos arbustos, volando por los aires entre la llovizna de flechas. La muchacha corrió hasta donde Henry guiaba a su hermana y los empujó, haciendo que cayeran al suelo. Henry protegió a Erin con su cuerpo mientras Aland acababa con el soldado.

En minutos cesó el ataque, pero cuando Erin se levantó ayudada con Henry, se dio cuenta que Mariam, de pie junto a ellos, tenía una daga clavada en el pecho.

—¡No! —gritó Erin lanzándose sobre su hermana menor, quien cayó en sus brazos con el terror dibujado en su rostro que aún reflejaba la inocencia.

—¡Heydrich! —exclamó Aland al ver al hombre salir corriendo entre los arbustos.

El chico robó el arco y las flechas de un soldado caído y corrió hacia él seguido de Henry, mientras Erin mecía a su hermana entre sus brazos que se llenaban de sangre. Ambas sollozaban, mientras una multitud se congregaba a su alrededor, estupefactos con la escena.

—Erin...

—¡No hables! Tranquila, esto se arreglará y...

—Ocurrirá de todas formas —declaró, tomando una mano de Erin.

—No —replicó meneando la cabeza—, claro que no. Vas a estar bien, lo prometo.

Mariam sonrió vagamente.

—¿Sabes? Hay algo que no te he contado. Vi a madre en uno de los bosques, el Bosque de los Espejismos...

—Mariam, no...

—No era ella en realidad, pero al menos pude verla después de tanto tiempo. Se veía maravillosa..., siempre lo fue, ¿verdad? —Erin asintió sin poder hablar—. Nunca fui una buena hermana, no como tú. Jamás te agradecí por todo lo que has hecho por mí, no de la mejor manera.

—No tienes que hacerlo, somos hermanas. Nos tuvimos la una a la otra y siempre lo haremos.

—Has estado ahí para mí desde que tengo memoria cuidándome las espaldas y asegurándote de que no metiera la pata. Yo me quejaba, pero debo agradecerte porque lo diste todo por mí cuando padre murió.

Erin negaba con la cabeza, apenas el llanto le permitía decir algo. Ben apareció de entre la multitud y se detuvo en seco. En su mente, y en la de otros soldados y presentes como Magnus Laughton que observan la escena sin poder mover un dedo debido a la exaltación, se revivía el rostro del caballero más letal del ejército valguardiano: Reagan Hobson, un hombre que siempre juró lealtad a su país y protegió a su familia hasta el último instante en que se le vio en el campo de batalla, muchos años atrás.

—Prométeme una cosa —pidió Mariam en voz cada vez más baja. La menor de las Hobson observó como Henry y Aland regresaban a toda velocidad y volvió la mirada a los ojos de su hermana mayor, forzando una de sus sonrisas pícaras—, prométeme que serás feliz, pase lo que pase. Vive plenamente, lo mereces, estoy totalmente segura de que los Dioses te sonrieron y te sonreirán una vez más.

—Mariam, basta... —dijo Erin, tragándose sus lágrimas.

—Prométemelo —insistió Mariam con severidad.

—Lo... lo prometo —tartamudeó su hermana mayor.

Mariam sonrió pícaramente una vez más.

—Sé feliz, hermana. Y dicho esto, cerró los ojos.

Erin la zarandeó conteniendo el aliento, pero Mariam no respondió. Siguió llamándola, cada vez más fuerte entre el gimoteo de las personas, pero era claro que su hermana menor se había ido para siempre.

El sol ya se había ocultado aquella noche antes de la primavera.

28.

UN NUEVO COMIENZO

El día estaba nublado a pesar de que los rayos del sol se colaban entre las nubes, y desde muy temprano los valguardianos se congregaron en el Cementerio del Este. Habían transcurrido tres días de la batalla en los cuales sepultureros se habían encargado de cavar alrededor de cien tumbas, y las familias de los difuntos se reunieron para dar la despedida a sus seres queridos por última vez, dejando flores sobre sus cadáveres antes de que ingresaran en la tierra.

La ceremonia fue celebrada por el liberador de almas, un hombre bajito de coronilla negra y piel morena, ataviado con una túnica negra y un collar de paja atado en su cuello. A través de él, los Dioses liberarían el alma del cuerpo y la llevarían al cielo; el Dios del Fénix del renacer, la Diosa Guía que lleva a las almas al más allá mediante el sonido de una flauta, y el Dios de la Justicia, encargado de sentenciar quien merece ir al más allá.

Henry, Howard y Gordon observaban atentamente al fondo, donde se hallaba la tumba de los Hobson, en la que habían cavado un hoyo al lado de los restos de Reagan. Para la ocasión, Erin llevaba en sus manos unas rosas que Henry había cortado del bosque después de casi un día entero de búsqueda, puesto que eran las únicas flores que a Mariam le gustaban. Al lado de la muchacha estaba Meggy, que no paraba de sollozar y menear la cabeza de lado a lado murmurando palabras para sí misma, mientras que Erin solo observaba la tumba de su hermana y de sus padres.

Su madre había muerto antes de que su padre falleciera en batalla, pero aunque esas pérdidas le habían causado gran dolor, nada se comparaba con perder a su hermana menor. Con la muerte de Mariam, Erin había perdido una parte de sí misma; ya no habría nadie que le colmara la paciencia o la hiciera reír con sus ocurrencias y, una vez más, su vida daba un giro de ciento ochenta grados.

El Liberador de Almas inició la ceremonia explicando el porqué de su reunión, a la par que daba un resumen sobre las circunstancias que los había llevado hasta tanto desastre, generado por las ansias del poder absoluto, el creerse superior a los demás y las desgracias y peligros de la Oscuridad.

—Vienen tiempos en los que podemos rectificar —decía el hombre—, nuestros Dioses nos está otorgando un pergamino en blanco para escribir una nueva historia, para renacer de entre las cenizas.

El liberador dio una bendición a los familiares de los fallecidos y, tras unas palabras de consuelo, familiares y amigos comenzaron a lanzar la tierra de regreso a los hoyos mientras que los cuerpos inmóviles se llenaban de tierra y lágrimas.

Entre los presentes, los niños Lethwood, junto a Elsie, lloraban desconsolados al ver como Erin, después de dejar caer las flores sobre el cadáver de su hermana, lanzaba poco a poco la tierra a la tumba. Sus ojos, ya drenados de lágrimas, miraban sin ver el fondo de la tumba.

Henry, desde su lugar, se secó las lágrimas. En poco tiempo Mariam se había convertido en alguien especial para él; por desgracia, también en poco tiempo, la había perdido.

Mientras tanto, Aland, Hakon, Duncan y Fenris se encargaron de enterrar a sus compañeros, entre ellos Gerd. Consideraban que sepultarlos ellos mismos era la mejor forma de rendirles honores a quienes habían sido sus compañeros de armas; además, Aland no era capaz de dirigirle palabra a Erin, mucho menos en aquel momento. El muchacho se sentía tan igual de desolado que la chica.

—Es muy triste —comentó Howard mientras Henry mantenía los ojos fijos en la tumba de Mariam.

—No podré reparar el daño —asintió Henry—. Debí protegerla.

—No te culpes, Mariam se sacrificó por ustedes porque los amaba, al igual como lo hizo su padre al sacrificarse por ella y su hermana. Solo espero que el destino le depare cosas buenas a Erin, ella ha sufrido mucho, igual que tú.

Una vez todos los caídos fueron sepultados y se dieron las últimas oraciones, la ceremonia se dio por finalizada y las personas empezaron a abandonar el lugar. Henry comenzó a caminar hacia la salida del Cementerio Del Este acompañado de Howard y el resto de los presentes, donde Aland los alcanzó.

—¿Qué ocurre, muchacho? —preguntó Howard.

El chico rubio los saludó a ambos con la cabeza y se dirigió a Henry directamente, tragando saliva.

—Como sabe, soy uno de los líderes de la Resistencia desde hace dos años. He luchado por el país, tanto como muchos de mis compañeros que ya no están. También estuve encerrado injustamente y, después de los eventos ocurridos hace tres días, tras dos noches en las que no he podido dormir pensando en cuál era mi deber en este mundo, tomé una decisión; una decisión por las personas que he amado y he perdido. —Aland desenvainó su espada y se colocó de rodillas, ofreciendo su arma— Por favor, reclúteme en su ejército, Su Majestad.

Henry pestañeó varias veces. Solo el Rey, la Mano Derecha o el Primer Barón podían reclutar soldados para el ejército.

A su alrededor, las personas comenzaron a murmurar.

—¡Es cierto!, ¡tú eres el Rey ahora! —exclamó Howard.

El barón se arrodilló a su lado, seguido de Gordon, los Laughton y varios otros valguardianos a su alrededor. Louis, sin poder evitarlo, esbozó una gran sonrisa y Henry no pudo evitar sentirse un poco incómodo con la situación; sin embargo, sabía que tenía que darle una respuesta, no solo a Aland, sino al reino que, durante quince años, lo había esperado.

El duelo por las víctimas se dio por una semana entera en la que Henry ideó planes para el futuro de Valguard; remendar el desastre, como decía Louis.

A medida que el día de la coronación se acercaba, los días cada vez fueron más soleados y cálidos de lo normal; aquella atmósfera gris que había abrazado a la nación se desvanecía y, según las brujas, eso significaba el inicio de un nuevo comienzo.

La noticia de lo ocurrido en Valguard no tardó en hacerse eco en las otras cinco naciones del Pequeño Contiene. Los monarcas de Agosland, Equalia, Bojawd y Estromas enviaron cartas a Henry para desearle buena suerte, además de pedir reconciliación entre ellos para la reforma de una nueva alianza, algo necesario para no permitir que Casgrad declarara una nueva guerra, pues, si algo era seguro, era que la nación dirigida por los Danus no se quedaría de brazos cruzados al perder la joya más importante del continente.

En el ejército valguardiano también se dieron reformas. Hakon, Duncan, Fenris y otros miembros de la Resistencia se unieron a aquellos que habían sido poseídos por la magia oscura para formar parte de un nuevo futuro prometedor, uno donde el rastro de la villanía que durante tanto tiempo habían vivido sería borrado, pues Alana, Meredith y Leena quemaron con conjuros especiales las pertenencias de Holger y sus aliados para asegurar que la Oscuridad no volviera a destrozar a su nación y, de nueva cuenta, las puertas de la fortaleza valguardiana se abrieron a todo aquel que necesitara la ayuda del Rey.

El día de la coronación llegó y las calles se llenaron de una inmensa alegría. Para sorpresa de todos, los enanos regresaban a la nación trayendo sus propios vinos, y las hadas hicieron acto de presencia para acompañarlos; Maël, Levanah y Aryn acompañaron la celebración, esta última con los tres cascabeles de bronce que Henry le obsequió como collar. Las tres vestían de blanco, pues para las hadas, este era el color de la paz y del renacer.

En la sala del trono, además de la presencia de familias de renombre como los Laughton y los Lethwood, personas de toda clase se encontraban reunidas para la celebración. Myles repartió a los presentes su mejor vino, mientras que cuatro indios Zola, que dejaron a la multitud perpleja debido a su aspecto, aparecieron para presentar su apoyo.

Las trompetas señalaron el inicio de la ceremonia de coronación y Henry apareció tras las enormes puertas del gran salón. Llevaba puesta una larga capa color vino de terciopelo que se arrastraba en el suelo y en los hombros usaba una piel blanca de zorro; sus ropas eran doradas con encaje, heredadas de su padre; en su cintura, *Reinheart* colgaba, resplandeciente. La antigua espada de su padre, esa que había pertenecido a su familia por generaciones, fue colocada en una de las paredes del castillo junto a las espadas de anteriores regentes.

El joven Rey era esperado al fondo del salón por los nuevos miembros de su corte, conformada por los tres nuevos barones del ejército: Howard O'Neill, Lance Haggard y Ben Sheppard. El primero se encargaba de dirigir al ejército, el segundo de las tropas navales y el tercero de los guardias que custodiaban al Rey y al reino.

Junto a los tres barones se encontraban otros nuevos miembros como Magnus Laughton, designado Guardián de Tashgard, y Wallace Hemming junto a su prometida Mary, designados como guardianes de Mylandor, ciudades tan importantes como Arzangord.

Henry llegó hasta donde se encontraban sus nuevos caballeros y miembros de la Corte, colocándose de rodillas ante Gordon, el encargado de presidir la ceremonia. El enano se acercó a él con dificultad debido a la pierna coja y, alzando la cabeza, comenzó a decir:

—Hoy comienza un nuevo futuro, colocamos una nueva piedra sobre las ruinas y nos tomamos de las manos para seguir adelante. Nuestros antepasados testimoniaron llevar el nombre de esta nación en alto y esa tradición se siguió durante años, años en los cuales se vivieron tiempos difíciles de los que se salió adelante; aunque sin duda, los días más oscuros de nuestra historia apenas se han terminado de escribir. —Se giró entonces a Henry—. Tú has sido marcado por el destino y por nuestros Dioses para levantar esta nación, sin importar las circunstancias. Henry Cromwell, primogénito de Henry Cromwell y heredero legítimo por sangre, ¿juras llevar el nombre de Valguard en alto y no caer en las trampas que impone la Oscuridad?

—Lo juro.

— ¿Juras proteger, a como dé lugar, a tu gente y sus creencias?

—Lo juro.

—¿Juras ser un líder humilde, que se apiade de su gente y no baje la cabeza ante el enemigo?

—Lo juro.

Éamon Gordon tomó la corona de oro en sus manos.

—Si ha de ser así, te proclamo, Henry Cromwell, segundo de tu nombre, legítimo y único Rey de Valguard.

El enano colocó con manos temblorosas la corona en la cabeza de Henry y los presentes comenzaron a aplaudir con ánimo.

Henry se levantó y se giró hacia la multitud.

—Creo que ya todos saben que, antes de poder dirigirles unas palabras, debo elegir al miembro más importante de la Corte valguardiana —dijo, provocando que en la atmósfera se concentrara un ambiente de expectativa. Los presentes intercambiaron miradas entre sí y se escucharon murmullos, pues todos querían saber quién sería la Mano Derecha del nuevo Rey—. Como saben, ser Mano Derecha implica muchas cosas, pero creo que la más importante, además del conocimiento, es la lealtad; es un cargo de tanta responsabilidad como el de ser Rey, por lo que he elegido a esta persona con mucho cuidado. —Gordon dio un paso al frente y colocó en las manos de Henry un collar hecho de oro y bronce del que colgaba el fénix del estandarte de Valguard con sus siete estrellas a su alrededor. —Nombro como mi Mano Derecha a Louis Laughton.

De forma inmediata, todos los presentes se giraron a Louis exclamando felicitaciones, pero él era incapaz de escucharlos: una vez Henry dijo su nombre, había quedado sordo de la sorpresa.

Su esposa lo abrazó con fuerza, pero él apenas la percibió; su cerebro parecía haberse desconectado. ¿Lo habían nombrado Mano Derecha? ¿Mano Derecha? ¿El cargo más importante que toda persona podía desear, además de ser Rey? Debía estar soñando, aunque los golpes en la espalda de parte de su padre le hicieron saber que no era así, que todo era real.

—¡Lo sabía! ¡Lo sabía! —exclamaba Magnus, rojo de la emoción.

Los sonidos a su alrededor le golpearon los oídos y Louis supo que debía ir ante Henry, que lo esperaba con una ceja arqueada y una sonrisa de medio lado.

Conforme avanzaba, trastabilló, pero no se detuvo.

—No te lo esperabas, ¿cierto?

—Tú lo has dicho —Louis sonrió, ignorando los los retortijo-
nes en su estómago debido al nerviosismo y la emoción.

—De rodillas, Louis. —Louis obedeció bajando la cabeza al
arrodillarse ante Henry, que procedió a colocarle el collar que se
acomodó solemnemente sobre los hombros de la nueva Mano Derecha—. De pie, sir Louis.

Louis accedió entre la mirada orgullosa de Magnus Laughton, que infló el pecho. Era la primera vez que un Laughton era
nombrado con un cargo tan primordial, a pesar de que eran una
de las familias más importantes de Valguard; sin embargo, miembros de la Corte como los tres barones y, hasta el mismo Gordon,
no se veían muy de acuerdo con la decisión de Henry.

El Rey y su Mano Derecha se dieron un fuerte abrazo entre
aplausos hasta que Henry se dirigió a ellos.

—Hoy es un día importante para nuestra nación —empezó.
Los rayos del sol se asomaban por los enormes ventanales y Louis,
a su derecha, lo observaba con orgullo—; hoy y el resto de los días
por venir serán importantes. Durante nuestra lucha aprendimos
que en el camino no podemos batallar solos; y que solo unidos
podemos vencer, justo como lo hemos hecho. Si seguimos caminando juntos podemos llegar más lejos y eso es lo más valioso
que tenemos; esta fuerza y esta unión que surge entre nosotros,
como reino y en cada uno, unidos contra la Oscuridad. Este nuevo renacer no está solo en mí, sino en cada uno de ustedes... ¡Por
Valguard!

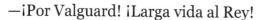

—¡Por Valguard! ¡Larga vida al Rey!

El discurso terminó en un estallido de aplausos seguido de una ola de abrazos y apretones de mano. El nuevo Rey salió a saludar a la multitud que lo recibió con un rugido de emoción. La esencia de tristeza había quedado atrás y los restos de los tiempos oscuros, a partir de aquel momento, parecían haberse borrado para siempre.

—Cuando la tierra devastada clame por libertad, el hombre elegido, reconocido por los elfos, entregará el tan ansiado deseo a su pueblo —recitó Leena a sus hermanas mientras bebía un poco de vino.

—Se refiere a Henry, claramente —expuso Meredith—, después de emprender un largo camino en busca del poder para derrotar a su adversario. Esa parte se refiere a la espada.

—La profecía se ha cumplido —Leena dijo a sus hermanas.

—¿Es curioso, no? —cuestionó Alana. Sus hermanas la miraron extrañadas—. Henry sobrevivió al envenenamiento de una espada maldita con magia oscura, el poder de la Oscuridad, el más temido por cualquier criatura, mágica o no mágica; un poder el cual no conoce límites y nadie ha derrotado, que ha causado la muerte y la destrucción, incluso a naciones enteras y... y ahora un joven lo venció dos veces y posee un arma con una capacidad que aparentemente puede derrotarla.

—¿A dónde quieres llegar, Alana? —preguntó Meredith.

—Hay algo desconocido actuando detrás de todo esto, algo muy poderoso que ni los brujos oscuros ni nosotras conocemos.

Meredith y Leena intercambiaron miradas de desconcierto.

Horas después, cuando todos festejaban y Henry necesitó de un pequeño descanso, salió hacia los pasillos del castillo encontrándose a Erin en uno de los balcones observando el hermoso paisaje del bosque de Valguard.

—Su Majestad —saludó la chica al reparar en su presencia.

—No me llames así —reclamó Henry colocándose a su lado.

—¡Pero ahora toca! —bromeó Erin, aunque su semblante aún mostraba la tristeza de la pérdida. Mirando de nuevo al frente guardó silencio un momento antes de suspirar—. Es hermoso aquí.

—Lo es, tal y como lo recordaba.

Se quedaron en silencio contemplando el bosque, donde una manada de aves coloridas surcaba el firmamento.

—Estoy impaciente por lo que nos espera, parece ser tan mágico y aterrador a la vez —susurró Erin.

—¿Aterrador?

—Nunca sabremos lo que nos espera.

—Tienes razón, vendrán cosas buenas, de eso estoy seguro. —Henry tomó su mano dándole un ligero apretón—. Debemos lanzarnos al futuro. No sé si yo llegue a ser un gran Rey como lo fue mi padre, pero sé que no dejaré que nada malo ocurra, ni a la nación ni a ti.

Erin sonrió ante la respuesta. Ambos sabían que vendrían los tiempos buenos, pero también duros, los cuales serían afrontados con fuerza y convicción. El camino no sería en nada fácil, pero no había tiempo para el temor y las dudas. Henry dedicaría su vida a Valguard y a su gente, en mantener el juramento que había ante los Dioses. Una nueva era daba inicio y, con ella, tal vez, nuevas batallas por luchar.

EPÍLOGO
FIELES A LA OSCURIDAD

Los tres hombres observaban el cadáver acomodado en la mesa de aquella habitación en total penumbra.

—¿Cuánto tiempo lleva muerto? —preguntó Ottar Danus con su voz ronca, acariciando su larga barba gris que le llegaba el cuello, como de costumbre.

—Una semana, probablemente —contestó Jarte, su hermano menor y nueva Mano Derecha. El joven, robusto y enérgico, le dedicó una mirada de desdén a Lesmes, quien se hallaba en el fondo de la habitación con las manos entrelazadas, observando perplejo al fallecido—. Ocho flechas por la espalda y, sin embargo, logró llegar hasta aquí sin ayuda alguna.

—Heydrich siempre fue un hombre duro —asintió Ottar lamentándose por la pérdida del único buen soldado que le quedaba.

—¡Pero este miserable no puede hacer nada al respecto! —reprendió Jarte a Lesmes apuntándolo con la espada.

—Lo... lo siento, Su Majestad —titubeó el hombre.

—Calla —atajó Ottar—, bien sabemos que no se puede regresar a los muertos a la vida.

—¡Claro que podemos! —explotó Jarte, ofendido.

—Pero tenemos cosas más importantes que atender; debemos recuperar lo que era nuestro.

—¿Recuperar qué, hermano? —cuestionó Jarte, pero ante la nula reacción de su hermano, supo a qué se refería—. Ahora no tenemos ventaja alguna contra las cinco naciones. Valguard, con este niño al frente y el apoyo de las otras cuatro, será invencible. Apenas tenemos ejército para atacar a una isla pequeña.

—Te olvidas de pequeños y relevantes detalles, hermano —apuntó Ottar con voz suave, digna de una persona llena de sabiduría.

El anciano tomó en sus manos una copa de bronce desgastada, llena de un líquido negro hasta el borde que impregnaba un desagradable olor y despedía un humo tóxico.

El rey de Casgrad bebió hasta el fondo sin detenerse.

—Siempre hay una manera —agregó.

—¿Qué necesitas que haga? —preguntó Jarte con impaciencia.

—Reúne a los suyos —le ordenó señalando a Lesmes.

Jarte enarcó una ceja.

—¿Para qué?

—Ya lo verás, sólo es cuestión de tiempo para poder llevar todo a cabo. No puedo revelarte mis planes ahora, Jarte, los siguientes movimientos deben ser pensados con cautela. Ya hemos cometido muchos errores en el pasado que no pueden volver a repetirse.

Jarte abrió la boca para hablar, pero su hermano lo interrumpió.

—Debes confiar en mí —insistió Ottar con severidad— y en los poderes de la Oscuridad.

Jarte Danus asintió y ordenó a Lesmes a reunir a los suyos para luego seguir a su hermano fuera de la habitación, hacia una oscuridad completa que parecía ser capaz de tragarse toda luz en el mundo.

AGRADECIMIENTOS

Comienzo por agradecerle a mi amiga Andrea por haber sido la primera en leer esta historia y enamorarse de sus personajes. A Majo Martinez por apoyarme en la edición y por sus comentarios. A mi cuñada y ávida lectora Ale, por manifestarme sus pensamientos una vez estuve convencida de que ya estaba terminado. A mi padre por su ánimo constante y por haberse molestado en leer este libro, aunque no sea fanático de las historias de fantasía. A mis colegas Ildemaro y Melinna, por su objetividad durante el proceso de diseño de la portada. Y, por último, agradezco a mis hermanos, familiares y amigos por el apoyo y confianza.

ACERCA DEL AUTOR

Sarah Boos, diseñadora de profesión, escritora por vocación, nace el 21 de febrero Colombia, pero crece en la ciudad de Maracaibo, Venezuela. Desde pequeña, estuvo rodeada de leyendas y libros de fantasía. No es hasta su etapa escolar en la que descubre que le gusta escribir historias, pues en ellas crea un mundo propio lleno de maravillas y aventuras en donde puede refugiarse de los momentos complicados, sobre todo de la difícil situación que se vive en su país. Así nació Caminos para Liberar al Sol, una trilogía que, después de seis años, ve la luz.

Made in the USA
Columbia, SC
05 September 2023

22467813R00274